KB169427

전쟁 같은 맛

전쟁 같은 맛

그레이스 M. 조 지음 주해연 옮김

Grace M. Cho

Tastes Like War : A Memoir

글항아리

일러두기

- 본문의 미주와 ( ), [ ]는 저자의 것이다. 각주와 〔 〕는 역자의 부연이다.
- Imo, Gaji mara 등 저자가 알파벳으로 적은 우리말은 고딕체로 표시했다. 원서에 이탤릭체로 적힌 인용문은 세명조로, 이탤릭체 및 대문자로 강조된 곳은 굵게 표시했다.

저마다의 방식으로 나를 먹여준 모든 어머니께,
그리고 목소리를 내도 들어주는 사람 없었던
모든 이에게 이 책을 바친다.

2023년은 어머니가 예순여섯 연세로 돌아가신 지 15년이 되는 해다. 어머니가 갑작스레 떠난 후 이 책에 나오는 몇몇 장면이 내게 떠오르기 시작했다. 어머니의 병세로 인해 우리 삶이 완전히 바뀌어버리기 전, 그분이 총명하고 카리스마 넘치는 모습이던 유년기의 기억이 돌아온 것이다.

상실의 슬픔을 글쓰기로 달래보려 시작한 프로젝트였지만, 이 책은 때 이른 죽음을 맞이한 어머니, 그리고 어머니와 닮은 사람들을 기리고 애도하는 데 실패한 한미 사회에 대한 정의 회복 프로젝트이기도 했다. 어머니의 삶을 애도하지 못하게 했던 세력은 어머니를 죽인 세력과 동일했다. 내가 학자로서 해온 작업들과 더불어, 이 책은 우리 가족사에 켜켜이 쌓인 층을 벗겨내 어머니를 애도하고, 당신에게 붙은 온갖 꼬리표를 넘어서는 존재였던 그분의 모습을 기억하려는 내 개인적 여정의 일환이었다.

이 책은 어떻게 보면 2008년 어머니의 죽음과 함께 시작되었지만, 또 다른 의미에서는 〔그 전부터〕 수십 년에 걸쳐 이루어진 작업이기도 하다. 어머니의 과거에서 온 발화되지 않은 트라우마는 내 평생에 걸쳐 현재로 소리 없이 스며들었는데, 어느 순간 이 과거는 지금 여기에서 폭발해 새로운 가능성의 시작을 알리기도 했고, 내가 글쓰기를 통해 애도하게 될 또 다른 죽음을 보여주기도 했다.

그중 하나는 어머니에게 병이 있다는 게 분명해진 1986년의 일로, 내 유년기 어머니의 상징적 죽음을 보여주는 사건이다. 또 다른 하나는 1994년에 일어난 일이다. 어머니가 기지촌에서 일했다는 가족의 비밀을 알게 되면서 부모님의 만남을 두고 우리가 지어낸 이야기는 죽음을 맞았고, 내 순수의 시대도 그렇게 끝이 났다. 그리고 이 죽음들로 새로운 종류의 탐구와 지식이 탄생했다.

일례로 어머니가 사회적 죽음을 맞게 된 원인을 조사하던 중, 나는 그분이 한국을 떠나는 것을 선택한 게 아니라 그곳에서 쫓겨난 것이란 사실을 알게 되었다. 한때 한국은 어머니의 보금자리였지만, 혼혈 자녀를 두게 된 어머니는 인종화된 우리 몸 때문에 당신의 과거를 감출 수 없게 되었고, 이는 주변부에서 살아가야 함을 의미했다. 이런 연유로 혼혈 자녀를 둔 많은 여성이 '사회적 문제'로 여겨지는 집단을 퇴출한다는 전후 한국의 국가적 의제를 떠맡은 사회복지사들의 압력에 못 이겨 자녀를 국제 입양 보냈다는 사실을 나는 오랜 세월이 지난 후에야 알게 되었다. 우리는 혼혈 아동을 한국 국적자에서 배제하는 국가 정책과 우리 어머니들에 대한 지독한 사회적 낙인 때문에 한국에서 추방당했던 것이다.

1972년 미국인 아버지와 결혼한 것은 아이들에게 더 나은 삶의 조건을 마련해주기 위한 최선의 방편이었다. 하지만 이 일은 어머니 당신에게 한국에 있는 언니와 평생 이별하게 됨을 의미했던 동시에 당신을 외부인으로만 보는 낯선 땅에서 외로운 투쟁을 해나가야 하는 새로운 장이 시작됨을 의미했다. 그럼에도 사람들은 늘 우리 이민자들한테〔한국에서보다〕우월한 미국 생활을 하는데 그런 외로운 생활쯤 감사히 여겨야 한다고 말했다. 클 때도 내 미국인 아버지는 누누이 내게 일렀다. 한국에서 살았더라면 막다른 골목만 마주치다 결국 아무것도 아닌 사람이 됐을 거라고.

30대가 되기 전까지는 그 이유를 이해할 수 없었지만, 어린 시절에도 느끼긴 했다. 한국에서 살 때 타인의 시선을 통해 우리가 열등하게 여겨진다는 것을 내면화한 기억이 생생하다. 한국 땅에서 한국인 어머니 아래 태어났음에도 불구하고, 나는 이 나라에 속하지 않는다는 사실을 그렇게 알게 되었다. 그러나 할머니와 이모, 처음 키웠던 강아지 개리를 비롯해, 한국에는 가족에 대한 내 가장 소중한 어린 시절 추억이 있다.

이 모든 추억은 아직 한국어가 나를 떠나지 않았던 시절의 기억이다. 나는 한 살 반 때 가족과 함께 미국으로 이주했지만, 엄마, 개, 밥, 아파 등 내가 처음 한 말들은 한국어였다. 어렸을 때 한국에서 여름을 보내며 나는 스펀지처럼 그 언어를 흡수했다.

하지만 한국 땅에서 멀어지고 수십 년 동안 그곳에 가지 못하게 되면서 나는 한국어를 잊었다. 언어를 잃으면서 친밀감 또한 잃었고, 나는 나 자신에게서도 소외되었다. 어머니는 우리가 한국에 남겨두고 온 모든 사람, 모든 것을 이어주는 연결 고리였기에, 그분이 병을 얻자 나를 한국의 가족과 묶어주는 끈이 사라지는 듯한 느낌이 들었다. 엄마 없이 내가 어떻게 한국에 갈 수 있을까? 누가 내 말을 통역해줄까?

어머니를 떠나보낸 슬픔은 내가 우리 모녀의 삶에 대해 이모에게 말할 수 없다는 사실 때문에 더 깊어졌다. 그래도 노력했다. 한국에 갈 때마다 매번 한국어를 벼락치기로 공부하고, 친구 호수에게 통역을 부탁하기도 했다. 30대 때 한국을 네 번 다시 찾았지만, 말을 더듬을 때마다 내가 여기 속한 사람이 아니라는 증거만 더 분명해졌다. "그레이스야, 도대체 무슨 일이 생긴 거야?" 언젠가 이모가 물었다. "네 살 땐 말을 그렇게 잘하더니."

한국어로 말할 때, 나는 마치 바보가 된 것처럼 문장을 조리 있게 말할 수도 없고, 내밀한 삶의 세세한 부분들을 제대로 표현할 수도 없다. 그러나 지금 이 순간 내 책이 번역됨으로써, 나는 어머니의 딸이자 디아스포라 한인으로서 내 유산에 대한 복잡다단한 개인적·역사적 이야기를 독자들과 나눌 수 있게 되었다.

이 책을 통해 진실되고 근면했던, 사랑과 고독으로 가득 차 있었던 어머니의 삶을 그려내보고자 했다. "타락한 여자"라는 꼬리표에도 불구하고 명예로운 삶을 살았고, "정신병자"라는 꼬리표에도 불구하고 이성적이었던 어머니의 존재를 말이다. 책을 쓰는 과정에서 나는 어머니의 삶이 처한 조건을 단순한 망명 상태가 아닌, 도전으로 보게 되었다. 자녀들을 포기하지 않겠다는 그분의 결연함, 미국에서 삶을 꾸려가보겠다는 의지, 음식을 만들며 어떻게든 생존해보려 했던 방식까지. 쓰다 보니 어머니가 이런 도전 정신을 내게 물려주셨다는 점 역시 분명해졌다.

글을 쓰는 내내 어머니를 피해자로만 보길, 내 학문 분야의 규칙을 따르길, 이민자들이 미국에 빚을 지고 있으니 이에 감사해야 한다는 이야기를 받아들이길 거부했다. 또 가장 중요하게는, 다른 가족들이 수치스럽게 여겨 말하지 못했던 일들에 대해 침묵을 지키길 거부했다. 나는 어머니를 한국 밖으로 몰아내 은둔 생활을 하게 한 세력에 가담하지 않을 것이다. 말년에 어머니는 기지촌 여성을 다룬 첫 책 출판을 내 원가족 가운데 유일하게 지지해주며, 당신도 그들 중 한 명이었다고 이야기했다. 나는 어머니가 책 출간을 바라는 것이 오랫동안 짓눌려온 무거운 수치의 장막을 걷어내어 스스로 침묵을 깨고 싶다는 당신의 바람이라고 여겼다.

기지촌 여성들이 집단적으로 목소리를 내고 한국 정부를 상대로 소송을 제기하기 전에 돌아가셨지만, 나는 어머니의 혼이 이 여성들과 연대하는 모습을 상상한다. 이분들은 국가와 전 세계에서 가장 강력한 군대를 상대할 만큼, 또 가부장적 가족제도의 성 규범에서 벗어난 여성이라는 낙인을 감수할 만큼 용감했다. 또 그러한 세력에 맞서 진실을 말했고, 여러 해를 버텼으며, 마침내 승리했다. 나는 그중 한 사람의 딸로서 내 유산을 자랑스럽게 생각한다.

2022년 대법원의 원고 승소 판결이 이 여성들을 온전한 성원으로 인정함으로써 한국 사회가 이들에게 보상할 준비가 되었다는 신호이기를 바란다.

지금이 이 책을 한국 독자들과 공유하기에 마침맞은 시기이기를, 그래서 어머니가 한때 고향이라 불렀던 이곳에서 그분의 혼이 다시 환대받고 포용될 수 있기를 바란다.

한국어판 출간은 내게도 일종의 귀향 같은 일이다. 이 책에 쓰인 내 말들이 한국어로 번역되어 생각과 감정이라는 내 내면 세계가 목소리를 부여받게 된 건 엄청난 특권이다. 이는 50년에 걸친 정신적 고립과 갈망에 대한 답이자, 내가 살 수 있으리라고 전혀 생각지 못했던 삶을 되찾는 일이다.

차례

프롤로그

1976년 워싱턴주 셔헤일리스

나는 다섯 살, 가족과 메인가를 걷는다. 평소 별일 없이 조용한 시내인데 오늘은 풍선과 깃발로 떠들썩하다. 천둥 같은 소리로 행진곡을 연주하며 악대가 지나간다. "오늘은 미국의 이백 번째 생일이란다." 짧은 곱슬머리 노부인이 내게 붉은색, 흰색, 푸른색 성조기 색깔의 아이스바를 건네며 말한다. 나라를 위해 생일 파티를 하다니 우습다는 생각이 들지만, 애국심이 무슨 뜻인지, 미국인이라는 것 혹은 미국에서 아시아인으로 산다는 것이 무슨 뜻인지 알기에 나는 너무 어리다. 나는 동남아시아에서 벌어지는 격전들에 대해서도, 휴전 상태인 한국전쟁에 대해서도, 아시아인들의 이민이 미국 제국주의나 반공주의의 이름으로 700만 명의 무고한 사람을 학살하고도 〔마치 전쟁으로 인한 사상자가 없다는 듯〕 '냉전'이라는 잘못된 이름으로 불린 국제질서와 어떤 관련이 있는지도 모른다.

나는 혓바닥에 감기는 차갑고 달콤한 인공적인 맛, 손가락 밑으로 떨어지는 끈적끈적한 시럽에 대해서만 생각한다. 깨끗한 다른 쪽 손으로 아버지 손을 꼭 잡고 군중 속을 지나간다. 앵글로색슨족 백인으로 농부였다가 상선 선원이 된 쉰일곱 살의 아버지는 셔헤일리스에서 나고 자랐으며, 차이나 돌China doll*, 전쟁 신부, 사랑스런 연꽃이라 불리는, 제3세계 한국에서 구제한 외국 여자인 엄마와 결혼했다.

엄마는 홀터톱에 반바지, 통굽 샌들로 서양 여자처럼 차려입었지만, 허리까지 내려오는 검은 머리 때문에 그런 노력은 별 소용이 없다. 햇볕에 그을린 피부는 온통 백인투성이인 군중 속에서 더 까무잡잡해 보인다. 엄마가 눈에 띄는 건 동양인이기 때문이다.

그러다 엄마는 축하 행사에서 잠시 멀어져, 소음 때문인지 햇살이 눈부셔서인지 살짝 얼굴을 찡그린다. 이방인이 된다는 게 무슨 의미인지 이해하진 못했지만, 엄마가 이 파티에 낄 마음이 안 들어 바깥에 서 있다는 것쯤은 다섯 살인 나도 알 수 있다.

사는 동안 내게는 적어도 세 명의 엄마가 있었다.

* 여성스럽고 순종적인 젊은 아시아 여성을 비하적으로 이르는 말.

첫 번째는 내 유년기의 엄마. 이 아름다운 엄마를 나는 너무 나도 사랑하며 따랐다. 카리스마 넘치고 노련한 미시微示 정치가였던 엄마는 아버지 고향 농촌 마을에서 인정받기 위해 지치지도 않고 투쟁을 벌였고 그렇게 해서 아이들의 삶은 더 나아졌다. 우리가 다다른 백인 노동계층 중심 공동체에는 집단적 무의식 속에 타자에 대한 깊은 두려움이 스며 있었는데, 엄만 먹을 것을 이용해 이를 깨트리려 했다. 엄마는 카멜레온처럼 상황에 따라 자유자재로 모습을 바꾸는 데 소질이 있어서, 시골 미국인 이웃들에게 이국적인 한국 음식을 선보이는 화려하고 매혹적인 파티 주인공이 되기도 했고, 당신 주방에 발을 들이는 모든 사람에게 음식을 대접하는 열정적인 요리사가 되기도, 또 온 동네에 자연에서 구한 먹거리를 공급하는 거칠고 두려움 없는 채집인이 되기도 했다.

음식을 대접하는 것은 엄마를 늘 그저 외국인으로만 대했던 사람들 사이에서 당신이 살아가는 법을 익히고 생계를 유지하는 방식이었다. 이는 보살핌의 몸짓인 동시에 저항의 행동이기도 했다. 이러한 행동을 거듭하며 엄마는 당신만의 가치를 창조해냈다.

1980년대 초에 이르러, 엄마는 날개를 펼쳐내는 번데기처럼 변태하기 시작했다. 엄마는 윤기 나는 긴 머리카락을 짧게 잘랐다. 이러면 관리가 훨씬 쉬워. 머리를 자를 때마다 하는 말이었다. 주방의 하얀 식탁에 검은 눈송이처럼 머리카락이 떨어져 내렸다. 집에서 손수 지은 파워 슈트*와 잘 어울리는 간편한 헤어스타일은 실제 하는 일의 급여나 지위와 상관없이 커리어우먼이 되고 싶다는 열망을 표현하는 엄마의 방식이었다. 당신 스스로 이룬 것을 통해 엄마는 친척들이 미국으로 이민할 수 있게끔 지원했고, 한국에 남은 가족들도 도왔다. 그 시절 내내 아버지는 한 해의 절반을 태평양에서 배를 타며 보냈기에, 엄마는 그 반년 동안 싱글 맘이 되어 자녀 양육까지 도맡았다. 어쩔 수 없이 엄마는 우리 가족의 기둥이 되었다.

그리고 모든 것이 무너지기 시작했다.

처음에는 지역 정치나 미국 정치에 대한 관심으로 시작됐던 것이 얼마 지나지 않아 '과대망상'과 '편집증'으로 변했다. 엄마는 로널드 레이건 대통령의 계략에 몰두한 나머지 음식에는 신경 쓸 겨를이 없었다. 차츰 비어가던 식재료 창고가 아마 첫 신호였는지도 모른다. 정원을 놀리고 부엌 찬장을 몇 년씩 텅 비워버린 정신 상태의 전조였는지도.

내가 열다섯 살이 되던 1986년에 엄마의 상태는 정신의학에서 '급성 정신병 삽화florid psychosis'라고 부르는 단계로 접어들었다. *Florid*〔개화성〕. 공포스러운 일을 표현하기에는 너무 아름

---

* 여성 정장에 남성복의 특징이던 넓고 각이 진 어깨를 강조한 스타일로 1980년 대 대표적인 커리어 우먼 룩이었다.

다운 이미지다.* 이 꽃밭에서 나의 두 번째 엄마가 피어났다.

청소년기와 초기 성인기, 두 번째 엄마의 이미지는 내 의식 안에 너무 크게 자리 잡은 나머지, 어렸을 때 엄마 모습을 가리고 나를 구석에 움츠려 있게 만들었다. 엄마가 폭력적이어서가 아니라, 미친 사람을 본 적도 없었던 내가 광기를 위험과 동일시하는 고정관념을 내면화했기 때문이다.[1] 조현병 환자는 홈리스, 이해가 전혀 불가능한 존재, 살인자 등 가장 역기능적인 사회 구성원으로 비쳤다.[2]

나는 엄마가 두렵기도 했지만, 엄마를 잃을지도 모른다는 생각이 더 두려웠다. 엄마는 목소리의 포로가 되어, 이전에 하던 일을 그만두라는 그것의 말을 고분고분 따랐다. 낯선 사람이랑 얘기하지 마. 전화 받지 마. 밖에 나가지 마. 요리 그만해. 그만 먹어. 그만 움직여. 그만 살아.

그렇게 어떤 의미에서 나는 엄마를 잃었다. 엄마는 사회에서 물러났고, 사회는 엄마를 내버릴 수 있는 무가치한 존재로 만들어 사망 선고를 내렸다. 그것은 엄마로 하여금 인격을 상실케 하고, 모성까지 잃게 한 고정관념이었다. 정신병자가 사랑할 수 있거나 사랑받을 수 있다고는 여겨지지 않았다.

---

* 급성 삽화를 지칭하는 florid에는 꽃이 화려하게 피어나는 모습을 연상케 하는 '화사한' '만개한' '발그레한' 등의 뜻도 있다.

사회적 죽음을 맞이한 엄마는 커튼을 닫고 외부 세계와 완전히 단절된 채 몇 년을 소파에만 앉아 있었다. 엄마는 목소리가 하는 말에 따라 당신을 작고 보이지 않게 만들었으며, 어둠 속에 앉아 되도록 적게 먹었는가 하면, 외부 사람들이 아무도 당신 모습을 보지 못하게 했다. 내가 성인기를 맞으며 정신이 형성될 시기의 엄마는 이런 모습이었다. 나는 엄마의 이런 모습을 사라지게 할 수도 없었지만 그렇다고 온전히 받아들일 수도 없었다.

엄마는 마치 "왔던 곳으로 돌아가"라는 외국인 혐오자들의 말을 따르는 것만 같았다. 하지만 당신이 온 곳을 짚어내기란 쉽지 않았고, 그래서 엄마는 돌아갈 곳이 없었다. 엄마는 일본 제국주의 치하에 일본으로 강제징용된 한국인 가정에서 태어났고, 해방 후 한국으로 돌아가 전쟁과 분단, 미국의 점령을 겪은 뒤 미국인인 아버지와 동침했다는 죄로 추방당했다. 엄마는 내면으로 움츠러들며 당신을 이 갈등의 장소로 다시 데려가, 자기 존재를 짓이겨 없애고 무無가 되어 사라져버리고 싶어하는 것만 같았다.

우리가 옮겨 온 동네는 피난처가 되지 못했고, 소위 구제되었다는 명목으로 이민자들에게 끊임없이 정신적 대가를 치르게 했던, 제국의 폭력으로 얼룩진 또 다른 장소에 불과했다. 엄마는 미국인이 된 바로 그곳에서 조현병을 앓게 되었다.

엄마의 조현병에 대한 설명을 찾아 헤매던 열다섯 살의 내가 찾은 것이라고는, 나쁜 유전자 때문에 엄마의 뇌가 망가졌다는 말뿐이었다. 그때도 나는 엄마의 광기가 하나의 요인 때문만은 아니라는 걸 알고 있었지만, 다른 요인이 무엇일지는 알아낼 수 없었다. 7년 후 나는 또 다른 요인을 찾기 시작했고, 이 탐색은 연구 작업으로 이어져 박사 학위 논문의 형태를 갖추게 되었다.

글쓰기를 통해 엄마의 존재를 되살려내는 프로젝트에 돌입했을 때, 내가 아는 건 조현병 이전과 이후로 갈리는 엄마의 두 모습뿐이었다. 그중 첫 번째 엄마를 결코 되찾을 수 없으리라는 건 알고 있었다. 하지만 적어도 그 엄마를 죽인 세력을 이해하고 싶었다.

박사과정을 시작하고부터 첫 책 출간까지 10년에 걸친 연구와 글쓰기 여정은 내가 엄마를 위해 요리를 한 시기와 정확히 일치했다. 학계에 발을 들여놓기로 한 건 개인적인 질문을 탐구하기 위해서였다. 안전하고 친숙한 공간에서 위험을 감수할 수 있으리라 여겼기 때문이다. 반면 요리는 엄마가 내 진정한 소명이라 여겼던 학자의 길에서 벗어난 것이었기에, 내겐 늘 금지된 영역이었다. 하지만 결과적으로 요리는 내가 과거를 탐구하고 배우는 데 있어 연구만큼이나 중요한 역할을 했다.

허기가 채워질 때면 엄마는 나를 키웠던 첫 번째 엄마의 흔적을 보여주었다. 그러면 내 희망도 커져갔다. 읽는 책마다, 만드는 요리마다, 거기서 엄마의 흔적을 찾는 걸 멈추지 않았다. 그렇게 어쩌다 첫 번째 엄마가 두 번째 엄마로 바뀌었는지를 이해하려는 와중에, 세 번째 엄마가 태어났다.

세 번째 엄마는 내 30대를 함께 보낸 엄마로, 나를 당신의 요리사로서 받아들이고, 내게 할머니가 해주시곤 했던 음식을 어떻게 만드는지 가르쳐준 분이다. 그리고 이 음식을 먹으며, 엄마는 천천히 집으로 가는 길을 찾아냈다. 엄마가 어렸을 적에 먹던 음식을 요리하고 엄마의 어린 시절을 엿보면서, 나도 그 길을 찾았다.

엄마가 미친 여자라는 생각에 더 이상 사로잡히지 않게 된 나는 확장된 시야로 더 넓은 각도에서 엄마를 볼 수 있었다. 엄마는 당신이 그동안 감춰왔던 과거를 조사하도록 허락해주었고, 나는 엄마가 되기 이전 그분의 모습을 그려볼 수 있었다. 박정희 정권 치하, 미국의 군사 헤게모니가 날로 기세를 떨치던 전후 한국에서 청소년기를 보낸 뒤, 미 해군 기지촌에서 술을 팔고 아마 성도 팔았을 젊은 여성의 모습을. 연구를 시작하도록 추동한 이는 두 번째 엄마였지만, 그것을 끝마치도록 자양을 준 이는 세 번째 엄마였다.

학문을 하며 나는 수많은 목소리와 마주쳤다. 학자와 활동가, 한국전쟁 민간인 생존자와 전투원, 강제와 자유 사이의 연속선상에서 서로 다른 처지에 놓여 성노동을 하는 사람들의 목소리를. 엄마와 함께 음식을 만들고 나눠 먹으며 엄마의 목소리에 귀 기울일 때, 이 많은 목소리는 더 크게 울려 퍼졌다.

음식을 나누면서 나는 엄마의 조현병에 더 가까이 다가갔고,

엄마가 듣는 목소리들도 내 식구로 맞아들였다. 나는 이 목소리들이 낯선 존재가 아닌 엄마의 일부임을 이해하게 되었다. 어쩌면 억압되었던 폭력적인 가족사에서 비롯된, 자기 말을 들어줄 증인을 찾는 목소리일지도 모른다는 것을. 이 목소리들은 처음부터 첫 번째 엄마 안에 있었을지 모른다. 엄마 마음속에서 조용히 잠을 청하며 조각난 역사의 흔적을 미래에 남길 준비를 하면서. 엄마의 목소리들과 같은 식탁에 앉아 얘기를 나누며, 나는 더 이상 두려움 없이 그들이 하려는 말에 귀 기울이는 법을 배웠다.

첫 책을 출판한 후 다시 엄마에 대한 책을 쓸 생각은 없었다. 하지만 엄마의 때 이른 죽음을 겪고 나니, 글로 옮겨야 할 새로운 기억들이 떠올랐다. 작가 매기 넬슨이 이모의 살인에 대한 시선집인 『제인: 어느 살인*Jane: A Murder*』에 대해 말했듯, "이 매듭을 풀어 그 가닥을 바람에 실어 보내는 데는 이 책뿐만 아니라 구상하지 않았던 속편〔『붉은 부분*The Red Parts*』〕이 필요했다".[3] 이 책 역시 예상에 없었던 속편이다.

엄마의 부재는 역설적으로 그분을 내 삶 속에서 새롭게 현존하게 했다. 너무나 강렬했던 상실의 슬픔은 엄마의 질병 아래, 그리고 10년 가까이 내 연구 주제였던 트라우마로 점철된 역사 밑에 묻혀 오랫동안 잊었던 기억을 되살려냈다. 그것은 전형적인 조현병 환자의 모습과는 정반대로 매력적이고 유능하며 놀라울 만큼 생산적인 첫 번째 엄마에 대한 기억이었다. 이 기억의 전면에는 항상 음식이 있었다. 즐거움의 원천으로, 수입의 원천으로, 아니면 좀더 근본적인 생존의 방식으로. 음식을 먹는 장면으로 돌아가서 나는 발견했다. 엄마를 망가뜨린 것뿐만 아니라 엄마를 살아 있게 했던 것을.

나는 엄마의 파편을 모아 그분의 생존에 대한 한 편의 이야기를 엮어내고 싶다. 글쓰기로 엄마의 존재를 되살려, 페이지 위에서 그분의 유산을 살아 숨 쉬게 하고, 그 자취를 따라 내 유산을 찾고 싶다.

1부

우리 가운데

이마 중앙에 희미한 선처럼

공포를 새긴 채

모유로 두려워하는 법을 배운 이들에게

이 무기로 찾을

얼마간의 안전이라는 환상이

침묵을 가져다주리라고 발이 무거운 자들은 바랐으니

우리 모두는

이 순간 이 승리를 맞아

결코 살아남을 운명이 아니었다.

그리고 해가 떠오르면 우리는 두려워진다

그것이 계속 떠 있지 않을까 봐

해가 져도 두려워진다

아침이 와도 떠오르지 않을까 봐

배가 부르면 두려워진다

소화가 안 될까 봐

배를 곯아도 두려워진다

다시는 먹지 못할까 봐

사랑을 받으면 두려워진다

사랑이 갑자기 사라질까 봐

혼자 있어도 두려워진다

사랑이 다신 돌아오지 않을까 봐

그리고 입을 열 때면 두려워진다

우리 말이 들리지 않을까 봐

환대받지 못할까 봐

그렇다고 침묵을 지킨다 해도

우리는 여전히 두렵고

그러니 입을 여는 게 낫다

기억하면서

우린 결코 살아남을 운명이 아니었음을.

—오드리 로드, 『살아남기를 위한 호칭기도』

1장

전쟁 같은 맛

2008년 뉴저지주 프린스턴

엄마가 "꼭 필요할 때"가 아니고서는 결코 떠나지 않았던 원룸으로 이어지는 계단을 마지막으로 올랐다.

엄마 없이는 한 번도 이 집에 들어간 적이 없고, 커튼이 걷힌 모습을 본 적도 별로 없다. 발코니 유리문을 통해 들어온 햇빛이 방 안 곳곳을 비췄다. 엄마는 정말로 떠났다.

크림색 소파는 회색으로 변했고, 엄마 피부가 닿았던 소파 쿠션 한가운데는 해져 있었다.

소파에 남은 자국은 엄마의 갑작스러운 부재를 드러내는 흔적이었다. 발코니를 바라보자니 엄마가 밖에 나가 신선한 공기를 마실 수 없었단 사실이 씁쓸하게 되새겨졌다.

이 집은 사랑과 효심으로 만들어진 공간이었다. 오빠와 올케

언니는 2001년에 엄마가 여생을 지내실 집을 마련하겠다고 자기네 주택 차고 위에 있던 사무실을 원룸으로 개조했다.

엄마의 삶은 추방의 연속이었다. 유년기는 식민 지배와 전쟁으로 점철되었고, 만년엔 조현병과 씨름하며 홈리스가 될 뻔하기까지 했다. 단 하루라도 머물 곳이 없었던 적은 없지만, 당신 집이 없어 임시 거처를 전전하거나, 오빠네나 우리 집에서 같이 사는 등 늘 불안정한 처지였다.

오빠네 가족은 사소한 것 하나하나까지 신경 쓰며 집수리에 공을 들였다. 건축 법규상 화장실에 욕조를 둘 수 없었기에, 엄마가 앉아서 씻을 수 있도록 나무 의자가 있는 샤워 부스를 설치했다. 법규상 부엌도 허용되지 않았지만, 대신 스테인리스 싱크대, 대리석 조리대, 미니 냉장고, 각종 가전제품을 마련해 어엿한 주방은 아니라도 요리를 할 수 있는 기능적인 공간을 만들었다.

오빠네는 엄마 집 소파, 벽, 러그, 침구, 커튼을 비롯한 가구와 소품을 수십 가지 미색 색조로 통일했다. 천장에서 바닥까지 내려오는 묵직한 커튼을 젖히면 그림 같은 발코니가 있었고, 드넓은 잔디밭과 숲이 내려다보였다. 엄마는 항상 베이지, 아이보리, 회갈색 같은 중성적인 자연색을 좋아했다. 먼 미국인 친척들이 먹던 크림소스를 듬뿍 넣은 버섯 캐서롤이 생각나는 색이었다. 엄마에게 이 색들은 늘 열망했지만 결코 도달할 수 없었던 '상류층'의 상징이었다.

이곳으로 이사했을 때 엄마는 8년째 은둔생활을 하던 중이었다. 엄마가 집 밖을 나서지 않을 거라면, 집이라도 엄마 마음에 쏙 들었으면 했다.

"괜찮다"라는 말을 한 번 한 적은 있지만, 엄마가 그 집을 좋아했는지는 모르겠다. 그래도 엄마가 집수리 중에 7개월 동안 머물렀던 내 뉴욕 아파트 손님방보다는 분명 한결 나았을 것이다. 우리 집은 목가적인 풍경도 없었고, 고급스러운 색조도 아니었다. 그저 서로 어울리지 않는 밝은색 중고 가구에, 전망이라고는 브루클린-퀸스 고속도로의 교통 체증뿐이었다.

올케는 신이 나서 발코니 자랑을 했는데, 발코니가 예뻐서 공간이 다소 좁다는 단점도 만회가 된다는 말을 여러 번 했다.

"저기다 모이통을 걸고 근사한 탁자랑 의자도 놓을 거예요." 올케는 연갈색 머리를 귀 뒤로 넘기며 말했다. 동북부에서 10년 넘게 살았어도 모음을 길게 끄는 남부 아칸소 억양은 여전했다.

"엄마 밖에 안 나가실걸요." 내가 말했다.

"그건 모르죠. 뒤뜰에서 애들 뛰어노는 거라도 보실 수 있잖아요."

확신에 찬 올케의 말에 내가 너무 비관적인 게 아닌가 의심해보았다. 어쩌면 올케 말이 맞을지도. 누가 커튼을 젖히면 엄마가 창밖을 내다볼지도 모른다고 생각했다.

엄마는 발코니로 통하는 유리 미닫이문을 딱 한 번 연 적이 있는데, 그때도 밖으로 나가지는 않았다. 이사한 지 얼마 안 돼 엄마는 여덟 살이던 조카가 집들이 선물로 준 꽃 화분을 발코니에 내놓았다. 그 꽃은 겨우내 밖에 놓여 있다가 결국 죽었다.

"손녀가 준 선물이었는데! 어머님은 왜 그러시는 걸까요?" 올케는 신경이 거슬린 듯했다. 무례하거나 경솔한 처신이라고, 아니면 엄마의 정신건강이 계속 악화되는 징후라고 여기는 듯했다.

"엄마가 무슨 생각을 하시는진 알기 어려워요." 그렇게 말했지만 나도 이유가 궁금해서, 그다음에 엄마를 만났을 때 꽃에 대해 물어보았다.

"엄마, 저 꽃은 왜 밖에 놔뒀어요? 마음에 안 들었나?"

엄마는 짜증 난다는 표정을 지으며 내 질문을 떨쳐버리려는 듯 손을 내저었다. 한동안 입을 다물었던 엄마는 대답했다.

"이름 때문에. 그 이름이 싫어."

"왜요? 이름이 뭔데?"

"시클라멘Cyclamen. 사이클Cycle〔순환〕같이 들리잖아." 엄마는 마치 역겹다는 듯 얼굴을 일그러뜨렸지만, 다시 말을 이으면서는 울먹이는 듯했다. "똑같은 일이 계속 계속 반복되는 거 지긋지긋해. 뭔가 변화가 있으면 좋겠어."

악순환. 폭력의 순환. 내 연구와 우리 가족사에 대한 상상으로 마음속에서 저절로 자유연상이 되었다.

몇 달 전 엄마와 저녁 식사를 하고 텔레비전을 보던 중 있었던 일이 떠올랐다. 비누 광고에서 한 여자가 샤워를 하며 몸에 거품을 내는데, 카메라의 초점이 여자의 손과 맨 어깨에 맞춰졌다. 엄마는 화면에서 얼굴을 돌리곤 손으로 눈을 가렸다. 공허하고 고립된 듯한 눈빛을 한 엄마는 감정을 모조리 잃어버린 듯했다. 엄마는 벗은 몸 비슷한 것도 보기 힘들어했다.

나중에 심리학 박사과정에 있는 친구에게 이 이야기를 하자, 친구가 말했다. "비누 광고라고? 그 정도면 진짜 심각한 트라우마 같은데."

나는 발코니를 내다보며 시클라멘을, 사이클을 회상했다.

아마 엄마가 말했던 사이클이란, 허락된 만큼만 최소한으로 움직이며 내핍한 생활을 해야 했던 당신의 외로운 하루를 가리켰는지도 모른다.

아침 6시, 침대에서 일어나 싱크대 앞에 서서 토스트, 사과 주스, 믹스 커피로 아침을 해결한다. 약을 먹는다. 화장실로 가서 변기 물을 내리고, 손과 얼굴을 씻고, 이를 닦는다. 소파에 앉아 커튼 사이로 햇빛이 스미기 시작하는 것을 응시한다. 부엌 블라인드는 며느리에게 뭔가 필요하다는 신호를 보낼 때만 올리고 그러지 않을 때는 쳐놓는다. 낮 12시까지 시곗바늘이 천천히 회전하는 것을 응시한다. 일어나 점심을 먹는다. 며느리나 딸이 냉장고에 넣어둔 음식이 남아 있지 않으면, 라면이나 땅콩버터 샌드위치를 먹는다. 다시 소파에 앉아 시간이 흐르는 걸 더 바라본다. 오후 5시에 일어나 저녁도 똑같은 것을 먹는다. 설거지를 한다. 해가 질 때까지 더 앉아 있는다. 다시 화장실에서 볼일을 본다. 침대에 누워 자정쯤 잠이 들 때까지 가만히 있는다.

다시 반복.

엄마는 일주일에 한 번 샤워를 했다. 이 단조로운 일상을 깨뜨리는 것은 아들이나 딸, 손주의 방문뿐이었다. 찾아오는 이가 없는 날이면, 목소리들이 엄마의 유일한 친구였다.

나는 엄마의 죽음으로 비탄에 빠졌지만, 적어도 이제 엄마가 그런 하루를 살 일은 없을 거라고 마음속으로 되뇌었다.

2001년 12월, 뉴저지주 원룸 집으로 이사했을 때 엄마는 거의 먹지를 않았다. 엄마가 식욕을 잃어 어려움을 겪은 시기는 여러 해에 걸쳐 종종 있었는데, 뉴욕 퀸스에서 나와 함께 살던 그해 가을이 가장 심했다.

엄마는 아침에 몇 시간 동안 배경 소리처럼 텔레비전을 켜놓고 방 안 소파에 앉아 하루 대부분의 시간을 보냈다.

9월 11일 아침, 글쓰기 강사 일로 라과디아 커뮤니티 칼리지에 출근하던 둘째 날, 나는 엄마 방에 들러 다녀오겠다고 인사를 건넸다. 엄마는 고개를 숙인 채 바닥을 바라보며 지역 뉴스를 듣고 있었다. 텔레비전 소리도 작았기에, 나는 화면에서 무슨 일이 벌어지고 있는지 전혀 눈치채지 못했다. 이미 첫 번째 비행기가 빌딩에 충돌한 후였지만, 내가 문을 나서기까지 엄마는 아무 말도 하지 않았다.

그날 늦게 지하철이 끊기고 전화 회선도 마비돼, 루스벨트가를 따라 수십 킬로미터를 달려서야 집에 돌아온 나는 히스테릭한 상태로 엄마에게 따져 물었다. 왜 아침에 미리 일러주지 않았느냐고, 어째서 세계무역센터 바로 맞은편에서 일하는 오빠한테 전화를 해보려고도 안 했느냐고.

엄마는 당신이 실패했다고 말했다. 당신이 막을 수 있다고 생각했기 때문에 내가 출근하는 걸 내버려두었다고. 오빠에게 아무 일도 일어나지 않도록 당신이 막을 테니 오빠 걱정은 할 필요 없다고.

"엄마, 이건 엄마랑 아무 상관없는 일이야! 엄마가 통제할 수 있는 일이 아니라고요."

그러자 엄만 내 주제넘은 말에 면박을 주었다.

"왜 그렇게 울어대? 너만 특별하다고 생각하는 거야? 이런 일을 겪는 사람이 세상에 너만 있는 줄 아니."

제1세계에서만 살아온 나는 이런 파괴를 본 적이 없었다.

나는 전쟁 통에 잃은 엄마의 가족을 떠올렸고, 엄마가 이들의 사망에 대해 어떤 식으로든 책임을 느꼈던 건 아닐지 생각해보왔다. 이미 트라우마가 있는 엄마에게 이 사건으로 전쟁터 같은 뉴욕의 이미지를 반복해서 보는 것이 해롭진 않을지 걱정도 됐다.

몇 주 뒤 엄마는 속이 안 좋다며 불평하기 시작했다. 엄마가 이틀 내내 쇠 그릇에 담즙을 토해내자 나는 결단을 내렸다.

"엄마, 병원에 가야겠어요."

"난 아무 데도 안 간다", 엄마가 말했다.

"근데 아프잖아요! 드시질 않으면 아플 거라고요. 위궤양처럼 간단히 치료되는 것일 수도 있고."

"뭐, 위궤양? 궤양이 걱정되면 나한테 매운 음식은 왜 먹여?" 엄마는 독설을 내뱉으며 내 눈을 쏘아보았다. 10대 이후로 처음 엄마가 두려웠다.

싫다고 하는 엄마에게 뭐든 억지로 시킬 방법은 없었다. 엄마가 뭐라도 드시게끔 할 유일한 방법은 음식을 버리겠다고 하곤, 그걸 당신 방문 앞에 두는 것이었다. 나와 동거하던 몇 달 사이 엄마 내면에 새롭게 등장한 쓰레기 뒤지는 이를 향한 호소였다.

하루가 끝날 때쯤이면, 음식은 항상 사라졌다.

오빠와 올케는 엄마가 독립된 공간인 당신 집에서 살게 되면 상황이 나아질 거라고 생각하는 듯했다. 그렇게 기대해볼 법하다고 나도 생각했다.

이사 후 처음 몇 달 동안 엄마는 여전히 음식을 먹으려 하지 않았다. 오빠네 식구들은 엄마가 퀸스에서 우리 집에 머물 때 내가 썼던 방법을 시도해보았다. 엄마가 음식이 버려지는 걸 얼마나 싫어하는지 아니까, 그렇게라도 드시길 바라며 집에 음식을 가져다두었던 것이다.

식구들은 엄마의 작은 주방에 간편하게 물만 붓거나 통조림만 따면 쉽게 먹을 수 있는 즉석식품도 많이 쟁여두었다. 올케는 엄마가 라면과 과일 통조림은 먹어도, 분유에는 거의 손을 대지 않았다고 했다. 엄마가 굶지 않는 것은 다행이었지만, 영양이 턱없이 부족한 식단이라 그게 신경 쓰였다.

"엄마, 음식 잘 잡수고 계세요?" 내가 물었다.

엄마가 고개를 끄덕였다.

"단백질은요?"

엄마는 다시 고개를 끄덕이고, 코를 킁킁거렸다. "나한테 분유를 주더라."

"아, 그래요?" 나는 놀란 척하며 말했다.

하던 생각이 끊긴 듯, 엄마는 잠시 조용해지더니 환각적 몽상에 깊이 빠져드는 듯했다.

"그 맛은 진절머리가 나." 엄마는 말했다. "전쟁 같은 맛이야."

엄마가 묻지도 않았는데 전쟁 얘기를 꺼낸 건 이번이 겨우 두 번째였다. 그 말을 듣자 연구 내용이 파편처럼 머릿속에 떠올랐고 나 역시 몽상에 빠져들었다. 죽은 엄마의 시신 옆, 흙길 바닥에 나앉아 있는 아기들, 네이팜탄에 화상을 입고 미라처럼 붕대를 감은 여자들의 모습. 미군기가 공중에서 폭탄을 떨어뜨려 아이를 잃은 노근리 학살 생존자 여성의 말. 그날 미국의 두 얼굴을 봤어요.[1] 미국의 식량 원조를 회고하는 전쟁 신부의 말. '양키'가 우리를 구하러 왔다는 말을 들었어요…… 쌀이나 보리를 기다리던 차에, 먹을 게 넉넉히 올 거란 생각에 침을 흘렸죠…… 그랬는데 분유만 끝없이 쏟아졌고, 그걸 타서 마시는 사람마다 며칠씩 설사로 고생을 했어요.[2]

2002년 2월에야 엄마는 병원에 갔다. 오빠와 올케는 엄마가 굶어 죽으려 한다는 사유로 구급차를 불러 엄마를 입원시켰다.

입원 후에 엄마는 다시 약물 치료를 시작하고 음식도 먹기 시작했지만 여전히 그 양은 많지 않았다. 가리는 것도 있었다. 엄마의 저항은 여전히 음식을 거부하는 식으로 표출됐는데, 먹을 수 없거나 먹으려 하지 않는 음식은 분유처럼 매우 구체적이었다.

아널드 슈워제네거가 캘리포니아 주지사로 선출된 후 엄마는 내게 아널드 사의 빵은 사 오지 말라고 했다.

"엄마, 이 빵은 그 사람하고 아무 상관없잖아, 응? 이름이 똑같은 건 그저 우연의 일치일 뿐이에요." 내가 말했다.

엄마는 당신 말이 미친 소리처럼 들린다는 걸 아는 듯 미소를 지으며 쿡쿡 웃음을 터뜨렸다.

엄마는 뭘 먹을지 말지 결정할 때 늘 엄청난 고민을 하는 것 같았다. 시간이 지나면서 나는 엄마의 결정이 주체성의 표현이자, 거대한 권력 구조에 대항하는 작은 반란 행위임을 깨달았다.

단지 '무엇'을 먹는가만 중요한 게 아니다. (…) 행위의 의미를 결정하는 데 있어 그보다 더 중요한 건 굶주림, 필요, 쾌락, 향수, 저항을 비롯해 '왜' 먹는가에 대한 이유들이다.[3]

엄마는 내가 엄마를 위해 요리하는 걸 못마땅해하면서도, 몇 년에 걸쳐 마지못해 한국 음식 만드는 법을 가르쳐주었다. 어쩌면 라면과 과일 통조림으로 때우는 끼니가 지겨워졌는지도 모른다. 대신 엄마는 갓 지은 흰쌀밥 한 그릇에 마늘이랑 고춧가루를 풀어 명태랑 무랑 넣고 보글보글 끓여 낸 옛날식 생태찌개를 먹고 싶어했다. 첫술을 뜨고 엄마는 크게 숨을 내쉬며 말했다. "이 맛을 40년 동안 못 봤지."

뉴저지주 집에 살게 된 이듬해부터 엄마는 내게 장을 봐 올 한국 식재료 목록을 주며 다음에 오거든 뭘 만들어달라고 부탁하는 게 일상이 되었다.

마지막으로 봤을 때 엄마는 내게 한인 마트에서 생선전을 사다달라면서, 속이 안 좋다고 [속쓰림 치료제] 펩시드도 같이 부탁했다. 최근에 설사도 한 터였다. 오빠가 방바닥에 죽은 듯 쓰러

저 있는 엄마를 발견한 후 몇 달 동안이나 이 주문 목록은 나를 괴롭혔다.

엄마의 공식 사인은 '심근경색'이었다.

나는 올케가 묘사한 죽은 엄마의 모습을 머릿속에 그려보았다. "꼭 주무시는 것처럼 머리를 손에 얹고 러그에 누워 몸을 웅크리고 계셨어요. 편안해 보였어요." 아버지가 심장마비를 일으키는 것을 목격한 적이 있는 나는 그 모습이 편안하게 잠든 것과는 거리가 멀다는 사실을 알고 있었다.

돌아가시기 몇 주 전 엄마를 방문했을 때, 엄마는 소파에서 일어나 텔레비전 수납장 위에 있는 자그마한 검은 자개 꽃병으로 발걸음을 옮겼다.

"여기가 진주 귀걸이 두는 데야. 나한테 무슨 일이 생기면 말이야."

엄마는 꽃병에서 키친타월 뭉치를 조심스레 끄집어내 감싸고 있던 것을 풀어 당신 손바닥에 진주 귀걸이 한 쌍을 올려놓았다. 그러고는 내게 손짓했다.

"네 거다. 잊지 말고."

혹시나 엄마가 다시 자살을 시도할 생각인 건 아닌지 잠시 의심했지만, 이내 그 생각을 떨쳐버렸다. 전과는 전혀 다른 엄마였다. 14년이라는 시간이 흘렀고, 내가 20대 초반일 때 자살 충동을 느꼈던 엄마와 지금의 엄마는 완전히 다른 사람이었다. 더구나 그 말을 했을 때 기분도 좋아 보여서, 나는 그저 엄마가 오랫동안 그래왔듯 예사로 참사를 생각하는 것이거나 긴급사태에 대비하는 것이려니 하고 그 말에 크게 마음을 쓰지 않았다.

엄마의 죽음 이후, 나는 귀걸이와 펩시드를 생각하며 엄마가 약물을 과다 복용했거나 심각한 질병을 숨기고 있었던 건 아닌지 고심했다. 오빠의 추측은 달랐다. "그 많은 약이 엄마한테 무슨 영향을 끼쳤는지 어떻게 알겠어?"

진주 귀걸이는 키친타월에 싸인 채 여전히 꽃병에 담겨 있었다. 그 귀걸이를 책가방에 넣다가, 누구한테 세게 맞기라도 하듯 깨달았다. 엄마는 당신이 세상을 떠날 걸 알고 있었음을.

마지막으로 방 안을 찬찬히 둘러보며, 나는 이 사실을 받아들였다. 이 방은 엄마가 외롭고 지루한 삶의 끝자락에 원인 불명의 죽음을 맞이한 장소인 한편, 구원의 장소이기도 했다. 이곳에서 엄마는 조현병 발병 이후 인생에서 가장 좋은 시절을 보냈고, 다시 음식을 즐기는 법과 원하는 것을 달라고 말하는 법을 배웠다. 우리는 엄마가 어렸을 때 이후론 먹어보지 못한 음식을 이곳에서 함께 나누어 먹었다.

엄마는 어렸을 때 먹었던 음식, 먹고 싶어도 못 먹었던 음식 얘기와 함께, 당신의 과거에 대한 이야기를 세세히 풀어놓았다. 그 아스러진 흔적이 나를 우리 가족사로 인도했다.

2장

아메리칸드림

1961년 한국

엄마는 스무 살이 되기 전에 이미 가족의 절반을 떠나보냈다. 외할머니는 1922년부터 1941년까지 아이 넷을 두었는데, 딸 셋에 아들 하나였다. 엄마는 그중 막내였다. 할머니가 낳은 자식이 넷 말고 더 있었는지는 알 수 없는데, 누구도 그 얘기는 입 밖에 내지 않았기 때문이다.

사 남매는 모두 일제강점기에 태어났는데, 그들이 살던 경상도 지방은 일본과 가까웠던 까닭에 피해가 가장 심했다. 일제 식민 지배하에 한국인은 집과 땅을 빼앗긴 채 온갖 강제노동에 착취되었다. 젊은 여성에 소녀들까지 제국군의 성노예로 일본에 끌려갔다. 대부분이 10대였고 열 살짜리도 있었다.

한국인은 일본어만 쓰도록 강요받았고, 한국말을 하면 혀가 잘릴 위험을 무릅써야 했기에, 할머니와 할아버지는 아이들을 키울 때 압제자의 언어를 말하게끔 했다.

사 남매는 식민지 치하에 유년기를 보냈는데, 할아버지와 남매 중 둘은 한국전쟁과 그 여파로 생사를 알 길이 없게 됐다. 그렇게 엄마와 첫째 이모만 살아남았다.

일제강점기는 1945년에 끝났지만 한국이 점령에서 자유로워진 것은 아니었다. 점령국만 바뀌었을 뿐.

1945년 8월 미국은 히로시마와 나가사키에 원자폭탄을 투하함으로써 역사상 핵무기를 사용한 유일한 국가가 되었다. '대일전승기념일VJ Day'이라는 이름으로 일본과의 전쟁에서 승리했음을 기념하는 그 사건이었다.

원폭 투하는 미국이 적국으로 상정한 일본 국민 20만 명을 죽음으로 몰아넣었을 뿐 아니라, 그들이 해방시키고 구제했다고 주장하는 약 2만 명의 한국인 목숨도 앗아갔다. 우리 외가는 제2차 세계대전 기간 오사카에 있었기에 전멸당할 위험을 모면했다. 하지만 미국은 한국인을 그들 자신에게서 구제한다는 명분으로 살상을 이어갈 것이었다.

종전을 맞을 때 엄마는 네 살이었는데, 미국은 38선을 그어 한반도를 둘로 나누고 이북을 소련에 넘겨주었다. 일본의 점령이 끝나자마자 미국과 소련의 한반도 점령이 시작되었고, 한국은 미국 최초의 "공산주의 봉쇄 실험실"이자 "냉전 극장"이 되어 대량살상 실험이 벌어지는 장소가 되었다. 사망자, 부상자, 부모

잃은 사람들, 집 잃은 사람들, 남북 군사분계선이 확정되며 가족과 생이별을 한 사람들이 넘쳐났고, 피해자는 항목당 수백만 명에 달했다.

한국전쟁 중 불타버린 도시와 마을의 잿더미 아래에, 신원을 확인할 수 있는 사체만 300만 구라는 소름 끼치는 통계 아래에, 전쟁 피해자로 간단히 헤아려질 수 없는 이들도 있었다. 시신을 찾지 못해 사망자로 집계되지도 못한 사람들. 훼손이 너무 심해서 신원 확인을 할 수 없는 사체들. 온 가족이 몰살당해 연고가 없게 돼버린 이들의 주검. 겉보기에는 자연사 같지만 실은 나라가 황폐화되어 더 이상 살아남을 수 없었던 사람들. 생존자들이 집단으로 탈출해야만 했던 절박한 상황까지.

엄마가 스무 해에 걸쳐 과거에 대해 드문드문 털어놓은 얘기는 이랬다.

오빠 내가 아홉 살 때 전쟁 통에 실종됐어.

아버지는 나 열 살 때 전쟁 통에 돌아가셨지.

아, 내가 제일 아끼던 우리 언니 춘자! 나랑 터울이 제일 덜 졌지. 언니는 1961년 내가 스무 살 때 죽었어.

내가 그 잔해 속에서 우리 가족을 찾는 데는 스물다섯 해가 걸릴 터였다.

1980년 워싱턴주 셔헤일리스

우리 가족사에 대해 처음으로 조금이나마 알게 된 건 초등학교 3학년 때 선생님이 가계도를 그려 오라는 숙제를 내주고 나서다.

아버지는 마닐라나 괌, 싱가포르 등지의 머나먼 항구에 가 계셨기 때문에 엄마만 인터뷰할 생각이었다. 엄마는 과거 얘기하는 걸 꺼렸지만, 내 학업을 위해서라면 뭐든 할 준비가 되어 있었다.

할머니와 이모, 그리고 여름에 부산을 방문했을 때 만난 사촌 둘에 대해 알고 있었던 나는 엄마 쪽 가계도를 이미 잘 안다고 생각했다.

나는 부엌이 보이는 거실의 높은 홈바 위에 올라앉았다. 거실과 부엌을 가르는 하얀 나무 덧문이 열려 있어서 일하는 엄마 얼굴이 마주 보였다. 내가 우리 집에서 제일 좋아하는 자리였는데, 노란 인조가죽을 씌운 높은 회전의자에 앉으면 키가 커진 것처럼 느껴졌고, 자리에서 손을 뻗으면 구피 캐릭터 얼굴 모양을 한 쿠키 통에 닿았다. 가계도 숙제를 마치면 쿠키를 먹을 참이었지만, 일단 가필드 캐릭터가 그려진 공책을 펴고 당장 주어진 과제에 집중했다.

"할매야 이름은 뭐예요?" 흐르는 물에 쌀을 씻는 할머니 손을 머릿속에 그리며 내가 물었다. 엄마는 우리 집 두 고양이에게 막 먹이를 주고, 싱크대 옆에 부착된 도마를 꺼내 파를 썰기 시작했다.

"조성운. C-H-O. 이름 철자는 S-U-N-G-W-O-O-N이야."

"엄마네 아버지 이름은?" 할아버지는 사진 한 번 본 적이 없어서 할아버지라고 부를 만큼 친밀감을 느끼지 못했다.

"하점을." 엄마는 다시 한번 철자를 불러주었다.

"엄마네 할머니 할아버지 이름은?"

"흠, 잘 모르겠네." 엄마는 고개를 갸우뚱거렸다. "한국 사람들은 나이 드신 분들을 이름으로 안 불러."

"알았어요. 그럼…… 아이들 이름은요?" 나는 할머니 할아버지 밑으로 엄마와 이모를 적으려고 선을 두 줄 그었다.

엄마는 이모 이름과 당신 이름의 철자를 불러주었다. 그러고선 도마에 붙어 있던 파 조각을 닦아내며 그쪽으로 몸을 기대었다. 엄마는 두 척쯤 앞의 벽을 바라보며 말했다. "오빠랑 다른 언니도 한 명 더 있었어."

나는 연필을 거의 떨어뜨릴 뻔하고, 입을 쩍 벌린 채 엄마를 쳐다봤다.

"오빠는 전쟁 중에 실종됐어. 어떻게 그렇게 됐는진 몰라. 그 후로 다시는 못 봤지."

"엄마 몇 살 때?"

"지금 네 나이 정도." 엄마는 여전히 벽을 응시하며 말했다.

나는 어느 날 갑자기 오빠를 다시는 볼 수 없다는 게 어떤 느낌일지 상상해보았다. 벌써 다 커서 대학 갈 준비를 하고 있었던 오빠였기에 그때도 전처럼 자주 보지는 못했지만, '다시는' 볼 수 없다는 말은 너무나도 무겁게 느껴졌다. 가계도 그리기 숙제를 그만 찢어버리고 싶은 충동이 들었지만, 나를 믿고 교육에 온 정성을 들이는 부모님, 그리고 선생님을 실망시키고 싶지 않아 망설여졌다.

엄마는 꿈속에서 길을 잃은 듯했다.

"엄마네 언니는 어떻게 됐어요?" 내가 물었다.

"우리 춘자 언니…… 세 자매 중 언니가 제일 예뻤지. 내가 제일 좋아하는 언니였는데……."

"언니한테 무슨 일이 생겼어요?"

"죽었어. 너 태어나기 전에." 엄마는 마침내 나와 눈을 마주쳤고, 우리는 침묵 속에서 서로를 바라보았다. 벽에 달린 긴 형광등이 윙윙대는 소리만이 허공을 채웠다. 엄마는 눈을 감은 채 한숨을 쉬었다. "아이구! 답답으라."

"답답으라"는 슬퍼서 숨이 막힌다는 말이었다.

엄마의 오빠이자 외할머니의 외아들이요, 장남이었던 외삼촌은 1950년 전쟁이 발발했을 때 사라졌다. 시신이 발견되지 않아 가족들은 그분이 사망했다고 공식적으로 주장할 수 없었거니와, 영원히 사라졌다고도 믿을 수 없었다. 외삼촌의 실종은 훗날 사료史料에 약 200만 명의 다른 사람과 함께 "실종 또는 부상"이라는 모호한 범주로 기록될 것이었다.

1953년 유엔, 북한, 중국이 체결한 정전협정은 "한국 문제의 평화적 해결"을 위한 조치를 담고 있었다.* 전쟁에서 살아남은 사람 중 3분의 1 이상이 남북을 가르는 군사분계선에 막혀 사랑하는 사람들과 헤어지고 이산가족이 되었는데, 정전으로 인해 이들은 가족과 곧 다시 만날 수 있으리라는 희망을 갖게 되었다.

이는 남북 분계선이 도로 뚫리면 실종된 삼촌이 다시 나타날 수 있다는 말이기도 했다. 하지만 그 약속은 지켜지지 않았고, 이후 정전협정 서명국들은 교착 상태에 빠졌다. 엄마네 가족은 외삼촌이 죽었는지, 월북했는지, 아니면 [정전협정 서명일인] 1953년 7월 27일 운 나쁘게 잘못된 곳에 있었던 것인지 알아낼 길이 없었다.

이산가족 중 오래 살아남았고 운도 따랐던 이들은 40년, 50년, 60년이라는 세월을 기다려서 국가의 감독하에 헤어졌던 식

---

* 미 국립문서기록관리청NARA, 마일스톤 문서Milestone Documents 중 "Armistice Agreement for the Restoration of the South Korean State (1953)" 참조, 1953년 7월 27일 작성.

솔들과 몇 시간 동안 재회할 수 있었다. 휴전 이후 40년이 지난 뒤에야 추진된 이산가족 상봉에서 남북 간 친선 표시로 몇 년에 한 번씩 소수의 신청자에 한해 방남·방북이 허락되었다.

예컨대 2018년 8월에는 5만7000명의 신청자 중 단 170가족〔833명〕만이 65년 넘게 헤어졌던 가족을 만날 수 있었다. 아흔둘 이금섬 할머니는 전쟁의 혼란 속에서 잃어버린 아들을 1950년 이후 처음으로 다시 만났다. 해가 다 가도록 아들 이름만 부르면서 어찌할 바를 모르고 울기만 했지……. 겨우 네 살짜리였는데.[1]

엄마가 한국에 살았던 1950년대와 1960년대에 실종된 친족이 있는 가족들은 마치 실종자가 죽은 것처럼 행동해야 했다. 정부가 북한과 연루됐다고 의심하는 날에는, 어쩌다 얽히게 된 상황이라 해도 가족 모두가 간첩으로 몰려 박해받을 수 있었다. 그래서 우리 외가는 다시는 외삼촌의 이름을 입 밖에 내지 않았고, 할머니는 전쟁으로 부모를 잃은 수백만 명의 아이 중 하나가 된 외삼촌의 다섯 살 난 아들 진호를 데려다 당신의 다섯째 아이로 키웠다.

자연사: 외력에 의해 직접적으로 야기된 게 아니라 신체의 질병 또는 내부 기능장애로 인한 사망.

여러 해 동안 엄마가 할아버지에 대해 할 수 있는 말이라곤 "한국전쟁 중에 돌아가셨어"뿐이었다. 나중에야 나는 할아버지가 폭탄이나 총알에 맞아 사망한 게 아니라, 위암으로 돌아가셨다는 사실을 알게 되었다.

할아버지의 병환이 더 악화된 건 민간 기관을 공식 기록에서 "군사 표적"이라고 부르며 파괴한 미국의 방침으로 전쟁 발발 후 첫 6개월간 병원이 모두 불 타 없어졌기 때문이다. 암에 걸렸다는 사실을 알았을 때 할아버지는 환자로서 갈 곳이 없었다.

기반 시설 부족, 식량 불안, 전후 생존자들의 고통은 1950년대를 지나 1960년대까지 지속되었다.

엄마의 큰언니 춘자 이모도 스물여섯 살이던 1961년 위암으로 세상을 떠났다.

나는 춘자 이모가 아팠을 당시 한국의 보건 의료 상황도 궁금했지만, 동시에 그렇게 젊은 여성이 위암에 걸린 이유가 무엇인지도 의문이었다. 연구를 하며 알게 된, 미군 기지 쓰레기통에서 반쯤 먹다 버린 핫도그며 햄버거를 뒤져 먹으면서 살아남은 한국 사람들 이야기가 생각났고, 이모의 병이 궁핍한 식생활과 관련된 것은 아닌지 헤아려보았다. 엄마가 전쟁 통에, 종전 후에 식구들과 먹었던 음식 얘기를 한 게 기억났다. 거미랑 메뚜기, 또 어떤 때는 작은 새도 잡아서 불에 구워 먹곤 했지. 거미는 그래도 먹을 만했는데, 새는 고기가 거의 없었어. 털을 뽑고 씻는 고생을 할 만한 가치가 없었지. 뼈까지 한입이면 먹어치웠으니까!

벌집 모양 올림머리를 하고 어깨가 드러나게끔 인조 모피 숄을 두른 채 검은색 아이라이너를 그리고 카메라를 향해 환히 웃으며 보조개를 뽐내던 스물두 살 엄마의 1963년 인물 사진 전으로는, 돌아가신 이모나 다른 한국 가족을 찍어둔 사진이 전혀 없다. 나는 엄마의 이 모습을 여성스러운 미모의 상징으로 내재화한 터라 엄마보다 더 예뻤다는 이모의 모습은 상상하기 어려웠다. 살아 계신 다른 이모가 나중에 말하길, 세상을 떠난 이모는 마치 딴 세상 사람 같은 미모라, 어떤 여자라도 이모 옆에서는 평범해 보였다고 했다.

엄마는 내 서툰 한국어에 "그래"라고 한마디로 답하며, 가족사의 나머지 부분도 확인해주었다. 그래는 맞다는 뜻이었다.

"춘자 이모는 위암으로 돌아가신 거지?"

"그래."

"엄마네 오빠는 전쟁 통에 잃어버렸고?"

"그래." 그리고 엄마는 되물었다. "오빠가 아직 살아 있을 수도 있을까? 이제 거의 아흔이 다 됐을 텐데. 북한에서 아직 살아 있으려나?"

2006년 뉴저지주 프린스턴

엄마와 엄마 집에서 상추에 구운 고기와 밥을 넣고 쌈을 싸 먹고 있다. 한입씩 먹다가 엄마는 세상을 떠난 미모의 언니에 대한 비밀을 털어놓는다.

"언니한테는 자식이 둘 있었어. 아들 둘."

"아니, 전혀 몰랐네! 그래서 지금 어디에 있는데요?"

"아무도 몰라. 그냥 사라졌어." 엄마는 쌈을 입에 넣고 씹기 시작한다.

"그냥 사라졌다는 게 무슨 말이에요?" 나는 엄마가 쌈을 베어 물고 씹어 삼키고, 더 베어 물고 다시 씹어 삼키고, 그렇게 쉬지 않고 하나를 다 먹을 때까지 기다린다.

"한국에서 애들은 아빠한테 딸리니까." 다음 먹을 쌈을 싸면서 엄마는 말한다. "언니가 죽은 다음에 애들이 어떻게 됐는지는 아무도 모르지."

문득 그 아이들이 입양되어 앤드루나 크리스토퍼 같은 이름으로 미국 어딘가에 살고 있을지 모른다는 생각이 든다. 아니면 앙드레나 크리스토프 같은 이름으로 프랑스에서 살고 있을지도.

나는 자라면서 알게 된 캐시, 코디, 로버트 같은 새로운 이름으로 개명된 입양아들을 생각한다. 이름이 바뀐 다음 한국 이름은 잊고, 입양 날짜가 생일이 된 아이들. 공식 문서상 한국 가족은 사망한 것으로 처리되고, 자기 이름을 다시는 입 밖에 내지 말라는 말을 들은 아이들.

사라진 외사촌에 대해 알게 되었을 무렵, 나는 우리 가족의 역사가 초국적 입양의 역사와 어떤 연관이 있는지를 연구한 바 있다. 초국적 입양은 1954년 한국전쟁 고아들에게 미국 가정을 찾아주는 구제 사업으로 시작되었지만, 금세 사회복지의 대체재이자 달갑지 않은 인구를 제거하기 위한 정부 정책으로 탈바꿈했다.

"단일 민족, 단일 국가"라는 일국일민주의 기치를 내걸었던 이승만 초대 대통령은 "양부인과 혼혈 아동"의 존재를 "사회적 위기"라고 공개적으로 비난했다. 그는 "미군 아기 문제"의 해결책으로 이 아이들을 초국적 입양 대상자로 만드는 대통령령을 선포했다. 미국 선전물은 이 혼혈 아동들이 가난하고 사회에서 소외된 존재로 공산주의의 손아귀에 쉽게 넘어갈 수 있는 취약한 처지에 있다고 묘사하면서, 이들을 구제하는 것이 미국인의 애국적 의무라고 선전했다.

이와 더불어, 사회복지사들은 기지촌에서 일하는 여성들에게 한국이 그들의 자녀에게 해줄 수 있는 것은 아무것도 없으며, 아버지의 나라야말로 아이들이 가야 할 곳이라고 설득하는 공격적인 캠페인을 벌였다. 실제로 한국 법에 따르면 현실이 그러했다. 한국인 어머니와 외국인 아버지 사이에서 태어난 자녀는 공립학교에 다닐 수 없었고 대한민국 국민으로 등록할 수도 없었다. 내가 태어나기 한참 전부터, 이승만 정부의 정책으로 우리 망명의 조건은 이미 정해져 있었다.

한국의 입양 프로그램과 한국 아이들을 공산주의 및 "아시아인의 인명 경시 풍조"로부터 구제한다는 미국의 캠페인이 대대적인 성공을 거두면서, 1960년대에 이르러 한국 사회복지사들은 입양 아동 모집 대상을 다른 주변화된 집단으로까지 확대해야 했다.[2] '순수' 한국 혈통의 미혼모와 빈곤 가족이 새로운 표적으로 등장했다. 입양 기관은 부모가 없는 아이들에게 가정을 찾아주기보다, 자녀를 원하는 가족에 아이를 찾아주기 시작하면서 수많은 한국인 입양 아동을 서구 국가로 끊임없이 공급했다. 한 전직 사회복지사는 이러한 관행에 대해 공개적으로 발언했다. 내 일을 잘못 이해한 거죠. 그래놓고 생모가 아이를 포기하게 만드는 게 내 일이라고 생각했어요.[3]

많은 한국인은 미국을 빈곤이나 인종차별이 없고, 누구나 크게 성공할 수 있는 신화적인 장소라고 상상했다. 혼혈 아이 둘을 미국으로 입양 보낸 한 여성은 이렇게 말했다. 걔들이 초등학교에 다니는데 혼혈인이라고 흉보고 놀리고 머심애는 미군은 꼬추가 크다고 보자고 놀려서 오줌을 못 누고, 오줌을 싸서 겨울에 얼어갖고 와…… 내가 꼬셨지, 한 달을 꼬셨어. 너 아버지 올 때 기다리는데 안 오는데 여기서 괄새 받는데 미국서는 괄새 안 받는다.[4]

1977년 워싱턴주 서헤일리스

따뜻한 가을날, 초등학교 1학년이던 나는 버스에서 집 근처 정류장에 막 내린 참이다. 동네 아이들을 괴롭히는 금발머리 골목대장이 나를 부른다.

"기다려! 야! 너한테 보여줄 게 있어." 돌아보니 그 여자애가 쪼그려 앉아 작은 떡갈나무 숲 아래 그늘진 풀밭을 들여다보는 게 보인다. 잠시 가던 길을 멈추고 그쪽으로 걸음을 옮긴다. 그 애가 보고 있는 게 어깨너머로 보일 만큼 가까이 다가가자, 아이는 벌떡 일어나 손에 든 녹슨 망치를 내게 휘둘러댄다. 나는 달아나기 시작했고 잘 도망쳤다고 안심할 무렵, 그 애가 망치를 막 눈 똥 무더기에 문지르느라 잠시 멈춘 거란 걸 깨닫는다. 아이는 똥 묻은 망치를 내 머리에 겨누며 다시 나를 쫓는다. 버스 정류장에 서 있는 다른 아이도 합세해 나를 잡아 넘어뜨린다. 금발 여자애가 내 얼굴에 망치를 들이대며 위협하는 동안 남자아이는 나를 꼼짝 못 하게 누른다. 나는 몸을 비틀어 그들의 손아귀에서 빠져나와 달아난다.

진흙 바닥에 미끄러져 도랑에 빠지자 공포가 온몸을 휩쓸고 지나간다. 등으로 땅에 떨어진 나는 햇살로 반짝이는 황금빛 초록빛 나무 위로, 드문드문 보이는 파란 하늘을 올려다본다. 차가운 물방울이 목을 타고 흘러내려와 그날 아침 엄마가 깨끗이 빨아준 빨간 코듀로이 재킷에 스며든다. 그새 옷을 더럽혔다고 엄마가 화낼 생각을 하니 눈물이 터진다. 금발 여자애한테 우는 모습을 보이지 않으려고 눈을 꼭 감는데, 도랑 위에서 깔깔거리는 소리가 들린다.

"개 잡아먹는 주제에!" 그 애는 크게 소리치고는, 내 옆 도랑물로 망치를 던져 내 재킷에 진흙과 똥을 튀긴다.

엄마는 열다섯 살에서 스물한 살 사이에 고향인 경상남도 창녕군을 떠나 항구도시 부산으로 일자리를 찾아 이주했다. 이 사실은 두 가지 증거를 통해 알 수 있다. 한국에 있는 사촌에 따르면 엄마는 창녕에서 한두 해쯤 고등학교를 다녔다고 한다. 또 엄마는 스물한 살 때 부산에서 오빠를 임신했다. 증명할 수 있는 것은 두 번째 사실뿐이다.

성인이 될 무렵에 대한 이야기를 제대로 해준 적은 한 번도 없지만, 엄마는 돌아가시기 전 10여 년간 같이 밥을 먹으며 마치 빵 부스러기처럼 몇 가지 정보를 흘리곤 했다. 때로는 당신 기억에 남아 있는 전후 시절 사람들 모습이나 장면을 구체적으로 묘사했고, 나는 이것을 모아 이야기를 구성해냈다.

식구를 절반이나 잃고도 엄마는 마음을 닫아버리지 않은 듯했다. 엄마는 함께 어울려 살던 다른 생존자들을 동정하는 투로 얘기했다. 여전히 전쟁의 참화가 드리운 나라에서 엄마 곁에는 남녀노소 할 것 없이 먹고사느라 애를 먹는 사람들이 있었다. 무거운 배추단을 시장에 내다 팔려고 도시로 이고 나르는 할머니들, 공장에서 장시간 노동을 하느라 학교를 그만둔 소녀들, 훔친 개를 도살해 그 고기를 파는 남자들. 웬만한 사람이라면 이들의 더럽고 부정직한 일을 용납할 수 없었고 개장수는 사회에서 쓰레기 취급을 받았다. 엄마는 이런 사람들에게까지 동정심을 느낀다는 걸 스스로도 납득하기 어려워했다. 엄마가 키우던 강아지 한 마리도 이들 손에 고기로 팔려 갔다. 강아지를 훔쳐 간 자들이 밉기도 했고 사회적 반감도 있었지만, 엄마는 도대체 어떤 상황에서 그들이 이런 운명에 처하게 됐는지 궁금해하지 않을 수 없었다. 엄마는 그들마저 딱하게 여겼다.

엄마가 특히 예뻐했던 동네 남자아이가 있었다. 여덟아홉 살쯤 된 아이였는데, 길거리에서 아이스케키를 팔았다. 한여름 뜨거운 햇볕을 고작 뚜껑으로 가려놓았을 뿐인 얼음 통 속 얼음은 속수무책으로, 아이스케키가 팔리는 속도보다 훨씬 더 빠르게 녹아내리곤 했다. 무더운 날 아이는 길가에 주저앉아 팥물이 흙바닥에 개울물처럼 고이는 걸 속상해하며 울음을 터뜨리곤 했다. 엄마는 잔돈이 생길 때마다 아이가 낭패를 봤다는 굴욕감을 느끼지 않도록 아이스케키를 한두 개씩 사주곤 했다.

엄마는 이렇게 당신이 경험한 일을 단편적으로 들려주곤 했지만, 당신이 했던 일에 대해서는 입을 꾹 다물었다. 나는 엄마가 부산으로 갔을 때 이미 무슨 일을 하게 될지 알고 있었던 건지, 아니면 다른 목적으로 갔다가 누군가 꼬여 그런 직업을 갖게 된 건지가 항상 궁금했다. 어쩌면 엄마는 미 해군기지에서 한국 소녀들이 미군과 손잡고 걸으며 사탕과 향수를 선물받는 걸 보고 이들이 누리는 안락함에 감화되었는지도 모른다. 부족할 것 없어 보이는 사람들. 처음부터 엄마는 당신이 이들 중 한 사람이 되리라는 걸 알았던 걸까?

살아남은 이모는 엄마보다 열여섯 살 많아서, 언니라기보다 또 다른 엄마 같은 존재였다. 조카들이 엄마보다 고작 몇 살 어린 정도였으니까. 그래서 이모부와 사별하고 아들이 장성하자, 이모는 엄마를 돌보는 데 더 많은 시간을 들일 수 있었다. 하지만 아무리 이모가 막냇동생 일이라면 만사를 불구하고 나섰다 해도, 모든 일로부터 엄마를 보호해줄 순 없는 노릇이었다.

엄마는 교육을 받고 싶었지만, 딸인 게 문제였다. 딸들은 교육을 받는 대신, 남자 형제들의 교육비 마련을 도와야 했다. 엄마가 부산에서 일하는 동안 진호 삼촌은 대학 진학을 준비했다.

1960년대 한국은 전후 재건, 도시화, 급격한 산업화로 거대한 변혁의 기로에 놓여 있었다. 사람들은 농촌에서 공장 일자리를 찾아 도시로 이주했다. 박정희는 1963년에 정권을 잡고, 산업 개발을 최우선 과제로 삼고 사회복지를 최하위로 미뤄둔 일련의 경제개발계획을 단행했다. 박정희는 국민의 소임이 더 많이 일하고 더 낮은 임금을 받아서 국가를 재건하는 것이라고 했다. 고난이 바람직한 국민됨의 척도가 되었다.

미군 기지 주변에는 바와 나이트클럽이 우후죽순으로 생겨났고, 병사들은 여성의 손길에 위안받았다. 연예인 지망생들은 노래 부르고 춤을 췄다. 예쁜 소녀들은 바에서 음료 값의 일부를 벌이로 받으면서 음료를 팔고 남자들과 얘기를 나눴다. 한국인들은 남은 음식을 구걸하거나 쓰레기통에서 턱찌꺼기를 찾겠다고 삼삼오오 기지로 몰려갔다. 어떤 여성들에게 쓰레기통을 뒤져 먹을 걸 구하다가 서비스를 먹을 것과 교환하게 된 건 그저 작은 변화에 불과했다. 식사 한 끼와 섹스를 교환하는 것. 음식을 암시장에 내다 팔아 그 돈으로 다시 더 많은 음식을 사는 것. 음식보다 더 비싼 것을 사기 위해 나이트클럽에서 성을 파는 것. 날마다 쌓여가는 빚더미 아래서 사람들이 살아남기 위해 한 일들이었다.

결국 종전은 오지 않았고 미군 기지와 미군을 대상으로 하는 서비스업은 더욱 번창했다. 한국 사람들은 주한 미군에 대해 양가적인 태도를 보였다. 신흥 국가였던 한국은 국가 안보와 경제 성장을 미국에 의존했고, 평범한 한국 사람들이 생활을 꾸리는 데 필요한 비용의 상당 부분이 미군 기지에서 나왔다. 한국인은 일자리가 주어진 데 감사했지만, 그들 대부분은 상상도 할 수 없는 널찍한 숙소, 실컷 먹고도 남는 음식, 원하면 대동할 수 있는 여성들을 특권처럼 누리는 미국인에게 울분을 터뜨리기도 했다.

명문가 여성이 아닌 다음에야, 젊은 여성에게 주어지는 일자리라곤 공장 아니면 미군 기지뿐이었다. 야망이 컸던 엄마는 후자를 선택했을 거란 상상을 해본다. 엄마는 이국적인 음식이 넘쳐나고, 일상에서 소소한 사치를 누릴 수 있고, 가끔 무대에서 노래할 기회도 주어지는 미군 기지에 끌렸을지도 모른다. 기지촌 일자리는 대체로 공장보다 노동 시간이 짧았고 수입도 더 좋았다. 결정적으로 기지촌은 미국의 화려함을 약속했고, 미군 병사와 가정을 꾸려 미국으로 이민 갈 가망도 주었다. 실제로 그런 일이 일어날 가능성은 희박했지만, 엄마를 비롯한 수백만 명의 여성에게 이는 해볼 만한 도박이었다.

이모는 기지촌이 엄마를 망칠 거라며 말리려 들었을까? 어쩌면 엄마는 이미 그걸 알고도 바로 그 파멸의 가능성 때문에 그곳에 끌렸는지도 모른다. 기지촌에 발을 들이기 전 엄마의 삶에서 엄마가 깨끗하게 간직하고 싶었던 건 아무것도 없었는지도. 그래서 무모하게 미군 기지촌이라는 미지의 세계에 온몸을 던져 뛰어들었는지도. 기실 엄마는 잃을 것이 없었다.

미군 기지로 몰려든 여성들은 그 일로 훗날 어떤 대가를 치르게 될지 내다볼 수 없었다. 바걸, 클럽 호스티스, 가수, 댄서, 성매매 여성, 웨이트리스, 군인들을 상대하는 편의점 주인, 클럽 여성들 머리를 손질해주는 미용사, 군매점PX 제품을 거래하는 암시장 행상인, 길거리 호객 행위에 노출되는 지나가는 사람들에 이르기까지, 모든 여성에게 '양공주'나 '양갈보'라는 낙인이 찍혔다. 가족들이 용납 못 할 남자들과 유흥가에서 가볍게 어울려 다니는 것도 문제였지만, 더 큰 문제는 그들이 한국인이 빚을 지고 종속 관계에 놓인 미국인이라는 것이었다. 이는 민족에 대한 모욕으로 여겨졌다. 미군 주둔으로 한국이 얻는 이익은 상당해서, 당국은 기지촌 성산업을 "외화벌이"의 일환으로 적극 홍보했지만, 정작 이곳에서 일하는 여성 노동자들은 점차 권리를 박탈당했다. 한국 사회에서 이 여성들에 대한 낙인은 너무나도 심각해서, '정상적인' 사회인으로 살아가는 게 더 이상 불가능할 정도였다. 아버지들은 딸이 일해서 번 돈으로 가계 빚을 갚았으면서도 그 딸을 호적에서 파냈다. 일부 여성은 학대자 손에 목숨까지 잃었지만, 이 남성들은 제대로 재판도 받지 않았다.

미국의 유혹은 기지촌 일이 얼마나 위험한지를 가렸다. 치외법권의 보호를 받는 술 취한 군인들이 얼마나 폭력적일 수 있는지를. 클럽 주인들이 말 안 듣는 여자들에게 깡패를 보낸다는 것을. 기지촌 여자들이 낳은 아이는 무국적자가 되리라는 것을. 이 여자들이 곧 늪에 빠질 거라는 것, 죽음 아니면 미국인과의 결혼을 통해서만 거기서 빠져나올 수 있으리라는 것을.

1987년 워싱턴주 셔헤일리스

고등학교 2학년 봄, 역사 수업 시간이다. 내 뒤쪽에 앉은 존이라는 남자애가 속닥속닥 내 이름을 부른다. 발달 중인 내 몸을 가리키며 한 번씩 묘하게 성적인 말을 했던 그를 나는 무시하려고 애썼다. 그렇지만 존은 학교에서 똑똑한 편에 들었고 가끔 내가 매일같이 맞닥뜨리는 무지의 물결에 맞서는 동맹자이기도 했다. 그런데 그때 존의 말은 내 허를 찔렀다.

"저기, 그레이스? 너희 엄마 전쟁 신부였어?" 가벼운 조롱 조로 한 말이었다. 나는 대답하지 않는다. 그가 재차 묻는다. "네 엄마 전쟁 신부였냐고?"

나는 그 질문이 이해되지 않는다. 한국전쟁은 1950년대에 일어났고, 우리 부모님은 1971년에 결혼했는데 어떻게 엄마가 전쟁 신부가 될 수 있는지 머릿속으로 곰곰이 따져본다.

"그렇다고 들었는데", 그가 말한다.

그 질문이 그만 나오게 하려고 내가 대꾸한다. "우리 엄만 베트남이 아니라 한국에서 왔어."

나는 한국이 여전히 전쟁 중이라는 사실을 아직 깨닫지 못한다.

부모님은 당신들이 언제 어떻게 만났는지 얘기해준 적이 없었다. 하지만, 아버지 유품을 보면 아버지는 1968년 베트남에 주

둔했다. 1970년에 엄마가 나를 임신하면서, 두 분은 결혼 계획을 세웠다.

이모 말에 따르면, 엄마는 임신 기간 내내 채워지지 않는 허기에 시달렸다고 한다. 엄마는 먹고 싶은 게 아주 많았다. 엄마가 느낀 허기는 너무 심해 도저히 채울 수 없는 데다 형언할 수도 없는 것이었고, 그래서 엄마는 차라리 이름 붙일 수 있고 가질 수 있는 것들을 요구했다고 한다. 엄마는 이모에게 "언니야, 나 밥 좀 해주라" 하고 부탁하곤 했다. 그때까지 먹어봤을 수많은 음식 가운데 엄마는 딱 어떤 요리 하나를 꼽았다. "언니야, 나 녹두죽 좀 만들어줘." 엄마는 거의 매일 녹두죽을 주문했는데, 이모가 다른 것도 좀 먹으라고 하면, "근데 아기가 녹두죽을 먹고 싶어해"라며 고집을 부렸다. 엄마는 임신하지 않았을 때도 음식 하나에 꽂혀서 그것만 탐닉하는 습성이 있었다.

엄마는 미혼모로 당시 여섯 살이던 오빠를 역경 속에서 혼자 키우고 있었다. 요즘에도 그렇지만 그 시절 여성의 혼외관계란 한국의 문화적 규범을 더더욱 심각하게 거스르는 것이어서, 남자 쪽 가족들이 미혼모가 낳은 아이를 입양 보내기 위해 입양 서류를 위조하기도 했다. 임신과 출산으로 성적 일탈의 물적 증거를 지니게 된 여성들은 사회 주변부로 밀려났다. 엄마도 예외가 아니었다. 미혼모보다 한국 사회가 더 경멸하는 여성은 "외국인과 살을 섞은" 여성이었다. 이들은 창녀요, 배신자였다.

사람들은 엄마가 당신의 자식을 절망적인 미래로 내몰고 있다고 끊임없이 얘기했지만, 엄마는 절대 오빠를 놓으려 하지 않았다. 그러느니 아들과 함께 미국에서 가정을 꾸리겠다고 결심했고, 이제 아버지가 그 꿈을 막 이루어주려던 참이었다. 두 사람의 결혼 계획에 이모와 외할머니는 안도했지만, 다른 한국 사람은 엄마에게 일말의 존중도 보이지 않았다.

쉰한 살의 남편은 머나먼 땅에서 새로운 삶을 다시 시작할 수 있다는 약속으로 엄마를 안심시켜준 아버지 같은 존재였다. 그는 존재만으로 앞으로의 밝은 미래를 보여주었다. 하지만 관계 초기에 아버지는 주로 미국에서 지냈고, 엄마는 한국에서 남편을 기다려야 했다. 아버지에겐 미국에서 처리해야 할 중요한 일이 있었다. 그건 바로 엄마와 결혼하기 위해 첫 번째 아내와 이혼하는 것이었다.

아버지를 기다리는 동안 엄마는 외로워졌다. 혹시나 아버지가 아이들을 남겨놓고 사라져버린 수많은 미군 병사와 같은 사람은 아닌지 두려워졌을지도 모른다. 혼인신고서 없이는, 아버지를 강제로 돌아오게 할 방법이 없었다. 새로운 미국 생활에 대한 아름다운 꿈 뒤에는 악몽의 그림자가 도사리고 있었다. 입양 보내거나, 희망도 국적도 없는 미래로 내몰아야 하는 혼혈 아이가 또 한 명 생길 수도 있다는 것.

엄마는 가끔 기분을 내러 미용실에 갔지만, 엄마가 선호하는 서양식 헤어스타일과 옷차림은 엄마를 양키 여자친구로 낙인찍었다. 어느 날 엄마는 머리끝을 바깥쪽으로 찰랑거리게 말고 하이힐을 또각거리며 집으로 걸어가고 있었다. 웬 남자가 따라오며 엄마를 불렀다. "어이! 어이! 미스코리아! 어디 가?" 그는 계속 엄마를 불러대며 길을 따라왔다. "어이, 미스코리아! 어딜 그렇게 가시나?"

엄마가 해준 얘기는 여기서 끝났고, 나는 그 후 어떤 일이 벌어졌을지 상상해본다. 어쩌면 그는 엄마의 머리카락에 침을 뱉거나, 팔을 잡아 엄마를 땅바닥에 내쳤을지도 모른다. 미국인에게서 상징적으로 한국 영토를 되찾기 위해 엄마를 강간했을지도 모른다. 어쩌면 내가 태어나기 전에 한 임신중절이 이때의 강간으로 인한 건 아니었을까. 아버지가 내막을 알곤 고막이 터질 때까지 엄마를 때렸던 그 일. 미군의 성 상대였던 한국 여성들을 연구하면서 보게 된 폭력 사건들은 내 상상에 불을 지폈다. 또한 그만큼 내 상상은 어렸을 적 부모가 싸우는 모습을 지켜본 기억에서 나온 것이기도 했다. 또 내 고막 터트려봐, 이 인간말짜 같은 놈아!

나를 뱄을 때, 엄마는 집에 와달라며 이모를 자주 불렀다. 이모는 집에 올 때마다 엄마 발을 주물러주고, 머리를 빗겨주고, 배에 연고를 발라주었다. 어느 날 카드 게임을 하던 중, 엄마는 이모에게 누가 들어도 놀랄 비밀스런 바람을 털어놓았다. "나는 이 아이가 딸이면 좋겠어."

이미 아들을 낳았으니, 엄마에겐 둘째가 딸이기를 바랄 자격이 있었다. 더군다나 이 아이는 미국인으로 자랄 터였고, 엄마는 미국에서라면 여자들도 위대한 일을 할 수 있다고 믿었다.

엄마 속에서 내가 자라면서, 엄마의 외로움도 깊어졌다. 이모가 떠날 때가 되면 엄마는 다급해졌다. 이모 신발을 숨기고 "언니, 제발 좀만 더 있어주라. 당장 안 가도 되잖아"라며 애걸했다. 둘 사이의 이별은 점점 더 애달픈 일이 되어갔다. 이듬해 부모님이 결혼해서 엄마가 나와 오빠를 데리고 미국행 비행기를 타게 되자, 이번엔 이모가 엄마에게 가지 말라고 사정했다.

이 장면은 매년 여름 반복되어, 1976년 우리가 마지막으로 한국을 떠날 때 절정에 달했다. 이날의 이별은 한국에서 보낸 내 유년기의 마지막 기억이자 가장 강렬한 기억이기도 하다.

담배 연기와 8월의 습한 연무가 자욱하게 낀 김해 국제공항 탑승구에서, 이모는 무릎을 꿇고 엄마 팔을 꼭 붙든 채 "동생"이란 말을 목놓아 외쳤다. "동생아! 동생아! 동생아아아아…… 동생아아아아……." 한복을 입고 바닥에 질질 끌려가는 이모. 붙잡는 손에서 애달파하며 벗어나는 엄마. 당신의 짧은 파마 머리를 쥐어뜯는 이모. "가지 마라, 동생아. 가지 마라" 말하는 이모의 떨리는 목소리. 가지 말라는 말.

3장

친절한 도시

1997년 워싱턴주 셔헤일리스

인구: 5727명

한인 인구: 3명

"중국 놈, 일본 놈." 남자아이는 손가락으로 눈꼬리를 짚고 위로 아래로 당기며 찢어진 눈 모양을 만든다. "더러운 무릎, 이것 좀 봐."* 그 애는 엄지와 검지로 자기 젖꼭지를 잡고, 옷을 바짝 당겨 여자 가슴 모양을 흉내 낸다.

나는 당황해서 처음에는 아무 말도 못 하다가 이내 되받아친다. "난 중국인도 아니고, 일본인도 아니거든."

이 장면은 며칠 걸러 한 번씩 쉬는 시간마다 반복되고, 나는 초등학교 운동장에서 늘 축축한 나무 장난감을 혼자 가지고 논다. 나를 못살게 구는 애들은 주로 남자애나 남자애들 무리다. 이

---

* (Chinese, Japanese,) dirty knees, look at these! 미국에서 동아시아인을 조롱할 때 쓰여온 인종차별 표현.

런 말을 들을 때마다 내가 되받는 속도는 점점 더 빨라진다. "난 중국인도 아니고, 일본인도 아니거든." 어떤 때는 덧붙인다. "나는 한국인이야."

시간이 흐르면서 내 대답은 진화한다. "나는 반# 한국인이야." 작은 눈과 여자 가슴을 수치스러운 것으로 만드는 말들에 거리를 두고 싶지만, 그러기엔 이미 늦었다. 수치심은 이미 내 안에 자리 잡았다.

중국인, 일본인……

"나는 반 미국인이야", 내가 말한다. "우리 아빠 미국 사람이라고." 시간이 흐를 만큼 흐르고, 나는 엄마를 사라지게 만드는 법을 배운다.

시애틀에서 포틀랜드를 잇는 I-5 고속도로를 타고 가다 보면, 경관이 울창한 상록수림에서 드넓은 초원으로 바뀌는 지점에 엉클 샘*의 사진이 있는 양면 광고판이 보일 것이다. 양방향으로 지나가는 사람 모두 그가 하는 말을 읽을 수 있다. 방글라데시는 공기는 깨끗해도, 누가 거기 살고 싶을까? 그리고 에이즈: 과일을 채소로 만드는 경이로운 질병.[1] 이 광고판은 1960년대 초반에 주간州間 고속도로 광고를 금지한 레이디버드 존슨의 고속도로 미

* 미국 국가를 의인화한 상징적 캐릭터로 19세기 초에 탄생했다.

화법Highway Beautification Act에 반대하며 광고판을 세운 앨프리드 해밀턴이라는 농부의 자녀들 소유다. 광고의 목적은 "극보수적 견해를 크게 또박또박 써서" 퍼뜨리는 것이었다.[2] 멕시코에는 올림픽 팀이 없다고? 달리기 선수 수영 선수 다 여기 있으니까!

엉클 샘이 전하는 우익적 애국주의를 소화시키다 보면, 워싱턴주 셔헤일리스 13번가로 나가는 76번 출구가 보일 것이다. 이곳은 아버지의 고향이자 내가 자란 곳이기도 하다. 내가 한 살 반, 오빠가 여덟 살이던 1972년 여름, 우리는 아버지와 함께 살기 위해 부산에서 셔헤일리스로 엄마를 따라 이주했다.

우리는 이곳에 정착한 최초의 아시아인이자, 수십 년 만에 나타난 이민자들이었다.

우리가 왜 미국으로 이주했는지 부모님께 들은 적은 없지만, 1970년대와 1980년대에 자라면서 나는 그 답을 스스로 알아갔다. 미국이 한국보다 낫다는 것을. 우리 가족의 이민이 어떤 상황에서 이뤄졌는지는 몰랐어도, 우리가 이곳에 산다는 걸 감사히 여겨야 한다는 사실만큼은 똑똑히 알았다.

아버지 쪽 일가는 1800년대로 거슬러 올라갈 정도로 셔헤일리스 토박이였다. 아버지의 조부모는 테네시와 노바스코샤에서 서쪽으로 이동해, 셔헤일리스 원주민에게서 훔친 태평양 서북부의 풍요로운 땅에 터를 잡은 농민이었다. 셔헤일리스라는 지명은 그 원주민 이름을 따른 것이다. 우리 증조부모 같은 사람들은 미국 역사에서 태평양 서북부 설립에 기여한 용감한 개척자로 칭송되었던 반면, 치할리스족은 한 민족으로 인정받지도 못한 채 뿔뿔이 해체되었고 부족의 이름은 이제 한낱 외국어로 축소돼버렸다. 마을 공식 홈페이지에 따르면 치할리스는 "이동하며 반짝이는 모래를 뜻하는 인디언 단어"다.

우리 엄마 같은 사람들 이야기도 그 역사에서 지워졌다. 아버지의 조부모와 달리 엄마는 홀로 이주했지만, 아무도 엄마의 용기를 인정해주지 않았다. 1970년대만 해도 한국 남자 동행 없이 혼자 여행하는 한국 여자에게는 부정하다는 낙인이 따라붙었고, 미국 남자와 함께, 또는 미국 남자를 위해 미국행을 택하면 더 이상 한국인으로 쳐주지도 않았을 정도로 모욕적인 취급을 받았다. 미국인 남편과 한국을 떠난 여느 한국 여성처럼, 엄마도 사상자로 간주됐다. 이 여성들은 일단 미국으로 건너간 이상, 다시는 돌아올 수 없었다.

아버지에 대한, 그리고 신세계에서 삶의 터전을 꾸려야 한다는 사실에 대한 염려도 있었을지 모르지만, 엄마는 알고 있었을 것이다. 한국엔 남은 게 아무것도 없으며, 살 만한 미래를 가꿀 방법도 없다는 것을. 그래서 엄마는 인종이 다른 사람과의 관계나 혼혈 아동이 받아들여진다고 얘기되는 곳에서 새로운 출발을 하려고 미국행 비행기를 탔다. 하지만 1972년 미국은 언론에서 "미국의 유색 인종화"라고 부르는 변화를 겪기 전이었다. 1965년

이민법 개정으로 비백인 이민자에 대한 제한이 풀린 지 불과 몇 년밖에 안 된 시점이었고, 로스앤젤레스, 뉴욕, 시카고, 시애틀과 같은 대도시로 한인 이민자들이 대거 몰려들기 몇 년 전이었다. 이 이민자들은 경기 침체에 시달리는 인구 5000명의 아버지 고향 마을 같은 곳으론 오지 않았다.

셔헤일리스 사람 대부분은 엄마가 이사 오기 전까지 이민자를 대면해본 적이 없었다. 표면만 보지 않고 그 안을 들여다봤더라면, 이들은 엄마가 출신 국가의 생활 방식을 고수하면서 그걸 전염병처럼 퍼뜨린다거나, 합법적인 미국인에게서 모든 것을 빼앗으려 드는 그런 이민자가 아니라는 사실을 알아차렸을 것이다. 기실 그런 이민자들은 우리 마을에 존재하지 않았다. 그건 단지 추상적으로만 존재하는, 우익 언론이 만들어낸 이미지의 합성물일 뿐이었다. 황화론. 외국인 침공. 미국 사회의 근본을 흔드는 외국인의 손.

아니, 우리 엄마는 미국인이 되고 싶어했다. 작은 것 하나까지 배워서 미국식으로 하려고, 미국인이 되려고 노력했다. 엄마가 미국에서 취한 것이라고는 다른 사람들이 원하지 않는, 최저임금도 못 받고 야간 근무를 하는 일밖에 없었다. 이민자를 혐오하는 사람들은 직접 만나보고도 엄마를 온전히 보지 못한 채, 자기 상상에 뼈와 살을 붙인 허수아비만을 보았다.

셔헤일리스에 처음 도착하던 날, 고속도로 76번 출구 표지판은 그래도 고무적이었다. 친절한 도시에 오신 것을 환영합니다.

셔헤일리스는 누가 기별도 없이 현관문을 두드려도 아는 사이면 집 안으로 들여 커피나 탄산음료, 쿠키를 권할 만큼 이웃 간에 정이 있는 곳이었다.

마을 사람 대부분은 우리 가족 중에서 아버지만 잘 알았다. 가는 곳마다 사람들은 아버지를 좋아하고 존중하는 듯했다. 가끔 그들은 나를 붙들고, "네 아버지 참 좋은 분이시다, 알지"라고 말하곤 했다.

엄마가 아는 사람들은 자주 바뀌었다. 엄마는 당신보다 늦게 셔헤일리스에 이주해 온 외부인이나 이민자들과 어울렸는데, 모두 이곳에서 그리 오래 머무르지 못했기 때문이다. 그중에는 올리라는 이름의 흑인 남자도, 이름이 기억나지 않는 필리핀 여자도 있었다. 엄마가 친하게 지냈던 사람 중에는 동네에서 오래 살았던 백인 여자도 있었는데, 그분은 엄마한테 할머니뻘 되는 나이였다. 그분 이름은 에설이었고, 북 앤드 브러시라는 이름의 마을 서점이자 미술용품점 위층에 있던 세인트 헬렌 아파트에 살았다. 엄마는 1980년대 중반 에설 할머니가 돌아가실 때까지 그분 집에 종종 놀러 가곤 했다. 할머니가 세상을 떠날 무렵, 엄마는 조현병 징후를 보이기 시작했다.

셔헤일리스 생활이 오빠에겐 어땠을지 나는 잘 모른다. 우리는 나이 차이가 많이 나서 경험하는 세계도 달랐다. 내가 20대 초반일 때 오빠 셔헤일리스가 내 생각만큼 나쁜 곳은 아니라고 했다. "그건 오빠가 남자라서 그래." 내가 말했다. "인종차별이라면 한국이 더 심했어", 오빠는 받아쳤다. 아마 둘 다 맞는 말일 것이다. 오빠는 그래도 고등학생 때 어울리는 친구가 제법 많았다.

내겐 계속 함께할 진짜 친구가 단 한 명뿐이었다.

1978년

쉬는 시간이고 나는 통나무 놀이기구에서 한 손으로 기둥을 잡고 빙빙 돌며 혼자 놀고 있다. 같은 반 금발머리 여자애가 내 옆에서 기둥을 잡더니 나를 따라하기 시작한다. 나는 그 애가 무슨 말을 할지 몰라 긴장한 채 그쪽을 바라본다. 조용히 기둥 주위를 도는 동안 우리 사이에 긴장감이 감돈다. 마침내 그 애가 침묵을 깨뜨린다.

"너 한국 사람이야?"

그 질문에 나는 놀란다. "어떻게 알았어?" 순간 나는 그 아이가 좋아진다. 처음으로 나를 중국인이나 일본인이라고 부르지 않은 아이.

"한국에서 온 가족이 우리 집에서 지냈던 적 있거든. 엄마 아빠는 서울에도 가봤고." 아이는 말한다.

미국의 작은 마을에 사는 백인 부부가 1970년대에 한국을 여행한다는 게 얼마나 드문 일이었는지를 생각하니 수십 년이 지난 지금도 새삼 놀랍다.

우리는 통성명을 하고는(그 아이의 이름은 제니였다) 따로 또같이 원을 그리며 논다. 이튿날에도 쉬는 시간에 함께 놀고, 그다음 날에도 같이 놀고, 그러다 방과 후에도 매일 만나기 시작한다. 제니네는 집에서 만든 핀란드식 카다멈 페이스트리와 크림치즈를 얹은 크래커를 먹는다. 우리 집에 올 때면, 엄마는 낮잠에서 일찍 깨 손수 바느질한 오렌지색 리넨 냅킨, 크리스털 접시, 은으로 된 작은 포크까지 갖춰진 큰 식탁에 우리를 위한 오후 간식을 차려준다. 간식은 슈거 파우더를 뿌린 딸기와 멜론 같은 신선한 과일이다. 제니는 내 단짝이 되고, 앞으로 다가올 험난한 시절을 버텨내게 해줄 든든한 방패가 된다.

학교 선생님, 이웃들, 친가 친척들과 친구들처럼 우리 가족이 직접 마주치는 사람들은 보통 우리에게 친절했고 호의적이었다. 셔헤일리스 시내에서 10제곱킬로미터 반경 밖으로는 우리 고등학교 애들이 촌놈, 무지렁이, 똥차개shitkicker라 부르고, 가끔 자기네들도 그렇게 말하고 다니는 가난한 백인들이 살았다. 이들은 해밀턴 농장 위에 설치된 광고판에 있던 엉클 샘과 비슷한 생각을 한다고 알려져 있었다. 하지만 시내와 촌의 경계는 열려 있어서, 우리는 이민자를 용인하는 사람들과 우리가 "온 곳으로 다시 돌아가길" 바라는 사람들 속에 섞여 살았다.

아버지의 고향에서 살아남기 위해 우리는 때때로 사람들 눈에 띄지 말아야 했다. 엄마는 한국 음식 이름이나 영어로는 도저히 표현할 수 없는 표현 말고는, 집에서 한국인인 우리와 얘기할 때도 영어로만 말하면서 당신의 혀에서 외국인 티를 지워내려 했다. 그래서 나는 내가 자란 곳에서뿐 아니라, 내가 태어난 나라의 언어에 대해서도 외부인이 되었다. 한국인은 한국어를 '우리말'이라고 부르는데 그 '우리'에서 나는 늘 배제되었다. 수십 년이 지나, 여러 해에 걸쳐 여름이면 서울에서 창문 없는 교실에 앉아 한국어 수업을 듣고 내 억양을 표준어에 맞춘 다음에도, '우리말'이라는 말을 쓸 때마다 나는 한국인들에게서 의심스럽다는 듯한 질문을 받았다. 어디서 오셨어요? 왜 한국말을 잘 못해요? 부모님이 다 한국 분이세요? 그리고 그들은 결론지을 것이었다. 아, 그럼 한국 분이 아니네요.

1980년

초등학교 4학년 때. 평소처럼 하루 종일 같이 놀려고 제니네 집에 막 도착한 참이었다. 하지만 내가 올 때마다 신나서 재잘거리던 평소 모습은 온데간데없고, 제니는 입을 다물고 눈도 맞추려 하지 않았다. "무슨 일 있어?" 내가 묻자 제니가 입을 열었다.

"동네 사람들이 우리 엄마한테 네 진짜 아빠가 누구냐고 물었대!" 제니는 얼굴이 빨개지면서 울기 시작했다. "네 아빠가 진짜 아빠가 아니라는 거야. 우리 엄마가 너무 화가 나서 말도 안 되는 소리라고 하는데, 그 사람들은 엄마 말도 안 믿더래!"

나는 상처를 받았지만 제니네 가족이 우리를 감싸주었다는 사실에 뭉클했다. 제니네 엄마는 아마도 정의감으로, 또는 핀란드 이민자의 딸이라는 당신의 정체성 때문에 그렇게 화를 냈으리라. 나는 무엇보다 충격을 받았다. 그때 처음으로 동네 사람들 눈으로 나 자신을 바라보았고, 우리 가족이 마을의 스캔들이라는 사실을 깨달았다.

대체 이 사람들은 내가 아빠랑 얼마나 닮았는지를 어떻게 못 볼 수가 있지? 우리는 사각턱에 빵빵한 볼, 큐피드 활 모양의 보조개까지 쏙 빼닮았는데. 엄마는 나를 볼 때마다 아빠랑 판박이라며 놀라곤 했다. 하지만 백인들 눈에는 이게 하나도 보이지 않았다. 그들 눈에 보이는 것이라곤 내 안의 한국인 모습뿐이었다. 이들이 "칭크Chink" "잽Jap"*이라고 부르는 한국인 말이다.

아빠가 내 아버지가 아니라고 하면 난 누구라는 거지? 아빠와

---

* 각각 중국인, 일본인을 낮잡아 이르는 인종차별적 멸칭.

의 관계가 의심스러워진 지금, 나는 이곳에서 더할 나위 없는 이방인이다. 뼛속까지 근본 없는.

셔헤일리스에서 인종차별은 사람들이 인종 차이를 보고도 못 본 체하는 그런 은근한 종류가 아니었다. 흰색 외의 모든 색은 눈에 확 띄었다. 비백인 인구가 열 손가락에 꼽을 수 있을 정도였고, 피부가 검거나, 갈색이거나, 황색인 사람이 기껏 몇 명씩 있었다. 내가 거기 사는 동안 비백인 수가 천천히 늘긴 했지만, 항상 늘기만 한 건 아니다. 때로는 비극적인 이유로 그 수가 급격히 줄기도 했다. 우리 오빠와 고등학교 때 같은 반이었던 크리스라는 흑인 소년은 자살로 생을 마감했다. 목을 맸는지 권총을 사용했는지는 잘 기억나지 않는다. 한 한국인 입양아는 손목을 그었다 살아남았는데, 그 상처 때문에 사람들은 그 애를 조롱하거나 가여워했다. 그 여자애는 고등학교를 1년 정도 나와 함께 다니다가 사라졌다. 중학교 때 같은 반이었던 카리라는 이름의 멕시코 여자애는 열두 살 때 임신하고 어딘가로 떠나버렸다.

1987년에 온 캄보디아 소녀 시나도 있었다. 우리는 체육 수업을 같이 들었는데, 탈의실에서 시나는 항상 나한테 이런 말을 했다. "여기서 나한테 잘해주는 사람은 너밖에 없어."

어느 날 제니는 타자 수업 시간에 시나에게 일어난 일로 씩씩거리며 나를 찾아왔다. 시나는 매일같이 제니 옆에 앉아서 다 날 싫어해. 나더러 못생겼고 바보래. 나보고 이 년 저 년 한다고 같은 문장을 입력했다. 한 줄 한 줄 다 이런 말들이었다.

"맥퍼슨 선생님 뭐라도 해야 되는 거 아니야?" 제니가 물었다. "이걸 보고도 타자 속도가 분당 몇 자라고만 달랑 써서 주면 어떡해?"

1987년쯤 되자 이민자를 혐오하던 사람 몇몇은 그래도 우리 가족에게는 익숙해졌지만, 태평양 연안을 따라 정착하는 아시아인들을 여전히 위협적인 존재로 보았다. 어떤 순간에는 타자에 대한 이들의 공포감이 시나처럼 새로 온 이민자를 향해 파도처럼 솟구쳤고, 다른 순간에는 적개심이 미세한 파문처럼 미세한 차별microaggression*의 형태로 나타나기도 했다. 그땐 이런 개념이 대중적으로 알려지기 전이었다.

난 칭크랑 잽 싫어. 걔네는 모든 걸 장악하려 들어. 네 얘기 하는 건 아니야! 너는 괜찮아. 너는 그런 사람들하고 다르잖아.

내가 친구라고 생각했던 사람들이 내게 이런 말을 했다.

나 스스로도 미국화된 반 미국인인 나는 이들과 다르다고 마음 한구석으로 생각했다. 하지만 다른 한구석으론 이런 말을 들으며 모욕감을 느끼고 괴로워했다. 그것은 내 아메라시안 Amerasian** 이중 의식이었다.

* 일상의 소소한 부분에서 소수 집단을 비하하거나 공격하는 언설이나 행동.

나서길 꺼리는 내 성격상 이런 무차별적인 적대감을 견뎌내기란 무척 힘들었다. 하지만 엄마는 나보다 훨씬 더 적대적인 환경을 겪어야 했다. 엄마는 아버지가 바다에 나가 있을 때면 몇 년이고 혼자서 그 냉담한 물살을 헤쳐나가야 했다. 엄마는 미국인이 된다는 것에 대한 큰 희망을 품고 있었다.

여덟아홉 살 때쯤 나는 학교에 가려고 일어났다가, 밤 11시부터 오전 7시까지 야간 근무를 마치고 돌아온 엄마가 잠옷으로 갈아입는 대신 파란 폴리에스테르 바지 정장을 차려입고 거울을 보며 립스틱을 바르고 있는 걸 보았다.

"엄마, 어디 가요?"

"시애틀에." 엄마는 바지 주름을 가다듬으며 말했다. 아무도 이 얘기를 해주지 않았단 사실에 나는 놀랐다. 시애틀은 문화 행사가 있거나 "중요한 일"이 있을 때 가는 곳이었다.

"진짜? 뭐 하러?"

"시민권 취득 시험 보러."

"그게 뭔데요?"

"엄마가 오늘 미국 시민 되는 데 필요한 거야. 식탁에 시리얼 뒀으니까 먹어."

** 미군(또는 미국인) 아버지와 아시아인 어머니 사이에 태어난 아시아 사람을 이르는 말.

엄마는 차를 타고 시애틀까지 145킬로미터를 운전한 뒤, 이민 귀화국에서 종일을 보내고, 오후에 다시 145킬로미터를 운전해 집에 와서는 저녁을 요리하느라 그날 근무가 시작될 때까지 눈을 붙일 시간이 거의 없었다.

"시험은 어떻게 됐어요?" 그날 밤 엄마를 보고 물었다.

"아무 일도 없었어."

"'아무 일도 없었어'라니 그게 무슨 말이야?"

"'무슨 말이야'가 무슨 말이야? 아무 일도 없었다고. 이제 시험도 쳤겠다 미국 시민이 되는 거지."

엄마는 간단한 사실 진술처럼 말했지만, 이 지위가 새로운 혜택을 가져다줄까? 구체적으로 엄마의 삶을 나아지게 할 수 있을까? 우리가 다른 곳에 살았더라면 그 차이를 볼 수 있었을지도 모른다.

1983년

나는 열두 살이다. 학교에 나를 데리러 와 집으로 운전해서 가는 길에, 엄마는 우리를 따라오는 차가 있다고 의심한다. 따라오는 차가 어쩌나 보려고 별안간 급회전을 한다. "저 쌍놈 새끼 떨겠다." 엄마는 혼잣말을 하지만, 이내 백미러에 그가 다시 나타난다. 이러다 그의 먹잇감이 되는 게 아닐까 하는 생각에 나는 공포에 휩싸인다. 「13일의 금요일」 「핼러윈」 같은 공포영화에서 본 가면 쓴 살인자가 길고 괴로운 추격 끝에 우리를 칼로 찔러 죽이는 장면이 머릿속을 채운다. 나는 이내 현실로 돌아온다. 그가 우리를 죽인다면 무기는 아마 산탄총일 것이다. 엄마가 속도를 내면 뒷차도 따라서 속도를 낸다. 엄마가 움직일 때마다 그도 따라 움직인다. 고양이가 쥐를 쫓는 것 같은 추격은 집 앞까지 계속되고, 엄마는 우리 집 진입로로 들어가는 대신 앞마당 경계에 있는 담쟁이 덩굴에 감긴 참나무 앞 길가에 차를 세운다. 우릴 따라오던 차도 우리 바로 뒤에 멈춰 선다. 엄마는 스토커들이 우리 집이 여기인지를 모르게 하려고 길가에 차를 세웠으리라. 설상가상으로 오빠는 대학에 가서 출가했고 아버지는 태평양 어딘가에 있어서 집에는 우리 둘뿐이었으니까.

엄마는 차 밖으로 나와서 그 낯선 사람에게 쫓아가서는 앞 유리를 주먹으로 두드린다. "차에서 내려", 엄마가 매서운 목소리로 말한다.

나는 내리기가 무서워 차 안에 앉은 채 우릴 따라오던 사람이 누구인지 돌아다본다. 젊은 백인 남자 넷이고 창문은 내려져 있다. 운전자는 움직이지 않는다.

엄마는 다시 앞 유리를 세게 두드린다. "내려!" 이번엔 고함을 친다.

남자가 차 문을 열고 운전석에서 내린다. 열여섯, 열일곱 살쯤 돼 보이는 긴 갈색 곱슬머리의 껑충한 소년이다. 엄마는 발을 종종거리며 당신보다 머리 하나만큼 더 큰 그가 발을 놀리며 돌을 차는 걸 내립떠본다.

"왜 따라오는데?"

그는 차에 타고 있는 친구들을 향해 몸을 돌린다.

"내 말 안 들려? 왜 따라오냐고?" 엄마는 한 자 한 자에 강세를 주며 똑똑히 발음한다.

"왜 따라오냐고?" 그는 엄마의 억양을 놀리며 그 말을 따라한다. 무리가 웃는다. 그는 친구들을 다시 한번 쳐다보고 엄마를 본다. 그러더니 엉터리 아시아 말을 흉내 내며 멍청이 같은 소리를 해댄다. 차에 탄 남자애들은 배꼽을 잡고 정신없이 웃는다.

엄마가 눈을 부릅뜨고 콧구멍을 벌렁거리는 걸 보며 나는 마음의 준비를 한다. 엄마는 한 치도 물러설 기미를 보이지 않고 전투 태세에 돌입한다. 그 남자애한테 한 발 성큼 다가가서 고개를 든 엄마는 볼기께에서 주먹을 꽉 쥐었다. 녀석의 얼굴에서 불과 한 뼘 남짓 떨어진 자리에서 엄마는 소리친다. "나랑 우리 애들 건드리지 말고 가! 내 말 안 들려?" 엄마 목소리가 하도 커서 녀석들도 웃다가 말고 놀란 기세다. "지금 당장 여기서 꺼져! 다시 내 눈에 띄면 **죽여**버릴 줄 **알아.**"

스토커는 말대답을 하거나 놀릴 엄두를 못 낸다. 녀석은 다시 차에 타더니 차를 몰고 떠난다.

　그로부터 3년 후 엄마는 모든 것에 감사해야 한단 사실에 진력이 나서 사람들이 하는 짓을 대놓고 거론하기 시작할 것이다. 사람들이 따라오고, 괴롭히고, 박해했다고 말할 것이다. 이 동네 사람 다 나를 노리고 있어. 애초 엄마의 말은 전적으로 합리적이고, 완전히 현실적인 말로 들릴 것이다. 미친 사람 말이 아니라. 조현병 때문에 하는 말이 아니라.

1986년

　고등학교 2학년을 앞둔 여름, 1년 동안 짝사랑했던 남자애가 나를 자기 집으로 초대한다. 나는 1학년 내내 그와 그의 친구들 주위를 맴돌았다. 그 애들은 쿨하고 여느 친구들과 뭔가 달라 보였다. 그런데 마침내 그 애가 나를 알아본 것이다! 초대를 받고 나서 데이트 당일까지, 그날 무슨 옷을 입을지만 생각하며 그 애가 나와 사랑에 빠지는 상상을 한다.

　나는 한껏 들뜬 마음으로 새로 산 진분홍색 치마를 입고 그의 집에 도착한다. 10분 뒤 그 애가 내게 "제대로 취해보자"고 한다. 그는 파이프와 대마초 한 봉지를 꺼낸다. 나는 대마초가 처음이다. "한 모금 더, 그레이시." 그는 내가 정신이 몽롱해져서 움직이지 못하고 제대로 말도 할 수 없을 때까지 내 입에 파이프를 물리고 계속 대마초를 권한다. 그 애가 내게 키스한다. 나는 몸이 잘 움직여지지 않아 키스를 같이 하지도 못한다. 비틀스가 배경음악으로 흘러나오고 있다. *Michelle, ma belle*[내 아름다운 미셸]. 나의 첫 키스. 그는 바지를 벗고 내게 자기 성기를 빨라고 한다. 나는 "지금은 싫어"라고 말해보려 한다. 몸이 제대로 움직여지질 않아 맞서 싸울 수가 없다.

몇 년이 지나, 나는 그 대마초에 방부액이 묻어 있었다는 사실을 알게 된다.

집으로 돌아오자마자 엄마가 나를 소리쳐 부른다. "그레이스야, 와서 얘기 좀 하자!" 아직 대마초 기운이 남아 있었던 나는 무슨 일을 했는지 엄마가 알아챌까 봐 겁이 난다. 엄마는 다정한 눈으로 나를 쳐다보며 손을 잡고 나를 순희라고 부른다. 순희는 "가장 순진한 소녀"라는 뜻으로 엄마가 나를 부르는 옛날식 한국 이름이다. "순희야, 너 순진한 내 딸 맞지?" 나는 하필 이 순간에 엄마가 이런 말을 한다는 게 섬뜩하다. 무엇보다 나는 죄책감과 수치심에 사로잡힌다.

몇 해가 지나면, 나는 엄마가 내 순진함을 그토록 간절히 바랐던 이유가 당신에게 그럴 기회가 주어지지 않았기 때문이라는 걸 알게 될 것이다. 내 죄책감과 수치심은 분노로 바뀔 것이었다.

한 달 후 나는 2학년이 된다. 테니스 연습 시간, 나는 반대쪽 코트에서 서브할 차례를 기다리며 벽에 공을 치고 있다. 파란 하늘에 기온은 섭씨 24도로, 우리가 더 큰 무언가와 연결되어 있다는 생각에 마음의 고통이 사라지는 완벽한 늦여름 날씨다. 나는 공이 공중을 날아 벽에 부딪히는 소리를 들으며 그 리듬에 마음이 편안해진다.

그때 그 남자애 친구 세 명이 불쑥 나타나 나를 에워싸더니 내 몸을 벽에 몰아붙인다. 그리고 나를 조롱한다. "댄이 네 입에 했다던데." 한 녀석이 내 라켓을 잡고 다른 두 명은 나를 바닥으로 밀어 움직이지 못하게 한다. 라켓을 든 녀석은 라켓 손잡이로 내 다리 사이를 때리고 강간하듯 위아래로 펌프질을 한다. 그들은 아주 즐거운 시간을 보내는 듯했어요. "사람들이 동양 여자에 대해 하는 말이 사실이네." 녀석이 외친다. 그들의 왁자한 웃음소리가 머릿속에서 지워지질 않아요……. 나를 괴롭히면서 즐거워하는 모습이.[3] 그들은 나를 가지고 노는 게 지루해지자 자리를 뜬다.

나는 주변을 둘러보지만 코치도 다른 아이들도 사람들이 다 볼 수 있는 곳에서 벌어진 폭행을 눈치채지 못한 것 같다. 제니를 찾아봤지만 내게 일어난 일을 제대로 보기엔 너무 멀리 떨어진 코트에 있었다. 그 자리에 있는 유일한 어른인 코치는 나와 가장 가까운 코트에 학생 일고여덟 명과 같이 있었다. 내가 힘들게 자리에서 일어나 유니폼에 묻은 흙을 털고 남자애들이 울타리에 던져버린 라켓을 집으려 더듬거리는 와중에도 내 쪽으로 눈길을 돌리는 사람은 아무도 없다. 저들이 일부러 보지 않으려 하는 건 아닐까 궁금하다. 셔헤일리스에서는 그러기도 하니까.

그해 가을, 충동적으로 자살 시도를 할 뻔한 열다섯 살의 나. 사소한 일로 시작된 부모님과의 다툼. 첫 성 경험이 트라우마가 되었지만, 아직 그걸 성폭력이라 이름 붙일 수도 없었던 나. 나는 고통에 울부짖으며 부엌을 가로질러 칼을 집으러 달려간다. "죽어버릴 거야!" 부엌칼을 잡으며 소리친다. 아버지는 내 손을 비틀어 칼을 빼내고 엄마는 숨이 막혀 뒤로 물러서 있다. 나는 눈물을 흘리며 바닥에 쓰러진다.

"이 동네 너무 싫어!" 아버지한테 소리친다. "날 왜 여기로 데려왔어요?"

아버지는 충격받은 듯하다. "그럼 널 한국에 두고 오는 게 나았을 거란 말이냐?"

"한국? 한국 얘기가 여기서 왜 나와?" 내가 소리친다. "왜 우리는 시애틀에 살면 안 되는데?"

나는 혼자만의 지옥에 빠져 엄마의 지옥이 더 뜨겁게 타오르고 있다는 걸 보지 못한다.

몇 주가 지나서 나는 엄마가 환각을 겪고 있다는 것을 알게 되지만, 가족들은 아무도 나를 믿지 않을 것이다. 그것 때문에 나는 거의 망가질 뻔하지만, 셔헤일리스에서 벗어날 만큼만 조금 더 버틸 것이다. 엄마는 멀리 떠나라고 나를 격려해줄 것이다. 대학 입시 준비를 하던 어느 날 엄마는 식탁에서 공부하는 내게 다가와 과일과 찐빵이 담긴 접시를 놓고 손가락으로 머리를 쓸어 넘겨줄 것이다. "허허. 착하다! 열심히 공부해서 멀리멀리 제일 좋은 대학 가야지. 이런 데서는 너한테 좋을 게 하나도 없어."

20년, 30년이 지난 후 나는 1986년을 엄마의 죽음이 시작된 해로 기억할 것이다.

2016년 뉴욕

대통령 선거일 밤, 맨해튼에서 브루클린으로 가는 지하철 안에서 시애틀에 사는 제니에게 문자를 받는다. "어떻게 이럴 수가 있어?"

"촌에 사는 백인 유권자들이 다 투표하러 나온 거지." 내가 답장한다.

"오 주여." 제니가 대답한다.

선거 후 여러 날 동안, 민주당 텃밭인 뉴욕에 사는 친구와 동료들은 묻게 될 것이었다. "대체 어떤 사람들이 트럼프한테 투표한 거야?"

어린 시절에 만났던 학교폭력 가해자, 강간범, 외국인 혐오자들, 그리고 엄마가 겪은 온갖 부정의에 나는 다시 분노로 끓어오를 것이다. 다만 트럼프가 대통령이 되는 꼴을 엄마가 보지 않아도 된다는 것 하나는 다행이었다. 엄마가 돌아가신 지 벌써 8년이 지났으니까.

제니와 나는 농촌지역에서 나온 반란표와 앞으로 닥칠 일에 대한 공포에 대해 문자를 좀더 주고받는다. "아이들 꼭 안아줘." 제니가 말한다. 살아남으려 애쓰는 것 외에 우리가 뭘 할 수 있을까?

2016년 대선을 계기로 나는 『우리의 가장 문제적인 광기: 여러 문화권의 조현병 사례 연구*Our Most Troubling Madness: Case Studies in Schizophrenia across Cultures*』를 읽기 시작했다. T. M. 루어먼은 책 서문에서 우리가 흔히 '조현병'이라 일컫는 일련의 경험이 생물학적인 만큼 사회적인 질병이라는 주장을 설득력 있게 펼쳐나간다. 루어먼은 여러 연구에서 광범위하게 증명되어 더 이상 논쟁의 여지가 없는 〔조현병 발병의〕 여러 사회적 위험 요소를 제시하는데, 엄마는 그 여섯 가지 중 다섯 가지에 해당된다. 이 가운데 유년기에 겪은 사회적 역경, 낮은 사회경제적 지위, 신체적 혹은 성적 트라우마―이 세 가지는 피폐한 정신과 늘 관련 있었던 요소다. 하지만 나머지 두 가지는 언뜻 보기에 직접적인 관련성이 떨어지는 듯 보일 수 있는데, 이민 경험과 유색인이 백인 동네에 사는 것이다.

엄마는 조현병을 앓지 않아도 됐다.

나는 이 사실을 항상 뼛속들이 알고 있었지만, 과학적 증거 없이는 그런 주장을 적법하게 펼칠 수 없었다.

조현병 발병 위험은 '소수 인종 밀도'와 함께 증가한다. 비백인의 조현병 발병률은 역내에서 그들의 인구 비율이 감소함에 따라 증가한다.[4]

나는 유권자의 65퍼센트가 도널드 트럼프에게 표를 던진 루이스 카운티 소재지인 셔헤일리스가 생각났다. 그곳은 우리 한국 가족이 이사를 온 1972년 이래 지금까지 별로 달라진 게 없었다.

이민자와 유색 인종의 수는 세 명에서 수백 명으로 증가했고, 그중 대부분은 멕시코 출신이었다. 그러나 도시 전체로 보면 약 87퍼센트가 백인에 기독교인이다.

1990년대에 대학을 다니며 가끔 집을 방문했을 때, 나는 아시아인과 멕시코인이 폭행, 살해 등 증오범죄의 표적이 되고, 학교 동창이 네오나치스가 되었다는 소문을 들었다. 1990년대에 다문화주의 수사학이 널리 퍼졌음에도, 그 후 30년간 더 많은 이민자가 셔헤일리스로 이주하면서 인종차별적 정서는 오히려 더 악화되는 듯했다. 엉클 샘 광고판은 새롭게 탈바꿈한 외국인 혐오를 반영하게 된다. 이민인가 침략인가?

2010년 시의회는 "셔헤일리스에 대한 부정적인 소식이 알려지면서 지역 언론이 '친절한 도시'라는 별명을 반어법으로 사용하는 것"을 우려해 새로운 공식 이름을 채택했다.[5] 지금 셔헤일리스는 '장미 도시'로 불린다.

2016년에 셔헤일리스와 이웃한 '쌍둥이 도시' 센트레일리아는 인구당 KKK* 단원이 가장 많은 곳으로 상위 10위 안에 들었는데, KKK의 루이스 카운티 활동은 유서가 깊었다. 1924년 셔헤일리스 박람회장에는 7만 명에 달하는 KKK 단원이 집결하는 지역 모임이 열렸다. 지역 신문 『데일리 크로니클*Daily Chronicle*』이 1976년 KKK의 수장 데이비드 듀크**를 인터뷰하면서 셔헤일리스에 지부를 열 계획이 있는지 묻자 그는 거기 이미 회원이 있다고 답했다.[6]

트럼프의 집권으로 백인 우월주의자들의 목소리가 더 커지자, 고속도로 광고판엔 또다시 거센 논란을 일으키며 뉴스에 나올 법한 주장이 내걸렸다. 자유는 위험하다! 노예제는 평화롭다!

셔헤일리스에서, 우리는 결코 살아남을 운명이 아니었다.

---

* Ku Klux Klan, 백인 우월주의·기독교 근본주의 집단.
** 백인 우월주의자, 반유대주의 음모론자, KKK 대마법사(최고 지도자)를 지낸 인사로 1992년 조지 부시를 상대로 대선에 도전한 바 있다.

2부

음식물을 소화될 수 있게 처리하고 감각을 만들어내는 입의 이중 기능은, 이 공간을 가정적이며 시민적인 언어 생산에, 스토리텔링에 봉합시킨다.

—카일라 와자나 톰킨스, 『인종적 소화불량*Racial Indigestion*』

4장

엄마

1976년 워싱턴주 셔헤일리스

"너는 커서 뭐가 되고 싶니?" 다섯 살 때 엄마가 처음으로 장래 희망을 물었던 기억이 난다. 높고 맑은 톤에 카랑카랑한 목소리였다. 엄마가 듣고 싶은 말이 있다는 신호였다. 엄마는 긴 머리가 리놀륨 바닥에 닿도록 무릎을 꿇고 앉은 채, 기대감에 찬 갈색 눈으로 나를 바라보았다. "어, 그레이스야?" 보조개가 동그란 뺨에서 자취를 감출 때까지 엄마는 몇 초 동안 미소를 머금었다.

"요리사." 그 말이 입에서 나오자마자 나는 엄청나게 큰 실수를 저질렀다는 걸 깨달았다.

"뭐어어어라고?!" 엄마는 자리에서 벌떡 일어나 나를 내려다보았다. 얼굴이 벌게져서는 콧구멍을 벌렁거리며 엄만 짧은 스타카토로 힘주어 정답을 내놓았다. "너는. 의사도 될 수 있고. 변호사. 아니면 교수도 될 수 있어."

이때 내가 정말로 요리사가 되고 싶었거나, 미래에 대한 생각을 제대로 해봤을 것 같지는 않다. 하지만 아이들이 흔히 그러듯, 주변 어른들이 하고 있는 일을 보며 나도 그런 일을 할 거라 상상하곤 했다. 엄마는 늘 요리를 했지만, 그 일은 엄마에게 직업이 아닌 의무였다.

내가 몇 살만 더 많았어도, 그맘때 내가 만든 노래에 엄마가 푹 빠져 있단 걸 알아챘을 것이다. 그건 "나는 내가 연필 대장, 연필 대장, 연필 대장이면 좋겠어"라는 후렴구가 나오는 노래였다. 나는 이 노래를 느리고 애절한 곡조로 불렀고, 가끔 '대장'이라는 단어를 '먹보'로 바꿔 부르기도 했다. 어찌 됐건 엄만 이 노래가 언젠가 내가 훌륭한 학자가 되리라는 뜻이라고 여겼고, 아는 사람마다 붙들고 내가 장래 희망을 노래로 지어 불렀다고 말했다. 엄마가 전화로 친척들과 얘기할 때면, 우리 가족이 쓰는 경상도 사투리로 정신없이 오가는 대화 속에서 "나는 내가 연필 대장이면 좋겠어"라는 영어 문장이 느린 속도에 똑똑한 발음으로 섞여들곤 했다. 엄마는 다시 한국말로 대화를 이어갔는데, 목소리에 경쾌한 높낮이의 리듬이 있었다. 그건 엄마가 웃음 짓는 소리였다. 집에 손님이 오면 엄마는 내 걸작 노래를 자랑하며 내게 노래를 불러달라고 했다. 노래와 함께 엄마는 내가 연필로 그린 그림도 자랑스레 보여주었다.

내가 학자가 되리라는 건 이미 예언된 일이었다. 한국에서는 돌잔치 때 미래를 예언해줄 물건들을 아이 앞에 놓는다. 국수를 잡으면 오래 산다. 동전을 잡으면 부자가 된다. 그리고 연필을 잡으면 학자가 된다. 성인이 된 후에 나는 한국 친구들에게 엄마가 연필을 세 묶음이나 놓아서 게임을 조작했다고 농담하곤 했다. 너는 언젠가 위이이이대한 학자가 될 거야, 그레이스야. 엄마는 이 메시지를 내 꿈의 심층에 세심하게 주입했다. 그건 내 운명이었다.

"요리사라니? 무슨 대답이 그래?" 엄마는 아버지에게 구시렁거렸다.

아버지는 엄마를 진정시키며 나중에 내가 두 분 사이의 문화적 차이를 알아채는 단서가 될 말을 했다. 아버지는 아일랜드계 캐나다인 할머니와 영국계 미국인 할아버지 사이에서 태어났고, 엄마보다 스물두 살이 많았다. 아버지는 경제 주간지 『포브스 Forbes』나 『내셔널 지오그래픽 National Geographic』 같은 잡지를 빼놓지 않고 읽었고, 미국 공영방송을 꼭 챙겨 봤다. "얘가 동네 튀김 장수나 하겠다는 말이 아니야." 아버지가 말했다. "줄리아 차일드같이 되겠다는 거지."

"줄리아, 뭐?"

"줄리아 차일드. 미국에서 제일 유명한 요리사잖아. 텔레비전 프로그램도 있는데……"

"있든지 말든지! 얘는 요리사 같은 건 절대 될 일 없어!" 엄마는 소리를 지를 때마다 치를 떨었다. 미국 생활을 한 지 3년 반이 다 되었지만 엄마는 텔레비전에 나오든 말든 요리사가 존경할 만한 직업이라는 생각은 절대 할 수 없었다. 요리는 가정주부의 일이자 노동계급의 일이었고, 그 두 조건은 살면서 엄마의 지위를 크게 좌지우지했다. 이 말을 할 때 엄마가 칼을 들고 있었던 기억이 나는 걸 보면, 얄궂게도 엄마는 틀림없이 요리를 하고 있었을 것이다.

엄마는 다시 눈길을 내게로 돌려 손가락 마디가 하얗게 될 때까지 칼자루를 꼭 쥐고 말 한마디 한마디 박자에 맞춰가며 칼을 흔들었다. "그레이스, 너는 세상에서 뭐든지 될 수 있어. 근데 고작. 요리사가. 되겠다는 거야?" 엄마는 화를 내다 왈칵 차오르는 눈물을 삼켰다. "안 돼. 절대로 요리사는 안 돼. 절대 되지 않을 거야." 엄마는 나의 요리사 꿈을 짓밟곤 방 여섯 칸짜리 단층집이던 우리 집 반대편으로 달려갔다.

유년기 기억을 떠올리면 우리 부모님은 어쩌면 서로 이렇게 달랐을까 싶다. 엄마는 대담하고 활기 넘쳤던 반면, 아버지는 겁이 많고 시들시들했다. 하지만 경제적인 상황과 지정학적인 사건들로 인해 두 사람의 인생 경로가 정해졌고 둘은 서로에게 이끌렸다. 둘 다 당신의 삶에 대한 전반적인 불만으로 고통스러워하던 차였다.

아버지는 어렸을 때부터 돼지를 키우며 농부가 되기를 꿈꿨다. 1937년 워싱턴주립대학에서 농업과학을 공부하기 시작했지만, 대공황 시기라 대학을 마치지 못했고, 농업으로 생계를 꾸려갈 수도 없었다. 우여곡절 끝에 아버지는 정육점에서 일하다 석공이 됐다. 1960년대에 아버지는 마침내 미국 상선에 취직해서, 당신 수준의 학력과 능력으로 기대할 수 있는 가장 높고 안정적인 월급을 받았다. 또 이 일로 엄마를 만난 한국처럼 이국적인 지역으로 여행할 기회도 얻었다. 아버지는 태어난 지 1년 만에 부친의 실종을 겪었고, 모친 그레이스는 재혼할 때까지 10년 동안 홀로 아이를 키웠다. 아버지가 엄마에게 끌렸던 건 엄마를 향한 것이었던 동시에 그만큼 당신 과거의 상처를 치유하는 일이기도 했다. 왜 엄마와 결혼했는지 물었을 때 아버지는 내게 이런 말을 한 적이 있다. "네 엄마는 네 오빠랑 둘만 있었잖니. 그 애한테 제대로 된 가정을 만들어주고 싶었단다." 아버지는 눈물을 가까스로 삼켰다.

엄마의 경력에 대해서는 쉽게 알 수 없었는데, 그건 엄마가 당신의 상황에 대해 공개적으로 터놓고 얘기할 수 없었고, 또 1970년대는 여자가, 더욱이 한국 여자가 경력을 가질 만한 시대가 아니었기 때문이다. 여자들이 일은 했을지 몰라도, 그게 경력이 되진 않았다.

부모님 모두 어린 시절의 빈곤에서 벗어나 상대적으로 안락

한 중산층 생활에 진입했지만, 생활이 편해졌을지언정 행복해지지는 못했다. 아버지는 노골적으로 투덜거렸지만 엄마는 뭔가 다른 것을 원한다는 속마음을 넌지시 내비치기만 할 뿐이었다. 아버지는 이루지 못한 욕망에 대해 얘기했지만, 50대 후반 남자에게 두 번째 기회는 오지 않는다는 사실을 알고 있었다. 반면 엄마는 '누군가'가 되기를 바랄 만큼 아직 젊은 나이였다.

대여섯 살쯤이었을까, 어느 날 나는 엄마도 바라는 것이 있음을 깨닫게 되었다. 나는 엄마가 부엌에서 산더미만큼 많은 마늘을 몇 초 만에 곱게 빻는 것을 지켜보았다. 엄마는 간 마늘을 유리병에 담아 냉장고에 넣은 뒤, 다음 작업을 시작했다. 엄마가 칼을 집을 때마다 마법이 펼쳐지는 듯했다. 엄만 사과 한 봉지를 꺼내 과도로 껍질이 끊기지 않도록 한칼에 한 알을 깎았고, 노래 한 곡이 끝나기도 전에 한 봉지를 다 깎았다. 요리할 땐 노래를 즐겨 불렀는데, 보통 1960년대 한국에서 본 미국 영화에서 배운 노래였다. 나는 엄마가 그냥 습관적으로 노래를 부른다고만 생각했는데, 이날에야 엄마 목소리에 깊고 강렬한 공명이 있다는 걸 깨달았다. 엄마는 가사를 힘 있게 뽑아냈다. "*Que sera sera. Whatever will be, will be. The future's not ours to see. Que sera sera*〔케 세라 세라. 무엇이 되든 간에. 미래는 우리가 볼 수 있는 게 아니란다. 케 세라 세라〕." 마치 관중 앞에서 공연을 하듯, 엄만 몸을 흔들었고, 그 순간 나는 무대에 선 엄마 모습을 그려볼 수 있었다.

"와, 엄마. 노래 너무 잘하는데요."

"다들 내 목소리가 좋다고 했어. 가수 해도 되겠다고."

"근데 왜 안 해요?"

"왜 안 하냐고? 허, 참! 너 키워야 되니까, 망시토리야."

'망시토리'는 몬스터monster〔괴물〕가 일본어로 변형되고 다시 한국화된 단어였는데, 엄마가 처음 배운 언어인 일본어, 두 번째 배운 한국어, 세 번째 배운 영어가 뒤섞인 당신만의 독특한 말 중 하나였다.

엄마 말에서 이루지 못한 가수의 꿈에 대한 아쉬움이 느껴지긴 했지만, 회한이 아주 큰 것 같지는 않았다. 10여 년이 흐른 뒤에야 나는 엄마의 가장 큰 소원이 가수가 아니라 교육받은 사람이 되는 것이었음을 알게 된다.

고등학교 3학년 가을, 내가 브라운대학 지원서를 작성하던 중 아버지는 엄마의 비밀 하나를 우연히 들춰냈다. 아버지는 지원서에서 잘못 적힌 부분을 발견했다.

"네 엄마 고등학교 안 다녔어."

"아니에요, 엄마 고등학교 나왔는데요."

아버지는 고개를 저으며 한숨을 쉬었다. "젠장, 왜 네 엄마는 이런 거짓말을 한다니? 중학교만 겨우 마쳤어."

나는 여전히 그 말이 믿기지 않아, 아버지 서재에서 나와 엄마가 저녁을 준비하고 있던 부엌으로 갔다. "엄마, 고등학교 졸업 안 했어?" 내가 물었다. "아빠가 엄마 안 했다고 그러는데."

"그래, 얘한테 말 좀 해봐." 아버지는 나를 따라와 문턱에 선 채로 말했다.

엄마는 고개를 저으며 남편을 쏘아봤다. "그런 말은 왜 해?" 엄마가 씩씩거리며 말했다.

"브라운대학 지원서에 그걸 쓰라잖아! 당신이 애한테 그걸 숨겼는지 내가 어떻게 알아?"

"그럼 그 말이 사실이야?" 나는 엄마가 평생 나한테 거짓말을 했다는 사실이 당혹스러워 되물었다.

엄마는 한마디 말도 없었다. 대신 분노에 이글거리는 눈으로 벽만 뚫어져라 쳐다봤다.

"엄마?" 엄마의 유일한 반응은 침실로 몸을 피해 밤새도록 숨어 있는 것뿐이었다.

외가 식구들 중 아들한텐 고등학교와 대학에 진학하는 특권이 주어졌지만, 엄마는 어렸을 때부터 여자는 남자를 위해 봉사하고 가족을 위해 희생해야 한다고 배웠다. 엄마는 봉사하고 희생했지만 그보다 더 많은 것을 원했다. 당신이 가질 수 없게 된다면, 딸아이만은 반드시 가질 수 있게 하겠다고 엄마는 생각했다. 내 성공은 엄마가 명예를 회복하는 길이요, 내 교육은 엄마에게 다시 주어진 기회라는 것, 그걸 깨닫는 데 평생이 걸렸다.

"너는 커서 뭐가 되고 싶니?" 엄마가 별일 아니라는 듯 물은 건 1976년 여름, 내가 유치원에 입학하기 전날이었다. 엄마는 딸이 위대한 학자가 될 운명이라는 시나리오를 그리고 있었음이 틀림없다. 그러지 않고서야 내 대답에 어떻게 그토록 격한 반응을 보였을까? 내가 지어낸 연필 대장 노래에 힘입어, 엄마의 판타지는 전속력으로 질주하고 있었으리라. 그해 여름 우리는 캘리포니아로 자동차 여행을 갔는데, 샌디에이고 동물원을 방문했을 때 나는 그리 잘 알려지지 않은 동물 이름 몇 개를 기억했다.

"저기 봐! 딕딕이에요. 아주 작은 영양 같은 동물이에요."

"우와!" 엄마는 한국 사람들이 놀랐을 때 내는 소리를 내며 말했다. "그런 건 어떻게 알았어?"

"야생 동물 카드에서 봤어요."

"이거 봐", 아버지는 내 머리를 쓰다듬으며 말했다. "그 카드 좋아할 줄 알았어."

부모님의 반응에 뿌듯해진 나는 새로 얻은 동물학 지식을 자랑할 기회를 더 찾아냈다. "저기 카피바라 있네요! 세상에서 가장 큰 설치류예요." 엄마는 걸음을 멈추더니 숨겨진 탐구심을 찾아내려는 듯 내 얼굴을 살폈다. 엄마는 눈을 똥그렇게 뜨고 침착하고도 근엄하게 말했다. "우와…… 우리 딸 천재네." 아마 오빠는 엄마가 우리에게 애정을 표현할 때면 종종 그랬듯, 또 저런다는 식으로 눈을 굴리며 짜증 섞인 소리를 냈을 것이다. 하지만 나는 그때만 해도 엄마의 기대를 꺾지 않고 거기에 부응할 만큼 어렸다.

여름 휴가에서 돌아와 나는 엄마의 기대를 한몸에 받으며 학교생활을 시작했다. 엄마가 태워준 버스에 올라 엄마 모습이 멀어지는 걸 보는데, 나중에 나를 도랑으로 쫓아오며 괴롭힐 골목 대장이 옆에 앉더니 말했다. "네 엄마는 너 절대 데리러 안 올 거야." 학교생활을 시작하기도 전에 이 금발머리 깡패는 나를 먹잇감으로 점찍었다. 그 말이 현실이 될지도 모른다는 두려움 때문이었는지, 엄마를 실망시켰다는 후회 때문인지, 나는 엄마에게 잘 보이기 위해 학교 공부를 열심히 했다. 내 별남과 적성 사이를 오가며, 그렇게 미국 시골 유치원이라는 소우주에서 인격을 재빨리 만들어냈다. 나는 모범생이 되었다. 외국인. 아시아인. 나는 공부를 열심히 했고, 그 결과 내 빛나는 미래가 학계에 있을 거라는 엄마의 믿음은 회복되었다.

유치원에서 겪은 시련에서부터 내 성장에 이로운 조건을 마련하기 위해 엄마가 기울인 엄청난 노력에 이르기까지, 내가 학자가 된 이야기는 쉽게 쓰인 서사가 아니다. 나는 이를 함께 꿰어지는 여러 조각으로만 이해할 수 있는데, 이 조각들을 묶어내는 몇 가지 분명한 스냅숏이 있다. 다섯 살 때, 나는 요리사가 되고 싶다는 말에 크나큰 충격을 받은 엄마가 화를 내는 소리에 뒤뜰 나무가 흔들릴 수도 있음을 배웠다. 이 꽃피는 자두나무, 단풍나무, 층층나무, 참나무는 내 친한 친구였고, 나는 이 나무들에 신비로운 힘이 있다고 믿었다. 10년 후 엄마의 정신이 어지러워졌을 때, 이 나무들은 엄마에게 찾아온 환각의 근원이 되었다.

거기서 20년 정도가 더 흐르면, 다섯 살 때 기억에 남을 정도로 엄마와 처음 싸웠던 일의 결과를 엿볼 수 있다. 그사이 엄마가 산산조각으로 부서지는 것을 지켜봐야 했던 감정상의 앙금과 뒤엉킨 채. 서른세 살이 되었을 때, 나는 18년 동안 엄마가 조현병과 씨름하는 것을 지켜보며 희망과 절망 사이를 오가던 롤러코스터에서 겨우 마음을 추슬렀다. 성인이 된 후 내 삶은 엄마의 정신적 고통과 엄마를 살고 싶게 만들어야겠다는 욕망으로 점철되어왔다. 그렇게 서른세 살의 나는 엄마가 꿈꾸던 사람이 되었다. 나는 이름 뒤에 따라오는 여러 자격을 얻었는데, 그중 가장 중요한 것은 박사라는 칭호였다. 반면 이건 엄마에게 실망스러운 일이었을 텐데, 요리 전문학교에서 제과제빵 자격증도 취득했다.

나는 뉴욕시립대학 사회학과에 정년제 교수로 임용되기 전까지 베이킹 일을 하고 있었다. 정년 심사를 앞두고 조교수 생활을 하던 시절에는 일에만 전념해야 했다. 베이킹을 그만두었고, 밥 해 먹을 시간도 거의 없었지만, 엄마에겐 크게 반길 소식이었다.

엄마에게 '교수'라는 칭호보다 더 큰 영광은 없었으니까. 엄마는 언젠가 말했다. "내가 너였음 세상 제일 행복했을 거다." 하지만 나는 엄마가 아니었고, 그렇게 행복하지 못했다. 그래도 나는 엄마에게 진 빚을 갚으려고 계속 그 길을 갔다.

거기엔 엄마의 유일한 인생 목표가 자녀들에게 더 많은 기회를 주는 것이었음을 알게 되면서 내가 느낀 개인적 부채감도 있었지만, 다른 한편으론 사회가 엄마에게 진 빚도 있었다. 음식을 만들고, 화장실을 청소하고, 자녀를 양육하는 이민자들에게 미국 사회가 진 빚. 국가 안보의 최전선에서 제 몸과 성노동을 바쳤지만, "노고에 감사합니다"라는 말을 단 한 번도 듣지 못한 수많은 젊은 여성에게 한국 사회가 진 빚도.[1] 미국에서나 한국에서나 이들은 감사의 말을 듣기는커녕 오히려 빚을 진 사람들에게 사회악의 근원 취급을 받고, 근절의 대상이 되었다. 나는 엄마에게 진 사회적 빚이 나를 짓누르고 있다는 느낌에서 도무지 벗어날 수가 없었고, 그 부담을 덜 유일한 방법으로 직접 그 빚을 조금이나마 되갚았다. 엄마가 꿈꾸던 대로 "위대한 학자"가 됨으로써, 엄마의 구원에 조금이나마 보탬이 될 수 있을지도 모른다. 엄마의 삶을 연구하고 엄마를 이해하기 위해 노력하다 보면, 나도 그 구원의 한 조각이나마 찾을 수 있을지 모르고.

그렇게 서른일곱에 나는 정년 보장 교수가 되었고 한국전쟁의 유령에 대한 첫 저서를 출판했다. 엄마에게서 영감을 얻어 엄마에게 헌정한 책이었다. 나는 그 누구도 나를 대신해 대답해주지 않는 질문에 답을 하기 위해 연구를 하고 책을 쓰기 시작했다.

원고를 탈고하고 출판사에 송고한 다음 몇 주 동안 뉴저지주에 있는 엄마를 보러 가면, 엄마는 그때마다 내 가방에 들어 있던 책을 꺼내 놀라워하는 눈빛으로 표지를 들여다보며 물을 것이었다. "이게 네 책이야?"

"아니", 나는 웃을 것이다. "책 나오는 덴 한참 걸려요."

서른일곱 살 때, 마침내 표지 디자인을 받아 든 나는 그걸 엄마에게 보여줄 상상을 했다. "엄마, 이거 봐." 그렇게 말하려고 했다. "이게 내 책이에요." 그러나 이틀 뒤, 내 상상과는 다른 일이 벌어졌다.

2008년 3월 9일

일요일 오후 4시쯤이었다. 나는 이민사회학 수업의 일환으로 스태튼아일랜드대학 학생들과 함께 라이베리아 교회 신도들을 만나고 브루클린 프로스펙트하이츠에 있는 집으로 돌아온 참이었다. 전화가 걸려왔는데 전화기에 뜬 오빠 이름을 본 순간 뭔가 잘못되었음을 깨달았다. '망할.' 속으로 중얼거렸다. 무슨 일이지? 긴급 상황이 아니고서는 오빠가 나한테 마지막으로 전화한 게 언제였는지 기억나지 않았다.

"여보세요?"

"너 어제 여기 왔었니? 엄마 봤어?" 오빠 목소리에 담긴 긴박함뿐 아니라 오빠와 전화를 하고 있다는 사실 자체가 당황스러웠다.

"어, 기억 안 나. 아마 그랬던 것 같은데…… 잠깐만, 아냐…… 지난 주말에 갔어. 왜?" 누군가 내게 싸움을 걸어왔을 때 늘 그랬듯, 팔다리가 무거워졌다. 속으로 대체 무슨 일이 일어난 건지 온갖 종류의 시나리오를 돌려봤지만, 그중 무엇도 진실만큼 끔찍하지는 않았다.

"그레이스, 엄마가 돌아가셨어."

온몸이 불타는 듯했고, 뼈에서 근육이 녹아내리는 느낌이었다. 대화를 이어가는 동안 똑바로 서 있으려고 애썼다. 엄마의 부고에서 도망치려고 내 원룸 좁은 방 안을 정신없이 돌아다니기 시작했다. 오빠의 말은 웅웅거리는 소리가 되었고, 내가 몇 초에 한 번씩 반복하는 말은 독수리처럼 내 위를 맴돌았다. "아니야. 그럴 리 없어……."

언제?

어떻게?

우리는 이 질문에 대한 답을 알아내지 못했다. 우리가 아는 거라곤 어디였는가뿐이었다. 엄마는 거실에서 돌아가셨다. 이것은 생명이 없는 엄마의 몸이 소파와 유리 상판이 있는 커피 테이블 사이에 깔린 크림색 러그 바닥에 웅크린 채 누워 있었기에 알 수 있었다.

통화가 끝나고, 나는 작은 회색 얼룩 고양이 요요를 안고 털에 얼굴을 묻었다. 내가 혼자 산다는 사실이, 또 내 인생의 많은 부분이 엄마를 중심으로 돌아가고 있었는데 이제 엄마가 떠났다는 사실이 사무치게 밀려왔다. 이제 남은 사람은 누구일까? 아버지는 10년 전에 돌아가셨고, 오빠와는 몇 년 동안 사이가 멀어졌으며, 정년제 교수 생활이 버거워 4년 전인 2004년 애인과 헤어진 뒤로 제대로 된 연애도 못 했다. 엄마는 내가 세상에서 가장 사랑했던 사람이고, 언제나 그 누구보다 더 사랑했던 사람이다. 이제 나는 누구에게 위로받아야 할까? 뉴욕에서 가장 친한 친구인 호수와 라파엘에게 전화했지만 둘 다 전화를 받지 않았다. 나는 본능적으로 내 몸에 감각이 돌아올 때까지 작은 방에서 계속 원을 그리며 뛰었다. 감각이 돌아오자 팔다리가 떨리고 위에서 담즙이 올라오는 게 느껴졌다. 침착하자. 완전히 무너지지 않게 날 도와줄 사람을 찾아야지, 스스로에게 말했다. 하지만 다른 생각이 끼어들었다. 만약 어제 엄마를 만나러 갔더라면? 어쩌면 엄마를 죽음에서 구할 수도 있지 않았을까.

나는 그 후 친구들에게 연락을 시도하다가, 한국말로 "엄마"라고 목 놓아 외치며 내 곡소리에 무너져 내리기를 번갈아 하며 몇 시간을 보냈다. 어렸을 때 이후 엄마를 한국어로 불러본 적이 없었지만, 그 말은 내 속 깊은 곳에서부터 울려 퍼졌다. 누구라도 연락이 닿기를 기다리는 동안 시간은 마치 빙하가 움직이듯 느릿느릿 흘러갔다. 마침내 나는 구글 채팅에서 전 애인을 찾았다. "안녕, 제임스. 내 부탁 좀 들어줄 수 있어?" 내가 물었다. "오늘 밤 나랑 같이 있어줄 수 있어? 섹스하자는 게 아니야. 나 지금 혼자 있으면 안 될 거 같아. 엄마가 방금 돌아가셨어."

다음 몇 주 동안 이게 내 대처 기제 중 하나가 되었다. 전 애인들과 밤을 함께 보내고, 그들의 몸에서 따스함과 위로를 찾고, 나를 익사시킬 것만 같은 바닥 모를 슬픔을 막아낼 장벽으로 이용하는 것. 그들은 기꺼이 그렇게 해주었고 감사한 일이었다. 하지만 오라가 내 머리를 쓰다듬으며 부드러운 목소리로 "오, 그레이스. 누가 널 아기처럼 돌봐줘야 하는데. 내가 그렇게 해줄게"라고 말할 때, 나는 그녀의 굴곡진 몸으로 파고들며 깨달았다. 나는 내 감정을 막아줄 벽을 찾고 있었을 뿐 아니라, 엄마의 손길을 다시 찾고 싶어하는 중이었단 걸.

안아줄 사람이 아무도 없는 밤이면, 나는 플랫부시가를 가로질러 파크슬로프에서 5번가를 따라 최근에 문을 연 저렴한 중국 스파 중 하나로 향했다. "한 시간 마사지요. 여자 마사지사로 부탁해요." 라벤더 향이 나는 어두운 마사지실에서, 나는 내 몸의 통증을 주물러서 가시게 해주는 이 동양인 여성이 엄마라고 상상했다. 밤에 잠들 때면 내 등을 문질러주고, 아침에 일어날 때면 내 다리를 꾹 눌러주었던 우리 엄마. 나는 눈을 감고 엄마가 여기 나와 함께 있다는 꿈을 꾸며 그 속으로 더 깊이 빠져들었다. 엄마. 살아 있는 엄마. 살아 있을 뿐 아니라, 아직 정신이 온전했고 영혼은 경이에 차 있던 내 어린 시절의 엄마. 내가 아주 오래 전에 잃어버린 엄마.

드디어 호수에게 연락이 닿아 이튿날 아침 장례식장에서 오빠를 만날 때 함께 가줄 수 있는지 부탁했고, 호수는 주저하지 않고 기꺼이 응해주었다.

나는 호수와 함께 오전 8시 32분 뉴욕 펜스테이션에서 뉴저지주 프린스턴까지 운행하는 동북부선 기차를 탔다.

"지난 주말 엄마가 생선전을 사다달라고 했어." 나는 한인타운에서 사온 계란 입힌 생선을 보여주며 말했다. 생선 살을 한입 물었는데 눈물이 차올라 제대로 삼킬 수가 없었다. 호수가 가는 내내 손을 꼭 잡아주었다. 호수는 어디든 같이 가줄 수 있다고 했지만, 오빠와 일을 처리하는 동안은 프린스턴 근처 카페에서 기다리게 하는 게 낫겠다고 판단했다.

장례지도사 사무실에서 오빠는 사망 증명서 작성에 필요한 질문에 엄마의 출생지와 외조부모의 이름만 빼고 거의 다 답변했다. 한국에서는 아이들이 어른들 이름을 듣고 말할 일이 잘 없어서, 오빠는 기억을 더듬느라 머뭇거렸고, 그때 내가 말할 기회를 잡았다. "어머니는 일본 오사카에서 태어나셨어요." 이어서 나는 외조부모의 이름 철자를 부르기 시작했다. 장례 절차를 결정할 때, 오빠는 단호했다. 화장을 하고, 단정한 플라스틱 상자에 엄마 유골을 담아달라고. 장례식은 자기와 가족들이 따로 할 테니, 장례식장에서 따로 식을 준비해줄 필요는 없다고. 전날 밤에 받은 충격이 아직 가시지 않았던 나는 스스로 뭘 원하는지 정확히 알 수 없었지만, 오빠가 원하는 것과 같지 않다는 건 알았다. 우리 둘은 엄마와 완전히 다른 관계를 맺었고, 거기에 나는 오빠와 올케가 이룬 가족에서는 외부인이었다. 장례지도사는 내가 속상해하는 걸 눈치챘는지 한마디 보탰다. "가끔 가족분들이 고인을 각자 나름의 방식으로 기리시도록 유골을 나눠서 드리기도 합니다. 그렇게 해드릴까요?"

"네." 나는 잠시도 머뭇거리지 않고 말했다.

"네, 그래요." 오빠가 어깨를 으쓱했다.

서류 작업을 마치자 장례지도사는 우리에게 시신을 보고 싶은지 물었다. "어, 나는 이미 봤어. 보고 싶으면 봐." 오빠가 말했다. 오빠의 말에서 나는 그의 트라우마가 파문을 일으키는 것을 느꼈다. 살아 있는 엄마를 보려고 집에 걸어 들어갔다가 방바닥에 쓰러져 죽어 있는 엄마를 발견하는 건 대체 어떤 느낌일까?

나는 지도사를 따라 아래층으로 내려가 금속 안치대 위에 엄마 시신이 놓여 있는 어둑어둑한 방으로 들어갔다. 옅은 녹색 나일론 잠옷을 입은 엄마가 한쪽 팔을 들어 손가락을 약간 벌린 채 할퀴는 모양으로 구부리고 있는 것을 멀찌감치 떨어져서 보았다. 그는 나를 안치대로 데려가서 말했다. "어머니가 팔찌를 끼고 계셨는데요. 빼시겠어요?" 허공으로 뻗은 팔이었다. 나는 엄마 팔목에 채워진 금팔찌를 잡아당겼는데, 빼내려면 손가락을 조금 모아야 했다. 뻣뻣한 손가락과 차가운 피부의 감촉에 지금 이 모든 게 생시라는 것이 실감났다. 엄마는 돌아가셨다. 나는 가방에서 생선전 한 조각을 꺼내 장례지도사에게 말했다. "이상하다고 생각하실지 모르겠지만, 화장할 때 이것도 같이 넣어주시겠어요? 제물이에요."

"네, 물론이죠. 어머님과 잠시 단둘이 있고 싶으세요?"

나는 고개를 끄덕였고, 생선전을 엄마 옆에 놓으면서 다시 울기 시작했다. "엄마, 나 잊어버린 거 아니에요. 생선전 가져왔어요." 나는 공포심을 억누르며 억지로 손을 뻗어 차갑게 식은 엄마의 회색 이마를 쓰다듬었다. "죄송해요. 정말 죄송해요." 나는 흐느꼈다. 주문처럼 이 말을 되뇌면서도 내가 뭣 때문에 사과를 하는지 엄마가 이해할 수 있을지, 나 스스로 그걸 제대로 말할 수 있을지조차 알 수 없었다. 나는 엄마의 삶이 시련으로 점철됐던 게 죄송했고, 엄마가 혼자 살다가 혼자 돌아가신 게, 다음 세상으로 가는 길에 불 속에 차가운 생선전 한 점밖에 넣어주지 못

하는 게 죄송하고 또 죄송했다. 하지만 내가 느낀 후회는 이 어떤 것보다 훨씬 더 컸다. 나는 태엽을 다시 감아줄 때가 된 시계처럼 계속 그 말만 되풀이했다. "죄송해요. 정말 죄송해요⋯⋯."

오빠는 건물 밖 주차장에서 흑백 지프 체로키에 시동을 걸어둔 채 운전대를 잡고 큰 덩치를 살짝 웅크리고 있었다. 190센티미터의 거구에도 불구하고 오빠는 길 잃은 어린아이처럼 보였다. 내가 조수석에 타자, 오빠는 호수가 기다리고 있는 카페로 조용히 차를 몰았다. 여러 해 동안 오빠와 나 사이엔 침묵이 익숙했고, 서로 잡담을 나누거나 진지한 대화를 하려고 들지 않은 지 오래였지만 이번만큼은 달랐다. 이제 엄마도 떠난 마당에 언제 오빠를 다시 볼까? 속으로 생각했다. 이번이 마지막이면 어쩌지? 카페는 불과 몇 블록밖에 떨어지지 않은 거리에 있었고, 오빠와의 시간은 순식간에 끝났다. 나는 온몸을 덜덜 떨며 힘겹게 목소리를 내 침묵을 깼다. 입을 열었을 때도 무슨 말을 해야 할지 알 수 없었다. 우리 둘 다 상처를 받았으니 오빠에게 내가 듣고 싶은 말을 해줘야겠다는 생각이 들었다. "오빠가 꼭 알았으면 좋겠어⋯⋯." 목소리가 떨렸다. "오빠가 엄마를 위해 해준 모든 일 정말 고맙게 생각해." 오빠는 고개를 저었고 호박색 눈을 깜빡이며 눈물을 흘렸다. 오빠가 했던 말은 기억나지 않지만 그 몸짓은 내가 느끼고 있던 감정을 형체화해서 보여주었다. 우리가 엄마를 위해 한 게 무엇이었든, 그걸론 부족했다는 느낌을.

그날 오후 집에 돌아왔을 때, 페덱스 배달원이 우리 집 초인종을 눌러 교정 교열이 끝난 단행본 원고를 건넸다. 나는 여러 해 동안 엄마가 한국에서 살아온 삶의 사회적 맥락을 형성했지만 스스로 한 번도 입 밖에 내지 않았던 것들에 대해 글을 써왔다. 한국전쟁, 미국 군사주의와 한국 독재 정권하에서 평범한 사람들의 삶, 성인 여성과 소녀들을 대상으로 자행된 노골적이거나 모호한 형태의 조직적 폭력이 그것이다. 나는 순수한 지적 호기심을 좇은 것이 아니라 엄마가 어떤 일을 겪었는지 알아야 했기에 이 작업에 착수했다. 좀더 정확하게 표현하자면, 엄마가 겪었을지도 모를 일을 알아내기 위해서. 무슨 일을 겪었기에 엄마는 내가 열다섯 살 때부터 목소리를 듣기 시작한 걸까? 내가 스물세 살일 땐 어쩌다 세상에 문을 닫아버린 상태가 되었을까? 어쩌다 그렇게 남은 인생을 신선한 공기도 햇살도 사람들과의 만남도 없이 보내게 되었을까? 어떻게 어린 시절의 그 활동적이고 활기찼던 모습이, 시간이 흘러 내가 성인이 되었을 땐 정신적 고통에 시달리며 은둔하는 모습으로 변해버린 것일까? 어째서 우리 가족 말고는 아무도 엄마를 신경 쓰지 않은 걸까? 나는 상상 속 온갖 시나리오 안에 엄마 모습을 그려보았고, 엄마를 경계 너머로 밀어낸 것이 무엇일지 생각해보았다. 내 책에서 상징적 유령이었던 엄마는 실제로 돌아가신 이후 새로운 방식으로 나타나기 시작했다. 더 이상 당신의 은밀한 과거에서 온 유령이 아니라,

어린 시절 잃어버린 그 엄마의 모습으로 내게 속삭였던 것이다. 그레이스야, 나 기억나지?

어린 시절의 소소한 일들, 특히 학교에 들어가서 1학년 때 엄마가 내 미래를 기획하기 위해 했던 모든 일이 선명하게 생각났다. 장면은 파편적으로 돌아왔는데, 교단에 복귀해 〈음식, 자아, 사회〉라는 강의를 하던 중 떠오른 기억이 있었다.

나는 강의실 안에 들어가 앉아 있는 서른 명의 학생을 둘러보았다. 언제나처럼 대여섯 명 정도만 깨어 있는 듯했고 나머지는 의자에 축 처진 채 앉아 있었다. 몇몇 학생은 이미 자고 있었다.

나는 칠판에 인용문을 적으며 수업을 시작했다. 어디서든 음식이란 단순히 먹는 행위만을 의미하지 않으며, 먹는다는 것은 (적어도 인간에게 있어) 결코 단순한 생물학적 과정이 아니다.[2]

"자, 이 내용을 염두에 두고 이제 토론을 시작해봅시다. 오늘은 앤 앨리슨이 쓴 「일본 어머니들과 오벤토: 이데올로기적 국가장치로서의 도시락Japanese Mothers and Obentos: The Lunch-Box as ideological state apparatus」이라는 글에 대해 논의할 텐데요.[3] 앨리슨은 이 글에서 철학자 루이 알튀세르의 개념인 '이데올로기적 국가기구ideological state apparatus, ISA'라는 용어를 차용하고 있죠. 이게 무슨 뜻인지 기억나는 사람?"

잠시 후 교실 뒤쪽에 앉은 젊은 흑인 남성이 손을 들고 말했다. "우리가 자유의지로 하는 일이라고 생각하지만, 사실은 해야 하기 때문에 하는 거요."

"좋아요! 이데올로기적 국가기구가 어떻게 작동하는지 잘 지적했어요. 이제 개념 정의를 살펴보죠. 이것은 무력으로가 아니라 문화적 신념이나 실천으로 규범을 규제하도록 설계된 제도를 말해요. 경찰이나 군대 같은 '국가기구'는 무력으로 사회를 규제하죠. 반면 언론이나 학교 같은 '이데올로기적 국가기구'는 생각을 통해 규제해요. 지금 학생이 말한 것처럼, 어떤 생각을 자신의 것으로 내면화하고 나면, 사실은 타인이 자신에게 그 일을 종용하려 든다는 점을 알아차리지 못하죠." 나는 칠판에 판서하며 말했다. "그럼 앨리슨은 왜 도시락이 이데올로기적 국가기구라고 할까?"

선탠을 한 스물몇 살 여성이 손을 들고 말했다. "그 얘기가 좀 놀라웠어요."

"왜요?" 내가 물었다.

"음식과 전혀 관련 없어서요."

오, 맙소사. 나는 속으로 신음하며, 상조 휴가를 평생 쓸 수 있었으면 하고 바랐다. "자, 칠판에 적힌 인용문을 기억해봅시다. '음식'이란 생각보다 복잡한 거예요. 이 얘기도 음식과 관련 있죠." 나는 최대한 참을성 있게 말했다.

"이 어머니들이 자녀를 위해 하는 일은 정말 대단해요." 쇼트

커트에 흰머리가 성성한 통통한 중년 백인 여성 타냐가 말했다. "애들 도시락 만드는 데 시간이 너무 많이 들어서 집 밖에서 일을 할 수도 없었죠." 타냐는 곰곰이 생각에 잠긴 듯했다. 그녀는 전통적인 현모양처 역할을 20년이나 한 다음 마침내 대학에 입학했고, 지식에 굶주려 있었다. 타냐 같은 학생들 덕분에 수업은 보람 있었고, 오늘 같은 밤도 견딜 수 있었다. 엄마가 사라진 뒤로 아무도 내가 교수라는 것을 신경 쓰지 않는다는 느낌이 들기 시작했다.

"왜 이 어머니들은 아이들 점심 도시락에 그토록 많은 시간을 들일까요?" 내가 물었다. "다섯 살짜리 아이들이 음식이 완벽해 보이는 데 신경을 쓸까요?"

수업을 따라오기 어려워하는 학생 중 한 명이 답했다. "아이를 사랑하니까요."

"그렇죠, 하지만 또 다른 이유는요? 학교라는 기관은 엄마들이 도시락을 만드는 데 무척 신경 쓴다는 걸 기억하세요. 앨리슨은 이 실천이 사랑 때문인 것처럼 보일지 몰라도 사실 정치와 더 관련된 일일지 모른다는 의견을 제시하죠."

이민자 학생 한 명이 말했다. "이 엄마들은 교육 엄마가 되고 있었어요."

"맞아요!" 학생 몇 명이라도 교재를 읽어 와서 다행이라고 생각했다. "교이쿠 마마教育ママ, '교육 엄마'는 인생의 유일한 목적

인 자녀의 학업 성공을 위해 헌신하죠. 그러면 도시락과는 무슨 관계가 있죠? 앨리슨이 무척 중요한 얘기를 한다는 걸 기억하세요. 학교가 아동의 잠재력에 있어서 가장 크게 강조하는 게 숙제처럼 학업과 직접적으로 관련된 것이 아니라, 먹는 것이라는 점을요. 바로 음식 말이에요. 엄마들이 이렇게 엄청난 노력을 기울이는 건 도시락에 더 큰 의미가 있다고 생각해야 이해가 되죠. 그렇죠?"

타냐가 일주일 전에 애도를 전하며 내게 보낸 이메일로 생각이 이어졌다. 어머님이 선생님께 얼마나 중요한 분이었는지 잘 알 수 있었어요. 선생님이 어머님 얘기를 하는 모습을 보면서요. 이 문장을 읽기 전에는 내가 수업 시간에 엄마 얘기를 얼마나 많이 했는지를, 또 내가 가르치는 음식사회학 수업이 엄마에게 경의를 표하는 방식이었다는 것을 미처 알지 못했다. 또 엄마가 요리해 먹던 음식들이 그분의 생존에 얼마나 중요했는지도.

"도시락은 아이가 집에서 학교로 옮겨가는 데 결정적인 열쇠를 쥐고 있죠. 아이가 시민권의 세계로 진입하는 상징이라고 볼 수 있어요." 나는 교실을 거닐며 이야기를 이어갔다. "이게 바로 국가가 도시락을 둘러싼 규율에 그토록 신경 쓰는 까닭입니다. 아이가 음식과 맺는 초기 관계는 아이의 미래를 결정하는 데 영향을 미치고, 여기서 엄마라는 존재는 이걸 가능케 하죠. 아이가 학교에서 신나게 먹을 수 있는 도시락을 만드는 엄마, 도시락을 만드는 데 많은 시간과 정성을 들여서 좋은 학생이 되도록 어린 아이를 자극하는 엄마 말입니다."

그 순간 엄마가 한때 내 학문적 미래는 당신이 요리에 쏟는 정성에 달려 있다고 믿었다는 사실이 선명하게 보였다. 엄마가 음식 준비에 바친 시간은 일본인 엄마들과 견줄 만했지만, 차이가 있었다면 내가 속했던 학교 시스템은 엄마의 식사 준비에 전혀 신경 쓰지 않았다는 점이다. 그런 면에서 엄마는 도시락에 담겼다고 전해지는 힘을 되찾아 와서 당신이 원하는 대로 활용했다. 나는 엄마의 요리에 단순히 가족 안에서의 의무나 돌봄의 필요, 배고픔을 채우거나 입을 즐겁게 할 필요를 초월하는 그 무엇이 있음을 항상 알고 있었다. 물론 이것들이 어느 정도 동기가 되었겠지만, 표면 아래에는 더 강력한 무언가가 숨겨져 있었다. 엄마는 낯선 사람을 환영하지 않는 시골 마을에서 수입을 얻고 상대적으로 평화롭게 살기 위해 요리를 했다. 하지만 엄마가 의식적으로 했던 일은 아니었다. 만약 엄마에게 요리가 어떤 의미였냐고 묻는다면 아마 "그냥 내가 해야 할 일이었어"라고 답했을 것이다.

이 통찰을 학생들과 나누고, 엄마가 마치 목숨이 달린 일처럼 요리를 했던 얘기를 해주고 싶었지만, 메어버린 목이 너무 아파 왔다. 한때 그 몸으로 나를 먹여 살렸고, 또 한때 내가 그 몸의 일부였던 여자는 지금 잿더미가 되었다. 나는 침을 꿀꺽 삼키고 칠판에 적힌 문구를 가리키며 말했다. "자, 이제 알겠죠? 음식이란 단순히 먹는 행위에만 관련된 게 아니에요."

수업이 끝나고 천사 같은 얼굴을 한 아랍계 학생 사니가 나를 브루클린까지 태워다주겠다고 제안했다. 스태튼아일랜드 고속도로로 접어들 때까지 잡담을 나누다가 사니가 문득 말했다. "어머니 일 정말 유감이에요, 선생님."

"고마워요. 너무 갑작스러웠어요. 어떤 의미인지 모르겠지만, 한편으로는 어머니가 저를 놓아주려고 한 게 아닌가 싶어요. 어머니를 보살피느라 여러 해를 보냈는데, 이제 내 삶을 살라고 하시는 게 아닌가 싶기도 하고요."

"와, 그렇게 말씀하시다니 놀라워요. 믿을 수가 없어요." 갈색 눈을 크게 뜨며 사니가 말했다. 어떤 부분이 놀라웠는지는 모르겠지만, 나는 내 상실에 대해 얘기하기를 피하지 않은 그녀에게 고마운 마음이 들었다. 내가 이만큼 솔직할 수 있었다는 데 놀라기도 했고. 사니는 매주 나를 베이리지까지 데려다주었는데, 차 안에서 자신이 겪는 어려움에 대해서도 털어놓은 적이 있다. 그녀는 스물한 살의 아기 엄마였고, 아이에게 "본보기가 되기 위해" 대학을 계속 다니기로 결심했다고 했다. 팔레스타인에 있는 가족은 최근 유대인 정착촌 때문에 집을 잃었는데, 이 잔인한 현실을 받아들이려고 한 학기 내내 씨름했단다. 이제는 내가 마음을 털어놓을 차례인 것 같았다.

거대한 타워와 긴 강철 케이블이 매력적인 베라자노 다리를 건너며 나는 조용히 생각에 잠겼다. 엄마를 뉴저지주에서 퀸스의 오래된 우리 집으로 모셔 오던 날 기억이 떠올랐다. 엄마한테 이 다리는 내가 제일 좋아하는 다리라고 얘기했지만, 엄마는 조금도 감동하는 기색이 없었다. "흠, 이 다리는 당장 페인트칠 좀 새로 해야겠는걸", 엄마는 말했다. 한밤중에 이 다리가 크리스마스 장식처럼 빛나는 모습을 보셨다면, 엄만 흠결 대신 그 아름다움을 볼 수 있었을까?

사니는 86번가에 나를 내려주었다. 나는 차에서 내려 덜덜 떨면서 지하철역 계단을 내려가 R선 전철을 타고 텅 빈 집으로 돌아왔다.

엄마의 유품을 정리하기 위해 뉴저지주로 돌아갔던 날, 늦겨울 추위 때문에 오빠네 차고는 마치 대형 냉동실 같았다. 오빠는 엄마의 물건을 벌써 위층 방에서 차고로 옮겨놓았다. "이러면 너한테 더 쉬울 거 같아서." 오빠가 말했다.

나는 스무 개가 넘는 대봉투를 특별한 순서 없이 풀어보기 시작했고, 거기선 수십 년 동안 못 보던 것들이 나왔다. 엄마 침실 옷장에 몰래 들어갈 때마다 입어보던 레이스 잠옷과 새틴 슬리퍼, 엄마가 다락방 작업실에서 직접 지은 화려한 옷, 엄마가 특별한 날을 위해 아껴두었지만 결국 써보지 못한 향수 비누, 엄마가 어느 벌목 사업가 결혼식에 딱 한 번 입고 갔던 은색 인조 모피 재킷이 거기 있었다. 엄마는 그 사람 집에서 청소 일을 해주다 이층 유리창에서 떨어진 적이 있었다. 그 재킷을 보자 사고 당일 기억이 떠올랐다. 내가 서너 살 때쯤, 엄마는 일하러 가는 데 나를 데려갔다.

"엄마가 잘 보이게 여기 창문 옆에 있어, 그레이스야?" 엄마는 내게 유리창 반대편에서 장난감을 가지고 놀라고 이르면서 말했다. "엄마 여기 내내 있을 거야, 알았지? 엄마 잘 보이는 데 있어. 어디 멀리 안 간다고 엄마랑 약속."

나는 엄마가 바깥쪽 유리를 닦는 동안, 엄마 말대로 창문 옆에서 조용히 놀고 있었다. 우리는 유리 사이로 서로 재미있는 표정을 지으며 놀고 있었는데, 그 순간 사다리가 뒤로 기울며 엄마가 순식간에 시야에서 사라졌다. 우리 둘 다 일시적으로 그 자리에서 움직이지 못했다. 엄마는 부상을 입었고, 나는 엄마와의 약속을 지키기 위해 그 자리에 가만히 있었다.

그다음 봉투를 풀자 오래된 회갈색 손가방이 나왔는데, 엄마가 돌아가시기 전까지 어쩌다 가끔 우리와 외출을 할 때면 들고 다니던 것이라 다른 물건만큼 감정적 동요가 일지는 않았다. 나는 문득 그 안을 들여다보았다. 손수건과 지갑이 들어 있었는데, 처음에는 둘 다 별다를 것 없어 보였다. 손수건은 엄마를 터프한 여자로 보이게 했던 마스카라 자국으로 얼룩져 있었다. 지갑은 1993년 크리스마스에 내가 엄마에게 선물한 것이었다. 거기엔 오래전 기한이 만료된 운전면허증과, 엄마가 죽기 14년 전인 1994년 5월 발행된 정신건강센터 주차 티켓이 들어 있었다. 엄마가 차를 운전한 것도 혼자 외출했던 것도 이날이 마지막이었다. 나는 눈물로 얼룩진 손수건과 엄마가 어느 정도 일상생활이 가능한 상태로 세상에 나갔던 마지막 기록 사이의 연관성을 계속 생각할 수밖에 없었다. 산산이 부서진 엄마 삶의 징표인 이 물건들의 무게를 견디기가 힘들었다.

그래도 마지막으로 찾아낸 물건에선 슬픔만큼이나 따스함도 느꼈다. 엄마 손가방 안에는 천으로 겹겹이 싸인 작고 무거운 뭉치가 있었다. 긴 청록색 실크 천 세 조각을 풀자 흰 티슈로 싸인 또 다른 뭉치가 나왔고, 그걸 풀자 또 다른 천이 엄마의 가장 소중한 장신구들을 감싸고 있었다. 그중에는 한때 내 것이던 자그마한 금팔찌가 있었다. 가운데에 작은 방울 두 개가 매달려 있고 양쪽으로 꽃송이가 새겨진 섬세하고 가는 커프 팔찌였다. 아기의 첫돌에 금을 선물하는 한국 풍습에 따라 엄마는 돌 때 내게 금팔찌를 선물했다. 어렸을 땐 이 팔찌를 애지중지했었는데 여태껏 그 존재를 잊고 있었다.

그러고 한 시간 동안 나는 친구 로즈의 차에 엄마의 물건을 챙길 수 있는 만큼 챙긴 뒤, 나머지는 차고에 남겨두었다. "나 이제 가!" 오빠 집 뒷문을 두드리며 외쳤다. 오빠는 밖으로 나와, 반

반씩 나눈 내 몫의 뼛가루가 든 검은색 플라스틱 상자를 건네며 작별 인사를 했다.

나는 조수석에 앉아 상자를 발 사이에 내려놓고 종아리로 지지했다. "엄마한테 남은 게 이게 전부라니 믿기지가 않아." 로즈에게 말했다.

"그 기분 알아. 비현실적이지. 꼭 안아주고 싶어도 돌아가신 분은 이제 여기 없고." 로즈는 고개를 저었다.

집에 돌아와 엄마의 유골을 침대 옆 창가에 놓고, 프릴 잠옷을 원룸 침실에 걸린 빨랫줄에 걸고, 엄마가 가장 좋아하는 가운을 매트리스 위에 내려놓았다. 그 가운을 보자 갑자기 화가 치밀었다. 최근에 엄마가 입고 계신 모습을 그렇게 많이 봤는데, 생명이라곤 없이 이제 그 가운은 텅 비어 있었다. 나는 소리를 지르며 다른 가방에 든 물건을 바닥에 던지고, 엄마의 브래지어와 다른 옷가지들을 가운 속에 집어넣었다. 그 가운을 가슴이 있는 여자의 몸 모양으로 만들어놓고 옆에 누워 머리를 가운 어깨에 파묻었다. 가운에서는 아직도 엄마 냄새가 났고, 슬픔의 물결이 다시 덮쳐왔다. 나는 주체할 수 없이 "엄마! 엄마! 엄마!" 외치며, 얼기설기 만들어놓은 인형에 손가락을 집어넣었다. "엄마, 다시 돌아와줘! 엄마!"

마치 엄마가 내 부름을 들은 것처럼 어린 시절의 추억이 홍수같이 쏟아져 내렸다. 나는 그렇게 유치원 기억이 났다.

침실은 여전히 어두웠다. 동틀녘이 다 됐지만 태평양 서북부 지역의 아침은 회색빛에 쌀쌀해서 창문을 통해 드는 햇볕도 전혀 없었다. 나는 엄마의 달콤한 목소리에 안개 같은 잠에서 천천히 깨어났다. 내 다리를 잡고 혈액 순환이 잘되라고 부드럽게 눌러주는 엄마의 손길이 느껴졌다. 아직 잠이 덜 깼을 때, 내 다리를 주물러주며 일어날 시간이라고 노래를 부르는 엄마의 기척이 느껴졌다. 엄마는 이불을 재빨리 젖혀서, 내가 미처 차가운 아침 공기를 느끼기도 전에 나를 등에 업고 따뜻한 담요로 감싸 부엌으로 데려가서는 식탁 의자에 살포시 앉혔다. 엄마는 내 눈이 적응할 때까지 실내등을 어둡게 했다가 방 밝기를 조금씩 올렸다. 내 앞에는 밥 한 주걱을 만 구수한 미역국 한 그릇이 놓였다. 따끈한 미역국은 소고기 약간에 참기름이 듬뿍 어우러져 짭짤하고 깊은 맛이 났다. 미역국은 내가 가장 좋아하는 음식 중 하나였고 보통 생일날 먹는 음식이었기에, 그날이 마치 특별한 날처럼 느껴졌다. 미역국을 달게 먹으며 첫 등교일에 대한 불안은 녹아내렸다.

그런 아침 의식은 내가 처음 학교를 다녔던 1년 내내 계속되었다. 엄마는 매일 침대에서 식탁으로 나를 데려가 내가 제일 좋아하는 음식을 해주었는데, 내가 "생일 케이크"라고 불렀던 초콜릿 아이싱이 올라간 초콜릿 케이크를 해주는 날도 있었다. 내가 아침을 먹는 동안 엄마는 내 옷을 건조기에 넣고 겉옷은 오븐에 넣어 따뜻하게 데워주었다. 엄마는 보통 타이밍을 잘 맞췄지만, 가끔은 신발끈이 딱딱해지거나 다른 사람들이 내 겨울 코트 가장자리가 탄 것을 알아차릴 때도 있어서 내가 좀 이상해 보이진 않을까 하는 생각도 했다. 어쨌든 엄마의 노력은 결실을 맺었다. 나는 학교 가는 데 전혀 저항하지 않았고 학교생활도 잘했다. 하지만 엄마에겐 이것만으로 충분하지 않았다. 엄마에게는 보험이 필요했다.

그래서 엄마는 동네 초·중·고등학교 교직원들을 위한 연말 칵테일 파티를 열 계획을 세웠다. 미국에서 연 파티로는 처음이었고, 엄마는 가장 중요한 일을 치르듯 정성을 다했다. 여러 날에 걸쳐 엄마는 여성 잡지에 나온 조리법을 연구했고, 식재료 쇼핑을 하고, 세세한 부분까지 상차림에 신경을 썼다. 하루는 고급 식기를 찾아 봉마르셰 백화점까지 운전해 갔고, 그다음엔 옷감 가게에서 드레스를 만들 천을 골랐다. 엄마는 바느질을 배우던 중이어서, 이번 파티는 새로운 기술을 연습할 완벽한 기회였다. 엄마는 갈색에 금색 무늬가 있는 매끄러운 벨벳 원단을 골랐고, 네크라인으로는 호박 보석이 박힌 메탈릭 레이스를 선택했다. 나를 위해서는 그로그랭 리본과 조그만 핑크 장미가 달린 하얀 새틴을 골랐다. 집에 도착하자 엄마는 다락방으로 달려갔고, 몇 시간 동안 열심히 작업한 끝에 어깨에 주름이 잡힌 발목까지 오는 드레스를 입고 나타났다. 엄마 키는 167센티미터로 엄마 세대 한국 여성으로는 키가 훤칠한 미인이었다. 드레스는 엄마 키를 더 커 보이게 했고 허리가 잘록한 몸매는 더 잘 드러났다. "우와", 엄마는 거울에 비친 당신 모습을 보면서 감탄했다. "예쁘지 않니?"

파티 날 엄마는 엄청난 양의 음식을 만드는 데 온갖 신경을 다 썼다. 부엌 홈바는 빈 구석이 하나도 없이 수많은 전채 요리로 가득했다. 베이컨으로 감싼 남방개 구이, 달달한 이탈리아 소시지와 마늘빵 조각으로 속을 채운 버섯 구이, 한입 크기로 자른 한국식 소고기 바비큐, 꽃 모양 금붕어 모양으로 자른 채소, 부채 모양으로 깎은 과일 등이 주름 장식이 달린 이쑤시개로 손쉽게 집어 먹을 수 있도록 손질되어 작은 크리스털 접시에 정성스레 담겨 있었다. 부모님은 평소 양주를 마시지 않았지만, 이날은 특별히 양주 세트도 마련해놓았다. 아버지는 파티에서 주로 조연 역할을 했는데, 반년씩 배를 타러 바다에 나가 가족과 떨어져 지냈으니 당신에겐 익숙한 역할이었다. 엄마가 새로 만든 드레스로 갈아입고 금색 샌들을 신고 나타나자 아버지는 탄성을 질렀다. 하이힐을 신고 올림머리를 한 엄마는 키가 10센티미터는 더 커져서 아버지만 했다. 마치 레드카펫을 걸을 준비를 마친 화려한 여신 같았다. 엄마에 비해 아버지는 그저 평범하게만 보였다. 아마 깨끗하게 다림질된 단추 달린 셔츠와 주름진 단색 정장 바지 같은 눈에 띄지 않는 차림이었으리라. 희끗희끗한 가는 머리

칼에 브릴 헤어크림을 발랐거나, 나이가 들었어도 젊은 시절 미남이었던 흔적이 남아 있는 단단하고 넓은 턱에 아쿠아벨바 애프터셰이브를 좀 발랐을지도 모른다. 오빠도 이 자리에 있었을 텐데 오빠 잘 기억나지 않는다.

가장 먼저 도착한 손님은 내가 다닌 유치원의 젠슨 선생님이었다. 선생님은 유치원에서 늘 보던 모습으로, 일자로 빗어내린 갈색 머리에 면 블라우스와 무릎 길이 치마를 입고 있었다. 선생님 남편도 아버지처럼 평범한 복장이었다. 메탈릭 벨벳 드레스를 입은 엄마가 손님을 맞이했고, 베이컨과 참기름 냄새가 풍기는 집으로 이분들을 안내했다. 다른 학교 교직원들도 도착했고, 엄마는 가장 정중한 칵테일 파티용 영어 회화를 연습했다. "어서 오세요." "자리에 앉으시겠어요?" "음식 좀 더 드세요." 엄마는 환히 웃고 미소 지으며 산해진미를 끊임없이 내놓았고, 양손에 접시를 들고 사람들과 어울렸다. 적당히 취기가 오른 손님에게 엄마는 불고기 꼬치를 대접하며 말했다. "한국 음식 한번 드셔보실래요? 이렇게 맛있는 건 처음일 거예요." 파티가 마무리될 즈음 손님들은 거나하게 취했다. 엄마는 넘치는 음식과 술에 섹시한 매력을 살짝 얹어 담임선생님과 교장선생님, 그리고 미래의 선생님과 교장선생님까지 모두 매혹시켰다.

이날이 아마 엄마가 처음으로 각본을 뒤집은 날이었으리라. 이곳은 엄마의 영역이었고, 엄만 여기서 더 이상 낯선 손님이 아니라 새로 온 사람들을 어떻게 환대하는 것인지 제대로 보여주는 주인이 되어 있었다. 넉넉한 인심, 맛 좋은 음식, 마음을 끄는 매력 모두 필요한 것을 얻기 위해 엄마가 스스로 갖추어낸 정치적 도구였고, 아마도 한국 클럽에서 호스티스 일을 할 때부터 이런 도구를 사용했을 것이다. 이번에 엄마가 필요로 했던 건 아이들 학교생활에 도움을 주는 것이었다. 나는 엄마가 얼마나 영리한지 미처 알지 못했지만, 아버지는 몇 년에 한 번씩 내게 엄마가 얼마나 똑똑한 사람인지를 상기시켜주곤 했다. "너 머리 좋은 거 다 어디서 왔는지 알지? 그거 내가 준 거 아니다!"

파티는 대성공이었고, 이후 연례 행사가 되었다. 엄마는 요리사라는 직업을 가져서는 안 된다고 내게 분명히 일렀지만, 당신도 모르는 사이 요리에 얼마나 강력한 힘이 있는지를 몸소 보여주었다. 엄마 요리를 맛본 어른들은 절대 나를 잊지 않았다.

엄마가 살아계실 땐 유치원 시절을 떠올리면 금발머리 동네 아이가 나를 괴롭혔던 일밖에 기억이 안 났다. 엄마의 부재를 생각나게 하는 기억. 하지만 엄마가 실제로 부재하게 되자마자 다른 기억들이 떠올랐다. 손으로 나를 살살 흔드는 젊은 엄마의 환영이 느껴졌다. 내 몸은 우리 일상을 기억해냈다. 아침마다 엄마가 불러주던 노래, 내 다리를 주물러주는 엄마의 손길, 따뜻한 담요에 싸여 어둑한 부엌으로 옮겨져, 생일상 같은 아침 식사를 하던 날들을.

내 원룸 바닥에 던져놓은 오래된 옷더미로 눈을 돌리니, 보석이 박힌 그 벨벳 드레스가 보였다.

그레이스야, 나 기억하지?

죽음을 맞이한 엄마는 세상 가장 다정한 유령이었다.

5장

김치 블루스

비과학적 연구들은 한국인 열 명에게 "없으면 못 사는 게 있다면 무엇입니까?" 물으면 적어도 일곱 명은 김치를 꼽을 것이라고 결론지었다.

　　　　—『이코노미스트*The Economist*』, 2010년 10월 4일 자

우리 식구들이 없어졌을 때 나는 김치를 먹었어······. 그게 없었으면 살아남지 못했을지도 몰라.

　　　　　　　　　　—엄마의 전쟁 이야기

2008년 뉴욕시

엄마가 돌아가시고 일주일 후, 나는 맨해튼 한인타운에 있는 한인 마트에 들러 김치 한 통을 샀다. 별다른 생각이 있었던 건 아니다. 그냥 본능적으로 그랬다. 엄마가 뉴저지주에 살던 10년 동안, 엄마 집까지 가는 동북부 노선 기차를 타려고 펜스테이션 기차역에 가는 길에 이 마트에 들르곤 했다.

가게를 나서서 집으로 돌아가는 시내 전철 Q선을 타려고 했지만, 전철역을 지나쳐 거의 펜스테이션에 다 와갈 때쯤 엄마가 돌아가셨다는 사실을 깨달았다. 32번가 인도 한가운데 멈춰 선 나는 수많은 관광객과 통근자가 지나가는 길을 막고 서 있었다. 김치 통이 담긴 장바구니를 들여다보며 갈색 종이 봉투에 내 눈물 자국이 짙은 반점으로 번져가는 것을 보았다. 이건 뭐하러 샀을까? 이제 엄마랑 같이 먹지도 못하는데. 나는 김치를 별로 좋아하지도 않았다.

김치는 몇 주가 지나도록 마늘과 고춧가루가 들어간 양념에 절여진 채 냉장고에 그대로 있었고, 익어가면서 나는 냄새가 다른 음식에도 온통 배어버렸다. 먹는 음식마다 흐릿하게 그 맛이 났고, 그러면 엄마가 돌아가신 게 새삼 실감났다.

커다란 김치 통을 처음 열었을 때 그 냄새가 너무 강해서 슬픔의 파도가 가슴에서부터 목구멍을 타고 올라와 내 온몸을 감쌌고, 나는 부엌 싱크대에서 흐느꼈다.

나는 밥에다, 라면에다 하루 걸러 한 번씩 김치를 먹어야겠다 마음먹었고, 마늘 맛이 감도는 아삭아삭한 배추가 시큼하게 익은 신김치가 되어가는 전 과정을 맛보았다. 김치 한 통을 다 먹자, 내 의식에서 어떤 변화가 느껴졌고, 나는 한아름 마트로 다시 김치를 사러 갔다. 부추김치, 굴김치, 깍두기, 오이소박이, 파김치, 배추김치를 비롯한 온갖 종류의 김치가 가지런히 진열되어 있는 걸 훑어보고는 거기서 정통 맛김치를 골랐다.

"기억하자." 나는 속으로 말했다. 이번에는 엄마가 돌아가셨다는 사실을 뚜렷이 알고 있었다.

엄마가 난민이 되었던 나이인 아홉 살이 되어 가계도 그리기 숙제를 할 때에야 나는 엄마가 전쟁 생존자라는 사실을 이해하기 시작했다. 그 후 10년이 넘도록 엄마는 다시는 전쟁에 대해 어떤 말도 하지 않았고, 침묵으로 남겨진 것에 대한 호기심은 내 무의식에 씨앗처럼 심겼다.

나는 성인이 된 후, 엄마가 해주는 얘기 대신 전시 민간인들의 경험을 연구하는 데 여러 해를 바쳤다. 전쟁 당시 어린이였던 생존자들 중 일부는 한 세대가 지난 뒤에야 그때 겪었던 끔찍한 경험에 대해 말하기 시작했다. 지상 공격이 퍼부어질 때 시체 더미 아래 숨어 피란처를 찾던 일, 시체의 강을 헤치고 부모의 주검을 뒤지던 일, 옆에 있던 사람들이 폭격으로 사지를 잃는 모습을 무기력하게 지켜본 일에 대해서. 엄마는 당신이 목격했을 일들에 대해 차마 말할 수 없었다. 엄마가 자발적으로 처음 꺼내놓은 전쟁에 대한 기억은 김치 이야기였다.

전선이 남쪽으로 이동하면서 가족들은 집을 버리고 피란길에 올랐다. 굶주린 사람들은 야생에서 먹을 걸 채집해 먹거나 다른 피란민들이 버리고 간 집과 논밭에서 먹을 것을 찾으며 버텼다. 가끔 미군 병사들에게 음식을 얻기도 했다.

엄마가 겪은 일을 내가 제대로 이해하고 있는지, 직접 겪은 당신은 제대로 기억한 건지 확신할 순 없었지만, 엄마가 해준 얘기는 이랬다. 가족들이 피란길에 올랐을 때, 수많은 피란민 사이에서 엄마는 가족들을 잃어버렸다. 천신만고 끝에 홀로 집으로 돌아온 엄마는, 할머니가 뒷마당에 묻어둔 김치 항아리를 기억해냈다. 찬장에 쌀도 약간 남아 있었다.

엄마는 항아리를 파내서 정해진 양의 김치를 꺼내고 밥을 지어 허기를 채울 만큼만 김치를 먹었다. 아홉 살의 엄마는 가족들이 돌아오기를 기다리며 몇 주를 이렇게 버텼다. 김치 덕에 계절이 세 번 지나도록 살아 있었어. 김치 없었으면 죽었을지도 몰라.

전쟁이 끝나고 살아남는 데 가장 유리했던 곳은 한국의 부가 집중되어 있던 미군 기지였다. 그래서 엄마는 미군 기지로 향했다. 미국을 향한 갈망은 성장기의 사회역사적 맥락에서 형성된 것이었다. 엄마는 영화에서 본 미국의 이미지에 매료되었고, 미제라면 다 고급인 줄 알았다. 그토록 부유한 나라에서 당신이 굶어 죽을지도 모른다는 건 상상할 수도 없었다.

이 이야기는 한국 음식의 물리적 부재로부터 온 결핍에서 시작된다.[1]

1972년 우리가 처음 미국에 입국할 때 간 곳은 시애틀이었고, 당시 한인 인구가 상당히 있는 지역이었기에 아시아 제품을 취급하는 식료품점도 있었다. 우리는 이사하기 전 이곳에서 두 달정도 살았다. 그로부터 여러 해 뒤에 들은 이야기에 따르면 엄마는 시애틀에 머무는 동안 대부분의 날을 향수에 빠져 울면서 보냈다고 한다. 아버지는 그래서 셔헤일리스로 이사하는 게 낫겠다고 생각했을지도 모른다. 아버지 친구와 친척들이 가까이 있으면 엄마가 새로운 곳에 정착하는 게 더 수월할지도 모른다고. 실제로 아버지 친구와 친척들은 엄마가 이사 오자, 크림소스 참치 캐서롤, 과일 통조림 칵테일과 코티지 치즈가 섞인 라임 젤리, 스니커두들 쿠키, 수제 레모네이드를 대접하며 엄마를 환대해주었다. 따뜻한 마음으로 한 일이었지만, 이런 이국적인 음식은 엄마의 향수를 달래는 데 아무런 도움이 되지 않았다.

가장 큰 충격은 음식이었다. 식사를 할 때마다 불현듯 고향을

떠나왔다는 고통스러운 기억이 떠올랐다.[2]

셔헤일리스에 도착한 직후 아버지는 다시 일 때문에 집을 떠났다. 집에서 3개월, 바다에서 3개월을 번갈아 보내는 일정이었다. 아버지가 바다에 나가면 육지에 머무는 불과 며칠 동안만 연락이 닿았기에, 엄마는 낯선 나라에 홀로 남겨져 아이 둘을 돌보며 이민생활의 어려움을 헤쳐나가야 했다. 그럼 우리 엄마는 누가 돌봤을까? 아버지가 집을 비웠을 때 친척들이 우리를 방문했던 기억은 없다. 물론 아버지 가족들이 자주 들렀다고 해도 친정 식구들이 없다는 사실을 만회할 수 있었을 것 같진 않지만.

아버지는 당신이 셔헤일리스에 없을 때 엄마가 어떻게 지낼지 한 번이라도 생각해본 적이 있을까? 아마 최소한 한국보다는 나으리라고 생각했을 것이다. 뭐가 어찌 됐든 한국보다는 낫다고.

한국 음식에 대한 갈망은 일상에서 만날 수 있는 다른 한국인이 없다는 데서 오는 외로움과 향수병을 동반했다.[3]

미국 생활을 시작하고 몇 년 동안, 엄마는 매년 여름 우리를 부산으로 데려가 한국과의 연을 놓지 않으려고 노력했다. 오빠는 한국에서 즐겨 가던 곳을 내게 보여주었다. 다른 아이들이 '백인 혼혈'을 인종차별적 멸칭으로 부르는 일본식 한국말 튀기 아이노코라고 우릴 부르며 놀리던 기억이 있긴 하지만, 어렸을 때 한국에서 보낸 시간은 내게 가장 좋은 기억으로 남아 있다. 우리는 식구들에 둘러싸여 있었고, 할머니와 이모는 아낌없이 선물을 주고 애정을 베풀었으며, 오빠도 나와 놀아줄 만큼 아직 어렸다.

여름이 지나면 엄마는 먹을 걸 꽉꽉 채운 여행 가방을 꾸려 시애틀 국제공항 세관을 통과했다. 건멸치, 작은 참외, 된장, 고추를 담은 봉지는 비린내나 묵은 된장 냄새가 좀 나긴 해도 그나마 들키지 않을 수 있었다. 하지만 김치는 온도에 매우 민감해서 국물이 새기 십상이었고, 냄새도 강해서 아홉 시간 비행 후 세관 직원에게 걸리지 않기란 무척 어려운 일이었다. 하지만 한국에서 몰래 들여오기 가장 어려운 그 음식이 한국인 입맛에 가장 중요한 음식이었다. 꼭 김치를 가져오고 싶었던 엄마는 실제로 그걸 시도해봤는지도 모른다. 하지만 가져오다 사고가 나는 건 너무 위험한 일이었고, 엄마는 대신 엄청난 양의 고춧가루와 새우젓 여러 병을 가져와 집에서 직접 김치를 담가 먹기로 했다.

아버지는 엄마에게 신선한 재료와 김치 전용 냉장고를 마련해주겠다고 맹세했다. 하지만 문제가 있었다. 1970년대 태평양 서북부 농촌 지역에선 배추를 단 한 포기도 찾아볼 수 없었고, 아버지는 양배추랑 배추도 분간할 줄 몰랐다.

아버지가 선물이라고 잔뜩 가져온 양배추를 받아 든 엄마 얼굴엔 노여움이 가득했다.

"이게 뭐야? 이건 배추가 아니잖아." 엄마 목소리는 발작에 가까워졌다. "아니야…… 아니야! 이제 어쩌지?" 다음 순간 엄마는 아버지에게 화살을 돌렸다. "날더러 이걸 가지고 뭘 하라는 거야? 어?" 좀 진정된 다음 엄마는 양배추를 손에 들고 믿을 수 없다는 표정으로 이리 보고 저리 또 보았다. "하아…… 미국 사람들은 이걸로 도대체 뭘 하는지 모르겠네."

미국인이 양배추라고 부르는 채소는 열등한 종자였고, 김치를 담그기에는 영 부적합했다. 적어도 엄마 말에 따르면 그랬다. 쓰라린 실망감에서 회복되자마자, 엄마는 미국인들이 '나퍼 캐비지'라고 부르는 '진짜' 배추를 찾으러 다니기 시작했다. 엄마는 배추를 찾아 정기적으로 운전해서 시애틀까지 갔다. 가끔 '대박'이 나는 날이면 엄마는 가게에 있는 배추를 몽땅 사서 몇 상자씩 들고 귀가했다. 운이 그만큼 따라주지 않는 날에는 청경채밖에 찾을 수 없었다. 배추의 맛과는 달랐지만 그래도 없는 것보다는 나았다. 다른 말로 하자면, 양배추보다는 나았다.

우리 엄마 같은 여성들은 한국계 이민의 첫 매개자들이었다. '외국인과 살을 섞었다'는 낙인 때문에 다른 한국인들에게조차 거의 인정받지 못한 이 여성들은 가족과 친척들의 미국 이민을 후원했다. 이민길에 나선 이들 중에는 빈곤에서 탈출하려는 사람도 있었고, 전쟁 후 한국을 지배한 군부 독재를 피하려는 사람, 가족 중 북한과 연줄이 있어 위험에서 도망치려는 사람도 있었다. 이민 초기에 온 이들 대부분은 여동생, 사촌, 이모, 딸, 조카가 미국인과 결혼해서 가족 이민을 후원해주었기에 미국 땅에 발을 붙일 수 있었다. 1980년대 들어 미국에 거주하는 한인 인구는 상당히 늘어났지만, 이민을 가능케 한 여성들은 미국에서나 원가족 안에서나 이방인이 되어 심한 고초를 겪었다.

아버지의 가족들도 엄마를 경계했다. 엄마는 남편 식구들에게 친숙한 음식을 요리하는 법을 배우고 초록색 젤리와 보드카 믹스까지 갖춘 정통 미국식 추수감사절 잔치까지 열면서 이들의 두려움을 조금씩 떨쳐냈다. 미국인 손님들이 떠난 다음 날 엄마는 남은 칠면조 고기를 된장, 김치와 곁들여 내놓았다.

미국의 새 가족과 어울리며 주변화된 엄마의 경험은 국제결혼을 한 다른 한국 여성들에 비하면 극단적인 것은 아니었다. 역사학자 여지연 교수의 미군과 국제결혼한 한국 여성 구술사 연구에 따르면, 이들은 미국 요리를 함으로써, 본인의 문화를 희생해가며 남편의 문화를 부엌에서 재현하도록 기대되었다. 남편과 시댁 가족은 보통 한국 음식을 냄새나는 낯선 음식이라고 여겼으며, 여성들에게도 집에서 이상한 음식을 먹지 말라고 하거나 못 먹게 하기까지 했다. 이 국제결혼 가정의 아이들조차 때로는 한국 음식에 동화되기를 거부했고, 어머니의 문화를 배척했다. 한국 음식을 못 먹게 된 여성들은 김치 대신 미국 피클을 먹었고, 빵 꽁다리와 칠리 플레이크를 섞어 고추장을 만들었으며,

진짜 한국식 반찬은 밥 한 공기를 다 먹는 동안 아주 조금씩 덜어 먹었다.

그들 다수가 미국인 입맛에 맞는 느끼하고 전분이 많이 든 요리를 잘 소화하지 못했다. 1950년대와 1960년대, 제2차 세계대전 이후 미국이 유례없는 경제 호황으로 풍요를 누리던 시기에 미국으로 이민 간 한인 군인 신부들은 내게 "여기는 먹을 게 하나도 없어요"라고 말했다.[4] 한국 음식을 구할 수 없다는 건 이들을 더 외롭게 만들어 향수병을 도지게 했을 뿐 아니라, 신체적 문제도 일으켰다. 미국 음식이 입맛에 맞지 않아 음식 먹는 게 고역이었고 굶주림은 일상이 되었다.[5] 이 여성들은 영양실조와 체중 미달에 시달렸고, 우울과 불안 증세를 보였다. 몸도 마음도 그렇게 시들어갔다.

살아남기 위해 어떤 여성들은 한국 음식을 구할 기회가 있을 때마다 부엌에 숨겨놓고 몰래 먹었다. 비밀 장소에 한국 식재료를 감춰놓고 냄새난다고 타박할 사람이 주변에 없을 때만 요리한 것이다. 한국 음식을 먹을 수 있는 여성들은 집에서 한국 음식을 먹는 것이 금지돼 먹지 못하는 여성들을 자기 집으로 불러 몰래 식사 모임을 했다. 이 여성들은 미국 가정에서 소외감을 느꼈고 자기 집을 보금자리로 여길 수 없었다. 그렇다고 한국으로 돌아갈 수도 없어 심한 향수병에 시달렸다. 그래서 이토록 폭력적인 방식으로 동화되기를 요구받고 집이 없다고 느끼는 여성들의 삶을 되살리기 위해 공동체가 생겨났다.

이들은 은신처에서 함께 김치와 미역국을 먹으며 한국 이야기를 나눴다. 이 가운데 한 여성은 한국 음식에 단순한 음식 이상의 의미가 있었다고 설명했다. 맵고 마늘 맛이 강한, 발효된 한국 음식을 마침내 맛보는 경험은 마치 사막에서 길을 잃었다가 처음으로 물 한 모금을 마시는 것과 같았다. 그것은 천천히 다가오던 죽음을 가까스로 피하는 일이었다. 이 여성들 중 누군가는 잠시나마 그 맛으로 집에 돌아가는 길을 찾았다.

엄마는 한국 음식이 없어서 길을 잃은 듯한 경험을 누구보다 더 잘 알았지만, 셔헤일리스에는 엄마를 친숙한 곳으로 데려가 줄 사람이 아무도 없었다. 대신에 엄마는 당신이 간절히 원했던 지원자 역할을 자임했다.

한국인들이 셔헤일리스에 하나둘 오기 시작하자, 엄마는 이들을 당신 날개 아래 품었다. 처음 도착한 한국인 이름은 경이었고, 미국인과 결혼한 여성이었다. 이 부부에게는 나보다 한 살 어린 딸 엘리가 있었다. 엘리 엄마는 우리 엄마보다 나이가 어려서 엄마를 손위 자매를 지칭하는 언니라고 불렀다. 처음 만나자마자 엄마는 경에게 손수 담근 김치 한 통을 선물했고 두 사람은 금세 함께 요리하는 사이가 되었다.

또 다른 한국 여성이 우리 동네에 오면서 엄마의 한국 요리 레퍼토리는 더 다양해졌다. 구하기 어려운 식재료를 찾기 위해 엄마는 바닷가로 채집 원정을 나섰고, 나와 엘리도 거기 합류했다. 우리가 유목으로 꽃다발을 만들고 모래에 구멍을 파면서 노는 동안, 엄마들은 40리터들이 양동이에 조개와 해초, 또 미국인은 먹지 않는 기름진 작은 생선을 가득 채웠다. 이 채집물은 쫄깃쫄깃한 미역무침과 빙어튀김 요리가 되어 우리는 그걸 밥과 김치에 곁들여 먹었다. 엘리 엄마는 이 모임 때문에 셔헤일리스 생활을 잠시 버텨냈지만, 그래도 한인 커뮤니티에서 멀리 떨어져 있는 것을 견디지 못해 결국 가족과 함께 워싱턴주에서 두 번째로 한인 인구가 많은 터코마로 이사 갔다.

나는 어렸을 때 엄마가 한국 음식을 제대로 먹지 못해 그토록 힘들어했다는 것을 잘 상상할 수 없었다. 엄마가 항상 즐겨 먹는 미국 음식이 있었기 때문이다. 엄마는 햄버거와 핫도그를 무척 좋아했고, 고기라면 종류를 가리지 않고 좋아했다. 미군정 시대와 한국전쟁을 거치며 한국인의 집단적 입맛을 식민화한 음식들이었다. 엄마는 그런 음식을 즐겼지만 뭔가가 부족했다. 한국 사람에게 미국 시골은 먹는 데 있어선 사막이나 다름없었다.

엄마가 돌아가시기 몇 년 전에야 나는 엄마에게 이 결핍이 얼마나 절실한 문제였는지를 비로소 깨달았다. 호수 친구 잔디가 한국에서 놀러 와 내가 집에서 저녁 식사를 대접하기로 했다고 엄마한테 그랬더니 벌어진 일이었다.

"무슨 요리 할 건데? 미국 요린 하지 마라." 엄마는 만류했다.

"코코뱅 만들려고요. 프랑스 요리예요. 닭고기에 와인 넣고 익힌 거." 내가 답했다.

"프랑스나 미국이나. 그게 그거지! 서양 요리 하지 마!"

"그래도 색다른 걸 먹어보고 싶을 수도 있잖아요."

"내 말 들어, 그런 음식 안 좋아해."

"엄마는 걜 알지도 못하면서!"

"아니야, 그레이스. 한국 사람들은 그런 음식 못 먹어. 그런 거 먹으면 아파. 한국 음식 만들어줘."

두어 시간 뒤 이 저녁 식사 얘기가 지나가고 한참 시간이 흐른 뒤에도 엄마는 다시 그 얘기를 꺼냈다. "잔디한테 한국 음식 만들어줘, 알았지?"

엄마가 내 손님에게 이토록 신경 쓰는 것을 보면서, 여덟아홉 살 때쯤 엄마가 우리 집에서 불과 50킬로미터 떨어진 아시안 슈퍼마켓을 찾아낸 게 문득 기억났다. 엄마는 쌀 한 가마니, 말린 콩, 고춧가루, 액젓, 굴소스, 새우젓, 신선한 콩나물을 트렁크에 가득 채우고, 뒷좌석에는 배추를 가득 실어 돌아왔다.

"세상에나, 이제 오오오래오래 김치에다 밥 먹을 수 있겠네!" 엄마는 말했다.

음식, 한국 음식…… 늘 생각하고 꿈도 꾸죠. 꿈에서 한국 음식이 없거나, 한국 음식을 먹고 있거나, 한국 음식이 나와요. 그런 꿈을 꿔요. 처음 왔을 때 아주 힘들었죠. [한국] 음식을 너무 먹고 싶어서 아주 힘들었어요. 아, 너무너무 괴로웠어요.[6]

엘리네 가족이 떠난 이듬해에 케이가 왔다.

케이와 케이 남동생이 우리 학교에 왔을 때, 선생님들은 어쩔 줄 몰라했다. 이민 온 아이들이 미국 생활에 적응하게끔 도울 역량이 안 됐던 학교 사람들은 내게 도움을 요청했다. 그들은 케이를 내가 있던 1학년 반에 배정해 우리가 점심을 같이 먹는 친구가 되기를 바랐고, 우리는 그렇게 했다.

케이와 남동생은 여섯 살 다섯 살의 나이로 자기들끼리 미국에 왔다는 점에서 평범한 이민자는 아니었다. 케이는 어떻게 여기까지 오게 되었는지 내게 얘기해주었다. 엄마는 그들을 시장에 데려가놓고 말했다. "둘이 손 꼭꼭 붙들고 절대 놓지 마. 엄마올 때까지 여기 가만히 있어." 둘은 분주한 시장 한복판에서 손바닥에 맺힌 땀을 닦을 때만 빼고는 서로의 손을 꼭 붙잡고 엄마를 기다렸다. 밤이 되자 고아원에서 일하는 웬 남자가 굶주리고 꾀죄죄해졌지만 여전히 엄마 말대로 서로의 손을 꼭 잡고 있던 아이들을 발견했다. 그는 아이들을 고아원으로 데려갔고 몇 주후 이들은 비행기에 태워져 서헤일리스의 앤더슨 가족에게 입양되었다. 나중에 나는 케이의 경험이 특이한 게 아니라 그 시기미국에 간 많은 한인 입양인이 잃어버린 한국 가족과 집을 기억할 정도의 나이였다는 사실을 알게 될 것이었다.

케이와 남동생을 환영하기 위해 우리 학교는 '다른' 문화를 가진 학생들이 자기네 문화유산을 선보이는 '문화의 날'을 열기로 결정했다. 다시 말해, 케이와 나는 여러 교실을 돌면서 특별 강사 역할을 해달라는 요청을 받았다. 케이는 소매가 넓은 저고리와 펑퍼짐한 치마 안에 삼베로 된 긴 속치마를 덧댄 한복을 차려입고, 그게 한국 전통 의상이라고 설명했다. 나는 한복은 없고 카누처럼 생긴 고무신만 있었는데, 더 이상 내 발에 맞지도 않았고 놀림받을까 봐 신고 싶지도 않았다. 선생님들은 내게 옷을 입히는 데는 별 관심이 없었다. 이들이 진짜로 원했던 건 엄마의 요리였다. 미국 아이들에게 김치를 대접하는 건 좋은 생각이 아니라는 것쯤은 잘 알았던 엄마는 대신 잡채를 준비했다. 투명한 당면과 시금치, 채 썬 당근, 호박, 소고기, 달걀 지단을 알록달록하게 넣고 참기름과 마늘 양념으로 버무린 음식이었다.

케이가 한복 얘기를 들려주고 입양인에 대한 질문을 받아 자신이 버려진 과정에 대해 자세히 답하는 동안, 엄마는 잡채를 접시에 담아 아이들에게 나눠주었다.

"으으으. 이거 벌레로 만든 거야!" 한 아이가 소리쳤다.

"감자 전분 국수야." 엄마가 쏘아붙였다. "알았어? 감자라고, 감자."

나는 교실 뒤에서 말도 안 되는 소리에 엄마가 화를 삭이느라 얼굴을 붉히는 것을 말없이 지켜보았다. 한복을 입은 케이, 잡채 쟁반을 들고 있는 엄마, 그리고 유색인종 얼굴 말고는 아무것도 내세울 게 없는 나까지―우리 셋은 그러고 이 교실 저 교실을 돌아다녔다. 그렇게 민족성을 전시했는데도 아이들은 우리를 계속 중국인 일본인으로 불렀다.

엄마는 내가 1학년 교실에서 케이를 만나기 전부터 케이에 대해 알고 있었다. 엄마는 앤더슨 가족을 정식으로 만나진 않았지만, 동네 사람들이라면 누구나 우리 엄마에 대해 들어서 알고 있었다. 엄마는 "동양인"이나 "중국 여자"로 알려져 있었고, 우리 동네에서 유일하게 한국어를 할 수 있는 사람이었다. 그렇게 갑자기 엄마가 다른 언어를 할 수 있다는 것이 귀한 상품이 되었다.

아마도 입양 기관은 앤더슨 부부에게 이런 지침을 주었을 것이다. 아이들은 대개 익숙한 것에서 벗어나는 것을 싫어한다. 만일 당신의 아이가 침울해 보이면 그냥 미소를 지으며 조금 껴안아주어라. 그 아이는 곧 다른 행복한 미국 아이들의 대열에 합류할 것이다. 그러면 모든 문제들은 저절로 해결될 것이다. (…) 한국 아이들은 주변 사람들 마음에 들려고 노력하고, 대부분의 아이는 빨리 배울 것이다.[7]

하지만 케이와 제이슨이 울음을 터트려서 아무도 진정시킬 수 없을 때면, 사람들은 상황을 파악해달라며 엄마를 불렀다. 엄마는 이를 갈며 집에 돌아왔다. 오자마자 듣는 사람이 있든 말든 얘기를 늘어놓았기 때문에 아무도 무슨 일이 일어났는지 물어볼 필요가 없었다.

"앤더슨 부인이 양배추를 절이는데 글쎄, 이 딱한 애들은 그게 김치라고 생각했다지 뭐니…… 그런데 그건 자우어크라우트*였어." 엄마는 아이들이 느꼈을 실망감을 잠시 가슴에 품었다가 한숨을 내쉬었다, "아이구, 답답으라!" 엄마의 감정은 감당이 안 될 정도로 무거워졌다. "답답으라!" 울음소리와 섞여 커진 목소리로 다시 말했다. 엄마가 우는 모습을 그날 처음으로 보았다.

그런 다음 엄마는 몸을 추스르고 그 상황에서 할 수 있는 유일하게 합리적인 일을 했다. 부엌으로 가 냉장고에서 배추 몇 포기를 꺼내, 쇠로 된 커다란 믹싱 볼에 미지근한 물과 소금을 풀고, 바닥에 도마를 놓은 채 일을 시작했다. 엄마는 거기 쪼그리고 앉아, 배추를 네 등분 하고, 소금물에 절였다. 그다음엔 칼등으로 마늘을 곱게 다지고, 다른 그릇에 고춧가루를 붓고, 새우젓, 설탕, 찹쌀가루와 다진 마늘을 넣었다. 김치를 익히려고 다락에서 커다란 도자기 항아리도 꺼내 왔다. 몇 시간이 지나 엄마는 절인 배추를 헹구고 썰어놓은 파와 함께 고춧가루 양념에 맨손으로 버무렸다. 그렇게 잘 버무린 포기 배추를 항아리에 담아 다시 다

* 독일식 양배추 절임.

락에 두고 익혔다.

케이와 제이슨이 갑자기 뿌리 뽑힌 채 한국을 떠나, 자기네 언어도 안 통하고 문화도 이해할 수 없는 셔헤일리스에서 새 가족을 받아들여야 한다는 사실은 어떻게도 바꿀 수 없었지만, 엄마는 이 아이들에게 김치만큼은 떨어지지 않게 하겠노라 작심했다. 엄마는 아이들을 보자마자 당신이 먹여야 할 입이라는 걸 알아보았고, 잠시나마 그 애들이 잃어버린 한국 엄마가 되어주었다.

나는 엄마가 이 아이들에게 그처럼 살갑게 대하는 모습이 늘 인상 깊었는데, 엄마의 과거에 대해 알게 되면서, 당신이 겪은 상실을 투영한 것은 아닐지 생각해보았다. 그 안에서 엄마는 아이를 잃은 엄마였을까, 아니면 엄마를 잃은 아이였을까? 두려움과 슬픔에 떠는 아이들의 존재가 고아나 다름없이 전쟁 한복판에서 혼자 버텨내야 했던 시절의 기억을 촉발시킨 걸까? 아니면 미국에서 엄마가 겪은 소외감을 생각나게 했을까?

이후 연구 작업에서 ─ 특히 호수와의 공동 작업을 통해 ─ 나는 아이를 입양 보낸 한국 생모의 전형적인 모습이 1950~1960년대의 기지촌 여성들로, 엄마와 비슷했다는 사실을 알게 된다. 그러면서 나는 엄마가 당신이 복용하던 피임약이 효과가 없었다고 불평하던 기억을 떠올렸다. 이 말을 했을 때 엄마 얼굴에 떠오른 표정은 후회 같기도 공포 같기도 했는데, 그것은 엄마가 나나 오빠를 두고는 결코 내보인 적 없는 감정이었다. 엄마가 포기한 아이가 또 있었던 건 아닌지 의구심이 들지 않을 수 없었다. 어쩌면 그건 엄마가 숨긴 비밀 중 가장 입 밖으로 내기 어려웠던 일 아니었을까. 앤더슨네 아이들은 엄마에게 미국 가정 한복판에 떨어진 세 번째 아이의 유령을 떠올리게 한 걸까? 엄마를 찾아, 김치 맛을 그리며 우는 아이의 모습을?

엄마는 앤더슨네 집을 종종 방문했고 가끔 그 식구들에게 한국 음식을 대접하기도 했다. 하지만 몇 년이 지나 그들이 다른 한국 아이를 입양했을 때, 위기가 찾아왔다.

새로 입양된 아이는 거의 열일곱 살이 다 된 나이였고, 유일하게 한국 이름을 유지했다. 입양 부모는 새로운 정체성에 적응하기엔 너무 나이가 들었다고 생각했거나, 아니면 그 여자애의 미나라는 이름이 미국 이름으로 들릴 수도 있을 법한 이름이라 그랬는지도 모르겠다. 그게 아니라면, 엄마가 주장한 대로 이 가족의 본심이 미나를 가족의 일원으로 삼는 게 아니었는지도 몰랐다.

"그 인간들은 애를 한 명 더 원한 게 아니야! 식모를 원한 거지!" 엄마는 울면서 말했다. 다시금 엄마는 그 아이의 고통을 절절히 느꼈다.

엄마와 앤더슨 가족 사이에 정확히 무슨 일이 일어났는지는 알 수 없었지만, 열일곱 살짜리 미나가 온 후 엄마는 그들과 어떤 관계도 맺으려 하지 않았다.

미나, 케이, 제이슨, 경, 엘리처럼 우리보다 늦게 셔헤일리스에 온 한국인들은 입양인이거나 우리 가족 같은 혼혈 가족이었다. 우리는 미국의 군사적 개입과 전쟁이 낳은 살인적인 삶의 조건, 그리고 한국 가족을 깨뜨려놓은 성차별적이고 제국주의적인 사회 정책으로 말미암은 군사화된 주체라는 공통 유산을 보유하고 있었다. 우리는 모두 미국 가족·국가가 우리를 구제했다는 담론에 사로잡혀 있었다.

엄마가 앤더슨 가족이 역겹다고 했을 때, 그건 이 담론을 깨는 일이었다. 엄마는 여자아이의 노동력을 착취하고 그걸 자선사업으로 위장하는 사람들을 더 이상 상대하고 싶어하지 않았다.

내가 4학년에 올라가자 케이가 처음 왔을 때와 비슷한 광경이 다시 벌어졌다. 이번에는 나보다 약간 나이가 많은 남자아이였다. 아이는 혼비백산해서 교실 안을 빙빙 돌며 바지에 오줌을 쌌다. 다른 반 남자 선생님이 아이를 쫓아다니며 앉으라고 소리쳤다. 학교에 통역해줄 사람이 없어서 선생님은 내게 말했다. "거기 너! 제발 얘보고 앉으라고 좀 해봐라."

"앉아." 내가 한국어로 말했다.

아이는 멈춰서서 나를 살펴본 다음, 천천히 자리에 앉았다.

"한국 사람이야?"

"엄마 한국." 나는 서툰 한국어로 말했다. "부산 고향." 아이는 미소를 짓고 잠시 가만히 앉아 있었다.

집에 돌아와서 나는 엄마에게 새로 온 아이 얘기를 했고, 엄마는 김치를 새로 담갔다.

한국 아이나 아내가 새로 미국 가족이 되어 올 때마다, 엄마는 이들을 모국어로 환영했다. 김치 한 통을 손에 들고 말했다. "함 묵자." 같이 먹어보자.

삶의 터전을 떠나 낯선 곳에 온 이들을 달래기 위해 엄마는 김치를 담가주었다. 매일같이 먹고 요리하는 일이, 우리가 남겨두고 떠나온 사람들과 장소에 우리를 연결시켜준다는 것을 알았기 때문이다. 이들이 처음 새로운 세상에 발을 들이는 순간 당신의 모습을 드러냄으로써, 엄마는 이들이 잃어버렸거나 이들에게서 지워진 한국의 친족관계가 존재한다는 것을 보여주었다. 이토록 섬세한 방법으로 엄마는 미국 가정과 미국이라는 국가가 우리의 구세주이고 우리가 이들에게 빚을 졌다는 담론에 구멍을 냈다.

나는 엄마가 저항의 의도로 김치를 담갔다고는 생각지 않는다. 하지만 김치를 담그고 나누는 행동에는 엄마가 살아 있음을 느끼게 하는 그 무언가가 있었고, 엄마는 이를 통해 살인적인 상황에 맞부딪치며 살아내기 위한 투쟁을 이어갔다.

엄마가 담근 김치를 마지막으로 받은 사람은 나였다. 5000킬로미터나 떨어진 대학에 가기 위해 집을 나섰을 때, 엄마는 전기밥솥과 작은 김치 통 하나를 선물로 주었다. 엄마는 여행 가방에 넣으라고 김치 통을 비닐봉투에 몇 겹으로 쌌지만, 나는 옷에 냄새가 밸까 봐 처음에는 싫다고 했다.

"그레이스, 그냥 가져가." 엄마가 말했다. "미국 대학 사람들이 동양 애들을 제대로 먹이겠어? 엄마 걱정 좀 덜게 제발 가져가."

엄마는 대학 식당에선 음식이 무제한으로 나온다는 걸 알았으니, 내가 먹을 것이 부족할까 봐 걱정한 건 아니었다. 엄마에게 김치는 생존의 상징이었고, 김치만 있으면 인생에서 어떤 역경을 만나더라도 극복할 수 있으리라 믿었다.

몇 년 후 처음 자취를 시작하면서, 나는 김치를 언제든 먹을 수 있게, 엄마에게 김치 담그는 법을 알려달라고 했다. 여러 해 동안 엄마에게 한국 음식 만드는 법을 가르쳐달라고 졸랐지만, 엄마는 늘 요리는 "시간 낭비"니까 공부나 하라며 내 부탁을 거절했다. 하지만 이번만큼은 달랐다. 엄마는 조금의 망설임도 없이 바로 김치 담그는 법을 가르쳐주었다. 우리 가족의 요리 역사상 엄마가 내게 전수해주고 싶은 것을 단 하나만 꼽으라 한다면, 그건 바로 김치였다.

엄마가 돌아가신 지 얼마 되지 않았던 어느 날 밤, 엄마 없이 세상을 살아갈 능력이 내게 있는지 의심하며 침대에 누워 있었다. 엄마가 갑자기 사라져버렸다는 데서 오는 고통, 또 엄마의 삶이 얼마나 고난으로 점철되어 있었는지를 아는 데서 오는 고통이 너무 강렬해 차라리 죽었으면 싶었다. 그러다 설핏 잠이 들었고, 어린 시절의 한 장면이 수면 아래서 떠올랐다.

나는 유아용 식탁 의자에 앉아 엄마를 지켜본다. 엄마는 민소매에 다리 기장이 짧은 헐렁한 라벤더색 면 점프슈트를 입고, 긴 머리를 풀어 내린 채 맨발로 부엌 싱크대 앞에 서 있다. 엄마는 고운 손을 수도꼭지 밑에 대고 잘 익은 김치 한 조각을 흐르는 물에 고춧가루 하나 남지 않게 헹구어낸다. 손으로 배추를 길게 찢고 엄지손톱과 집게손톱으로 콕 집어서 가로로 조각을 낸다. 엄마의 가녀린 옅은 갈색 손이 세세히 보인다. 끝으로 갈수록 가늘어지는 긴 손가락과 손톱눈까지. 엄마 손은 바삐 움직이며 김치에서 매운맛을 가신다. 엄마는 작은 조각을 손으로 집어 내게 먹인다. "안 매워, 그레이스야?" 엄마가 묻는다. 나는 김치를 먹는다. "오, 김치 잘 먹네! 착한 내 딸!" 엄마는 내가 김치 먹는 법을 익히는 모습에 기뻐하며 미소 짓는다.

정신이 또렷해져서도 이 장면은 내 머릿속에 그대로 남아 있었고, 이게 꿈이 아니라는 사실을 온몸으로 알 수 있었다. 그건 내가 음식을 먹는 최초의 기억이자, 엄마에 대한 가장 오래된 기억이었다. 나는 엄마와 함께 있기 위해 다시 눈을 감았다. 손으로 내게 먹일 준비를 하는 엄마의 편안한 얼굴을 보고, "자, 김치 더 무라. 그레이스야, 우린 생존자야. 너는 무엇이든 견딜 수 있어"라고 말하는 엄마 목소리를 듣기 위해서.

6장

버섯 여사

1979년 워싱턴주 셔헤일리스

일고여덟 살 때쯤, 엄마는 야생에서의 먹거리 채집에 중독되었다. 엄마가 한국에서 밤을 새워가며 도박을 했다는 얘기를 아버지한테 들어서, 나는 엄마에게 중독 성향이 있고 약간 막 나가는 면이 있음을 알고 있었다. "네 엄마가 도박하는 걸 봤어야 해. 거기 있는 사람 다 이기고도 남았지." 아버지는 상기된 얼굴로 엄마가 블랙잭에 빠져 있던 모습을 떠올리며 말했다. 내가 엄마한테 도둑 찾기 카드 게임을 하자고 했다가 들은 경고였다.

나는 한시도 가만있지 못하는 엄마 모습도 기억한다. 엄마는 끊임없이 내기 거리를 찾아 소박한 미국 시골생활에서 우리를 신나게 해주려고 했다. 엄마는 귤에 씨가 몇 개 들었는지, 누가 사과 껍질을 끊기지 않게 제일 길게 깎는지와 같은 일상의 소소한 일에 내기를 걸었다. 별 의미 없는 사소한 것이었지만, 조금이라도 내기가 걸리면 엄마에게 아드레날린이 솟구치는 것을 느낄 수 있었다. 엄마는 항상 당신이 이길 수 있다는 이상한 자신감을 보였고, 한번 시작하면 끝날 때까지 절대 물러서지 않았다.

셔헤일리스에는 서로 다른 세 종류의 풍경이 있었다. '도시'라고 불리는 주거 및 상업 지역을 '시골'이라 불리는 넓게 펼쳐진 농경지가 옆에서 받치고 있었다. 도시의 다른 한옆으로는 풀이 무성한 녹색 광야가 펼쳐져 있었는데, 이차림과 성장 중인 목재 산업의 손길이 아직 닿지 않은 땅이 섞여 있었다. '도시' 사람들은 친척을 방문하거나 농장에서 농산물을 직접 구입하며 '도시와 시골'의 경계를 넘나들곤 했지만, 이때만 해도 야생에서 직접 먹거리를 채집하는 것은 일반적인 일이 아니었다. 이 숲은 셔헤일리스 원주민들과 이들을 쫓아낸 백인 정착민들을 먹여 살렸지만, 1970년대 들어 농경지는 식량 재배, 숲은 목재 산업을 위한 것이라는 구분이 명확해졌다.

부모님은 두 분 다 농촌 출신이었지만 아버지가 농장생활에 훨씬 더 친숙했다. 아버지는 꼬마 때 쟁기 끄는 말을 타는 법을 처음 배웠고, 열다섯 살 때 돼지를 기르기 시작했다. 엄마에게는 광야가 훨씬 더 매력적이었다. 엄마의 어린 시절 한국은 농경지가 파괴되어 외가 식구들은 산에서 사냥을 하고 채집을 하며 살아남았다. 전시에만 그랬던 게 아니라, 한국의 음식 역사를 통틀어 숲은 늘 중요한 자양분을 제공하는 곳이었다.

엄마는 미국 태평양 서북부 지역에서 다른 자연산 식재료 공급원을 찾았다. 퓨젓사운드의 암석 해변에는 해초와 물고기가 넘쳐났는데, 엄마는 남획 금지 처벌에 대한 경고 표지판을 늘 무시했다. 엄마는 빙어 낚시를 제한하는 법을 어겼고, 비싼 벌금을 내고도 또다시 법을 어기고야 말았다. 두 번째로 벌금을 낸 뒤로 엄마는 그곳에 두 번 다시 돌아가지 않았다. "고기도 양껏 못 잡을 거면 거길 뭣하러 가?" 엄마가 말했다. 해조류 채취를 금지하는 법은 없었지만 바닷가까지 가려면 차로 한 시간이나 운전해야 했던 반면, 숲은 바로 동네 어귀에 있었다.

셔헤일리스에서 규칙을 따라 좋은 아내 역할을 해내려고 다년간 고군분투한 후, 엄마의 영혼은 다른 무언가를 필요로 했다. 어쩌면 엄마는 다른 쪽으로 건너가라는 엄마 머릿속의 나지막한 목소리에 더 이상 저항할 수 없었는지도 모른다. 문명의 손이 닿지 않는, 사람이 살지 않는 곳으로.

처음 숲에 들어가던 날, 엄마는 별다른 생각 없이 그날 저녁 거리로 달래나 우엉 같은 한국에서 먹던 산채 몇 종류를 채집했다. 하지만 엄마는 한 번 보면 노다지를 알아보았다. 숲이 채집할 먹거리가 넘쳐나는 비옥한 땅이라는 것을 알게 되자, 엄마는 순식간에 거기에 푹 빠져들었다. 숲은 셔헤일리스에서 유일하게 엄마를 부른 곳이었다. 그곳은 친숙했고 발견할 것들로 넘쳐났다.

채집을 시작할 때 엄마는 이미 전일제 직장에 다니고 있었고, 아버지가 바다에 나가 있던 반년은 육아도 도맡았다. 엄마가 서헤일리스에서 처음으로 돈을 받고 한 일은 옆 동네에 사는 벌목 갑부의 집을 청소하는 것이었다. 엄마의 시급은 당시 1달러로, 1970년대 중반 최저임금의 절반에도 약간 못 미치는 액수였다. 엄마는 창문을 닦다가 추락했고, 이후 그 백만장자에게 다른 하녀를 찾으라고 했다. 그 사고로 엄마는 평생 만성 요통에 시달렸다. 그해 여름 우리가 한국에 갔을 때, 엄마는 허리까지 오는 머리를 짧게 잘라 팔았다. 서헤일리스로 돌아온 다음, 엄마는 그린힐이라는 이름의 소년원에서 밤 11시부터 아침 7시까지 일하는 전일제 야간 근무 일을 시작했다. 엄마는 내내 이곳에서 직장 생활을 하게 된다.

엄마가 그린힐에서 일한 지 얼마 되지 않았던 어느 날 밤, 오빠와 내가 한국에서 가져온 빨강과 초록이 섞인 꽃무늬 장판 위에서 자고 있을 때, 엄마는 우리 방으로 들어와 불을 어둡게 켜놓고 나를 깨웠다. 내 옆에 무릎을 꿇더니 엄마가 속삭였다. "그레이스야, 엄마랑 약속해. 엄마가 밤에 일한다고 아무한테도 말하면 안 돼. 사람들이 너를 나한테서 떼어놓을지도 몰라." 엄마가 무슨 말을 하는 건지 이해할 수 없었지만, 엄마의 두려움만은 생생하게 느낄 수 있었다. 나는 고개를 끄덕였고, 엄마는 가느다란 손가락으로 내 머리를 쓸어주었다.

성인이 되어, 종순 프랜스라는 한인 이민 여성이자 전직 성노동자 사건에 대해 알게 되면서 나는 이 순간의 기억이 떠올랐다. 그녀가 어린 아들을 남겨두고 밤에 일하러 나간 사이 아이가 죽은 사건이었다. 종순의 남편은 가족을 노스캐롤라이나주로 데려온 후 종순과 아이들을 버리고 떠났다. 가족을 먹여 살리려고 그녀는 나이트클럽에 일자리를 구했다. 일하러 갈 때 아이들만 집에 남겨두었는데, 어느 날 돌아오니 아들이 서랍장에 깔려서 죽어 있었다. 어떤 엄마라도 그럼직하게 종순은 아이의 죽음을 본인 탓으로 여겼지만, 너무나 한국적인 말로 이를 표현했다. 내가 아이를 죽였어요! 내가 아이를 죽였다고요!

그는 이 말을 경찰에게 하고 또 하며 울부짖었다. 이렇게 죄를 인정하는 듯한 종순의 말에, 짙은 한국식 억양, 이민자 신분, 과거 성노동 이력까지 겹쳐 종순은 2급 살인 혐의로 유죄 판결을 받고 20년형을 선고받았다.

나는 종순에게서 엄마 모습을 보았고, 밤에 오빠와 나만 집에 있을 때 아무 일도 일어나지 않았다는 사실에 감사했다. 야간 근무를 시작했을 무렵 오빠는 열두 살이었고, 엄마는 그 정도면 잠잘 시간에 베이비시터 역할을 할 만큼 컸다고 여겼겠지만, 그럼에도 끊임없이 불안에 시달렸으리라. 우리 중 한 명이 다쳤다면 엄마는 감옥에 갔을까? 아버지 책임은 없었을까? 아버지는 엄마가 일한다는 사실을 알았고, 엄마가 일자리를 찾는 데 도움을 주었다. 아버지는 상선 선원으로 괜찮은 수입을 올렸지만, 엄마는 아버지 월급에 손을 댈 수 없었고, 몇 달 동안 집을 비우면서 정해진 생활비만 주었다. 엄마 말에 따르면 아버지는 "짠돌이"에 "구두쇠"였고 그 돈은 가족이 생활하는 데 턱없이 부족했다. 아버지는 당신 생각에 쓸데없는 물건을 사지 않고 좀더 노력하면 그 돈으로 충분히 생활할 수 있다고 했다. 어찌 됐건 엄마는 결국 직접 나가서 돈을 벌어야겠다고 생각했고, 아버지도 그 계획에 동의했다.

나로선 엄마가 그린힐에서 정확히 무슨 일을 했는지 알 길이 없었지만, 엄마는 당신이 상담원이라고 했다. 나는 사람들이 다자는 시간에 왜 상담원이 있어야 되는지 궁금했다. 한번은 수감자 두 명이 싸워서 엄마가 그중 한 명을 접이의자로 때려 싸움을 멈추게 했다는 얘기를 한 적이 있는데, 그걸 듣고 나는 엄마가 하는 일이 경비원이라고 생각했다. 하지만 엄마는 경비원처럼 옷을 입지 않았다. 엄마는 새로 짧게 자른 머리를 고데기로 스타일링했고, 고급 러플 블라우스와 정장 바지 차림에 하이힐을 신고 출근했다.

엄마가 숲으로 나돌기 시작한 것은 이 일을 시작한 지 몇 년이 지난 뒤였다. 엄마는 아침 7시 5분에서 10분 사이에 일을 마치고 집에 돌아와, 우리를 학교에 보내고 옷을 갈아입은 뒤 벌판으로 나갔다. 어떤 날은 학교에서 집에 돌아왔을 때까지도 엄마가 깨어 있었다. 나는 숲에서 뜯은 나물이 산처럼 쌓인 부엌 바닥에 앉아 있는 엄마를 보았다. 저녁 식사는 6시에 차려졌고, 엄마가 그날 아침 숲에서 캐온 것이 늘 상에 올랐다. 엄마는 그러고 서너 시간쯤 잠을 청한 뒤 다시 일어나 일을 하러 나갔다.

채집 원정 초기에 엄마는 식료품점에서 쉽게 구할 수 없는 것들을 주로 찾으러 다녔다. 봄이 되면 요즘에는 한식당에서 반찬으로 나오거나 돌솥비빔밥 위에 얹어주는 인기 재료인 고사리를 뜯었다. 일부 대담한 채집가가 몇 세대 전에 알아냈듯이, 생고사리는 독이 있어서 먹기 전에 조심스레 손질해야 한다. 한국 사람들은 고사리를 식용하기 위해 먼저 햇볕에 말렸는데, 엄마는 그러느라 지붕 위에서 오랜 시간을 보냈다. 밤과 아침에는 안개가 자욱했고 비가 자주 내렸기 때문에 엄마는 하루 두 번 고사리를 살펴야 했다. 그렇게 한낮엔 큼지막한 하얀 돗자리에 고사리를 펼쳐 말렸다가 해가 지기 전에 다시 거두어들였다.

"네 엄마는 왜 맨날 지붕 위를 걸어다녀?" 한번은 동네 아이가 물었다.

"고사리를 말리는 거야"라고 답했지만, 고사리를 먹지 않는 사람은 내 말을 이해하지 못한다는 사실을 알기에 부끄러웠다.

동네 사람들을 놀라게 한 것 중 또 하나는 엄마가 남의 집 마당만 아니면 어디가 됐건, 길가나 너른 들판, 기차 철로를 따라

난 민들레 잎을 따는 모습이었다. 엄마가 마당을 피한 이유는 사유재산을 존중해서가 아니라, 미국인들이 민들레 잎을 잡초로 여겨 제초제를 뿌렸기 때문이다. 엄마는 온갖 특이한 장소에 모습을 드러냈고, 그런 이국적인 행동은 엄마를 동네 미친 사람처럼 보이게 했다.

셔헤일리스 사람 대부분은 마트에서 장을 보거나, 혹은 차를 몰고 시골 농장으로 가거나 뒷마당에서 농사를 지었다. 사슴 사냥을 하거나 소유지 안에 자라는 구스베리며 꽃사과를 따는 사람도 있긴 했지만, 야생에서 먹거리를 채집한다는 건 대부분의 사람에게 낯선 얘기였다. 현대적 간편 식품이 미국인들의 상상력을 사로잡은 시기였다. 버튼만 누르면 식사가 완성되는 전자레인지용 3분 즉석식품, 물을 넣고 냉장고에서 식히기만 하면 되는 인스턴트 치즈 케이크 같은 음식이 유행하던 때였다. 음식 생산은 더 이상 자연이 아니라 곧 산업이 맡아 해결해줄 것만 같았다. 많은 사람이 여전히 농장과 연결되어 있었지만, 사람들은 야생이 우리를 먹여 살릴 수도 있음을 잊어버린 듯했다. 하지만 엄마는 이 모든 것을 바꾸려던 참이었다.

1979년 한여름

오전 7시. 공기는 약간 축축하고 햇볕도 아직 뜨겁지 않다. 엄마는 퇴근해서 집으로 돌아와 청바지, 티셔츠로 갈아입고 테니스화를 신은 뒤 대용량 물통과 양동이를 차에 싣고 숲속으로 탐험을 나선다. 한껏 기대에 부풀어 있었지만 당신이 무엇을 찾고 있는지는 정확히 모른다. 덤불을 헤치고 나아가던 중 옷소매가 날카로운 것에 들러붙는다. 붙은 것을 떼어내려다 손바닥 모양의 잎사귀 바로 밑에 주렁주렁 매달려 있는 자그마한 붉은색 열매를 발견한다. 자세히 살펴보니 빨간색과 보라색이 얽히고설킨데 보석이 숨겨져 있다. 45도 각도로 가시가 돋친 억센 줄기에서 작은 열매가 자라고 있다. 나무가 꽤 높이 자라서 잘 익은 열매를 따려면 엄마는 덤불을 쳐내야 한다. 딸 수 있을 만큼 잘 익은 열매는 아직 조금뿐이다. 나머지 열매는 엄마가 돌아오기를 기다린다.

나중에 엄마는 팔과 얼굴이 온통 긁히고 손가락은 과즙으로 물들어 한 줌의 블랙베리를 가지고 집으로 돌아올 것이다. 흥분이 가득한 눈빛에 숨 가쁜 목소리로 말할 것이다. "오늘 제대로 하나 건진 것 같아."

엄마 눈에는 오직 블랙베리만 보였다. 블랙베리는 수확하기가 무척 어려웠는데, 그만큼 엄마의 도전 정신을 부추기는 듯했다. 블랙베리를 발견한 이튿날, 엄마는 큼지막한 통을 챙기고 가시에 찔리지 않게 팔을 보호할 긴소매 옷을 입고, 숲속에 있는 바로 그곳으로 돌아갔다. 수확물에 온통 정신이 팔린 엄마는 블랙베리 19리터를 들고 집에 돌아왔다. 이튿날엔 26리터, 그 이튿날엔 38리터, 그렇게 53리터, 78리터로 매일같이 전날 기록을 깨뜨렸다. 문자 그대로 하룻밤 사이에 우리 부엌은 야생 블랙베리와 갓은 블랙베리 가공품으로 가득 찼고, 엄마는 친구, 친척, 심지어 원수 같은 사람들에게까지 그걸 떠주었다.

엄마의 블랙베리 수확은 채집의 스릴감과 주변 사람 모두를 먹일 수 있다는 만족감에서 시작되었다. 한번 시작하자 엄마는 멈출 수가 없었다. 긁힌 상처에 블랙베리 과즙이 스며들어 엄마 손에는 수백 갈래의 가는 보라색 선이 문신처럼 새겨졌다. 얼마 지나지 않아 우리 가족과 아는 사람들끼리 나눠 먹기에는 블랙베리가 너무 많아졌다. 어떤 때는 그걸 가공하는 작업을 하느라 부엌이 꽉 차서, 부엌 출입이 금지되기도 했다. 부엌에 들어가고 싶어도 발 디딜 틈이 없었다. 바닥에는 공장처럼 조립 라인이 설치되어, 한쪽에는 방금 딴 블랙베리가 담긴 커다란 양철통이 있고, 가운데엔 물이 담긴 큰 대야가, 다른 한쪽에는 깨끗이 씻은 블랙베리가 담긴 깨끗한 통이 있었다. 블랙베리를 씻은 다음 엄마는 키친타월을 깐 시트 팬에 조심스럽게 펼쳐놓았다가 그걸 지퍼백에 넣어 냉장고나 냉동실에 보관하곤 했다.

이렇게 며칠이 지나니 냉장고에 블랙베리 말고는 아무것도 들어갈 수가 없었다. 부엌은 말 그대로 블랙베리로 넘쳐났다. 바로 이때 번뜩 아이디어가 생각났다. 엄마는 부엌 바닥에 쪼그리고 앉아, 깨끗하게 씻은 블랙베리를 5리터짜리 지퍼백에 담고, 이제 판매를 시작할 때라고 결정 내렸다. 미국 여성들의 생활 방식을 따라 익히면서 이들이 베이킹과 병조림 만들기를 얼마나 좋아하는지 알게 된 엄마는 경기 침체가 찾아온 우리 마을에서 사업 기회를 찾아냈다. 엄마는 업소용 냉동고 두 대를 구매했고 지역 신문에 광고를 냈다. 작은 자연산 블랙베리. 생과 및 냉동 판매. 5리터에 13달러.

몇 주 만에 우리 집은 지역에서 블랙베리 판매로 가장 붐비는 곳이 되었고, 우리 가족은 여름을 "블랙베리 시즌"이라 바꾸어 부르기 시작했다. 엄마는 매일같이 새로 오는 손님들을 맞이했다. "작은 블랙베리 찾으세요? 좋아요. 제대로 찾아오셨어요." 엄마는 보랏빛으로 물든 손으로 손님들에게 들어오라고 손짓했다.

이건 엄마에게 상승의 순간이었다. 엄마는 사람들이 열광하는 가치 있는 무언가를 갖게 됐고, 이건 오직 엄마만 거래할 수 있는 것이었다. 마르크스주의 용어를 빌리자면, 엄마에겐 상품과 생산수단이 둘 다 있었다. 정신적인 측면에서 보자면, 엄마는 당신을 이등 시민으로 대우했던 공동체를 먹여 살릴 능력을 갖추게 되었고, 이로써 그간 겪은 설움도 넘어가주고 너그럽게 행동할 수 있었다.

이전까진 몰라도 이제 셔헤일리스에서 엄마를 알아보지 못하는 사람은 없었다. 심지어 이웃 동네에서도 우리 집에 야생 블랙베리나 블랙베리파이, 잼 같은 가공품을 사러 오면서 엄마는 더 유명세를 떨쳤다. 엄마에 대한 소문이 퍼졌고, 이제 엄마는 "중국 여자"가 아니라 "블랙베리 여사"로 알려졌다. 동네 사람들은 내게 "그래, 네가 블랙베리 여사 딸이지?"라고 인사를 건넸다.

엄마에 대한 평판이 새로워지자 그 기대에 부응하기 위해 엄마는 더 열심히 일했다. 블랙베리 넝쿨 하나를 다 따고 나면 또 다른 넝쿨을 찾아 나서야 했다. 숲에서 별다른 수확을 건지지 못한 날에는 씩씩거리며 집에 돌아와 분하다는 투로 말했다. "오늘은 5리터도 다 못 채웠지 뭐야!"

그렇게 실망스러운 날을 보내고 나면 엄마는 열매가 잔뜩 열린 넝쿨을 찾아 숲속으로 더 깊이 들어갔다. 숲이 깊어질수록 채집은 더 위험해졌다. 적을 마주치기도 했다. 엄마가 찾는 열매를 노리는 곰도 있었고, 사냥터를 침범해오는 외국인을 좋은 눈으로 보지 않는 총을 든 백인 남성들도 있었다. 하지만 엄마는 주눅들지 않았다. 사냥꾼과도 맞먹을 수 있게 38구경 총을 구입했다. 그 무엇도 엄마를 막을 수 없었다.

그 여름은 엄마를 바꿔놓았다. 엄마는 더 이상 관심을 끌거나 이익을 얻기 위해 여성성에 기대지 않았다. 숲에서 일하게 되면서 엄마는 주름 장식이 있는 원피스와 하이힐을 벗고, 벌목꾼 같은 옷을 입었다. 나는 한때 이상적인 여성미를 상징했던 엄마의 남성적인 힘도 마찬가지로 체화하게 되었다. 그즈음에 엄마는 아버지를 대신해서 남성적인 부모 역할을 하고 있었다. 아버지는 그로부터 한 해 전 심장마비를 겪은 뒤로 쇠약한 노인처럼 보였다. 나는 침실 바닥에 대자로 뻗어 정신을 잃고 있던 아버지를 발견했고, 엄마는 아버지를 격렬하게 흔들며 내게 구급차를 부르라고 소리쳤다. 내가 911과 통화하는 동안, 곧 과부가 될지도 모르는 엄마는 절박하게 소리를 질렀다. 엄마의 분노에 찬 외침이 들렸던 것 같다. 돈! 돈! 나 두고 가면 안 돼, 이 쌍놈 새끼야! 아버지가 이 비참한 시골 마을에 엄마를 버리고 떠날 가능성이 조금이라도 있다면, 엄마는 이곳에 당신을 위한 자리를 마련하기 시작해야 할 것이었다. 아마 아버지가 죽을지도 모른다는 생각을 하면서 엄마는 세상 두려울 것이 없는 총을 든 블랙베리 여사로 다시 태어났던 것인지도 모른다.

1980년 블랙베리 시즌

이듬해 여름, 나는 엄마한테 숲에 같이 가게 해달라고 사정했지만, 엄마는 나 때문에 그러면 손이 느려질 거라며 거절했다.

"제발 같이 가면 안 돼요?"

"금방 투덜거리고 불평할 텐데, 그럼 내가 네 걱정까지 해야 되잖아. 성가시게!"

"제발, 엄마. 제에에에발! 엄마 절대 방해 안 할게."

"왜 그렇게 가고 싶어해? 안 좋아할 텐데."

나는 블랙베리 따는 일이 노동이라는 것을 미처 몰랐다. 무더운 열기를 견뎌내야 하는 힘들고 고생스러운 일. 그것이 엄마 수입의 상당 부분을 차지한다는 것을. 나는 엄마가 결국 내 말을 들어줄 때까지 고집을 부렸다. 하지만 엄마가 예견했듯이, 한여름 무더위 속에서 이어지는 오르막길 내리막길에 가시덤불까지 있어 내가 너무 힘들어하자 엄마는 나를 챙겨야만 했다. 나는 툭하면 그늘에 앉아 쉬면서 엄마가 가져온 큰 물통에 든 얼음물을 마셔야 했고, 우리는 집에 두 시간이나 일찍 돌아왔다.

"아이구! 그레이스야. 내가 그럴 거라고 했잖아. 너 블랙베리 따러 가는 건 오늘이 마지막이다."

두어 주가 지나 집에서 여름을 보내려고 바다에서 돌아온 아버지가 함께 블랙베리 시즌을 보내려고 하자, 엄마는 나한테 그랬던 것처럼 손을 내저었다.

"나도 이제 당신이랑 같이 갈래." 아버지가 선언했다.

"아, 안 돼! 당신한테 너무 힘들어."

"말도 안 되는 소리!"

"안 되긴, 진짜야. 당신이 몰라서 그래."

"무슨!"

"심장에 무리 가면 어떡하려고?"

"당신이 계속 혼자 밖으로 그렇게 다니는 거 싫어. 여자 혼자 말이야! 위험해."

"관둬! 짜증나게 왜 그래? 나 혼자 알아서 할 수 있어! 이제까지 잘해왔잖아, 안 그래?"

엄마가 기어이 포기하고는 아버지를 데려가기로 할 때까지 둘은 한참 동안 입씨름을 했다. 이제 엄마가 힘이 더 세졌는데도 아버지는 그 사실을 받아들이지 못했다.

아버지가 엄마와 함께 다니고 사흘인가 나흘째 되던 날, 엄마는 집에 일찍 돌아왔다. 엄마는 거실 회전의자에 풀썩 앉더니 팔짱을 끼고 얼굴을 찌푸렸다. 걱정스러운 마음에 엄마에게 다가가 무슨 일이 있었냐고 물었다.

"네 아빠 때문에 그래."

"아빠가 뭐 어쨌길래?"

엄마는 고개만 설레설레 저을 뿐 아무 말이 없었다.

"무슨 일이 있었냐니까?"

"네 아빠 심장이 오늘 멈췄잖니."

"뭐? 아빠 지금 어딨는데?" 나는 떨리는 목소리로 물었다.

"내가 병원으로 데려갔지." 엄마는 의자에서 일어나 침실로 가더니 문을 쾅 닫았다. 나는 엄마가 무엇 때문에 더 화가 났는지 알 수 없었다. 아버지가 엄마를 다시 과부로 만들 뻔해서인지, 아니면 블랙베리 따기 딱 좋은 날씨였던, 다시는 돌아오지 않을 날을 날려버려서인지.

아버지가 처음 심장마비를 겪은 것은 내가 일곱 살 때였고, 두 번째는 내가 아홉 살 때, 세 번째는 내가 열다섯 살 때였다. 그러니까 아버지의 생명이 위태롭지 않았던 시간이 그사이에 5년 정도 있었다. 아버지가 돌아가실지 모른다는 걱정을 할 필요가 없었던 이 5년 동안, 엄마는 사업에 온 힘을 쏟았다. 블랙베리 시즌 동안 엄마는 최고의 기량을 발휘했지만, 모든 시즌이 그렇듯 이것도 시들해졌다. 그리고 그다음은 버섯이었다.

『잡식동물의 딜레마 _Omnivore's Dilemma_』에서 마이클 폴런은 '버섯 사냥꾼'을 특별한 종류의 채집가라고 설명한다. 야생에서 버섯을 따는 일은 '채집'이나 '수확'보다는 '사냥'이라고 부름 직한데, 식용 버섯과 독버섯을 구분하는 일에는 상당한 용기와 기술이 필요하기 때문이다. 비슷한 버섯을 꾀꼬리버섯으로 착각한다든가 하는 한순간의 실수도 버섯 사냥꾼에게는 치명적일 수 있다. 버섯 사냥꾼에게 또 다른 난관은 버섯이 숲속 땅바닥에 위장한 채 몸을 감추고 있어 숙달된 사람 눈에만 띈다는 것이다.

여름이 지나가고 블랙베리가 더 이상 나오지 않자, 엄마는 가을이야말로 버섯을 채집할 최적의 절기라는 사실을 알아냈다. 태평양 서북부 지역의 습하고 선선한 기후에서 버섯은 어느 계절에도 잘 자랐다. 처음에 엄마는 블랙베리 시즌이 다시 올 때까지 버섯 사냥으로 버텨보겠다는 생각이었지만, 버섯은 일시적인 해결책 이상이 되었다. 아버지가 독버섯의 위험성에 대해 경고했지만 엄마는 겁내지 않았다. 이미 숲에 훤해졌기에, 이제 균류학 공부만 벼락치기로 하면 되었다. 엄마는 14.95달러를 주고 『버섯 사냥꾼을 위한 휴대용 도감 *The Mushroom Hunter's Field Guide*』이라는 백과사전 같은 책을 구입했고, 당신의 영어 문해력에 한계가 있는 데다 난도가 높은 학술서였음에도 불구하고 책을 처음부터 끝까지 여러 번 반복해서 익혔다. 엄마는 실전에서 버섯을 발견하는 육감이 있는 것 같았다. 엄마는 눈 깜짝할 사이에 숨어 있는 버섯을 살살 끄집어내 맛있는 버섯인지 위험한 버섯인지 분간할 수 있었다. 우리가 독버섯을 발견하면 엄마는 무섭게 경고를 퍼부었다.

"오, 아니 아니, 안 돼! 건드리지 마! 그거 만지면 아파!" 식용 버섯을 발견했을 때도 그만큼 흥분해서 소리쳤다. "야아아! 포치니 버섯이다! 오늘 제대로 한 건 했네!"

버섯 사냥은 블랙베리 채집에 비하면 날카로운 가시도 덤불도 뙤약볕도 없어서 육체적으로 힘에 덜 부쳤다. 그래서 엄마는 내 동행을 가끔 허락해주었다. 나는 이끼로 뒤덮인 오래된 나무와 축축한 잎에서 풍기는 흙내음에 둘러싸여 있는 게 너무 좋았다. 숲속에는 오직 우리 둘뿐이었다. 미지의 종으로 가득 찬 신비로운 우주 안에서 엄마는 탐험가였고 나는 엄마의 조수가 되어, 우리 둘은 함께 여행했다.

버섯에 대한 엄마의 열정은 전염성이 있었고, 나는 나도 모르는 사이 버섯이 자라는 시기, 나무의 종류, 요리 용도에 알맞게 각종 버섯을 분류하는 법을 배웠다. 가을철 버섯과 봄철 버섯이 있고, 씹는 맛이 있는 버섯과 작고 부드러운 버섯이 있었다. 연중 절반은 우리 집 저녁 식탁에 각종 신선한 버섯이 올라왔다. 턱수염버섯, 꾀꼬리버섯, 로브스터버섯*Hypomyces Lactifluorum**, 그리고 정말 닭고기 같은 맛이 나는 덕다리버섯**까지. 열 살쯤 되었을 때 나는 이미 고급 버섯 전문가가 되어 있었는데, 아직 '고급 식품'이라는 개념이 뭔지도 모를 때였다. 1980년대 초만 해도 '미식가'나 '로컬푸드 애호가' 같은 단어가 미처 생기기 전이었지만, 엄마는 이제 막 생겨나려는 야생 버섯 시장의 정점에 있었다.

엄마는 태평양 서북부 전역의 레스토랑과 전문 식료품점에 상품을 공급하는 '매덤 머시룸Madame Mushroom'이라는 유통업

* 다른 버섯에 기생하는 자낭균류.
** 덕다리버섯의 영명은 '숲속의 닭고기'를 뜻하는 Chicken of the woods다.

체에 숲에서 딴 버섯을 판매했다. 한번은 엄마가 버섯을 팔러 가는 길에 나를 데리러 학교에 온 적이 있는데, 우리는 매덤 머시룸 길가 가판대까지 구불구불한 흙길을 운전해 갔다. 엄마가 협상하는 모습을 볼 일은 잘 없었다. 거기에는 버섯을 팔러 온 다른 채집가들도 있었지만, 엄마가 팔겠다고 가져온 양은 이들의 버섯보다 열 배는 더 많았다. 프로와 취미 채집가 사이에는 확실한 차이가 있었고, 엄마는 누가 봐도 프로인 반면 다른 사람들은 아마추어였다. 감히 스스로를 '매덤 머시룸[버섯 여사]'이라고 칭하는 이가 누구인지는 몰라도, 엄마가 가져오는 물건 없이는 그 정체성을 유지하지 못했을 것이다. 이날 이후 나는 진짜 버섯 여사가 누구인지 알게 되었다. 그건 바로 우리 엄마였다. 여름에는 블랙베리 여사, 가을에는 버섯 여사인 우리 엄마.

도대체 어떻게 가능했는지는 모르겠지만, 엄마는 혼자 힘으로 마을 전체, 나중에는 오만 지역에 자연산 식품을 공급했다. 야간 근무까지 하면서 엄마는 이 일을 6~7년간 계속했는데, 어쩌면 그 근본에는 주변 사람들이 굶주리는 모습을 다시는 보고 싶지 않다는 마음이 있었는지도 모르겠다.

어린 시절에 우리 집 부엌이 먹을 것으로 가득 채워져 있지 않은 적은 한 번도 없었다. 엄마는 수확물 대부분을 판매했지만, 늘 우리 가족이 먹을 만큼은 먼저 챙겨두었다. 엄마가 채집을 시작할 즈음, 아버지는 집으로 연결된 식품 창고를 하나 더 지었다.

블랙베리로 가득 찬 업소용 냉동고 뒤에는 가로세로 3미터 길이의 깊숙한 선반이 있었는데, 이곳은 부모님의 노동의 과실로 꽉꽉 채워졌다. 선반은 병조림으로 가득 찼는데, 블랙베리 잼과 자연산 버섯 병조림이 각각 선반 두 개씩을 차지했다. 나머지는 아버지가 4000제곱미터나 되는 마당에서 키운 옥수수와 콩, 토마토로 채워져 있었고, 부모님이 동네 과수원에서 따온 과일들도 있었다. 그 시절 우리 집만큼 먹을 게 많은 부엌을 나는 한 번도 본 적이 없다.

아주 오랜 시간이 지나고 나서야 나는 엄마가 비범한 생산성을 보여준 것이고, 대부분의 사람은 엄마 같은 속도로 일할 수 없으며, 그렇게 적은 시간을 자며 몇 년이나 버틸 수도 없다는 사실을 알게 되었다. 어렸을 때 나는 무슨 수로 엄마가 그렇게 많은 일을 잘해낼 수 있는지 경외감을 느끼곤 했다. 내게 엄마는 부처 같은 숲의 여신, 대지의 어머니, 가장이 모두 합쳐진 모습이었고, 밖에서 돈을 벌어 오면서 집에서 가사까지 척척 해내는 향수 광고에 나오는 여자 같았다. 그래서 엄마가 프로 채집인으로 급부상하는 모습 뒤에 드리워진 어둠을 미처 보지 못했다.

2001년 뉴저지 기차 안

엄마가 밖에 나가는 일이 "절대적으로 필요"하다고 어쩌다 한 번씩 결심할 때면, 우리는 함께 기차를 타고 뉴저지주에서 뉴욕까지 갔다. 가는 길에 동북선 기차가 지나는 산업지대를 지나며 풍경이 아름다운 구간이 나오면 창밖을 내다보던 엄마의 눈이 커지는 게 보였다. 엄마는 마치 바깥에 있는 무언가에 사로잡힌 듯 얼굴을 씰룩였다.

"엄마, 밖에 뭐 보여요?"

"쑥. 지천에 널렸네."

"그게 뭔데요?"

"저기 풀, 보이지?" 엄마는 손가락으로 창밖을 가리켰지만, 움직이는 기차 안에서 볼 수 있는 거라곤 그저 흐릿한 녹색 풀밭뿐이었다.

"어떻게 생겼는데요?"

"영어로는 뭐라고 하는지 모르겠네." 엄마는 검지손가락을 펴서 다른 손 엄지와 검지 끝마디를 꼭 눌렀다. "잎은 이 정도 크기에, 은빛을 띠고, 밑에는 약간 희끄무레한 색이야. 어디에나 있어. 세상에! 국 끓이기에는 최고지."

차를 타는 내내 엄마는 창밖을 뚫어져라 바라봤고, 차가 설 때마다 다시 출발하기 전까지 쑥을 따올 시간이 될지 궁금해하는 듯 출입문을 힐끗거렸다. 15년이 지나서 나는 엄마가 뒤늦게 채집 금단 현상을 겪는 것을 지켜보았던 것이다. 쑥은 엄마에게 밖으로 나오라고 유혹하고 있었다. 엄마는 동북부 지역의 야생이 줄 수 있는 것을 언뜻 보았지만, 그것을 맛볼 힘이 없었다.

그로부터 몇 주 동안 엄마는 쑥이 얼마나 먹고 싶은지, 쑥을 딸 기회를 놓쳐서 얼마나 아쉬운지에 대해 얘기했다. 하지만 시간이 지나자 엄마는 현실을 받아들였고, 차창 밖에서 무엇이 자라는지 알기 전의 모습으로 되돌아갔다.

2006년 뉴저지주 프린스턴

계절이 여러 번 바뀌고 엄마가 스스로 요리할 수 없게 되면서 나는 엄마를 위해 정기적으로 요리를 하기 시작했다. 엄마는 내가 음식 준비에 돈이나 시간을 지나치게 많이 쓰는 걸 달가워하지 않았지만, 명절만큼은 사치를 허락했다. "좋아, 크리스마스는 1년에 딱 한 번뿐이니까 최고로 좋은 고기를 사자", 엄마는 말했다. 소고기 안심 요리가 우리의 전통이 되었고, 나는 보통 레드와인 소스를 곁들였는데, 어느 해에는 옛날 생각이 나서 자연산 버섯을 구입했다. 크리스마스이브 날 엄마 집 문을 열자마자 알렸다.

"엄마! 소고기에 곁들일 버섯 요리를 할 거예요!"

"오, 정말? 어떤 버섯 샀어?"

"꾀꼬리버섯 샀어요."

"꾀꼬리버섯? 얼마나 줬는데?"

"아, 진짜 비쌌어요. 엄마는 모르는 게 나을 거 같은데." 나는 엄마에게 값을 얘기하는 걸 늘 꺼렸지만 거짓말을 할 수는 없었다. "홀푸드 마켓에서 500그램에 40달러예요."

"500그램에 40달러?! 우와!"

"너무 비싸지, 알아요. 그래도 명절이잖아."

"500그램에 40달러! 난 수천 킬로그램이나 땄었는데! 너도 기억나지?"

"정말 그렇게 많았어요?"

"그럼, 훨씬 더 많았지!" 엄마에겐 내 질문이 탐탁지 않은 듯했다. "수천이 넘었을지도 몰라. 수만은 됐을걸."

달콤씁쓸한 추억이었다. 이 무렵 엄마는 12년 동안이나 은둔 생활을 하고 있었다.

"내가 너 주려고 요리했던 거 기억나니?" 엄마가 물었다. "버섯을 베이컨이랑 양파랑 같이 요리해서 덮밥으로 해줬잖아. 너랑 오빠랑 정말 좋아했지."

"네, 정말 맛있었어요. 엄마 요리 최고잖아요."

"500그램에 40달러!" 엄마는 흥분하기 시작했다. "쳇! 그렇게 대단한 버섯도 아닌데 말이야. 포치니도 아니고. 포치니야 그렇다 쳐도, 꾀꼬리를? 500그램에 40달러나 받는다고?"

"엄마, 신경 쓰지 마. 우리 저녁이나 맛있게 먹어요."

"믿을 수가 없네." 엄마는 고개를 저으며 한숨을 쉬었다. "지금 같으면 나도 돈 엄청나게 벌 수 있을 텐데."

더 많은 계절이 지나고 엄마가 은둔생활을 한 시간이 엄마가 자연 속에서 구속받지 않고 산 시간보다 더 길어졌다. 나는 이렇게 오랜 시간이 흐른 뒤에도 엄마가 숲에서의 감각을 아직 기억하는지, 그 야생의 기질은 결국 사라져버렸는지 생각해보았다. 이따금 처음 봄비가 내리면, 창밖을 내다보며 먼 나무를 바라보는 엄마의 눈에서 내가 익히 아는 그 갈증을 본다. 동북부에는 침엽수가 드문 반면 느릅나무가 많았는데, 느릅나무는 죽으면 가장 여리고 섬세한 버섯에 생명을 준다. 엄마는 숨을 쉬면서 거의 들리지도 않을 크기로 그 이름을 속삭이곤 했다.

곰보버섯. 느타리버섯. 먹물버섯.

엄마는 집 담장 너머의 지평선을 상상하며 소리 내어 묻곤 했다. "저기 밖에는 뭐가 있을까?"

3부

조현병은 가난과 폭력이, 권력의 눈 밖에 나는 것이 어떻게 우리를 미치게 하는가에 대한 이야기다.

—T. M. 루어먼, 『우리의 가장 문제적인 광기』

7장

조현병 발생

굴욕과 학대, 따돌림을 당하는 사람들은 질병에 걸릴 확률이 더 높다. 가난하게 태어나거나, 가난하게 사는 사람들은 질병에 걸릴 확률이 더 높다. 백인 동네에 사는 유색인들은 질병에 걸릴 확률이 더 높다. (…) 곤경과 폭력을 경험한 사람들은 정신병에 걸릴 위험이 더 높다.[1]

조현병 발생schizophrenogenesis = 조현병schizophrenic + 발생 genesis: 조현병을 발생시킴. 때로는 조현병 발병을 나타내며, 때로는 그 원인을 지칭함. 정신이 분열되는 이야기. 권력의 눈 밖에 나기에 관한 이야기.

1986년 워싱턴주 셔헤일리스

썩은 과일이 땅을 뒤덮고, 자그마한 보랏빛 과육의 다디단 검붉은 피가 먼지 속으로 스며든다. 이제 파이를 만드는 데 쓰이는 대신, 꿀벌을 위한 와인이 된다.

엄마가 블랙베리를 따던 넝쿨이 있는 곳에선 늦여름 산들바람에 과일 삭는 냄새가 섞여든다. 이제 곧 비가 내릴 테고, 소나무와 전나무, 그리고 온갖 나무의 낙엽이 죽은 열매를 덮으리라. 가까이에서, 참나무나 느릅나무는 병에 걸리고 그 시들어가는 몸에서 새 생명이 자랄 것이다. 나무의 굵은 가지를 타고 치유력이 강한 잎새버섯이 자라나지 않을까. 엄마는 이해 이 버섯을 찾으러 가지 못할 것이다.

다시 계절이 바뀌고 이해 겨울은 태평양 서북부의 온난한 기후에 걸맞지 않게 이례적으로 추우리라. 몇 주가 지나도록 해는 보이지 않고, 엄마는 실내에서 시간을 보낼 새로운 방법을 찾을 것이다. 세 번째, 또 네 번째 심장마비를 겪으며 병색이 완연해진 아버지를 돌보는 데 시간을 보내던 엄마였지만, 이제 그보다 텔레비전 앞에서 리모컨을 들고 더 많은 시간을 보낼 것이었다. 엄마는 베이지색 소파에 앉아 스툴에 다리를 올리고 「휠 오브 포천Wheel of Fortune」이나 「조커스 와일드The Joker's Wild」 같은 게임 쇼 안에 숨겨진 메시지를 찾는다. 명백히 보이는 것 너머로 드러

나는 실마리를 찾아서, 엄마는 진행자 팻 세이잭의 목소리 높낮이, 손목의 움직임이나 운명의 수레바퀴가 돌아가는 속도, 조커와 악마의 패턴 따위를 반복해서 계속 살펴볼 것이었다.

봄이 다시 와도 엄마는 버섯이나 고사리를 따러 나가거나, 여름에 블랙베리를 찾아 나서지 않을 것이었다. 엄마는 다시는 벌판으로 나가지 않을 것이다.

내가 열다섯 살 되던 해, 엄마가 병을 얻고 아버지의 병세는 더 심해졌다. 부엌이 텅 비면서 세상은 어두워졌다. 내가 느끼는 안정감이나 불안감은 항상 엄마의 건강 상태와 긴밀하게 얽혀 있었고, 엄마가 야생으로 채집을 나갈 때면 가정생활이 탄탄한 것처럼 느껴졌다. 하지만 무슨 까닭에서인지, 나는 엄마가 갑자기 숲으로 나가기를 그만뒀다는 걸 거의 눈치채지 못했다. 엄마가 가장 사랑하던 일을 저버렸다는 것은, 서양 의학계에서 '정신 질환'이라 일컫고, 한국 사람들은 '마음이 아프다'라고 할 만한 상태에 빠지고 있다는 경고 신호였을 것이다. 무엇이라 부르든 간에, 그것이 엄마를 집어삼키고 있다는 것을 알아채기까지 내게는 1년이라는 시간이 걸렸다.

엄마에게 병이 생겼음을 눈치채는 것이 쉽지 않았던 까닭은 아버지가 정신병과 달리 분명히 알아볼 수 있는 병을 앓고 있었기 때문이기도 하다. 1986년에 아버지는 세 번째로 심장마비를 일으켰다.

고등학교 2학년 때, 9월 말 10월 초의 선선한 가을날, 엄마는 병원에 가려고 테니스 연습 시간이 끝날 때쯤 나를 차로 데리러 왔다. 테니스 코치는 오빠가 7년 전 동네 테니스 스타로 떠올랐을 때부터 우리 가족에게 무척 관심이 많았는데, 엄마를 보더니 최근 내 경기 실력에 대해 우려를 표하려고 가까이 다가왔다.

"그레이스의 집중력에 문제가 있는 것 같아요." 코치가 말했다. "노력을 좀더 해야겠는데요." 신장 2미터가 넘는 코치는 엄마나 나보다 30센티미터 넘게 더 키가 커서, 우리를 문자 그대로 내려다보면서 말했다.

남자아이 셋이 내가 연습하는 걸 방해하고 강간 시늉을 하면서 모든 팀원이 보는 앞에서 나를 조롱한 직후였다. 엄마는 이 사건에 대해 전혀 알지 못했기 때문에 코치에게 다르게 설명했다.

"아버지가 심장마비가 와서 요즘 그레이스가 좀 슬퍼요."

"엄마!" 나는 엄마가 너무 사적인 얘기를 한 게 부끄러워서 작은 목소리로 말했다.

"아니야, 괜찮아." 코치는 나를 안심시키고 엄마에게 시선을 돌렸다.

나는 슬픈 기색을 보이지 않으면 나쁜 딸이 되기라도 한다는 듯이, 내가 부끄러워했다는 사실이 부끄러워졌다.

내가 라켓을 종아리에 대고 하늘의 뭉게구름을 바라보는 동안, 두 어른은 아버지의 상태에 대해 계속해서 대화를 나눴다. 아버지한테 처음 심장마비가 왔을 때의 일이 눈앞에 떠올랐다. 나는 일곱 살이었고, 중환자실에 있는 아버지에게 병문안을 갔다. "그레이스야, 아버지한테 네가 뭘 가져왔는지 말해봐." 엄마는 내가 사자고 했던 제비꽃 얘기를 하라고 했다. 나는 혀가 굳어 입을 뗄 수 없었지만, 대신 손을 뻗어 아버지 얼굴 앞으로 화분을 들어 보였다. 왜 그래? 고양이가 혀를 잡아먹었나? 아버지가 이렇게 말할 거라 생각했지만 그분도 아무 말 할 수 없었다. 아버지는 "고마워, 우리 애기"라고 입 모양으로 말했다. 목소리 대신 쌕쌕거리는 소리만 나왔다.

병실의 형광등 조명이 비친 그 제비꽃을 떠올리니 내 두려움은 더 커졌다. 막 흉부 절개 수술을 마친 아버지의 얼굴은 파이 반죽처럼 창백했다. 희미한 꽃냄새가 죽음과 방부제가 풍기는 악취와 뒤섞였다.

다시 병원에 갈 생각을 하니 끔찍했다. 나는 그저 테니스 연습을 끝내고 제니랑 밴드 큐어의 음악을 들으면서 남자애들 얘기나 하고 싶었다. 가끔 우리는 진지한 철학적 질문에 대해 얘기하기도 했다. "신은 하늘에 있는 남자가 아니야." 학교 잔디밭에 누워 하늘을 올려다보던 어느 날 제니는 이런 얘기를 했다. "신은 하늘이야. 그리고 저 구름과 나무, 또 너와 나이기도 해."

다시 정신이 들어 현재로 돌아오자, 테니스 코치는 아버지의 빠른 쾌유를 바란다고 말했다. 코트 반대편에 제니의 금발 곱슬머리가 보이길래, 나는 손을 흔들어 인사를 했다.

"가자." 엄마는 한국어로 말하곤, 다시 영어로 말했다. "이제 가야지."

우리는 차를 타고 아버지 병문안을 갔고, 나는 병실 침대 옆에 놓인 의자에 앉아 말없이 아버지를 쳐다보았다.

아버지는 다시 환자가 되었고 엄마는 간호사 역할을 했다. 둘에게는 이제 익숙한 역할이었다. 엄마는 늘 의사의 지시를 철저히 따랐는데, 아버지가 먹고 싶어하는 음식 위주로 식단을 짰지만, 의사가 나트륨과 포화지방을 줄이고 섬유질을 더 섭취하라고 하면 그때마다 조리법을 바꿔서 콩으로 된 소시지나 두부로 된 아이스크림을 만들었다. 식물성 단백질이 유행하기 한참 전이었는데도 말이다. 엄마는 항상 아버지 심장이 잘못되지나 않을까 전전긍긍했고 아버지가 육체적으로 힘든 일을 하지 않게 하려고 애를 썼다. 아버지가 벌어온 돈을 너무 많이 쓰지 않도록 일을 두 군데나 다녔고, 그러면서 집도 흠잡을 데 없이 깨끗하고 안락하게 관리했다. 마치 퇴근 후에 세 번째 직장 일을 하듯이.

엄마는 아버지를 돌보는 일을 단 한 번도 소홀히 한 적이 없었다. 하지만 스트레스를 줄여야 한다는 의사의 조언에 엄마가 할 수 있는 일은 도대체 무엇이었을까? 두 분의 관계 자체가 스트레스였다. 엄마는 감정노동을 하며 불만과 과로에 시달렸고, 아버지는 엄마가 신경질을 낼 때마다 되받아쳤다.

아버지가 할 수 있는 유일한 일은 상선 선장에서 은퇴하는 것뿐이었는데, 아버지의 은퇴는 새로운 스트레스를 가져왔다. 주로 돈 문제와 엄마 문제였다.

은퇴와 더불어 부모님의 갈등엔 새로운 막이 열렸다. 처음 만났을 때부터 두 분은 한 번에 석 달이 넘는 시간을 함께 보내본 적이 없었다. 남자 선원들만 모아놓은 상선에 올라 지휘를 내리던 선장 자리에서 물러나, 집에서 통제할 수 없는 두 여자—불안한 10대 딸과 성깔 있는 아내—와 지내야 한다는 건 아버지에게 상당히 어려운 변화였음이 틀림없다. 건강이 좋지 않은 아버지는 늘 모든 관심을 독차지하고 싶어했지만, 시간이 지나며 아버지에게서 점차 독립해가던 엄마는 관심을 줄 여력이 있다 해도 그럴 마음이 없었다. 날이 갈수록 아버지는 점점 더 서운해하며 화를 냈고, 나는 부모님이 그동안 관계를 유지할 수 있었던 비결은 서로 떨어져 있었기 때문이 아닌가 생각했다.

집 안에서는 싸움이 끊이지 않았고, 두 분은 끊임없이 이혼하겠다며 서로를 몰아세웠다. 나는 방에 틀어박혀서 부모님과 두 분 사이의 문제에 신경 쓰지 않으려고 애썼다. 어느 날, 부부 싸움 소리가 들리지 않게 수지 앤드 더 밴시스 밴드의 「Happy

House」를 크게 틀어놓았는데도 엄마가 외치는 소리가 들렸다. "그레이스가 대학만 들어가면 당신이랑 헤어질 거야!"

더는 참을 수 없었다. 나는 달려가 소리쳤다. "이런 소리 그만 듣게 그냥 당장 이혼해!" 내 성질에 놀란 두 분은 일단 싸움을 멈췄다. 하지만 그렇다고 내게 상황을 바꿀 힘이 있다는 생각은 전혀 들지 않았다.

둘이 함께 보내는 시간이 많아진 것은 아버지가 일을 그만둔 것뿐 아니라, 엄마가 갑자기 채집하러 다니는 것을 그만두고 집에서 보내는 시간이 늘었기 때문이다. 아버지가 다시 바다로 나가고 싶다고, 엄마랑 계속 있다간 죽을 것 같다고 불평하기 시작하는 데는 그리 오랜 시간이 걸리지 않았다.

부모님의 결혼생활은 늘 불안정했고 때로는 폭력적이기까지 했다. 기억에 가장 선명하게 남은 싸움은 내가 아주 어렸을 때 있었다. 내가 아버지의 다리 높이만 했을 때니까 아마 두 살이나 세 살쯤 되었을 것이다. 아버지는 내가 너무 어려서 기억을 못할 거라 생각했을지도 모른다. 기실 나는 이 일에 대한 기억을 10년 넘게 억눌러오다가, 어느 날 아버지가 엄마 코에 상아가 들어 있으니 반 코끼리라고 엄마를 놀릴 때 그 기억이 되살아났다.

"왜 엄마 코에 상아가 있어?" 나는 웃었다. 엄마는 즐거워 보이지 않았다.

"코가 부러져서 상아를 넣어 고쳤어." 엄마가 눈길을 피하며 중얼거렸다. 나는 엄마가 원망과 수치심으로 끓어오르고 있는 것을 보고, 코가 어쩌다 부러졌는지 묻지 않는 게 좋겠다고 생각했다.

그러다 돌연 기억이 되살아났다.

두 사람이 부엌에서 서로 소리를 지르며 말싸움이 심해지다가, 갑자기 아버지가 엄마를 때린다. 나는 울부짖으며 멈추라고 애원하지만 아버지는 다시 엄마를 때린다. 나는 아버지에게 달려가 팔로 다리를 감싸안고 아빠 발 위에 서서, 엄마가 도망갈 때까지 아빠를 붙들고 있어야지 생각한다. 아빠는 나를 질질 끌고 가며 엄마를 코너로 몬다. 얼굴을 아빠 허벅지에 묻고 있어서 무슨 일이 일어나는지 잘 볼 수 없지만, 뼈가 부딪치는 소리가 나고 엄마가 비명을 지른다. 내가 아빠 다리를 물자, 아빠는 나를 떼어내려고 다리를 세게 흔들었고, 나는 떨어져나가 식탁 의자에 부딪힌다. 아빠가 내 쪽은 쳐다보지도 않는 건 내가 울지 않아서인지도 모른다. 더 이상 방해하는 사람이 없자 아빠는 다시 엄마를 때리려든다. 아빠가 엄마를 때리는 모습에 겁에 질린 나는 아픈 줄도 모른다. 몸을 일으켜 다시 아빠 다리를 공격한다.

어린아이의 엄마가 된 지금 와서 생각해보면, 얼마나 화가 났길래 아버지가 내게 일어난 일을, 당신이 내게 저지른 일을 보지도 못하고 지나갈 수 있었는지 가늠이 안 된다. 내게 이런 기억을 심었다는 것도. 20대 때 아버지와 이 일에 대해 얘기를 해보려고 했지만, 아버지는 내가 그런 질문을 꺼냈다는 것 자체에 펄쩍 뛰었다. "네 엄마가 맞을 짓을 했으니까 그랬지!" 아버지는 더 이상 얘기하기 싫다는 듯 손사래 치며 우겼다.

나는 그 싸움이 어떻게 시작되고 끝났는지, 엄마가 얼마나 다쳤는지도 기억나지 않고, 엄마 코가 이날의 싸움 때문에 부러졌는지도 확신할 수 없다. 내가 확실히 아는 것이라곤 내 마음속에 깊이 새겨진 기억의 파편뿐이다. 비명, 주먹질 소리, 식탁 의자. 그리고 무엇보다 목숨이 달려 있기라도 하다는 듯 아버지 다리에 매달렸던 기억.

아버지가 엄마에게 폭력을 행사했던 건 내가 유아였을 때 목격했던 이 싸움뿐만이 아니었다. 하지만 아버지가 나이 들고 약해지면서, 엄마는 아버지와 맞서 싸웠다. 내가 중학교 2학년이던 어느 날, 엄마는 내가 어렸을 때 부딪혔던 식탁 의자를 집어들고 아버지를 때렸다. 싸움을 내 눈으로 보진 못했고, 집에 왔을 때는 싸움이 잠잠해져 있었다. 아버지는 욕실에서 서랍장을 더듬다가 떨리는 손으로 반창고를 꺼냈다. 안경은 반으로 쪼개졌고 쇠로 된 안경테의 날카로운 부분이 콧대에 상처를 냈다.

"나한테 막 하면 어떻게 되나 봐라, 이 인간말짜 같은 쌍놈 새끼야!" 엄마는 복도에서 소리쳤다.

"네 엄마가 날 의자로 때렸어!" 내가 둘을 멍하니 바라보자 아버지가 말했다.

이 사건 이후 두 분은 마치 아무 일도 없었다는 듯 생활을 이어갔다. 부부싸움은 우울한 날씨 속에 찾아오는 폭풍우 같았다.

하지만 아버지의 건강이 나빠지면서 나는 안된 마음이 들었고, 고등학생이 되면서부터 종종 아버지 편을 들었다. 엄마와 함께 사는 것은 어려워졌다.

엄마는 툭하면 마음을 조였고, 동네 사람들이 당신 일에 "쓸데없는 호기심"을 보인다는 생각에 집착했으며, 그린힐의 직장 동료나 동네 이웃들이 우리 가족에 대한 헛소문을 퍼뜨리고 다닌다고 걱정했다. 우리 가족은 오랫동안 가십거리가 되어왔기 때문에 그게 그다지 새로운 일도 아니었지만, 엄마는 단순한 의심을 넘어 누가 잠재적 적인지를 파악할 정교한 피라미드를 만들어내기 시작했다. 엄마가 불신하는 사람과 여섯 다리 건너 아는 사람까지 감시 대상이 되었고, 두 다리 건너 아는 사람들은 자동으로 블랙리스트에 올랐다. 머잖아 전 지역이 악행의 온상이 되었다.

어느 날 부엌에서 친구와 전화로 얘기하던 중, 부모님 침실에서 누군가 다른 전화기를 드는 소리가 들렸다. 엄마는 내가 친구와 나누던 대화를 끊고 근엄한 말투로 얘기했다. "전화 끊어. 지금 당장 끊어." 나는 창피해서 엄마 말에 따랐다.

"세상에, 엄마! 도대체 왜 그래?"

"너 이제 줄리랑 얘기하면 안 돼. 걘 나쁜 사람들 중 하나야."

"그게 무슨 말이야?"

"걔 애드나 살지?"

"그게 뭐 어때서?"

"그레이스, 너 모르니?" 엄마는 내 순진함에 화가 난 듯했다. "그 동네 사람은 다 우리를 해치려고 해."

"맙소사!" 나는 울음을 터트리고 소리 지르면서 내 방으로 달아났다.

엄마는 사람들이 당신을 감시하고 있고, 뒤에서 당신을 험담하며, 대놓고 시비를 건다고 아버지에게 몇 달 동안이나 얘기했다. 아버지가 그 얘기를 듣고 뭐라도 조치를 취했는지, 아니면 그냥 엄마가 "말도 안 되는 소리"를 한다고 무시해버렸는지는 기억나지 않는다.

1986년 3월 24일

아빠,

안녕하세요! 잘 지내시죠? 저는 잘 지내고 있어요……. 엄마도 아빠한테 편지를 쓰려고 했지만 그동안 바빴어요. 엄마는 머독 아주머니네 집에서 정원 일을 하고 있어요. 엄마가 말도 안 되는 그린힐 얘기를 계속해서 미칠 거 같아요. 전혀 터무니없는 말은 아니겠지만 지나치게 과장하는 것 같아요. 엄마는 저한테 잘

해주는 사람만 보면 다 저를 해치려 한다고 해요. 엄마 때문에 친구 관계도 다 망쳤어요. 제 나이 때는 공부만 중요한 게 아니라 친구 관계도 중요하잖아요. 엄마는 몰라도 아빠는 이해하죠? 음, 이게 다예요. 그냥 아빠한테 인사하고 싶었어요. 엄마가 사랑한다고 전해달래요. 나도 아빠 사랑해요. 우리 사이가 안 좋을 때도요. 아빠 없으면 나는 못 살아요.

언제나처럼 사랑을 담아, 그레이스 올림

아버지가 은퇴하기 전 마지막으로 꼼에 나가 계실 때 보냈던 편지를 2016년에 발견했다. 이 편지는 1986년에 일어났던 일에 대해 내가 가진 단 하나의 구체적 증거물이었는데, 엄마의 편집증이 가을 즈음에 시작되었다는 내 기억과는 어긋난다.

아버지가 내 편지에 답장을 했는지에 대해서는 기억이 없고, 편지를 썼던 기억도 나지 않지만, 지금 이 편지를 읽으면 내가 절실히 도움을 구하고 있었던 게 보인다. 1986년 3월에 이미 나는 엄마의 불평을 "말도 안 되는 소리"로 취급하는 것을 내면화하고 있었지만, 마음 한편으로는 엄마가 진실을 말하고 있는 게 아닐까 하는 의문도 들었다.

엄마의 항변에는 단지 정신 나간 사람이 늘어놓는 말이 아니라 실재하는 무언가가 있었다. 여성이 진실을 말했을 때 광기라고 이름 붙여져 침묵당한 적이 얼마나 많았던가? 뉴욕에서 대학원생이 된 후 나는 이 질문을 스스로에게 몇 번이고 되물었다.

어른이 되었을 때 어떤 모습이 되고 싶은지를 처음으로 표현할 수 있게 된 기억은 1984년이다. 그해에, 시애틀 출신의 신진 작가 리베카 브라운이 첫 책을 출판한 직후 우리 중학교를 방문해서 창작 글쓰기 워크숍을 열었다. 그분은 내 자리로 와서 꿈이 무엇인지 물었고, 나는 한 치의 망설임도 없이 뉴욕에서 사는 것이라고 답했다. "거기에 너무 잘 어울릴 거야!" 그분의 말이었다.

그 말의 의미가 무엇인지 확신할 수 없었지만, 나는 칭찬으로 받아들였다. 나는 내가 원하는 게 뭔지도 확신할 수 없었다. 뉴욕은 셔헤일리스와 정반대라는 것밖에는. 뉴욕은 모든 게 가능할 것 같은 대도시였고, 온갖 종류의 사람으로 가득했다.

1986년 즈음 나는 내가 정확히 무엇으로부터 도망치고 싶은지를 훨씬 더 구체적으로 알게 되었다. 나는 부모님뿐만 아니라 이 동네에서 떠나고 싶었다. 내가 사랑하는 모든 것과 내 존재 자체를 미워했던 편협한 인간들로부터. 증오를 퍼뜨리는 것을 소임으로 삼았던 사람들. 열다섯 살의 나는 이들이 얼마나 조직적이었는지 몰랐고, 또 바로 이 사람들이 엄마의 고통의 진원지였다는 것도 미처 알지 못했다.

그린힐 직장 동료들 외에 엄마의 신경을 가장 거슬리게 했던 사람들은 존 버치 협회John Birch Society 사람들로, 제2차 세계대 전이 끝날 무렵 중국인에게 살해된 미국인의 이름을 따서 1958년 설립된 극우 단체였다. 이들의 임무는 미국 내에서 공산주의를 제거함으로써 냉전에 임하는 것이었다. 이들은 인종분리정책 철폐, 민권운동을 비롯해 사회복지나 사회정의와 관련된 것이라면 무엇이든 간에 미국의 힘을 약화시키려는 공산주의의 음모로 여겼다. 이들은 추종자들에게 정부의 음모에 대해 주의를 주었고, '인권' 같은 단어에 따옴표를 달아 사용했다.

그러나 미국 주류에 속한 대부분의 사람은 존 버치 협회를 진지하게 받아들이지 않았다. 1961년 『뉴욕 타임스』는 이들을 "극단적인 과격파"라고 일축했으며, 1963년에 밥 딜런은 「Talkin' John Birch Paranoid Blues」[존 버치 편집증 블루스 이야기]라는 통렬한 풍자곡을 썼다. 1970년대에 접어들어 이들은 미국 정치에서 물러난 것처럼 보였다. 하지만 셔헤일리스 같은 곳에서는 우리 가족이 살던 당시 이들이 여전히 활발하게 활동하고 있었고, 해밀턴 농장 간판엔 이들이 내건 슬로건이 빼곡했다.

엄마는 우리 이웃이나 동네 사람들 사이에서 누가 버치 추종자일지 추측하곤 했다. 당시에는 나도 엄마의 경계심이 일리가 있다고 생각했다. 그들이 동네에서 이민자들을 쫓아내려 한다는 것은 널리 알려진 사실이었고, 특히 공산주의 나라에서 온 이민자라면 더했다. 어느 순간부터인가 워싱턴주 시골에 사는 백인들도 한국이 중국이나 일본과 다른 나라라는 사실을 인식하기 시작했다. "너는 중국인이야, 일본인이야?"라고 하던 질문이 "너는 북한에서 왔어, 남한에서 왔어?"로 바뀌기 시작했다. 버치 추종자에게는 둘 중 어느 질문이든 숨겨진 의도가 있었다. 너희 빨갱이들, 처신 똑바로 해![2]

나는 스물다섯 살 때 대학원에 입학하면서 뉴욕으로 이사했는데, 거기서는 또래 가운데 존 버치 협회에 대해 들어봤다는 사람을 단 한 명도 만난 적이 없다. 자라면서 본 혐오와 편집증으로 점철된 정치에서 이제야 멀리 떠나온 듯싶었다. 그런데 2010년대 중반이 되자, 진보 매체에서 이 단체가 다시 활동을 시작한다는 뉴스 기사가 나오기 시작했다. 어떤 기사는 이 단체가 공화당 안에서 영향력을 키우고 있고, 이를 심각하게 받아들이지 않으면 미국의 민주주의에 커다란 위협 요소가 될 거라고 경고했다. 한편 다른 기사는 이들로 인한 피해가 이미 상당해서, 보수적인 미국인들 사이에 꽤나 뿌리를 내렸다고 주장했다. 한 시사평론가는 트럼프의 당선이 이 단체가 미국 정치에 지속적으로 영향을 미쳐온 증거라고 지적했다.

2018년 존 버치 협회 홈페이지는 미국으로 향하는 '이민 카라반 행렬'에 대해 "이는 침략이지, '인권'이 아니다"라고 선언했다.

해당 글은 독자들에게 대통령실에 전화를 걸어 멕시코 국경에 장벽을 쌓고, 국경에 군인을 배치하고, 난민 신청을 받는 것을 중단하도록 청원하라고 부추겼다.

셔헤일리스와 같은 조용한 시골에서 빨갱이를 없애려는 이들의 은밀한 작전은 성과를 거두었다. 이제 협회의 다음 목표는 전국 단위의 법 제정이었다. 야호, 나도 이제 진정한 존 버치 협회원이야![3]

부모님은 함께 시간을 보내며 점점 더 서로를 못마땅해하는 듯싶었지만, 여전히 서로에 대한 의리가 어느 정도는 남아 있었다. 아버지는 엄마가 일을 마치고 집에 올 때마다 힘들어하는 걸 보고 직장을 그만두기를 권했다.

엄마는 결국 그린힐에 다니는 것을 그만두었고, 직장 일도 채 집 일도 놓아버리면서 갑자기 종일 자리에 앉아서 시간을 보내는 생활을 하게 되었다. 엄마는 이전에는 시간이 없어서도 그다지 관심을 보이지 않던 텔레비전을 보기 시작했고, 나는 좀 쉬면서 여가생활을 하는 게 엄마한테 도움이 될 거라고 생각했다. 엄마는 특히 「휠 오브 포천」이라는 퀴즈쇼에 빠져들었고, 문제가 나오면 나지막하고도 생기 넘치는 목소리로 혼잣말을 했다. 어떤 때는 퍼즐 속 숨겨진 낱말을 맞히려 하기도 했고, 그 안에 숨은 의미가 무엇인지 묻기도 했다. 저 사람들이 이 말을 하는 이유가 뭐지? 엄마는 마치 무슨 소리가 들리기라도 하듯 행동을 멈추고 텔레비전 화면을 뚫어져라 응시했다. 그게 무슨 말이야?

엄마는 집 안 물건에 몇 마디 말을 속삭인다든가 하는 식으로, 가끔 실제로 존재하지 않는 누군가에게 얘기를 하는 듯했다. 나는 엄마에게 정신적인 문제가 있는 건 아닌지 걱정을 하다가도, 누구나 가끔은 혼잣말을 하니까 별일 아닐 거라고 스스로를 안심시키기도 하며 마음이 오락가락했다. 하지만 엄마는 그냥 혼잣말을 하는 게 아니었다. 어떤 때는 들릴락 말락 한 목소리로 누군가와 말다툼을 하기도 했고, 거기에 푹 빠져서 현실에서 당신과 대화하고 있는 사람에게는 신경을 쓰지 못할 때도 있었다.

어느 날 엄마와 쇼핑을 하러 가다가 예금을 하려고 은행에 들렀다. 우리는 드라이브스루 지점에 차를 세웠고, 금발의 아리따운 은행 직원이 우리를 활기찬 인사로 맞이했다. "좋은 하루 보내고 계신가요?"

"네, 좋아요. 고마워요. 당신은요?" 엄마가 말했다.

"아, 다 괜찮죠. 남편분은 잘 지내시죠?"

엄마는 미간을 찌푸리며 직원을 노려봤다. "우리 남편 얘기 그만둬요."

여자는 움찔했다. "아, 저는⋯⋯"

"그쪽이 상관할 바 아니잖아요." 엄마는 눈을 치켜뜨며 쏘아붙였다. "왜 맨날 우리 가족 주위를 맴돌면서 염탐하는데? 우리한테 원하는 게 대체 뭐예요?"

"엄마, 그만해요." 내가 애원했다. 엄마는 겁에 질린 듯한 젊은 여자를 잠깐 더 겨누어 보다가, 차를 몰고 그 자리를 떠났다.

"엄마 왜 그래? 저 사람이 도대체 뭘 어쨌다고?"

"저 여자가 네 아빠 얘기하는 거 못 들었어?"

"뭐? 그건 그냥 인사말이잖아. 세상에, 엄마! 대체 왜 그래?"

그때 난 엄마가 젊은 금발머리 여자가 예순일곱 살 아버지한 테 딴마음이 있다고 생각했나 보다 했다. 하지만 지금 다시 생각해보면, 아마 엄마 머릿속에서 "남편분은 잘 지내시죠?"라는 말이 전혀 다르게 번역되어 들렸던 듯하다. 남편분이 필리핀에 다른 가정을 꾸렸다는데 사실인가요? 설마 바보같이 남편이 당신한테 충실할 거라고 믿는 건 아니죠? 그 사람 러시아인들한테 비밀을 흘리고 있어요. 고르바초프한테 북한에 있는 당신 오빠 얘기도 다 했고요. 북한이라니…… 처신 똑바로 하는 게 좋을걸요? 존 버치 협회원들이 당신을 감시하고 있으니까요.

엄마는 우리 가족에 대해 사람들이 헛소문을 퍼뜨리고 다닌다고 믿었는데, 그 소문에는 유명 정치인에 대한 얘기가 점점 더 자주 거론되기 시작했다. 엄마가 하늘색 바지 정장을 입고 집 안을 돌아다니며 자동차 키를 찾는 걸 본 날, 이 사실은 더 분명해졌다.

"엄마, 무슨 일 있어요?"

"중요한 면담에 가야 해! 이러다 늦겠네!"

"무슨 면담인데?"

엄마는 잠시 멈춰 서서 심각한 표정을 지었다. "그레이스, 너한테 해줄 말이 있어."

"뭔데요?" 심장이 방망이질 치기 시작했다.

"사람들이 우리 가족에 대해 안 좋은 말을 하고 다녀서 내가 정리하러 가는 거야."

"무슨 안 좋은 말?" 무언가에 쫓기는 악몽을 꾸는데 다리가 얼어붙어 꼼짝 못 하는 듯한 느낌이 들었다.

"네 오빠가 부스 가드너*의 자식이라고."

"뭐? 무슨 말도 안 되는 소리!" 나는 사람들이 우리가 누구 자식인지 수군거린다는 걸 알고 있었지만, 엄마가 주지사와 바람을 피웠다는 건 누가 봐도 황당한 얘기였다.

"그러게 말이다. 대체 누가 그런 고약한 헛소문을 퍼뜨린다니? 그레이스, 너 알지? 말도 안 되는 얘기야. 네 아빠한테 내가 어떻게 그런 짓을 하겠어." 엄마가 늘어놓는 설명은 도무지 사리가 안 맞았다. 우리 오빠는 아버지의 생물학적 아들도 아니었거니와, 부모님이 만나기 5년 전에 태어났기 때문이다.

---

* 윌리엄 부스 가드너. 미국 정치인으로 1985년부터 1993년까지 워싱턴주 주지사를 지냈다.

"엄마, 그건 완전 미친 얘기잖아. 도대체 누가 그런 소릴 해?"

"그 사람들은 우리 가족을 망가뜨리려는 거야! 부스를 만나서 내 명예를 회복해야 해. 그 사람이 나를 기다리고 있어!" 엄마는 부랴부랴 집을 나서더니 두 시간 동안 어딘가로 사라졌다.

엄마는 정말 주지사와 면담 약속을 했을까? 보통 사람들이 주지사와 약속을 잡는다는 게 가능하기나 할까? 만약 엄마가 그냥 그 자리에 나타나서 주지사를 만나겠다고 하면 어떤 일이 벌어질까? 사람들이 경비를 불러서 엄마를 감금이라도 하면 어쩌지? 엄마는 돌아와서 면담이 잘 되었으니 이제 더 이상 걱정할 필요가 없다고 말했다. 엄마에게 문제가 있다는 사실을 더 이상 부정할 수 없었다.

사람들이 본능적인 직감을 누르려고 그럴 때가 있듯, 나는 우선 '논리적 설명'을 찾았다. 아버지는 엄마의 불안정한 행동을 갱년기 탓으로 돌렸는데, 아마도 '인생의 전환기'와 관련된 '광기'란—극심한 고통을 유발하는 심각하게 받아들여야 할—광기가 아닌 여성 질환이라는 케케묵은 시각을 고수했을 것이다.[4]

몇십 년이 지난 후에야 연구자들은 완경에 수반되는 에스트로겐 호르몬 감소가 실제로 조현병 촉발 요인으로 작동할 수 있고, 에스트로겐 요법이 이에 효과적인 치료법이 될 수 있다는 사실을 알게 되었다.[5] 열다섯 살 나이에 나는 완경에 대해서든 조현병에 대해서든 아는 것이 거의 없었기에, 처음에는 "그냥 갱년기 때문"이라는 아버지의 말을 곧이곧대로 들었다.

어쩌면 문제는 가족을 떠나보낸 슬픔에서 비롯되었는지도 모른다. 그로부터 몇 달 전 외할머니가 돌아가셨다. 할머니는 전쟁 고아가 된 손자 진호를 맡아 키우셨는데, 돌아가시기 전 5년은 내 사촌 진호, 그의 아내 선과 함께 미국에서 사셨다.

할머니가 미국에 계시는 동안 우리는 매주 토요일 밤을 오리건주에 있는 할머니 댁에서 보냈다. 그 집에서는 음식을 다 그릇에 담아 먹었다. 밥그릇이 따로 있고, 국그릇도 따로, 김치와 나물은 반찬 그릇에 담고, 생선조림이나 장조림은 야트막한 그릇에 담고, 간장이나 양념장을 담는 종지도 따로 있었다. 식사가 끝나면 남은 음식은 그릇째로 할머니가 한국에서 가져오신 빳빳한 정사각형 모양의 천으로 덮어서 보관했다.

1980년 처음 미국에 이민 왔을 때에도 할머니는 이미 나이 들어 보였다. 할머니는 일본의 조선 침략, 산업화, 이념 갈등으로 인한 남북 분단 전인 1900년에 태어났다. 할머니는 긴 백발을 나무 비녀로 꽂은 올림머리를 하고 한복에 고무신 차림이었다. 평생 머리에 짐을 이고 아이들을 업느라 등이 굽어버린 할머니는 147센티미터의 키 작은 노파였다.

할머니는 현대화된 한국의 세태를 따라가지 못했고, 현대화된 미국식 생활 방식을 배우는 데는 더더욱 관심이 없었다. 그래도 할머니는 설탕을 듬뿍 친 하프앤하프 크림에 콘플레이크를 곁들여 먹는 것을 좋아했고, 볼거리가 넘치는 프로 레슬링 경기도 즐겨 보셨다. 저녁을 먹고 할머니는 텔레비전 앞에 앉아 나를 부르곤 했다. "그레야! 레스링 봐라!" 할머니는 방석 가장자리에 앉아 입꼬리를 올리며 듬성듬성 빠진 이를 드러내며 웃었다. 가짜 피가 쏟아지는 순간, 할머니는 손뼉을 치며 외쳤다. "아이구, 얄구지다!" 야릇하고 망측하다!

일요일 아침이 되고 엄마와 셔헤일리스로 돌아갈 준비를 할 때면, 나는 할머니와 함께 우리 가족의 음식 교환 의식을 지켜보곤 했다. 엄마는 블랙베리파이며 잼이며 직접 따온 신선한 채소 한 꾸러미를 가져왔고, 진호와 선은 아이스박스 한가득 생선이 가득 담긴 아이스박스를 엄마에게 가져가라고 권했다. 이들은 서로 사양을 하며 한참을 옥신각신하다 마지막에야 선물을 받아들었다. "아이구, 진호야! 드가라!" 엄마는 대치 상황을 끝내며 우리 가족의 고향 사투리로 소리쳤다. 그만 안으로 들어가거라!

여러 해가 지나서야 주말에 할머니 댁을 방문하는 일이 내게 얼마나 가족의 일원이라는 기분을 느끼게 해주는 일이었는지, 하물며 엄마에게는 얼마나 더 그런 일이었을지 깨달았다.

할머니 장사는 할머니와 사촌들이 다니던 포틀랜드 한인 교회에서 지냈다. 장례상에는 실물보다 더 큰 할머니 영정 사진이 올라가 있었는데, 검버섯이 핀 까무잡잡한 피부에 85년이라는 고된 세월의 무게로 입술과 눈꺼풀이 처진 모습이었다. 영정 앞에는 자개상 위로 과일, 떡, 만두, 파전을 비롯해 엄마와 선이 준비한 각종 음식이 차려졌다. 향을 피우는 냄새가 공기를 타고 퍼졌다. 거기 모인 다른 조문객은 모두 낯선 사람들이었는데, 한 명씩 앞으로 나와 할머니 영정 앞에 절을 했다. 엄마는 장례를 지내는 내내 울었다. 깊고 그르렁거리는 엄마의 곡소리가 교회 구석구석 울려 퍼졌고, 망인이 떼로 있어도 애도할 수 있을 만큼 쩌렁쩌렁한 울음소리가 한동안 이어졌다.

조현병은 삶에 위기가 닥치거나, 심각하고 비극적인 불행이 찾아왔을 때 촉발될 수 있다. (…) 발병 초기에는 보통 처음에 경미해 보였던 증상으로 시작해 서서히 진행되는데, 이것이 나중에는 심각한 결과로 이어질 수도 있다.[6]

하루는 밤에 잠들 무렵, 방 안에서 기이한 기척을 느꼈다. 눈을 뜨자 침대 발치에 서 있는 작은 그림자 같은 게 보였다. "이 집에 악귀가 있어", 그게 말했다. 겁이 났지만 눈을 똑바로 뜨자 그 모습은 할머니였다. 할머니는 하얀 한복을 입고 그 위에 샛노란 색으로 뜬 조끼를 덧입고 있었다. 눈부시게 밝은 기운을 뿜어내며, 할머니는 들릴 듯 말 듯한 소리로 말했다. "마미가 아파. 나 대신 엄마를 잘 돌봐줘. 알았지, 그레야?" 할머니는 그레야라고 내 이름을 부르며 주름진 작은 손으로 내 발을 쓰다듬었다. 대답을 하려 했지만, 혀를 움직이기도 전에 할머니 모습은 자취를 감추었다.

이튿날 아침 엄마한테 말했다. "어젯밤 침대 앞에서 할매야 봤어. 근데 꿈이었는지 생시였는지 잘 모르겠어요."

"그랬어? 아, 나도 보고 싶다." 엄마가 한숨을 쉬었다. "답답으라. 할머니가 너 정말 많이 사랑했지."

엄마가 주지사와 면담한다고 했던 날로부터 며칠이 지나 이 꿈 생각이 났고, 내가 꿈 얘기를 했을 때 엄마가 어떤 반응을 보였는지도 기억났다. 나는 엄마가 한 말을 내가 할머니 소원을 들어주길 바란다는 뜻으로 여겼다. 이 얘기를 다른 누구와 하기가 겁나서 내가 직접 문제를 해결해보려 했다. 어쨌든 할머니가 엄마를 부탁한 사람은 바로 나였다. 다른 사람이 할 일이 아니었다.

매일 점심 시간이면 나는 친구들을 피해 학교 도서관 서가에 숨어 고등학교 3학년 심리학 교과서와 임상 진단 매뉴얼을 읽었다. 제니에게 이 얘기를 한 적이 있는지는 기억나지 않지만, 가족들에게는 내 연구를 비밀로 했다. 정신병에 대해 충분한 지식을 갖추고 제대로 된 주장을 할 수 있게 될 때까진 알리고 싶지 않았다.

조현병 진단 기준

A. 다음 중 하나 이상의 증상이 나타남

- 기이한 망상(내용이 명백히 부조리하고 사실적 기반이 없음) (…)

- 환각을 동반하는 박해 또는 질투에 관한 망상 (…)

- 환청 (…)

- 현저하게 비논리적인 사고 (…)

B. 일, 사회적 관계, 자기 관리 등의 영역에서 기존에 비해 기능이 저하됨

C. 기간: 증상이 최소 6개월 이상 지속됨 (…)[7]

읽는 책마다 비슷한 내용이 담겨 있었고, 나는 엄마에게 조현병이 있음을 확신하게 되었다. 하지만 엄마가 왜 조현병에 걸렸는지에 대한 이유를 이해하는 데 도움을 주는 책은 우리 학교 도서관에 없었다. 그중 일부는 아직 쓰이지도 않은 때였다.

1986년경 정신의학계에서는 조현병이 무작위적이며 철저히 생물학적인 현상으로, 유전으로 인한 뇌의 기능장애이며, 의학적 개입을 통해 치료될 수 있다는 이른바 '생물학-생물학-생물학 bio-bio-bio' 패러다임이 지배적이었다.[8] 원인이나 치료법에서 사회적 측면이라고는 찾아볼 수 없었다.

1980년대의 이런 생의학적 모델은 조현병의 원인을 아동기, 그리고 이른바 '조현병을 일으키는 엄마'라고 이야기될 만큼 부

적절한 엄마의 애정에 대한 반응에서 찾는 1960년대의 정신분석학적 모델을 뒤집은 것이었다. 이는 생물학 중심 패러다임으로 엄마를 비난하는 것은 멈췄지만, 특정 유전자가 있으면 조현병은 피할 수 없다는 메시지를 던졌다. 여기에 사회는 아무런 책임이 없었다.

연구 방향이 다시 바뀌어 다음과 같은 주장이 제기되기까지는 30년이 걸릴 것이었다. "우리는 이제 어떤 사회적 환경에 놓인 사람들이 다른 환경에 놓인 사람들에 비해 조현병에 걸릴 확률이 더 높다는 직접적인 증거가 있다. (…) 사회적 환경의 어떤 요인이 우리 피부 속으로 파고든다는 사실을 이제는 증명할 수 있다."[9]

그해에 휴가를 맞은 오빠가 집을 찾았고, 나는 아버지와 오빠를 불러 서재에서 우리끼리 얘기 좀 하자고 했다. 내가 말을 꺼내기까지 방 안 분위기엔 점점 더 긴장감이 감돌았다. "엄마한테 뭔가 문제가 있는 것 같아요." 말을 꺼내자마자 나는 흐느꼈다. 『정신질환 진단 및 통계 편람DSM』을 읽어보니 엄마가 보이는 이상 행동 하나하나가 조현병 증상과 맞아떨어진다는 얘기를 준비했지만, 하나도 기억나지 않았다. 나는 준비한 말을 다 건너뛰고 불쑥 내뱉었다. "엄마 편집증적 조현병이야!"

우리 가족 남자들은 한목소리로 부인했다.

"뭐? 그건 사실이 아니야!" 오빠가 언성을 높였다.

"어떻게 엄마를 두고 그런 말을 하니? 망할 거짓말쟁이같으니!" 아버지도 거들었다.

아버지의 비난을 듣자 내 마음은 산산조각이 났다. 자기 변명을 하고 싶어서가 아니라, 마음 깊은 곳에서 부디 아버지 말이 맞기를 빌었기 때문이다. 나는 열다섯 살이었고 거기서 더 이상 할 수 있는 일이 무엇인지 알 수 없었다.

만약 오빠와 내 입장이 바뀌어서, 엄마 상태가 악화되는 것을 내가 직접 목격하지 못했는데, 대학을 마치고 집에 왔더니 한참 어린 동생이 엄마 정신이 나갔다고 한다면, 그것도 다른 정신병도 아니고 가장 낙인이 심한 병명을 이야기한다면, 나는 과연 어떻게 반응했을까? 아마 나 역시 그 말을 믿지 않았을 것이다.

하지만 아버지는 대체 무슨 변명을 할 수 있을까? 아버지는 엄마의 행동이 변하는 것을 지켜봤고, 9개월 전 상황이 악화되고 있다는 내 편지를 받기도 했다. 어쩌면 아버지가 그토록 현실을 부인했던 건 엄마가 망상에 깊이 빠져 아내라는 껍데기만 남기고 사라지지나 않을까 하는 두려움 때문이었으리라. 아버지는 당신이 이 생에서 마지막 숨을 내쉴 때까지 엄마가 당신을 보살펴줄 것이라고 믿어야 했는지도 모른다.

가족 중 누구에게도 도움을 받을 수 없게 되자, 나는 전문가의 도움을 찾아 지역 정신건강센터에 가서 상담사에게 면담을 신청했다. 상담실로 들어서니 20대 중반쯤으로 보이는 젊은 백인 남자가 나를 맞이했다. 열다섯 살의 나는 그가 어리다거나 경험이 부족할지 모른다는 생각은 전혀 하지 못했다. 그때 내 눈에 20대 성인들은 무척 현명해 보였다. 낯선 사람에게 우리 가족의 사적인 문제를 얘기하는 것이 가족을 배신하는 일은 아닐까 하는 걱정에 혼란스럽기도 했지만, 나는 이게 옳은 방법이자 유일한 길이라고 생각했다. 이 상담이 해피 엔딩으로 이어져 엄마가 곧 이전의 모습을 되찾기를 바랐다.

"그래서, 오늘 무슨 일 때문에 오셨나요?" 상담사가 물었다.

너무 긴장한 바람에 말을 제대로 하지 못할까 봐 조마조마했지만, 오히려 정반대였다. 나는 명료하고 단호하게 말했다. "우리 엄마한테 편집증적 조현병이 있는 것 같아요. 학교 도서관에서 관련 책을 찾아봤는데 책 내용대로예요."

"어머니 증상이 어떤데요?"

"사람들이 엄마를 미행하고 있다고 생각하고, 로널드 레이건이 우리 전화를 도청한다고도 해요. 제 친구가 정부의 음모에 연루돼 있다고 생각하기도 하고요. 「휠 오브 포천」 쇼를 보면서도 문제에 당신을 향한 비밀 메시지가 숨겨져 있다고 해요."

"그렇네요. 조현병 증상과 많이 비슷한 것 같군요……. 어머니 연세가 어떻게 돼요?"

"마흔다섯이요." 내가 말했다. 나는 상담사가 말을 잇기를 기다렸지만 그는 어찌할 바를 모르고 난처해했다. 다음에 뭘 해야할지 모르겠다는 듯 그는 묵묵부답이었다.

"그래서요? 이제 제가 엄마를 어떻게 도울 수 있나요?" 내가 물었다.

"안타깝게도 어머니가 치료에 동의하지 않는 한 할 수 있는 일이 없어요. 강제로 입원시키는 건 어머니가 다른 누군가를 해쳤을 때만 가능해요."

"경찰이 엄마가 도움을 받게 해줄 수 있다는 말인가요?"

"그렇긴 하지만…… 그렇다고 해도 크게 효과가 있을지 모르겠군요."

"왜요?"

"조현병은 아주 심각한 질병이에요."

나는 상담사의 대답에 혼란스러웠다. "그러니까 더 도움을 줘야 하는 것 아닌가요?"

"어머니 연세가 마흔다섯이라고 하셨는데요. 안타깝지만 너무 늦은 듯하네요."

"뭐라고요? 그게 무슨 뜻이에요?"

"좀더 일찍 발견했더라면 치료 방법이 있었을지도 모르는데, 안타깝네요."

"어떻게 그럴 수가 있어요? 사람들을 돕는 게 선생님 일이잖아요? 왜 저는 도와줄 수 없다는 거죠?"

분노와 실망감이 속을 휘저으며 팽팽한 매듭이 되었고 가슴이 욱신거렸다. 상담사의 말은 자기만족에 불과한 것처럼 들렸다. 그렇게 말하는 그의 팔을 마른 나뭇가지 부러트리듯이, 그가 비명을 지를 때까지 비틀어서, 진정으로 사죄하는 모습을 보고 싶었다. 눈물이 흐르며 검은색 아이라이너가 얼굴에 흘러내렸고 나는 눈을 가늘게 떴다.

"그래서 이게 다예요? 저는 그냥 집에 가서 알아서 하는 수밖에 없는 거예요? 그냥 이렇게 살아요? 평생 동안?"

"미안하지만, 우리가 어머니를 위해 해드릴 수 있는 게 없어요."

그 전문가가 내게 한 말에 따르면, 엄마 인생은 이미 망가졌고 구하려 들 가치도 없었다. 정신건강 시스템을 처음 경험해보았던 내게는 그가 해준 조언을 평가할 참조 사례가 없었고, 그 상담사가 엄마의 상황을 오해했을 수 있다는 생각은 해보지도 못했다. 상담사가—남자들이 흔히 그러듯—엄마도 20대에 조현병이 발병했으리라고 가정했을지 모른다는 걸 나로선 알 도리가 없었다. 정신의학에서는 치료가 지연될수록 예후가 좋지 않다고 보았기에, 상담사는 엄마의 증상이 20년 넘게 치료받지 못한 상태라고 여겼는지도 모른다. 조현병에 대한 통념은 그때나 지금이나 남성의 경험에 바탕을 두고 있었다.

남성의 조현병 발병은 10대 후반에서 20대 초반에 최고조에 달하지만, 여성은 25세 이상에서 발병이 많다.[10] 또한 여성은 45세부터 완경기 즈음에 두 번째로 발병이 가장 많이 나타나는 시기가 있다. 하지만 이 사실은 1993년에야 연구에 의해 밝혀졌고, 그나마도 주류 의학계에서 인정받지 못했다.[11]

"청년기는 100여 년 동안 진단 기준 가운데 하나였다. 편람에서도 조현병의 진단에 때때로 연령 제한이 포함되었다. 1980년대까지만 해도 40세 이상이면 조현병 진단을 붙일 수 없었다.[12] 2020년 현재도 WebMD〔미국의 건강 정보 포털〕 같은 인기 웹페이지에서 "조현병은 12세 미만, 40세 이후 연령대에서는 드물게 발병한다"라는 문장을 발견할 수 있다.[13] 조현병에 대한 통념은 45세 여성에게 조현병이 처음 발병할 수 있다는 현실에 반하는 것이었다.

수십 년이 지난 후 나는 지나간 시간을 돌아보며 이 순간을 내 한恨의 시발점으로 여기게 된다. 한이란 "불의에 대한 풀리지 않는 억울함"이자 "맺혀서 풀어지지 않는 (⋯) 멍울" "응어리진 비통함"을 가리키는 번역 불가능한 한국어다.[14] 한은 지속되는 트라우마에 대한 의식, 그것이 풀리지 않는 상태를 지칭할 뿐 아니라, 그 풀이 자체를 가리키기도 한다.[15]

정신건강센터에 다녀온 후 여러 날에 걸쳐 머릿속에서 이런저런 목소리가 시끄럽게 맴돌며 내 주의를 끌려고 티격태격

했다.

　엄마 편집증적 조현병이야.

　　어떻게 엄마를 두고 그런 말을 할 수 있니?

　　　그레이스, 너 모르니? 그 동네 사람은 다 우리를 해치려고 해.

　마미가 아파. 나 대신 엄마를 잘 돌봐줘. 알았지, 그레야?

　　강제로 입원시키는 건 어머니가 다른 누군가를 해쳤을 때만 가능해요.

　　　엄마 편집증적 조현병이야.

　　　　망할 거짓말쟁이같으니.

　편집증적 조현병이 있는 것 같아요.

　　안타깝지만 너무 늦은 듯하네요.

　　　알았지, 그레야?

　그러던 중 엄마와 다퉜다. 아마도 엄마가 공부를 열심히 하지 않는다고 날 나무랐거나, 내 친구더러 간첩이라고 해서 늘 부딪치던 그런 갈등 때문이었을 것이다. 나는 이 기회에 엄마를 도와야겠다고 생각했다. 머릿속에서 온갖 목소리가 여전히 내게 비명을 지르고 있는 와중에, 그중 한 목소리가 엄마가 위험하다는 걸 증명할 수 있게 싸움을 키워야 한다고 말했다. 나는 엄마가 손찌검을 하게끔 엄마를 자극하는 말을 했다. 엄마로서는 도저히 상상할 수 없는 말이었을 것이다. 엄마는 내 얼굴에 붉은 자국이 남을 정도로 뺨을 세게 후려쳤고, 나는 전화기를 들어 경찰에 신고했다. 강제로 입원시키는 건 어머니가 다른 누군가를 해쳤을 때만 가능해요.

경찰이 엄마를 체포하러 왔는데, 나는 뜻밖에도 일이 이렇게 되리라고는 생각지 못했다. 경찰한테 엄마가 정신의학적 도움을 받기를 바란다고 설명하면, 경찰이 엄마한테 치료를 명령할 줄 알았다. 경찰이 수갑을 채웠을 때 엄마 얼굴에 번진 수치심과 분노는 내 머릿속 모든 생각을 마지막 한 조각까지 잠잠해지게 만들었다.

나는 경찰서에서 정신건강센터 상담사가 한 말을 전하며 제발 엄마를 유치장에 가두지 말고 병원으로 보내달라고 간청했다. "미안하지만 그렇게는 안 돼요. 어머니를 도와드리고 싶지만, 우리가 할 수 있는 일이 없네요." 권위 있는 사람한테서 그런 말을 들은 게 이날로 두 번째였다. 우리가 할 수 있는 일이 없네요.

이날 밤에 대한 내 기억은 온데간데없이 사라졌다. 엄마가 풀려난 뒤 부모님이 했던 말만 빼고는. "세상에 자기 엄마를 감옥에 보내는 애가 어딨니?" 엄마가 말했다. "너는 이제 우리 집에선 불청객이야." 아버지가 거들었다.

내 최후의 시도는 완전한 실패로 돌아갔다.

나는 엄마의 조현병과 함께 살아가는 법을 익히는 식으로 남은 고등학교 시절을 보냈다. 음악과 문학, 남자애들에게 빠져들었고, 마리화나를 피웠고, 매일같이 제니 집을 피난처 삼아 드나들었다.

엄마는 여전히 혼잣말을 했고 존 버치 협회원들이나 로널드 레이건과 씨름하며 엄청난 에너지를 소비하면서도 어느 정도는 일상생활이 가능했기에, 우리 식구는 다들 정상적인 가족인 양 행세할 수 있었다. 시간이 지나면서 우리는 내가 엄마에게 했던 끔찍한 일, 그리고 목소리가 내게 그렇게 시켰던 일을 잊는 법을 배웠다. 가끔은 엄마가 이전 모습으로 돌아간 것처럼 보여서 다 나았다고 믿을 수 있는 순간도 있었다. 때로 엄마는 텔레비전 앞을 떠나 농장에서 직접 따온 딸기로 이튿날 잼을 만들기도 했고, 특별한 날이 아닌데 한상 가득 요리를 하기도 했다. 엄마는 정부가 도청 장치를 당신 머리에 심었다고 의심하기 전에 하곤 했던 말을 하기도 했다. 나는 공부할 기회가 없었지만 너는 달라. 그레이스야, 열심히 공부하면 뭐든지 할 수 있어. 네 앞에는 밝은 미래가 펼쳐져 있어.

아마 그래서 나는 주저 없이 5000킬로미터나 떨어진 대학에 가겠다고 결정했는지도 모른다. 내가 브라운대학에서 입학 허가를 받은 날 아버지는 떨리는 손으로 입학통지서를 읽고 또 읽으면서 울음을 터뜨렸고, 엄마는 난생처음 샴페인을 마시고 거실을 돌면서 춤을 췄다. 명문가 출신이 아닌 부모님께 이것이 얼마나 엄청난 사건인지 나는 알고 있었다. 내가 아이비리그 명문대에 입학하는 것을 엄마가 얼마나 간절히 꿈꿔왔는지 오래전부터 알고 있었다.

그래서 브라운대학에 입학했다는 것이 무척 자랑스러웠고, 부모님이 기뻐하는 걸 보니 그런 자부심은 더 커졌다. 그리고 무엇보다 욕망이 끓어오르는 것을 느꼈다. 나는 이 비참한 좁은 동네와 엄마의 망상을 초월하고 싶었다. 세상이 다시 크게 느껴졌고, 나는 사춘기의 암흑기에서 벗어나 새로운 봄을 맞아 새 인생을 시작할 것이었다.

하지만 멀리 떨어진 대학에 진학하며 두게 된 거리, 새로 접하게 된 생각과 비판적 사고는 결국 엄마의 조현병이 생기게 된 원인을 찾는 길로 이어졌다. 새로운 것을 배워가면서 내가 품은 한은 엄마의 한과 더 끈끈히 엉켰고, 감정적 응어리가 쌓이고 또 쌓이며 내가 살면서 내리는 결정에 더 많은 힘을 실었다. 우리의 한을 풀어내려 할 때마다, 나는 1986년으로 되돌아갔다. 열다섯 살에 나는 사람들이 엄마를 한 번 쓰고 쉽게 내버릴 수 있는 존재로 여긴다는 사실을 처음으로 보았고, 엄마가 당신 인생에서 제대로 된 기회를 가져보지 못한 채 이 땅 위를 유령처럼 떠돌게 끔 방치됐다는 것을 처음으로 알게 되었다.

32년이 지난 뒤에도 나는 여전히 그 한 맺힌 매듭을 풀겠다고 애를 쓸 것이다.

2018년 뉴욕시

나는 정신질환 관련 사회학 학부 수업에서, 정신질환자의 시설 수용보다 더 인도적이고 효과적인 대안으로 제시된 지역사회 기반 정신건강 서비스가 어떻게 종말을 맞았는지 강의하는 중이다. 엄마의 첫 번째 미국인 영웅 존 F. 케네디 대통령은 1963년 지역사회 정신보건법Community Mental Health Act을 제정했지만, 지역사회 기반 정신건강 서비스에 대한 투자는 이를 필요로 하는 사람을 고루 돕기에 역부족이었다. 1981년에 레이건 대통령은 취임과 동시에 정신건강 서비스와 관련된 연방 예산 감축을 단행해 사업 재정은 결국 원래 예산의 11퍼센트로 삭감됐다.[16]

강의 도중 문득 떠오른 생각이 있었다. 엄마는 늘 레이건이 당신을 망가뜨리려 한다고 했는데, 어쩌면 그 말이 맞았는지도 모르겠다.

지역사회 정신건강 시설은 예산 부족에 시달렸던 탓에, 가장 심각한 정신질환을 앓고 있던 사람들을 의도적으로 치료에서 배제했다. 질환이 심각하면 심각할수록 더 많은 자원이 필요했기 때문이다.

우리가 어머니를 위해 해드릴 수 있는 게 없어요.

제대로 된 치료가 이뤄지지 않는 상황에서, 정신질환을 앓는 사람들은 감옥으로 보내지거나 거리에 방치된 채 홀로 남겨졌다. 앨런 프랜시스에 따르면, 바로 이러한 이유로 심각한 정신질환을 앓는 사람에게 미국은 세계 최악의 국가다.[17]

2주 뒤 나는 학생들과 네이크샤 윌리엄스라는 젊고 똑똑한 흑인 여성의 사례에 대한 토론을 하게 된다. 그녀는 정신건강이 악화되자 뉴욕 길거리에서 홈리스가 되었다가 결국 5번가와 46번가 코너에 있는 벤치에서 죽음을 맞이했다.[18] 한 학생은 네이크샤가 대학생일 때 상태가 나빠졌다는 점을 고려하면 이런 일이 교실에 앉아 있는 자기들 중 누구에게라도 일어날 수 있다는 생각이 들고, 그래서 이 이야기가 특히 마음에 남는다고 했다. "우리가 읽은 글에서 보면, 이 사람은 무슨 이유에서인지 광기가 촉발되기 전까지는 아무렇지도 않았잖아요. 아마 성폭력 피해 경험이 광기를 촉발한 게 아닐까요."

수업이 끝나고 나는 다시 엄마 생각을 할 것이다. 1986년에 내가 미처 헤아리지 못했던 다른 일이 있었던 걸까? 내가 만들어낸 서사에 너무 집착한 나머지 다른 명백한 사안을 보지 못했던 건 아닐까? 나는 눈을 감고 이야기의 모든 파편을 소거했고, 결국 남은 이야기는 그린힐에 대한 것이었다.

기억이 떠올랐다.

열 살인가 열한 살 때, 나는 엄마가 일하는 곳에 가봐도 되는지 물었다. 내가 호기심에 한 말에 엄마는 공황 상태에 빠진 듯하다. "안 돼, 절대 안 돼!" 엄마는 소리친다. "거기서 나쁜 일이 얼마나 많이 벌어지는지 몰라! 너는 거기 절대로 가면 안 돼! 알았어?" 그때는 내가 소년원 원생들 가까이 가는 걸 원치 않아서 그렇게 말하는 거라고 생각했다.

내가 열다섯 살 때, 엄마는 일을 마치고 눈에 띄게 기분이 상한 채 집으로 돌아와 침실에서 아버지와 얘기를 나눴다. 문은 꼭 닫혀 있었다. 엄마는 날카로운 목소리로 언성을 높인다. 아버지는 엄마에게 목소리를 낮추라고 말한다. 그린힐에 대한 엄마의 불평은 "그 사람들이 우리에 대해 퍼뜨리는 말"에서 "그들이 나한테 하는 짓"에 관한 내용으로 바뀌기 시작했다.

나는 그곳에서 무슨 일이 있었는가에 대한 단서를 찾으려고 기억 속으로 더 깊이 파고들었다. 그들이 엄마에게 무슨 끔찍한 짓을 저질렀던 걸까? 구체적인 생각이 나지 않아, 기억을 더듬으려고 인터넷에서 소년원 사진을 검색했다. 내가 가장 먼저 클릭한 링크는 I-5 고속도로 76번 출구 직전에 위치해 있는, 불규칙적으로 펼쳐져 있는 건물 단지 모습을 보여주었다. 잔디밭 가장자리와 철조망 울타리 사이에는 포플러 나무가 마치 차렷하듯 일렬로 줄지어 서 있다. 어렸을 때도 마치 군대나 총살부대 같아 보인다고 생각했다. 그다음에 클릭한 링크에서 나는 "그곳에서 벌어지는 나쁜 일"을 찾아냈다.

셔헤일리스 그린힐 소년원에 만연한 성폭력.[19]

피해자들은 미성년자로 소년원에 수용되었을 때 반복적으로 강간을 당했다고 주장하며 2018년 그린힐 소년원을 상대로 소송을 제기했다. "여러 해 동안 그린힐 학교에는 성적 문제행동 문화가 만연했다. (…) 문제 제기를 하는 사람들은 침묵당했고 보복의 대상이 되었다. (…) 관리자들은 학대를 적극적으로 묵인하고 가해자들을 보호했다."[20] "최소 여섯 명 이상의 원생이 직원들에게 학대를 당했는데, 이는 빙산의 일각에 불과하다."[21] "한 피해자는 교도소 강간 근절법Prison Rape Elimination Act, PREA 핫라인에 신고하려 했지만, 전화 사용이 금지되었다고 진술했다."[22] 원생들이 직원들 사이에 벌어진 성적 문제행동을 목격했다는 사실도 조사에서 밝혀졌다.[23]

학대 기록은 2009년으로 거슬러 올라갔는데, 요리사인 디애나 위터스가 아이들을 폭행한 혐의를 인정하고, 아동학대에 가담한 다른 직원 다섯 명의 이름을 고하는 대가로 30일의 징역형을 선고받았다. 그 다섯 명 중 누구도 기소되거나 사퇴를 권고받지 않았다. "거기 문화가 그래요. 그런 일이 늘 일어나죠." 그녀가 말했다.[24] 또 다른 사건으로 에버렛 페어차일드라는 남직원이 2007년 여성 동료를 성폭행했다는 혐의를 받은 일이 있었다.[25] 2007년과 2009년에 이런 충격적인 사건에 대해 해명을 요구받자, 그린힐 소년원장은 마치 별일 아니라는 듯이 답했다. "직원이 250명이나 되는 시설에서는 나쁜 일들이 일어날 수밖에 없지요."26

그런 나쁜 일들이 얼마나 오랫동안 일어났던 걸까? 피해자들이 용기를 내어 가해자를 법정에 세웠던 시기는 2007년부터이지만, 문제는 그보다 훨씬 오래전부터 있어왔음이 틀림없다. 법정에 나온 증인들은, 직원과 원생을 막론하고 하나같이 그린힐에는 성폭력이 만연했고, 그것이 조직 문화에 깊이 뿌리내리고 있었다고 증언했다.

엄마가 아침에 퇴근할 때마다 "그린힐에 있는 나쁜 사람들" 때문에 속이 상한 채 집에 돌아오던 1986년에 위터스는 30세, 페어차일드는 26세였다. 이들이 그때도 그곳에서 소년들을 학대하고 다른 직원들을 공격했고 엄마는 여기에 입을 다물라는 소리를 들었을 수도 있지 않을까? 이들이 아니라도 또 다른 누군가는? 엄마가 이런 환경에 놓여 어떤 공포스러운 일을 목격했을지, 무슨 일이라도 당했던 건 아닌지, 또 어떤 악행에 가담할 것을 강요받았을지 상상해보았다. 그 트라우마가 기지촌에서의 과거, 그리고 일본 식민주의 및 군사화된 성노예제와 얽힌 우리 가족의 흐릿한 과거와 엉켜 엄마에게 영향을 미쳤으리라 상상해본다.

아마도 성폭력 피해 경험이 광기를 촉발시킨 게 아닐까요.

매듭의 또 다른 가닥이 느슨하게 풀어질 것이었다. 미성년자를 조직적으로 폭행하고 학대를 조직적으로 은폐한 곳에서 한밤중에 일했던, 11년이라는 기나긴 시간.

사회적 환경의 어떤 요인이 우리 피부 속으로 파고든다. 하지만 그 요인은 어느 하나로 축소될 수 있는 것이 아니다. 그것은 그린힐에서 일어난 공포스러운 일이기도, 이는 침략이지, '인권'이 아니라는 공격적인 반이민 구호이기도, 엄마가 태평양을 사이에 두고 양국에서 겪어야 했던 냉전의 피해이기도 하다. 엄마가 맞을 짓을 했으니까 때렸다는 아버지이기도, 엄마의 첫 보금자리였던 할머니의 상실이기도 하다.

엄마가 정신을 놓은 지 32년이 지난 뒤, 그 매듭의 실을 홀홀 풀어 그 가닥이 어디로 이어지는지 볼 수 있게 된 나는, 엄마를 미치게 한 것이 매듭 그 자체임을 알게 될 것이었다.

8장

브라운

1989년 10월 23일

엄마 아빠 안녕하세요!

앞에 있는 모습이 저 같아 보이나요? 갑자기 핼러윈 카드를 살 생각이 왜 났는지 모르겠네요. 귀여운 거 같았어요. 공책 좀 사면서 이 카드도 같이 산 거예요. 이 정도는 괜찮겠죠.

엄마 아빠 같은 부모님이 계셔서 얼마나 행운이라고 생각하는지 말씀드리고 싶어요. 여기 친구 중에 엘레나는 코트를 살 형편이 안 되고, 크리스는 부모님이 학교 다니는 비용을 한 푼도 못 대준대요. 그런데 전 무슨 자격으로 여기서 학교를 다닐 수 있는 건지 모르겠어요. 너무 감사해요.

오, 벌써 소식 들으셨는지 모르겠지만, 브라운이 드디어 미식

축구 경기에서 코넬을 28대 7인가로 이겼어요.

두 분의 작은 마녀가 즐거운 핼러윈 인사를 전합니다.

두 달 지나기 전에 뵈어요!

사랑을 담아, 그레이스 올림

브라운대학에서 첫 학기를 보내는 동안, 나는 마치 영혼이 몸이라는 육체적 경계를 넘어 어떤 한계도 없는 세상으로 날아가는 듯한 가벼움을 느꼈다. 대학생활은 내게 성인이 된다는 것이 어떤 기분인지 가르쳐주기도 했지만, 그보다 더 중요한 건 비로소 어린아이가 되어 세상을 경이롭게 바라볼 수 있게 되었다는 점이다. 부모와 거리가 생기면서 어떤 기억들을 잊어버릴 수 있는 순간이 주어졌고, 나는 그분들의 좋은 점만 볼 수 있게 되었다.

시골 공립 고등학교 출신이 아이비리그 대학에서 잘 적응할 수 있을까 긴장도 됐지만, 호기심은 두려움보다 강했고, 나는 강의를 잘 따라갔다. 아주 뛰어나진 않았지만 그래도 웬만한 실력이었고, 그거면 충분했다.

나는 대학에서 이전에는 상상도 할 수 없을 만큼 활발한 사교생활을 할 수 있다는 사실에 놀랐다. 셔헤일리스에서 자랄 때는 늘 수줍음 많은 외톨이처럼 지내서, 진짜 친구라고는 제니 한 명뿐이었다. 브라운에 도착하자마자 나는 새롭게 만난 학교 친구들에게 매료되었다. 다들 나와는 딴판으로 흥미진진한 삶을 살고 있었다. 이들은 도시나 도시 근교 출신에, 우리 동네 전체 인구수보다 학생 수가 더 많은 고등학교를 다닌 애들도 있었고, 프랑스나 스위스에 있는 작은 국제학교에서 교육을 받은 친구들도 있었다. 민족적·인종적 배경도 다양해서 자라면서 한 번도 접한 적 없는 배경을 가진 친구도 많았다. 그 전까지 나는 유대인이나 이탈리아인, 남아시아인을 만나본 적이 없었고, 멕시코가 아닌 다른 라틴아메리카계 친구도 전혀 본 적이 없었다. 공개적으로 동성애자라고 밝히는 사람을 만난 것도 처음이었다. 우리 동네에서는 동성애자 티만 나도 험한 일을 당할 수 있었다. 지난여름 제니가 남자친구와 둘이 손잡고 거리를 걷다가, 카우보이 부츠를 신은 남자들 무리에게 심한 폭행을 당했을 때처럼. 셔헤일리스 아이들이 카우보이 부츠와 그걸 신는 남자들을 똥차개라고 부르는 데는 이유가 있었다. 제니와 남자친구가 이성애 커플이었다는 사실은 중요하지 않았다. 그들이 그렇게 본 이상, 그는 호모였다.

브라운에서의 첫 몇 달 동안, 나는 마치 구름 위를 떠다니는 듯한 황홀한 기분으로 여러 친구와 어울리며 빠른 속도로 우정을 키워갔다. 그중 우정이 이어진 애들은 이민자나 유색 인종이거나, 아이비리그에 아이를 보내기 위해 희생을 해야 했던 가족 출신으로 나와 비슷한 구석이 많은 친구들이었다. 자케타는 1학년 기숙사에서 만난 내 단짝이었다. 그녀는 엄청난 미인으로, 코네티컷 출신에 아프로센트릭* 스타일을 갖춘 고상한 클래식 피아노 연주자였다. 자케타의 우상은 니나 시몬이었고, 그 애의 방에서 우리는 「My Baby Just Cares for Me」[내 연인은 나만 신경 쓰지]에 맞춰 춤을 추거나, 정향 담배를 피우며 앉아서 「Four Women」[네 여자]을 곱씹어보곤 했다. 샌드라도 친한 친구 중 한 명이었는데, 우리는 환경학 수업에서 만나 나중에 같이 브라질로 여행을 가기도 했다. 샌드라는 뉴어크 지역에서 온 브라질 출신으로 가족 사이가 무척 끈끈한 네 자녀 중 막내였고, 눈은 청록색에 피부색은 황갈색인 미인이었다. 다른 많은 학생과 달리 우리는 부모님이 브라운대학 출신이라 입학 특혜를 받아 들어온 게 아니었다. 우리는 가족 중 4년제 대학에 진학한 첫 세대였는데, 학생 중 우리 같은 애들은 소수였다. 이 친구들과 함께 있으면 특별한 집단에 속한 듯한 기분이 들었다. 우리는 힘 있고 아름다운 언더도그였으며, 함께라면 높이 솟아오를 수 있었다.

학교 학생 중에는 부자와 유명인의 아들딸이 많았다. 다이애나 로스, 테드 터너, 말런 브랜도의 아이들이 나와 같은 학번이었고, 에티오피아의 마지막 황제인 하일레 셀라시에의 손자와 정유 회사 게티의 재산 상속인도 있었다. 유력 정치인이나 저명한

---

* 아프리카 문화나 혈통, 기원, 역사에 초점을 맞춘 운동·연구·생활 양식.

문인, 외국 고위 인사, 『포천Fortune』지 선정 500대 기업 CEO를 부모로 둔 학생도 많이 만났다. 이들은 요트와 전원주택을 여럿 소유하고 있었고, 정원사와 운전사를 둔 집에서 자랐으며, '여름 나기'와 '겨울 나기' 같은 단어를 별장에서 시간을 보낸다는 뜻으로 가볍게 입에 올렸다.

브라운대학에는 나로서는 생전 들어보지 못한 '신흥 부자'나 '전통 부자' 같은 계층 구분도 존재했다. 신흥 부자건 전통 부자건 간에 이들에게 비행기 표 값은 아무것도 아니었지만, 우리 부모에게는 사치였다. 브라운에서 만났던 친구들 중에 대학 캠퍼스에 한 번도 가보지 않고 학교에 등록한 사람은 내가 유일했다. 우리 부모님은 문화자본이 부족해서 대학 진학을 결정하기 전 보통 학교를 방문한다는 사실 자체를 몰랐을 수도 있다. 브라운 대학은 학교 홍보물에서 다원주의와 다양성을 자랑했기 때문에 나로서는 가장 가고 싶은 학교였다. 브라운은 내가 지원한 유일한 학교였고 다른 데 갈 거라는 생각은 해보지도 않았기에 굳이 방문할 필요가 없었다. 나는 입학 허가를 받은 유색 인종 학생들을 캠퍼스에 초대하는 '제3세계 주말'이라는 특별 행사에 공식 초청을 받기도 했지만, 아버지는 '제3세계'라는 말을 불쾌하게 여겼다. "이 사람들은 한국이 더 이상 제3세계가 아니라는 걸 모르나?" 아버지는 황당하다는 듯 역정을 냈다.

나는 1988년 10월 브라운대학에 조기입학 지원을 했고, 12월에 입학 통지서를 받았다. 아버지는 발 빠르게 브라운대학 서점 카탈로그에서 당신에게 주는 선물을 구입했다. 연례 미식축구 대회인 로즈볼 게임의 최초 행사였던 브라운대학 대 워싱턴주립 대학 1916년 경기의 빈티지 포스터였다. 아버지는 워싱턴주립대 학에서 세 학기 동안 농업과학을 공부하다가, 돈이 떨어져 히치 하이크를 해서 트럭 짐칸을 얻어 타고 집으로 돌아가야 했다.

그 포스터는 아버지가 끝까지 마치지 못한 대학의 유산이 이제 완성되었다는 상징이었다. 내 브라운대학 진학은 마치 아버지가 태어나기 3년 전인 1916년 두 대학이 경기를 하면서 운명 지어진 듯했다. 아버지가 마음을 표현할 수 있었다면 그런 말을 하지 않았을까 하는 생각이 든다. 대신 아버지는 포스터를 가리키며 고개만 주억거릴 뿐이었다. 아버지는 입술을 파르르 떨더니 낮은 목소리로 말했다. "끝내주는 크리스마스 선물이구나."

아버지의 또 다른 선물은 크리스마스 날 심장이 멈추는 바람에 가슴에 삽입한 제세동기였다.

1989년 10월, 우리 대학은 '학부모 주말'에 대학을 방문하는 1학년 학생 부모들을 위해 사흘 동안 각종 행사를 열었다. 우리 부모님만 안 왔다고 소문이 날까 봐 나는 부모님께 제발 와달라고 사정했다. 두 분은 내 끈질긴 부탁에 결국 승낙했지만, 비행기를 타는 대신 워싱턴주에서 로드아일랜드까지 왕복 1만 킬로미터를 운전해서 오겠다고 했다. 집을 떠나 길에 오른 지 열두 시간 만에 엄마한테 전화가 왔다.

"그레이스야. 미안하다."

"무슨 일이에요?"

"네 아버지 심장에 또 문제가 생겼어."

"어떡해요! 아빠 괜찮아요?"

"괜찮긴 한데, 이렇게 긴 여행을 할 수 있을 것 같지는 않아. 이제 아이다호까지 왔는데, 병원에 가야 한다고 하네."

나 때문에 부모님이 긴 여행길에 올랐다는 사실에 죄책감을 느꼈지만, 저 말을 제대로 이해하기도 전에 엄마는 전화를 뚝 끊어버렸다. 학부모 주말이 다가오자 나는 스스로가 너무 불쌍하다는 생각이 들었다. 다른 부모님은 다 자녀를 보러 왔는데, 우리 아버지는 아이다호주 코덜레인 모처의 병원에 있다니 고아라도 된 기분이었다.

그때만 해도 앞으로 얼마나 많은 변화가 닥칠지 나는 미처 알지 못했다. 엄마는 여전히 당신만의 방식으로 아버지를 돌보면서 엄마 역할을 해내고 있었다. 내게 전화를 하기도 했다. "미안해"라는 말과 함께. 나는 엄마가 그때까지만 해도 그런 소소한 행동을 할 수 있다는 사실을 당연하게 여겼다.

내가 대학에 들어가면 바로 이혼하겠다는 양친의 협박은 그대로 이루어지진 않았지만, 두 분은 차츰 서로에게 거리를 두었다. 엄마는 온종일 베이지색 소파에 앉아 텔레비전을 봤고, 밤에도 소파에서 그대로 잠들었다. 아버지는 서재에 있다가 침실에서 잠을 잤고, 가끔 가게를 운영하는 친구들이나 사촌 벅의 돼지 농장을 방문했다. 1학년 때 고향에 돌아가면 나는 집 안팎을 오가며 엄마와 아버지 사이에서 번갈아 시간을 보냈고, 우리는 저녁 식사 때만 다 같이 모였다.

엄마는 이때까지만 해도 가끔 외출을 했다. 정원 일을 하기도 했고 장을 보러 가기도 했으며, 그린힐 일을 그만두고 나서는 일주일에 한두 번 유나이티드 웨이나 스페셜 올림픽에서 자원봉사를 했다.* 엄마는 대체로 필요할 때 집 밖으로 나갈 수 있었다. 아버지가 엄마한테 질려서 떠났을 때 그랬듯.

1990년 11월 20일

아빠, 안녕하세요.

너무 오랜만에 편지 써서 죄송해요. 요즘 너무 바빴어요……. 요 며칠은 수업이 없었던 터라 새벽 2시에 자서 7시에 일어날 필

---

* 유나이티드 웨이는 비영리 기금 모금 단체, 스페셜 올림픽은 지적장애가 있는 선수들이 참가하는 올림픽이다.

요가 없어 아주 행복해요.

크리스마스 선물로 제가 받고 싶은 게 뭔지 알 것 같아요. 이 카탈로그를 우편으로 받았는데, 마음에 드는 게 있어요. 주문서 랑 귀걸이 두 쌍 사진을 보내요. 둘 다 사지는 마시고요! 하나만 골라서 깜짝 선물로 해주세요. 아빠는 선물로 받고 싶거나 필요한 게 뭐예요?

제가 집에 가도 저를 못 볼까 봐 걱정하진 마세요. 엄마만 괜찮으면, 집에서 크리스마스이브를 보내고, 크리스마스 당일(종일이 아니면 몇 시간이라도)은 레이먼드에서 아빠랑 같이 보낼래요. 그리고 몇 번 더 보러 갈게요. 이번에는 집에 2주 반 정도밖에 못 있지만 셔헤일리스에서 딱히 할 일도 없는걸요. 곧 봬어요!

사랑을 담아, 그레이스 올림

대학교 2학년 크리스마스 즈음에 아버지는 엄마와 별거하기를 원했고, 셔헤일리스보다 더 작은 마을인 레이먼드라는 어촌에 있는 사촌 집으로 이사했다. 크리스마스에 아버지와 나는 사촌 집에서 샴고양이 두 마리와 함께 단둘이 시간을 보냈다. 집은 작았고, 말 인형, 손뜨개 커버가 있는 쿠션, 페퍼민트 캔디가 담긴 그릇 같은 잡동사니로 어수선했다.

"여기 사는 건 어때요?" 내가 물었다.

"괜찮아. 이 정도면 불평할 수 없지. 네 엄마랑 사는 것보다는 훨씬 더 낫다."

아버지는 냉장고를 열어 햄 한 접시를 꺼내 전자레인지에 데웠다.

"배고프지?" 아버지가 불에서 끓고 있는 냄비 뚜껑을 들어올리며 물었다. 베이크빈의 달큰한 냄새가 방을 가득 채웠다. "네 아빠가 요리는 잘 못한다만, 마늘이랑 향신료 넣고 한번 해봤어."

우리는 둘만을 위한 작은 식탁을 차려서, 남은 햄과 통조림 콩을 먹었다. 그날 밤 아버지와 나눠 먹은 소박한 식사가 전에 집에서 같이 먹었던 그 어떤 식사보다 더 친밀하게 느껴졌다. 아버지가 나를 위해 요리를 해준 건 그때가 처음이었다. 낯선 환경 때문에 아버지가 더 친근하게 느껴졌고, 풍경이 달라지자 새로운 모습도 엿보였다. 아버지의 목소리는 고마운 마음을 담은 듯 부드러웠다.

저녁 식사를 마치고 아버지는 내게 틀링깃 원주민의 토템 기둥처럼 보이는 은귀걸이 한 쌍을 선물했다. 내가 부탁한 귀걸이 중 하나였다. 아버지가 내게 마지막 깜짝 선물을 했던 게 언제인지 기억도 나지 않았다.

내 선물을 고르는 사람은 보통 엄마였다. 여섯 살 생일 때만 빼고. 그날 학교에서 집에 오니 거실에 볼드윈 스피넷 피아노가 놓여 있었다. 그렇게 큰 선물을 받다니, 나는 어안이 벙벙해져 외쳤다. "이번 생일이 최고야!" 아버지는 무척 뿌듯해했다. 아버지는 언젠가 당신이 가장 좋아하는 클래식 음악인 라흐마니노프 전주곡 올림 다단조를 내가 연주하리라는 꿈을 꾸었고, 나는 9년 동안 그 곡을 열심히 연습했다. 열다섯 살 때 내게 다른 관심사가 생기고 엄마의 광기가 시작되면서 피아노 연주를 그만두었지만, 어쨌거나 마지막 연주회에서 내가 연주했던 곡은 라흐마니노프 피아노협주곡이었다. 아버지는 반짝이는 눈으로 맨 앞줄에 앉아 나를 바라보았다.

나는 놀라는 척하며 선물 상자를 열었다. "고마워요, 아빠. 너무 마음에 들어요."

"고맙긴, 우리 딸. 마음에 든다니 다행이네. 이제 곧 생일인데 뭐 갖고 싶은 거 있니?"

"글쎄요, 주방용품이 좀 있으면 좋을 것 같아요. 요리하는 법을 배우고 싶어요."

그때까지 내가 대학에서 했던 요리라고는 기껏해야 전자레인지, 전기 쿠커, 그리고 집을 떠날 때 엄마가 선물로 준 전기밥솥을 활용한 것뿐이었다.

이튿날 우리는 동네 아웃렛에 있는 주방용품점으로 차를 몰았다. 나는 스테인리스 믹싱볼 두 개, 거품기 하나, 나무 주걱 두 개, 스패출러 하나를 골랐다. 다 해서 40달러 정도였고, 은퇴 후 아버지 수입으로는 적지 않은 액수였지만, 아버지는 내게 더 필요한 것이 없는지 몇 번이나 물었다. "아니에요", 내가 말했다. "이거면 시작하기에 충분해요."

엄마에게 돌아갈 시간이 되자, 아버지는 내게 사진을 찍어도 되냐고 물었다. 다음에 아버지를 다시 방문했을 때, 1990년 크리스마스에 찍은 내 사진이 책상에 놓여 있었다. 사진 속 나는 당숙네 집 거실에서 헛간을 테마로 한 벽지와 인조 크리스마스트리를 배경으로, 그해 가을 학생회관에서 히피들에게 산 보라색 알파카 스웨터를 입고 서 있다. 긴 검은 머리 사이로 토템 기둥 같은 귀걸이가 살짝 보인다.

그해 크리스마스, 아니 그해 내내 내겐 엄마에 대한 기억이 거의 없다. 2학년 때 엄마와 함께 시간을 보낸 기억은 엄마가 어머니날 주말에 나를 보러 왔을 때다. 엄마에게는 마지막 휴가였다. 오빠가 엄마에게 로드아일랜드까지 오는 항공권을 사드렸고, 자기는 뉴저지에서 운전을 해 와서, 시내가 내려다보이는 옴니 빌트모어 호텔에 엄마와 함께 묵었다. 모든 것이 오빠의 어머니날 선물이었다. 나는 오빠가 이렇게 엄마를 모시고 와준 게 무척 고마웠다. 오빠가 대학생활을 할 때는 엄마가 방문한 적이 한 번도 없었다는 사실을 아는 지금은 고마운 마음이 더 크다.

이 여행은 엄마가 이전까지 해오던 여행과 전혀 달랐다. 어린 시절 우리 가족의 휴가란 서부 해안을 따라 운전해서 가는 로드

트립이었고, 숙소는 안마 침대가 갖춰진 담배 전 내 나는 저렴한 모텔이었다. 내가 기억하는 가족 여행은 두 번뿐이다. 1976년 캘리포니아 여행, 그리고 1980년 브리티시컬럼비아 여행. 두 여행 사이에도, 이후에도 아버지는 늘 여행 약속을 깼고, 엄마는 푸념했다. 그 기억밖엔 내게 남은 게 없다. 당신은 날 아무 데도 안 데려가! 나는 맨날 일만 하고. 엄마는 아버지가 미국의 갖은 명소를 구경시켜주길 바랐다. 그랜드캐니언이나 나이아가라폭포, 아니면 워싱턴 D.C.나 뉴욕 같은 곳을 엄마는 가보고 싶어했다. 이 나라에 내가 몇 년을 살았는데 어떻게 가본 데가 한 군데도 없어?

빌트모어 호텔은 아마 엄마를 아메리칸드림에 조금 더 다가갈 수 있게 해줬을 것이다. "우와, 이 호텔 좋다." 빳빳한 순백색 침대 시트를 손가락으로 쓸며 엄마가 말했다. 고급 호텔에 묵으며 상류층이 된 듯한 기분을 느끼는 건 엄마에게 무척 신나는 경험이었으리라.

엄마가 와서 나도 신이 났다. 2년 내내 가족이 한 번도 찾아온 적 없는 사람은 나밖에 없었고, 얼른 엄마와 오빠를 친구들에게 소개하고 싶었다. 우리는 기숙사에 가서 룸메이트 두 명을 만났지만, 친한 친구들은 그 주말에 어머니를 보러 가서 캠퍼스에 없었다. 7년 후 샌드라, 자케타와 같이 뉴욕에 살 때 나는 친구들에게 말했다. "너희는 내가 엄마 있다고 거짓말했다고 생각할 법도 하단 생각이 문득 들었어. 한 번도 우리 엄마를 만난 적이 없고,

아마 앞으로도 그럴 테니까."

　나는 기숙사 밖 안마당에 있는 친구를 발견하고 손을 흔들어 불렀다. "안녕하세요. 만나서 반가워요." 엄마는 단조로운 목소리로 인사했다. 나는 그사이 엄마의 모습에 익숙해져서 엄마가 친구와 눈을 전혀 마주치지 않았다는 걸 거의 눈치채지 못했다. 그저 엄마가 내 대학생활을 보러 왔다는 사실에 마냥 기쁘고 신이 났다. 그 순간 나는 엄마가 자랑스러웠다. 몇 년간 그만큼 자랑스러웠을 때가 없었을 정도로. 며칠 후 그 친구는 우리 엄마에 대해 딱 한마디를 했다. "너희 엄마 이상해."

　"무슨 그런 말이 있어?" 나는 상처받은 마음을 숨기지 못하고 쏘아붙였다.

　친구는 사과하는 대신 다시 꼬집어 말했다. "하지만 이상하긴 하잖아."

　집을 떠나 대학생활을 하면서 나는 다른 사람들 눈에 엄마가 어떻게 비칠지를 잊어버렸다.

　1991년엔 아버지에게 보낸 편지가 한 통도 없었다.

　만약 2학년 이후 쓴 편지가 있었다면, 그건 아버지가 간직하고 싶지 않았던 편지였을 것이다.

　아버지와는 이전에도 여러 번 갈등이 있었지만, 관계가 무너지는 중이라고 처음 느낀 건 대학교 3학년 때였던 것 같다.

나는 한 학기 동안 교환학생으로 외국에 나갔다 6주 만에 미국으로 돌아와야 했다. 외국에 있을 때 주기적으로 집에 전화를 했는데, 어느 날 아버지가 당신이 죽을 것 같다고 이야기하는 것이었다. "이제 얼마 못 버틸 것 같아, 그레이스." 돌아가시는 줄 알고 정신없이 집으로 왔더니, 아버지는 병원에 누워 있는 대신 앞마당에서 정원을 가꾸고 있었다. 또 한 번 기적적으로 회복한 것이었다.

그렇게 나는 가을학기에 브라운대학으로 돌아갔다. 등록이 늦어져서 학교 기숙사는 다 차버리는 바람에 3학년 학생으로서는 드물게 캠퍼스 바깥에 집을 구했다. 한 달에 250달러를 내고, 학교에서 걸어서 15분 거리에 있는 폭스포인트라는 한적한 포르투갈 이민자 동네에 집을 얻어 4학년 학생 둘과 같이 살았다. 우리는 베란다가 있는 목조 이층집 1층을 세내었다. 외벽에 칠한 민트색 페인트는 벗겨지는 중이었고, 집 안 마룻바닥은 긁힌 자국 투성이라 약간 초라한 느낌도 들었지만, 양철로 된 천장이나 난방 통풍구를 덮은 무늬 있는 철 뚜껑같이 후기 빅토리아 시대 집 특유의 매력도 있었다. 나는 난생처음 제대로 된 나만의 주방을 갖게 되었고, 아버지가 생일 선물로 사준 믹싱볼도 드디어 써볼 수 있었다.

나는 몰리 캐천의 『신비로운 브로콜리 숲 *The Enchanted Broccoli Forest*』과 『무스우드 식당에서의 일요일 *Sundays at Moosewood Restaurant*』

같은 요리책을 샀는데, 현실 도피에는 요리만 한 게 없었다. 의식적으로 도피를 한다기보단, 요리를 하면서 현재에 푹 빠져들 수 있었다. 재료의 무게를 재고, 섞고, 다지고, 맛보고, 맛을 섬세하게 구현해 그 결과물을 다른 사람들과 나눌 수 있다는 것은 새로운 경험이었다. 요리에 몰두하면서 나는 공상에 빠지거나 부모님 문제로 전전긍긍하지 않을 수 있었다. 우리 가족이 무너지는 것을 막아주었던 부엌이라는 공간은 성인이 된 내 삶도 풍성하게 만들어주었다.

부모님의 첫 별거는 오래가지 못했다. 내가 브라질에서 돌아왔을 때 두 분은 다시 합쳤지만, 엄마는 더 내성적으로 변한 듯했다.

엄마는 더 이상 커튼을 열지도, 불을 켜지도 않았다. 대신 어둠 속에서 소파에 앉아, 무릎을 굽혀 발을 비스듬히 올려두고 턱을 가슴에 괸 채 눈을 반쯤 감고 앉아 있기만 했다. 엄마가 소파에 붙박여 점점 쇠약해져가는 걸 2년이나 지켜보고도, 아버지는 여전히 당신을 괴롭히려고 그러는 거라고 여겼다.

"네 엄만 마음만 먹으면 다시 직장에 다닐 수 있어. 망할, 마음만 있으면 예전 모습으로 돌아갈 수 있다고. 집안 살림을 챙기고, 저녁 요리를 하고, 나랑 시간도 같이 보내고. 전처럼 말이야. 근데 네 엄마가 싫다는 걸 어떡하냐, 빌어먹을."

페미니즘을 새롭게 접한 나는 아버지의 예상과 달리 부정적으로 반응했다. "왜 엄마가 항상 아빠 위해 요리하고 청소해야 되는데? 응, 아빠? 직접 하실 수 있잖아요!"

나는 아버지의 나이나 심장 상태에 대해 진지하게 생각하지 않았다. 아버지가 네 번이나 죽을 뻔했다는 걸 머리로는 알고 있었지만, 그때 나는 나이 든다는 것이나 신체적 도움을 필요로 한다는 게 뭔지 실질적으로 알지 못했다. 하지만 결국 핵심 문제는 아버지가 아무리 불평을 해도, 엄마가 마음을 먹는다 해도, 조현병은 하루아침에 벗어날 수 있는 병이 아니라는 데 있었다. 그래서 아버지는 엄마에게 이제 엄마가 집을 나갈 차례라고 말했다. 이번에는 별거가 이혼으로 이어졌다.

엄마는 오리건에 사는 내 사촌 진호네 가까이에 집을 얻었다. 진호는 외가 식구들 중 엄마랑 가장 사이가 가까운 편이었다. 할머니가 진호를 입양했을 때 그는 다섯 살이었고, 엄마는 아홉 살이었다.

나는 진호와 선이 엄마를 잘 챙겨주리라 믿어 의심치 않았다. 그 이듬해가 되어서야 사촌이 엄마를 거의 보지 못했다는 사실을 알게 되었다. 엄마는 집 밖으로 나서길 꺼렸고 전화도 받지 않았다. 이들은 엄마에게 정신질환이 있다는 사실을 몰랐고, 왜 엄마가 자기들을 만나고 싶어하지 않는지도 알지 못했을 것이다.

그 당시 한국어에는 정신질환을 이르는 개념어가 많지 않았다. 나는 30대 때 이모에게 엄마가 왜 한국에 같이 못 오는지 설명하려 할 때마다 이 점을 절실히 느꼈다. 내가 이모에게 한국어로 할 수 있는 말은 엄마 "마음이 아파요"였다. 영혼이 고통받고 있어요.

부모님과 함께 살지 않는 것이 어떤 느낌인지 알게 된 후로, 다시 그분들 곁에 있으면 내 영혼이 아팠다. 엄마가 느꼈던 고통은 내 것과는 달랐다. 내 고통이 나를 떠나게 했다면, 엄마의 고통은 엄마를 소파에 매이게 했다.

제대로 된 부엌 외에, 1991년 가을 브라운대학에 돌아와서 얻은 또 다른 수확은 새로 사귄 단짝 친구였다. 라파엘은 내 학부 때 전공인 포르투갈과 브라질 연구를 하는 석사과정 학생이었다. 라파엘은 폴란드, 스페인 혈통도 있던 멕시코계 미국인인데, 대학 캠퍼스에 만연한 정체성 정치의 문화를 두고 농담하곤 했다. "저는 멕시코계 미국인 여성이라고 정체화해요." 라파엘은 학교 친구 하나를 흉내 내며 말했다. "당신은 무엇으로 정체화하나요?"

라파엘의 정체성은 단순하게 정의될 수 없었다. 그는 유대인에 게이였고, (멕시코 브라질 텍사스를 오가며) 초국가적으로 자랐다. 무뚝뚝하면서도 부드러운 말투였고, 자칭 천성이 괴짜였다. 초등학교 때 자신을 가장 잘 나타내는 동물 그림을 그려보라는 얘기에 그는 알을 낳는 몇 안 되는 포유류 중 하나로, 오리처럼 부리가 있는 오리너구리를 골랐다. 라파엘의 영향으로 나는 내가 자라면서 배운 사회적 규범에 대해 더 깊은 의문을 갖게 되었다. 그를 만났을 당시 나는 몇 달 동안 내 성 정체성에 의문을 품고 있었지만, 아버지가 더 이상 나를 사랑하지 않을 거란 두려움에 속마음을 입 밖으로 낼 수 없었다. 내가 중고등학교를 다니던 무렵 에이즈 위기가 막 닥쳤는데, 아버지는 동성애자들을 "빌어먹을 퇴폐 종자들" 운운하며 갖은 비속어를 써서 불렀고, 내게 그 사람들을 피해 다니라고 경고했다. 하지만 새로 생긴 우정은 두려움을 이겼다. 나는 라파엘과 함께 있을 때만큼 스스로를 온전히 받아들여본 적이 없었다.

라파엘은 내게 그 무엇보다 놀이와 활력이 얼마나 중요한지를 보여주었다. 우리는 때로 음식 맛을 더 잘 음미하기 위해 마리화나를 피우고—샌드라가 포르투갈어로 '간식'이라고 가르쳐준—라리카를 실컷 먹었다. 우리는 치즈 케이크 선데 아이스크림 같은 별미를 찾아 캠퍼스 인근 동네를 벗어나 멀리까지 나가서 깔깔거리며 게걸스레 먹어댔다. 라파엘은 내게 남들 눈 신경쓰지 않고 살사댄스 추는 법을 가르쳐주었고, 우리는 밤늦게까지 라프라간시아 같은 라틴 클럽이나 헤라르도 같은 게이 클럽을 쏘다니며 춤을 추었다. 새 주방에서 요리를 하며 안정을 찾았다면, 새로 사귄 친구와 춤을 추면서는 자유로워졌다. 라파엘과 함께 있으면 과거의 트라우마에서 해방되어 현재를 살아갈 수 있었다.

라파엘은 내 다른 친구들과도 잘 어울렸는데, 특히 브라질이라는 연결 고리가 있는 샌드라와 친해졌다. 나는 마침내 내 공동체를 찾아냈다는 데 안도했고, 어마어마한 성취감도 느꼈다. 라파엘은 내가 단순히 공동체의 일원이 아니라 "접착제"라고 했다. 너는 늘 사람들을 모이게 하잖아. 라파엘은 내가 선택한 가족이 되었다. 수십 년이 지나, 내 아들은 그를 라파 삼촌이라 부르게 될 것이었다.

대학생활로 세계관이 확장되어가는 만큼 아버지의 세계관과는 점점 더 양립이 어려워졌다. 내가 "빌어먹을 퇴폐 종자들"과 어울리는 것뿐 아니라, 공부하기로 선택한 과목 역시 문제였다.

아버지는 지적 성향이 강한 노동계층 남자였다. 아버지는 영문학 도서들을 탐독했고, 새뮤얼 테일러 콜리지의 시에서 따와 당신을 "고대 선원"이라 부르기도 했다. 독서 애호가인 아버지의 영향을 받아 나는 매 학기 비교문학 수업을 들었다. 아버지는 힘들게 번 돈의 대부분을 내 교육에 투자했다. 대학 등록금을 대주었을 뿐 아니라, 좋은 대학에 들어가라고 중학교 때 2년이나 프랑스어 과외를 시켜줬고, 고등학교 때는 프랑스어를 유창하게 할 수 있도록 프랑스에 두 번이나 어학연수를 보내주기도 했다.

브라운대학에서 나는 내가 친숙하지 않은 지역의 문학에 더 끌린다는 걸 알게 되었다. 프랑스 문학보다 마르티니크나 마그레브 같은 프랑스어권 문학이 더 매력적이었다. 포르투갈어를 배우면서 포르투갈어권 세계도 엿볼 수 있었다. 나는 영역된 일본 문학과, 치치 당가램브와나 마리아마 바를 비롯한 아프리카 여성 작가의 작품도 읽었다. 나는 아버지가 나를 이해해주리라 생각했다. 싱가포르나 고아 같은 먼 곳에서 내게 기념품을 사다 주며 세상을 보고자 하는 열망을 키워준 사람이 바로 당신이었기 때문이다. 하지만 아버지가 가져온 것은 기념품이지 문학이 아니었다.

"대학에서 너한테 다른 걸 가르쳐주지 않는다니 안타깝기 짝이 없어." 아버지는 몇 학기나 참을성 있게 기다려도, 내가 들어야 한다고 생각했던 종류의 수업을 듣지 않자 이렇게 말했다. 아버지에게 "다른 것"이란 서양 고전을 의미했다. 내가 유색 인종 작가의 작품을 탐독하는 동안 아버지는 앨런 블룸의 『미국 정신의 종말 *The Closing of the American Mind*』을 읽고 있었다. 나는 아버지가 내 선택을 인정하지 않고, 내가 읽는 작가들이 이룬 문학적 성취를 무시한 데 상처를 받았다. 브라운대학에서 공부하고 생활하면서 나는 처음으로 내가 충분히 가치 있는 사람이라는 느낌을 받았다. 내 목소리를 내기 위해 백인이 될 필요도, 백인 흉내를 낼 필요도 없었다.

"서양 작가들 우월하지 않아요." 나는 아버지에게 말했다. "식민지 사람들이 너무 오랫동안 침묵당해서, 우리가 그들의 목소리를 들을 기회가 없었던 것뿐이에요. 그 목소리가 얼마만큼 가치 있는지 어떻게 알겠어요?"

"독립한 다음에 아프리카랑 인도 어떻게 됐는지 봐라!" 아버지는 고개를 절레절레 저으며 말했다.

"뭐라고요?" 나는 갑자기 바뀐 화제에 당황했다.

"그 사람들은 스스로 다스리는 법을 몰라."

"그 사람들이라니요?" 나는 아버지가 한 말을 이해하려 애썼다. 더 이상 문학에 대한 얘기가 아니었다. "그럼 식민지 시절이 더 나았다는 말이에요?"

"대영제국에 해가 지지 않는다는 말이 있었지." 아버지는 향수에 젖은 채로 말했다. "그때는 정말 그랬어, 젠장!"

아버지와 이런 논쟁을 하면서, 나는 그분이 멸시하는 타자에 나도 포함된다는 사실을 깨달았다. 나는 우정이나 연애 감정에 있어서도 '제3세계'와 관계된 사람들에게 끌렸다. 우리 사이에서도 제3세계라는 말이 적절한 용어인지에 대한 논쟁이 있었지만 말이다. '개발도상국'이 정치적으로 더 올바른 용어가 되면서 '제3세계 국가'를 대체했지만, '제3세계'라는 말에는 국가와 민족 간의 불평등한 권력관계를 상기시키는 강력한 힘이 있었다. 여기에는 유럽의 식민 국가 출신일지라도 사회경제적으로 힘이 밀리는 이민자 집단 역시 포함되었다. 로드아일랜드 프로비던스에서는 포르투갈 이민자도 여기에 속했다. 이들은 청소노동자나 식당 직원이 아니고서는 아이비리그 캠퍼스에서 거의 찾아볼 수 없는 대규모 소수 언어 커뮤니티였다. 나는 점점 더 의식화되었고, 스스로를 식민지인으로 이해하게 되었다.

부모님의 이혼은 첫 번째 별거보다 조금 더 지속되었을 뿐이었다. 1년이 채 지나지 않아 두 분은 재혼했다. 재결합한 부모님 모습을 보니 감격스러워 눈물을 참을 수 없었다. "부모님의 결혼을 축하할 수 있는 다 큰 자녀가 얼마나 되겠어요?" 아버지는 고개만 끄덕였으나, 실은 눈물을 겨우 참고 있었다. 엄마는 침묵을 지켰고, 마음이 어떤지 얼굴 표정에서 읽을 수 없었다. 나는 엄마에게 물었다. "엄마 기분이 어때요? 행복하지 않아요?" 엄마는 입술을 오므리며 고개를 살짝 끄덕였다. 나는 이제 두 분 사이가 나아졌고, 서로를 아끼기로 한 결혼 약속을 갱신했다고 믿었다.

또다시 잊어버린 것이다. 엄마와 함께 산다는 게 어떤 건지, 또 엄마에게 아버지와 함께 산다는 게 어떤 건지를.

1992년

친애하는 돈 씨께,

데이비드 듀크 대통령 선거 캠페인에 후원해주셔서 감사합니다. (…)

아버지 책상에서 데이비드 듀크가 보낸 편지를 발견한 후, 우리 사이는 결코 돌이킬 수 없게 됐다. 1992년에 『뉴욕 타임스』는 듀크의 추종자들을 "인종적 우파"[1]라고 설명했고, 『로스앤젤레스 타임스』는 듀크의 발언을 보도했다. "미국의 민주주의는 위험에 처해 있다. 왜냐하면 비백인, 비기독교 민족 집단의 수가 늘면서 미국이 제3세계 국가가 돼가고 있기 때문이다."[2] 듀크는 이런 언설로 지지자들을 끌어모았다. 공화당 예비선거에서 듀크는 그 어떤 주보다 워싱턴주에서 최저 득표율을 보였다. 워싱턴주 공화당원 중 고작 1.16퍼센트가 그에게 투표했는데, 그중 한 명이 아버지였다.

"아빠, 이게 뭐예요?" 나는 편지를 집어들고 눈을 한 번 깜빡이며 물었다. 마음 같아서는 "데이비드 듀크는 백인우월주의자잖아!"라고 소리치고 싶었지만, 배를 세게 한 방 맞은 듯한 상태라 이 말도 겨우 나왔다. 아버지는 내가 느끼는 혐오감을 무시한 채, 미국이 지금 잘못된 길로 가고 있는데, 데이비드 듀크야말로 나라를 제대로 된 방향으로 되돌릴 수 있는 인물이라고 말했다. "지금 우리 나라에 꼭 필요한 사람이지."

어린 시절의 기억이 온몸으로 밀려들기 시작했다. 결코 잊을 수 없는 인종차별 폭력의 기억도 있었지만, 이내 내가 가해자였던 기억이 떠올랐다.

세 살 때 일이다. 우리 동네 유일한 흑인 소년이 신문을 배달하러 자전거를 타고 우리 집에 왔고, 나는 반갑게 문으로 달려갔다. "안녕, 깜**!" 그게 그의 이름이라고 생각해서 그렇게 부른다. 순간 엄마가 나를 잡아당긴다. "정말 미안해요." 엄마가 아이에게 말한다. "무슨 뜻인지 몰라서 하는 말이에요. 정말 미안해요. 용서해주세요."

엄마는 내 어깨를 꼭 붙들고 말한다. "그레이스, 누구도 그렇게 부르는 거 아니야."

"아빠가 그렇게 부르잖아", 나는 나직이 말한다. 아직 내가 이름 붙일 수 없는 불타는 듯한 감각이 몸에 퍼져온다.

이 장면을 머릿속에서 되새기노라니, 그것이 얼마나 비인간적인 단어인지 미처 이해하지도 못하는 어린 나이에 아버지가 내 입에 그런 말을 담게 했다는 것이 너무 끔찍하고 부끄럽다. 아버지가 그 단어를 얼마나 아무렇지도 않게 내뱉었는지도. 이니, 미니, 마이니, 모, 깜** 발가락을 잡고서.*

그 소년은 세월이 흐른 지금 나를 기억할까. 인생을 돌아봤을

---

* 영미권에서 아이들이 순서를 정할 때 부르는 노랫말 가사인데, 원가사와 달리 미국에서는 본문처럼 인종차별적으로 개사해 불리기도 한다.

때 기억나는 편견의 얼굴이 세 살짜리 동양인 소녀의 얼굴은 아닐까. 이어서 더 걱정스러운 생각도 떠올랐다. 혹시 이 소년이 오빠와 같이 고등학교를 다니다 자살한 크리스가 아닐까? 신문배달원 소년은 오빠와 거의 같은 나이였고, 오빠가 다니는 고등학교에서 10대 흑인 소년은 크리스 한 명뿐이었다. 만약 내가 크리스를 죽음으로 몰아갔던 여러 일 중 작은 연결 고리라도 됐다면 어쩌지?

이 기억을 시작으로 또 다른 기억이 떠올랐다. 아버지가 엄마를 "몽골로이드"*라고 불렀던 기억.

열 살인가 열한 살이었을 때다. 주방에 앉아 있는데 부모님이 다투기 시작한다. "왜 그런 말을 해?" 엄마가 말한다. "그만하라고 했잖아." 아버지는 맞받는다. "당신이 어느 정도 몽고인종인 건 맞잖아?" 그러면서 아버지는 나를 "베이비 몽골로이드"라고 부르며 농담한다. 엄마가 크게 화내며 소리친다. "그 말 쓰지 말라고 내가 몇 번이나 얘기해?" 아버지는 사과할 기미를 보이지 않고 능글맞게 웃는다. "애 출생 증명서에 그렇게 쓰여 있는데 뭘."

나는 데이비드 듀크의 이름이 적힌 편지지를 손으로 구겼다.

---

* 식민주의에서 피부색에 따라 인종을 구분한 말로 황색 피부의 동아시아인을 지칭한다.

다시 공기가 폐로 들어가 숨을 쉴 수 있게 되자, 편지를 아버지에게 던지며 온 힘을 다해 소리쳤다. "지금 누구더러 그런 얘기를 하는 건데? 아빠 딸이 아시아인이잖아요!"

아버지는 나를 빤히 쳐다보더니 더듬거리며 말했다. "그렇지만…… 그게…… 그게 무슨 소리냐? 넌…… 넌 흑인 아니잖아."

"난 백인도 아니라고!"

아버지는 성인기의 대부분을 아시아에서 보내면서 아시아인들을 좋아하게 되었고, 비백인 인종을 모두 종속시키려 하는 백인 우월주의의 사명에 의도적으로 눈을 감았는지도 모른다. 아니면 다른 비백인들에 비하면 아시아인이 낫다고 여겼을 수도 있다. 어쨌든 간에 아버지가 성장하던 시기에는 인간 종을 구분하는 식민주의적 위계가 인종에 대한 서구인들의 사고에 커다란 영향을 미쳤다(예컨대 '몽골로이드'[황인종]는 '코카소이드'[백인종] 밑이지만 니그로이드[흑인종]보다는 위라는 식이다). 아버지는 아시아인이 근면성실한 모범적 소수자model minority라서, 당신 같은 사람들이 조금만 도와주면 백인에 가까워질 수 있다는 믿음을 내면화했는지도 모른다. 내가 백인 정체성을 거부하는 것을 보고 아버지는 실패감을 느꼈으리라.

아버지는 인종적 지배가 KKK 백인 테러리스트가 앞마당에서 십자가를 태우는 형태로만 나타나는 게 아님을 이해하지 못했다. 인종차별주의는 당신과 함께 사는 남자, 당신이 사랑하는 남자의 모습일 수도 있다. 자기가 아내를 찾은 곳, 당신이 태어난 나라를 변호하는 남자일 수도. 이 사람들은 한국이 더 이상 제3세계가 아니라는 걸 모르나? 하지만 아버지가 엄마를 만났던 1960년대의 한국은—적어도 아버지의 정의에 따르면—제3세계였다.

아버지는 당신이 아시아를 왕래할 수 있었던 기회가 미군과 미군이 점령한 나라 간의 불평등하고 폭력적인 관계에서 왔다는 사실 역시 이해하지 못했다. 아버지가 필리핀, 괌, 오키나와, 한국에서 지낼 수 있었던 건 그곳에 있는 미군 기지 때문이었고, 미군을 지원하는 선원 역할을 하며 군의 일원으로 여겨졌던 아버지에겐 현지 여성을 접할 공식적인 기회를 비롯해 각종 특권이 주어졌다. 우리 엄마 같은 현지 여성 말이다. 하지만 당시에는 나도 이런 사실을 잘 이해하지 못했다.

나는 아버지에게서 멀어져 마음을 추스려보려 했지만, 몇 주 전 오빠가 한 말이 모깃소리처럼 귓가에 맴돌았다. "아버지는 네가 흑인 남자랑 데이트할까 봐 걱정된대." 내가 누구랑 데이트하든 아빠가 뭔 상관인데? 이런 생각이 들어 다시 아버지 서재로 들이닥쳤다. "내가 흑인 남자랑 데이트할까 봐 걱정된다면서요. 그럼, 흑인 여자면 좀 낫겠어요?" 데이트할 만한 사람이 있었던 건 아니지만, 내가 어울리는 사람은 대부분 흑인이나 갈색 인종*이었고, 퀴어 친구도 점점 더 많아졌다. 내가 들먹인 이 가상의 시나리오는 아버지에게 당신 딸이 거의 백인에 가까운 사람도 아닐뿐더러, 빌어먹을 퇴폐 종자들 중 하나라는 말로 들렸다.

아버지 얼굴이 일그러졌다. "네 엄마는 네가 뭔지 알아?"

낭비할 시간이 없었다. 아버지가 말하기 전에 엄마한테 먼저 얘기해야 했다. 나는 거실로 달려가 소파에 있는 엄마 곁에 앉아서 숨을 깊게 들이쉬었다. "엄마, 나 엄마한테 물어볼 게 있어요."

"뭔데?"

"내가 여자를 좋아한다고 해도, 엄마는 나를 여전히 사랑해줄 거예요? 그러니까, 로맨틱하게 사랑한다고 해도?"

엄마는 잠시 눈을 돌렸다가 나지막하고 침착한 목소리로 말했다. "오, 너도 그런 사람들 중 하나인 건 아니지?" 하지만 곧바로 엄마는 내 허벅지를 쓰다듬었다. "당연히 사랑하지. 흠! 세상에 자기 자식을 안 사랑하는 사람이 어디 있어?"

아버지는 내 "퇴폐적인 생활 방식"을 두고 편지를 보내기 시작했는데, 처음에는 "사랑하는 아빠가"로 끝맺었다. 하지만 시간이 지나면서 마무리 인사는 "아빠가"로 바뀌었고, 나중엔 그것마저

---

* 현대 미국에서 흑인, 백인, 동아시아인을 제외한 라틴계, 남아시아계, 중동계 소수 인종을 가리킨다.

사라졌다. 그 시점에 나는 아버지 편지를 열어보지 않게 되었다.

대학 졸업 후 1년이 지나 내가 남자친구 세사르와 이후 10년 동안 이어질 동거를 시작할 때까지 아버지에게 내 연애에 대한 이야기를 꺼낼 일은 없었다. 오빠는 이렇게 전했다. "아빠는 멕시코 사람이어도 괜찮대. 남자라서 다행이래."

대학생일 때는 아버지의 편협함이 용서되지 않았지만, 시간이 지나면서 아버지가 속한 사회적 맥락 안에서 아버지를 볼 수 있게 되었다. 아버지 일생에서 대부분의 시간 퀴어 섹슈얼리티는 도덕적인 결함이자 범죄, 또는 질병으로 취급되었다. 워싱턴주에서 동성 간 성행위는 1976년까지 불법이었고, 『정신질환 진단 및 통계 편람』도 1980년까지 동성애를 정신 장애로 분류했으며, 1990년까지는 동성애를 근거로 미국 이민이 거부될 수도 있었다.

아버지는 1919년 미국에서 백인 남성으로 태어났다. 우드로 윌슨이 흑인에게 자유를 허용하면 어떤 위험이 생기는지에 대한 경고로 백악관에서 「국가의 탄생The Birth of a Nation」을 상영하고 불과 4년이 지난 시점이었다. 아버지가 다섯 살 때, KKK는 셔헤일리스에서 가장 큰 규모의 '초대형 집회' 중 하나를 개최했다.[3] 동네에 망토와 후드를 쓴 KKK 단원이 동네 주민들보다 열두 배나 많은 숫자인 7만 명 규모로 붐비는 광경은 일평생 의심의 여지 없이 가장 대단한 볼거리였을 것이다. 내가 어렸을 때 열렸던 미국 독립 200주년을 축하하는 성대한 행사와 비슷하게, 아마도 어린 시절 아버지의 자의식을 형성하는 데 큰 역할을 했을 것이다.

아버지는 대영제국에 해가 지지 않던 시절에 성인이 되었던 반면, 이전 식민 지배에서 벗어난 세계 각지의 사람들이 대학 캠퍼스를 메우고 자기 목소리를 내면서 기존 역사의 지배적 담론을 바꿔가던 시절에 성인이 되었다. 그 시절 탈식민주의 학자들이 주장했듯, 제국은 글쓰기로 역습을 당하고 있었다. 나는 여성, 피식민자, 억압받는 자라는 새로운 시선을 통해 엄마가 직면했던 부정의를 보기 시작했다. 나는 그중 다수를 보았지만, 여전히 엄마가 한국에서 보냈던 과거에 대해서는 잘 알지 못했다. 내가 확실히 아는 것이라곤 엄마가 전쟁 통에서 살아남았고, 일종의 서비스업에 몸담았으며, 학교교육을 받을 기회가 없었다는 사실 뿐이었다. 내가 추론한 바에 따르면, 엄마는 외할아버지가 돌아가시고 큰외삼촌이 실종되면서 어느 때부터인가 가장 역할을 도맡았다.

이중 언어 교육 수업에서 나는 비자발적 소수자에 대한 존 오그부의 이론을 배웠다. 비자발적 소수자란 사회에 강제로 병합되었기 때문에 소수자 중에서도 가장 종속적인 위치에 놓이는데, 멕시코계 미국인, 아메리카 원주민, 아프리카계 미국인이나 재일 한국인이 여기에 속한다. 문득 깨달았다. 엄마가 일본에서 태어난 이유, 또 내가 그에 대해 질문할 때마다 엄마가 입을 굳게 닫아버렸던 이유가, 엄마 가족이, 적어도 외할머니가 강제징용되었기 때문이라는 사실을. 새로 알게 된 사실에 대해 샌드라에게 얘기했더니, 샌드라는 내 자의적인 구분을 듣고 빙긋 웃었다. "강제노동하고 노예제의 차이가 뭔데?" 나는 그 질문에 대해 곰곰이 생각해봤다. '강제노동'이란 그저 완곡어일 뿐일까? 아니면 여러 형태의 노예제를 포함하는 더 포괄적인 용어인가? 어떤 형태든 간에 엄마가 강제노동이 자행되는 상황에서 태어났을지 모른다고 생각하니 마음이 몹시 어지러웠다.

브라운대학에서 더 오랜 시간을 보내고 어린 시절에 거리를 두게 되면서, 나는 부모님의 모습을 지나칠 정도로 냉정하게 보게 되었다. 우리 가족 내 권력 역학에 더 넓은 사회적 불평등이 반영돼 있다는 걸 알아차린 뒤로, 아버지는 내 주요 비판 대상이 되었다. 아버지가 그토록 열심히 일해서 얻고자 했던 바로 그것, 내가 누리는 최상의 교육으로 인해, 우리 사이의 거리는 아주 깊고 넓게 벌어져서, 다시는 같은 땅을 딛고 눈을 맞추며 설 수 없게 되었다.

대학 졸업을 앞두고 2주 전까지 우리는 서로 대화가 없었다. 아버지는 전화로 "나는 이제 화해할 준비가 됐다"라고 말했지만, 내 쪽에서 준비가 안 됐다.

나는 오빠에게 전화를 걸어 울먹였다. 엄마가 낯선 사람을 두려워해서 군중이 모이는 행사를 못 견뎌 한다는 걸 잘 알고 있었지만, 그래도 꼭 내 졸업식에 와주었으면 했다.

"오빠가 엄마한테 말 좀 잘해줄 수 없을까?" 엄마가 오빠 졸업식에도 참석하지 못했다는 사실은 생각지 못 한 채 그렇게 졸랐다.

"음, 어려울 것 같은데. 그래도 부모님 중 한 분은 가고 싶어하시는걸." 나는 갈등됐다. 졸업식에 아버지가 참석하는 게 나을지 아닐지 며칠을 고민했다. 아버지가 졸업식에 와 있는 동안 엄마가 집 한구석 어두운 곳에서 웅크리고 있을 생각을 하니 도저히 그렇게 할 수가 없었다.

결국 부모님 없이 대학 졸업식에 갔다. 부모님 인생에서 가장 자랑스러운 순간이 되리라고 상상했던 행사였지만, 두 분은 내 모습을 지켜보지 못했다. 브라운대학 졸업생으로 얼마나 큰 성취를 이룰 수 있는지, 앞으로 얼마나 신나는 새 인생이 펼쳐질지에 대한 졸업식 연설을 듣는데, 내 마음은 온통 부모님의 부재로만 가득했다.

9장

1월 7일

1994년 로드아일랜드주 프로비던스

스물세 살 되던 해, 가장 기억에 남는 것은 눈이었다. 그 겨울에는 며칠에 한 번씩 눈이 왔고 30센티미터가 넘게 쌓이기도 했는데, 나는 프로비던스에 산 지 4년이 지났는데도, 크면서 한 번도 겪어본 적이 없는 살을 에는 찬바람이나 작은 얼음 알갱이가 얼굴을 때리는 느낌에 익숙해지지 않았다. 셔헤일리스에서는 눈이 올 만큼 추운 날이 거의 없었고, 온다 해도 아침에 두어 시간 정도 금방 사라질 듯한 먼지처럼 폭신한 눈이 잠깐 땅을 덮었다가, 낮이 되면 금방 녹아 땅바닥을 적시는 정도였다.

대학을 졸업하고 나는 프로비던스주 의사당과 가까운 스미스 힐이라는 오래된 동네로 이사했다. 원래 19세기에 마차 보관용으로 지어진 언덕 집 꼭대기 층이 내가 세 들어 살던 집이었다. 그해엔 내가 처음 구입한 차인 1987년식 수동 폴크스바겐 골프 때문에 강설량에 더 예민할 수밖에 없었다. 눈이 조금만 쌓여도 집에 차를 대기가 아슬아슬해서, 눈을 치우느라 팔과 등이 성할 날이 없었다.

예전의 엄마를 다시는 볼 수 없을 것이라는 두려움이 나를 잠식해갔던 일을 포함해, 그해 더 중요한 일이 여럿 있었는데도 눈부터 떠오르다니 이상한 일이다. 해가 1994년으로 넘어가기 전, 우리 가족을 겨우 하나로 붙들어놓았던 지어낸 이야기는 산산이 부서졌고, 그와 함께 나도 부서질 것만 같은 위협을 느꼈다.

1993년 말, 하루는 아버지가 엄마랑은 이제 끝이라고 선언하면서, 엄마는 뉴저지주에 사는 오빠 집에서 1.6킬로미터 떨어진 녹음이 우거진 교외지역으로 이사했다.

오빠와 올케는 꽤 오랫동안 어머니를 가까운 곳에 모시고 싶어했다. 엄마는 아버지가 해줄 수 있는 것보다 더 많은 것을 필요로 했기 때문이다. 오빠와 올케가 엄마를 돌봐드릴 수 있게 되어 무척 고마웠지만, 당시에 나는 그런 표현을 제대로 하지 못했던 것 같다. 막 대학을 졸업한 내겐 경력을 쌓고 연애를 할 기회가 절실했다. 오빠와 올케는 나보다 나이도 많았고 생활도 더 안정적이었다. 투자은행을 다니며 수입이 높았던 오빠는 처음으로 집 장만도 하고 첫아이도 낳은 참이었다. 당시 내 생활로는 엄마를 모시는 게 불가능했지만, 오빠네 가족은 가능했다. 게다가 오빠는 엄마에게 맏아들이자 외아들이었다. 한국 문화에서 나이 들고 아픈 부모를 돌보는 일은 맏아들의 몫으로 여겨졌다. 이에 비해 딸은 친정과의 관계를 끊고 시가에 충실하라는 기대를 받았다. 올케는 아칸소주 출신의 백인 여성이었지만 이런 한국 문화의 관습을 알고 있었다. 자신이 엄마의 딸 역할을 맡을 거고, 남편의 말에 내 말보다 더 큰 권위가 실릴 것이란 걸.

"어머님은 오빠 말이라면 뭐든 들으실 거예요", 올케는 말했다. 오빠는 엄마에게 이참에 뉴저지주로 넘어오시라고 말했다.

오빠는 엄마에게 정신과 진료를 받으라고도 했다. 나는 엄마가 마침내 치료를 받게 된 게 신이 주신 선물처럼 기뻤지만, 동시에 엄마가 치료를 받게 하려고 몇 년을 부질없이 노력하다 경찰까지 불러야 했던 낭패가 떠올라 심적으로 응어리가 올라오기도 했다. '조현병'이라는 단어를 입에 담았다는 이유만으로 가족들이 나를 배척한 일, 용서를 받으려면 침묵해야 한다고 믿을 수밖에 없었던 상황에 대해서도.

엄마는 그때까지도 기본적인 일을 스스로 할 수 있었기 때문에, 나는 엄마의 광기와 함께 살아갈 수 있었다. 엄마는 혼자 식사를 하고 옷을 챙겨 입을 수 있었고, 전화 거는 사람이 나라는 사실만 알면 통화를 할 수도 있었다. 신호를 보내, 알았지? 벨 두 번 울리고 나서 끊고, 곧바로 다시 전화해. 올케가 등장하기 전까지는 엄마에게 심각한 문제가 있다는 사실을 아무도 인정하지 않았고, 내게는 뭔가를 할 수 있는 능력이 없었기 때문에, 그저 그렇게 적응해서 살 수밖에 없었다.

내가 고등학교 3학년일 때 올케가 처음으로 엄마에게 "문제"가 있다고 말한 기억이 난다. 오빠와 올케가 우리 집을 방문해 식탁에서 별일 아니라는 듯 "저희 결혼했어요"라고 말해서, 아버지는 입이 쩍 벌어지고 엄마는 눈이 휘둥그레졌던 그때였는지도 모른다.

어쩐 일인지 올케가 지직거리는 우리 집 형광등 조명 아래서 하얀 식탁에 앉아 있는 장면은 다른 기억으로 이어진다. 같은 장소이지만, 양친은 안 계시고 오빠와 우리끼리 있을 때였다. 어머님한테 문제가 있는 것 같아요. 올케는 자기네 가족 중에도, 고모인가 누군가에게 문제가 있다고 했다. 내 가슴속 매듭은 꽉 조여졌다가, 올케의 말에 아주 조금은 느슨해졌다. 올케의 말은 오빠보다는 나를 위한 것이었을까? 내가 겪은 일을 올케도 알고 있고, 오빠도 곧 그 사실을 보게끔 할 요량으로? 그랬다. 엄마에게는 문제가 있었다. 우리 가족 안에서 결코 말할 수 없었던 것에 대해 이야기를 꺼낼 수 있을 만큼, 집안에서 탄탄한 지위가 있었던 올케가 완곡어법으로 에둘러서 언급한 말이었다. 상황을 바꾸려면 이렇게 외부인이 필요했는지도 모른다.

내가 대학을 졸업할 때쯤 오빠와 올케는 더 이상 에둘러 말하지 않고도 이야기할 수 있게 되었다. 엄마한테 **조현병**이 있다고.

엄마는 벌써 몇 년 동안이나 집 안에만 갇혀 지내며, 그나마도 점점 한 방에서만 시간을 보냈다. 친숙한 집을 떠나 나라 반대편에 있는 낯선 집으로 거처를 옮기게 된 상황은 전쟁 통에 보낸 어린 시절과 피란길에 올라야 했던 과거의 트라우마가 얽히고설킨 상처를 헤집는 듯한 일이었을 것이다.

엄마가 새로 이사한 집은 울창한 나무로 둘러싸인 침실 한 칸짜리 자그마한 목조 주택이었다. 나무가 창문을 가려주어 그때는 사생활이 어느 정도 보장됐지만, 벌써 단풍이 들기 시작해서 무성한 나뭇잎도 하루하루 낙엽이 되어 떨어져갈 참이었다.

엄마를 두 번째인가 세 번째 방문했을 때, 다가오던 겨울의 찬 기가 처음 피부로 느껴졌다. 하늘은 잿빛에 눈구름으로 무거웠고, 밥을 채 하기도 전에 밤이 되었다. 식사를 마치고 거실에 앉아 있는데, 낮은 사이렌이 계속 들려오며 우리 주위를 감돌던 평화로운 침묵을 깨뜨렸다.

"저 소리 들리니, 그레이스?" 엄마가 물었다. "저게 무슨 소리일까?"

"잘 모르겠어요. 구급차인가?" 그런 것 같진 않았지만, 무슨 답이라도 하고 싶었다. 그 소리는 꼭 라디오에서 들려오는 소리 같았다.

"공습 사이렌 같은데." 엄마가 속삭였다.

"전에도 들은 적 있어요?"

"매일 같은 시간에." 엄마는 손을 비틀기 시작했다.

나는 엄마가 들은 소리를 같이 들을 수 있어서 다행이라고 생각했다. 공습 사이렌을 들었다는 엄마의 말이 환청이나, 아니면 엄마가 하는 미친 짓이나 미친 소리로 여겨지지 않아서.

10년 후 박사 논문을 쓰면서, 나는 한국전쟁 기간 엄청난 민간인 사망자 수가 나온 게 네이팜탄을 사용한 공중 폭격 때문이었음을 알게 되었다. 미국의 화염과 분노는 학교와 아동보호시설까지 초토화시켰고, 비명을 지르는 아이들의 살을 불태웠다.

그다음에 엄마를 방문하러 도착했을 때, 오빠가 현관 앞에서 깨진 유리 조각을 줍고 있었다. 엄마는 정신과 진료를 받으러 가려던 참이었는데, 현관문을 어떻게 여는지 알지 못했다. 그러다 열쇠가 현관문에 끼었고, 엄마는 마늘을 다지고 불고기를 써는 데 쓰던 식칼로 유리창을 깨고 집에서 탈출했다.

나는 이 일이 일어났을 때 엄마가 사이렌을 들었을지 생각해 봤다. 엄마는 귀를 파고드는 날카로운 소리 때문에 긴급 상황이라고 생각했던 걸까? 지금 당장 집을 떠나야 한다고?

"집주인한테 대체 뭐라고 얘기하지?" 오빠가 깨진 유리를 살피며 물었다.

나는 거짓말을 오빠에게 맡길 것이었다. 진실은 너무나도 복잡했다.

매일 같은 시간에 엄마는 특정 단어를 반복해서 읊어댔다. 올케는 엄마의 행동을 "타이밍 맞추기"라 불렀다. 오후 1시 7분이 되면 엄마는 내 생일인 '1월 7일'을 마치 경매인이 그러듯 빠른 속도로, 1분이 넘도록 계속 반복해서 읊조렸다.

일월칠일일월칠일일월칠일일월칠일일월칠일일월칠일일월칠
일일월칠일일월칠일일월칠일일월칠일일월칠일일월칠일일월칠
일일월칠일일월칠일일월칠일일월칠일일월칠일일월칠일일월칠
일일월칠일일월칠일일월칠일일월칠일일월칠일일월칠일일월칠
일일월칠일일월칠일일월칠일일월칠일일월칠일일월칠일일월칠
일일월칠일……

엄마는 오빠 생일 날짜에 따른 시간에도 비슷한 행동을 했는데, 내가 알 수 없는 또 다른 시간-날짜가 하나 더 있었다. 9시 45분이었다. 이건 내내 반복해서 얘기하는 것이 아니라, 열두 시간마다 한 번씩 딱 한 번만 말했다. 이 모습을 처음 봤을 땐 겁이 났다. 평범한 대화를 하던 중이었는데, 엄마가 갑자기 자세를 바로 하더니 오른쪽 검지손가락을 세게 흔들며 시계를 가리키고는, 크고 잘 들리게 외쳤다. "9월 45일!" 그리고는 마치 아무 일도 없었다는 듯 다시 나를 쳐다보고 이전에 하던 대화를 끊긴 데서 그대로 이어갔다. 나는 엄마의 다른 행동보다 늘 이 모습이 더 무서웠다. 마치 엄마가 하는 말이나 행동이 엄마 심중에서 나온 게 아니라, 방 안에 존재하는 어떤 초자연적인 힘이 그 몸을 빌려 말하는 것 같았기 때문이다.

'타이밍 맞추기'에 숨겨진 여러 층위의 의미는 그해부터 여러 해에 걸쳐 드러나기 시작했다.

1945년 9월, 미국은 한반도 남쪽 절반을 점령한 후 다음과 같은 일을 했다.

- 하버드 교육을 받은 엄선된 대통령으로 '대한민국'이라는 새로운 국가 수립
- 공산주의자와 이들을 숨겨주고 있을지 모르는 피란민 집단을 대상으로 대량살상용 신무기를 시험할 '실험실' 마련에 착수
- 오늘날까지도 남아 있는 미군 '유흥'을 위한 기반 시설 구축

엄마가 동부에서 처음 머물렀던 몇 달 동안의 시간을 떠올리면, 그때마다 추위가 떠오른다. 제대로 난방이 되지 않았던 엄마 집에서 느껴지던 한기. 올케가 긴요하게 할 말이 있다며 집 앞 진입로에서 막 떠나려던 나를 막아섰을 때 온몸이 덜덜 떨리던

추위. 올케의 말은 화력이 강한 소형 폭탄처럼 내 정신을 흔들어 놓았고, 어떤 때는 말을 듣고 시간이 한참 지나고 나서 폭발하기도 했다.

그레이스, 어머니가 이런 행동을 하세요. 공황 상태에 빠지고요.

그레이스, 어머니 상태가 점점 더 나빠지고 있어요.

그레이스, 어머니가…… 해줄 말이 있어요…….

새해 전야를 하루 앞두고, 올케는 대형 폭탄을 떨어뜨렸고, 그로 인한 피해는 삽시간에 잔혹하게 퍼졌다. 휴일을 맞아 엄마 집에 머물던 나는, 샌드라와 자케타를 만나러 필라델피아 쇼핑몰에 가려고 집을 나서던 참이었다. 그때 올케가 운전하는 차가 진입로로 접어들었다. 올케는 크림색 스테이션 왜건에서 내려 장바구니를 차에서 꺼내 옮기기 시작했다. 올케는 어린 아기를 돌보며 엄마를 위해 장을 보는 책임까지 도맡았다. 돌이켜보면, 서로 전혀 다른 종류의 돌봄이 필요한 두 사람이 나타나면서 올케도 분명 극심한 스트레스를 받았을 것이다.

"벌써 가요?" 올케가 물었다.

"새해 전야 파티에 입을 옷 쇼핑 좀 하려고요. 몇 시간 있다 돌아올 거예요."

올케 얼굴에는 잠을 제대로 못 잔 기색이 역력했다. "그레이스, 어머니가…… 해줄 말이 있어요…….

무슨 말일까? 나는 올케가 무슨 말만 하면 스트레스를 받았다. 왜인지 제대로 설명할 순 없었지만, 올케 말을 들을 때마다 엄마의 질환에 대해 내가 할 수 있는 게 아무것도 없다는 무력감 때문에 더 고통스러워졌다. 대체 또 무슨 일이 생겼길래 올케가 이렇게 머뭇거리는 걸까? 보통 할 말이 있으면 그냥 입 밖으로 내곤 했는데 이번에는 왜 이렇게 뜸을 들이는 거지? 엄마 상태에 대해 더 이상 충격받을 만한 말은 없었다. 이미 8년이나 엄마의 불안정한 행동, 기분 변화, 환각을 겪을 대로 겪은 참이었다. 올 케가 할 말 중에 내가 모르는 게 과연 있을까?

"그레이스, 어머님이 매춘을 하셨었어요."

이게 무슨 말이지? 나는 온몸이 뜨겁게 달아올랐고, 피부 아래 깊숙한 곳에서 끓어오르는 혼란스러운 감정을 간신히 추스 렸다. "그걸 어떻게 알았는데요?" 내가 실제로 이 질문을 입 밖에 냈는지는 기억나지 않지만, 어쨌든 올케는 답했다.

"오빠는 기억해요. 오빠한테 물어봐요. 어머니가 옷을 차려입 던 기억이 난다니까." 옷을 차려입다. 직업의 환유로 작동하는 옷 차림.

갑자기 나는 1984년 핼러윈의 기억이 떠올랐다. 제니와 함께 분장을 하고 집집마다 돌면서 사탕을 받으러 가자고 막판에 결 정한 참이었다. "매춘부로 분장하자." 우리 중 한 명이 의견을 냈 다. 우리는 막 섹슈얼리티를 탐색하기 시작한 열세 살 소녀들이 었고, 우리가 아는 여성 중 성적인 표현을 자유롭게 할 수 있는 인물은 성매매 여성밖에 없었다. 우리는 서둘러 옷을 차려입었다. 진한 화장에 헝클어진 머리를 하고, 미니스커트를 입고 스펜서 상점에서 산 망사 스타킹까지 신고 집을 막 나서려는데, 엄마가 몸으로 출입구를 막고는 나를 노려보았다. "도대체 무슨 분장을 한 거야, 응?" 경멸에 찬 엄마의 목소리에 나는 엄마가 팔짱을 풀고 내 뺨을 때리지나 않을까 겁이 났다. 나는 개미만 한 목소리로 재빨리 대답했다. "펑크 로커요." 이때도 내가 매춘부 분장을 했다고 얘기하면 엄마한테 죽을 만큼 혼나리라는 걸 알았다.

엄마가 나를 막으려 했던 것은 지당한 일이었다. 당신이 탈출해서 과거에 묻어두려 했던 삶을 내가 미화하고 있었으니. 하지만 어떻게 그럴 수 있었을까? 어떻게 그게 엄마의 삶이었을 수 있을까?

머리가 핑핑 돌기 시작한 나는 열린 차 문에 기대어 섰고, 올케는 말을 이었다. "오빠가 아가씨를 지켜주고 싶어서 여태 말을 안 했지만, 이젠 알아야 할 것 같아요. 어머니 상태가 점점 더 나빠지고 있어요."

나를 지켜준다고? 나는 내 마음이 어지러운 게 엄마의 과거 때문인지, 아니면 그 과거를 그때까지 내게 비밀로 했다는 사실 때문인지 알 수 없었다. 왜 내가 가장 늦게 알게 된 걸까?

나는 터져나오는 눈물을 참느라 얼굴을 일그러뜨렸고, 올케는 엄마의 일이 그렇게까지 고되진 않았다며 나를 위로하려 했다. "괜찮은 클럽 중 하나였대요. 거리에서 호객 행위를 하는 그런 게 아니라요."

올케가 이 사실을 내게 알린 뒤에도 오빠는 아무 말이 없었다. 오빠는 올케가 했던 말을 입 밖에 낼 수 없었고, 우리 가족 중 누구도 '매춘부'라는 단어를 입에 담지 못했다.

그 말이 사실이냐고 묻자 오빠는 "그럼 엄마가 아버지를 어떻게 만났다고 생각했어?"라고 되물었다. 더 일찍 알아차리지 못한 내가 미련하다는 듯이.

아버지에게 물어보니, 아버지는 주체할 수 없이 눈물을 흘리며 말했다. "어쩌다 한 번씩이었어. 네 엄마는 그런 일을 하고 싶어하지 않았지. 내가 거기서 데리고 나왔고."

"데리고 나오기 전에는요? 엄마가 거기 있었던 거랑 아빠도 관련 있지 않나요?" 아버지는 멍하니 나를 쳐다보았다. "엄마를 데리고 나오기 전에 아빠도 엄마 고객 중 한 명이었던 거 아닌가? 손님이 없으면 거기서 일을 할 수가 없잖아요. 수요와 공급 말이에요."

1945년 9월 미국은 일본군으로부터 군사기지를 접수했고, 주변 공창 지역은 이후 주한 미군을 대상으로 하는 성매매 업소 집결지로 탈바꿈했다. 1950년대 기지촌 업소들은 한국전쟁의 여파로 먹고살기가 어려워졌거나 가족을 부양해야 했던 시골 소녀들을 끌어들였다. 1960년대 들어 한국 정부는 미군만을 위한 성적 서비스를 제공하는 업소를 공식적으로 관리하기에 이른다.

정신질환으로 집 안에만 틀어박혀 다시는 타인의 욕망하는 시선을 받지 않아도 되기 전, 엄마는 연예인 같은 미모와 매력을 뽐냈다. 엄마는 스모키한 검은색 콜*을 쌍꺼풀이 진한 눈 주위에 펴 발랐고, 늘 근사하게 차려입었다. 동그란 엄마 얼굴은 좌우 대칭을 이루었으며, 깊은 보조개에 치열도 완벽했다. 피부색은 모랫빛으로, 이국적이었지만 대부분의 백인 남자가 보기에 너무 어두운 피부색도 아니었다. 그런 매력이 엄마가 전쟁 통에, 또 전쟁 후에 생계를 유지하고 살아남는 데 도움이 되었으리라는 걸 알 수 있었다.

대학원에서 민간인들의 한국전쟁 경험을 연구하다 알게 되었는데, 사람들 말에 따르면 생존에 도움이 되는 몇 가지 변수는 젊음, 여성성, 그리고 영어 의사소통 능력이었다. 이 세 가지가 있으면 미군 병사들에게 도움을 받거나 학살에서 목숨을 건지기가 더 유리했다. 엄마는 정규 교육을 받지 않았지만 독학으로 사전에서 한 단어씩 익혀가며 영어를 공부했고, 미국 영화를 숱하게 보면서 영어를 완벽하게 구사하려고 노력했다. 엄마는 아름

* 중동, 북아프리카 등지에서 여성들이 화장용으로 눈가에 바르던 검은 가루.

다녔고 영어를 할 줄 알았다. 엄마는 살아남겠다고 결심했다.

올케의 폭로로 눈사태처럼 몰려왔던 온갖 생각과 감정을 쇼핑을 하며 어느 정도 다른 곳으로 돌릴 수 있었지만, 그날 밤 엄마 집으로 돌아와 현관에 들어서는데, 그동안 감춰져 있었던 엄마 역사의 무게가 나를 짓눌렀다. 나는 평소처럼 소파에서 아무것도 하지 않고 가만히 앉아 있는 엄마를 바라보았다.

"내일 밤 나 입을 옷 볼래요?" 나는 아무것도 변하지 않은 것처럼 행동하려고 애썼다.

"그래, 어디 보자."

옆단이 트인 검은색 롱스커트와 검은색 긴팔 레이스 블라우스였다. 나는 런웨이를 걷는 모델처럼 옆으로 돌면서 엄마에게 옷을 보여주었다.

"아주 맵시 난다, 그레이스." 엄마가 말했다. "아주 맵시 나." 나는 엄마에게 인정을 받고 안심했다.

"SOB 클럽에서 열리는 신년 전야 파티에 샌드라랑 자케타랑 같이 갈 거예요. 뉴욕에 있는 브라질 나이트클럽이에요."

"나이트클럽? 거기서 무슨 일이 있을지 모르니 조심해라."

"걱정 말아요, 엄마. 그냥 춤만 추는 데예요."

내가 클럽이나 바에 간다고 할 때마다 왜 엄마가 그렇게 걱정을 했는지 처음으로 이해가 갔다. 엄마에게는 그런 장소가 단지 사람들과 어울리고 긴장을 풀러 가는 곳이 아니었던 것이다.

나는 그날 밤 잠을 제대로 이루지 못했고, 잠에서 깰 때마다 성매매를 하는 엄마의 이미지가 머릿속을 파고들었다. 백인 남자에게 매달리는 수지 웡. 미군 존의 팔짱을 끼고 있는 연꽃 같은 동양인 여성. 아니야, 나는 생각했다. 우리 엄마는 이런 모습이 아니야.

나는 돈과 성을 교환하는 거래를 눈앞에 그려보았다. 나이트클럽 뒷방에 있는 엄마 모습을 생각해보았고, 엄마가 수치심과 두려움에 맞서 싸우면서 상황을 버텨낼 내면의 힘을 찾는 모습을 그려보았다. 그 일이 벌어질 때, 엄마는 열렬히 사랑에 빠진 연인 역할을 하는 할리우드 여배우인 척했을 수도 있고, 아니면 내가 엄마에게 한국에서 무슨 일을 했는지 물을 때마다 그랬듯 벽 한 곳을 뚫어지게 쳐다보며 그 상황에서 벗어날 방법을 궁리했는지도 모른다. 어쩌면 엄마가 듣는 목소리는 그때부터 있었는지도 모른다. 그곳에서 그 일이 끝날 때까지 엄마에게 말을 했는지도.

나는 머릿속에서 끝없이 이어지는 질문을 끊으려고 노력했다. 나보다 더 젊었을 엄마의 모습, 스무 살 스물한 살쯤 됐을 엄마 위에 미군 병사가 올라타서 신음하다가, 다른 병사로 바뀌는 모습이 계속 떠올랐다.

안 돼. 그만둬야지.

그날 밤늦게 잘 자라는 인사를 나누고 내가 잠들었다고 생각될 무렵, 엄마가 발을 질질 끌며 부엌으로 들어가 작은 목소리로 뭐라고 말하는 소리를 들었다. 알아들을 순 없었지만, 마치 방언을 하듯 엄마는 빠른 속도로 중얼거렸다. 그러다 엄마는 가쁜 숨을 몰아쉬었다.

"엄마, 무슨 일이야? 괜찮아요?" 나는 소리가 나는 쪽을 향해 외쳤다.

엄마의 숨소리는 더 커졌고 속도도 빨라졌다. 나는 이불을 젖히고 소파에서 일어나 부엌으로 걸어갔다. 눈을 비비며 치켜뜨자 어둠 속에서 엄마가 두 손으로 주방 조리대 가장자리를 잡고, 온몸을 앞뒤로 흔드는 모습이 보였다.

그러다 거친 숨소리, 반복되는 말소리, 흔들리는 움직임, 이 모든 것이 일순간 멈추었고, 엄마는 고요해졌다. "아무 일 없어. 다시 자러 가렴."

SOB 클럽에서 샌드라와 자케타를 만났을 때〔뉴욕 소호 인근에 있는〕배릭가는 아직 비교적 조용했다. 우리는 가짜 야자 잎으로 장식된 테이블에 앉아 럼코크 칵테일 세 잔을 주문했다. 평소라면 새해를 맞아 빼입고 놀러 나갈 생각에 신이 났을 텐데, 축하 분위기를 죽이는 무거움이 느껴졌다. 내 슬픔이 파티장의 흥분된 에너지를 압도했는지, 한 친구가 무슨 일이 있냐고 물었다.

"어제 올케언니한테 들었는데, 우리 엄마가 한국에서 매춘부
였대."

자케타는 숨이 막힌다는 듯 손으로 입을 가렸다. 내가 아직 느
끼고 있던 충격을 그대로 보여주는 반응이었다. 하지만 샌드라
는 전혀 놀라는 기색이 없었다. 대신 안타깝다는 눈빛으로 내게
말했다. "근데 너도 알고 있었겠지. 뭔가 다른 게 있다는 걸 분명
알았을 텐데."

뭐라고? 심지어 내 친구도 나보다 먼저 알고 있었던 걸까?

친구들과 그 자리에 얼마나 더 앉아 있었는지, 어떤 대화가 더
오갔는지는 기억나지 않지만, 내가 이야기를 하고 싶었다는 것
만큼은 어렴풋하게 기억난다. 말을 함으로써 내 슬픔과 수치심
을 정리하고 싶었다―내가 나중에 연구를 통해 심문하고 나가
떨어져 항복하게 될 수치심. 내가 친구들에게 했던 이야기는 아
마도 사회자가 그날 밤 쇼 프로그램을 소개하는 소리에 끊겼을
것이다. 이날 공연의 주인공은 막 인기가 올라가던 신인 팝 가수
마크 앤서니였는데, 그가 농구화를 신고 트위티 캐릭터 모자를
쓰고 무대에 올라오자, 우리 셋은 일어나서 춤을 췄다. 그는 노
래를 부르고 음악에 맞춰 몸을 흔들며 나와 계속 눈을 마주쳤고,
자케타는 시끄러운 음악 소리를 깨고 내게 "저 사람이 너 좋아하
나 봐!"라고 소리쳤다. 나는 고개를 뒤로 젖히며 웃었다. "내 타입

아니야!" 관심을 받아서인지, 아니면 칵테일 술기운이 올라와서 인지, 나는 즐겨보자고 스스로에게 말했다. 어쩌라고! 새해 전야 잖아, 이제 1994년을 맞이할 거라고!

1994년, 내가 고등학교 심리학 교과서로 진단을 내린 지 8년 이 지나서야, 엄마는 정신과에서 공식적으로 조현병 진단을 받 았고, 의사와 약물 치료를 시작했다. 우리는 약물 치료만 하면 모 든 문제가 해결되리라 생각했다. 당시 의학계에선 조현병을 비 롯한 각종 정신질환은 뇌의 생화학적 불균형에서 오는 것이라 적절한 화학물질을 공급해주기만 하면 고칠 수 있다고 했기 때 문이다.

우리는 약물 효과가 나타나 엄마가 다시 정상이 되기를 기다 렸다. 하지만 엄마는 감정 표현은 더 무뎌지고, 불평은 더 많아졌 다. 나 이거 싫어. 손이 계속 떨려. 혀가 부은 것 같아. 얼굴 옆쪽 에 감각이 안 느껴져. 지연성 운동장애*를 겪기 시작하면서 엄마 의 얼굴과 팔다리는 반복적이고 불수의적으로 움직였다. 조현병 치료를 하자 엄마에게는 다른 질병이 생겼다.

약을 끊는다는 것은 당시로선 생각할 수도 없었다. 엄마가 약

---

* 비정상적이고 통제할 수 없는 반복성 운동이 나타나는 신체 증상으로 항정신 성 약물 복용이 원인일 때가 많다.

물 치료를 받기까지 긴 시간을 기다렸고, 마침내 엄마도 동의한 터였다. 그때만 해도 대중적으로 조현병은 폭력적 공격성을 일으키는 질병으로 인식됐고, 나는 엄마가 그렇지 않다는 걸 알면서도, 약을 계속 먹어야만 남이나 당신을 해치지 않을 거라고 생각했다.

엄마가 처음 복용했던 약이 할돌〔할로페리돌〕인지 멜라릴〔티오리다진〕인지는 기억나지 않지만, 두 약물 다 출시 후 수십 년이 지나 전수 조사 대상이 되었다. 1994년 대부분의 사람이 그랬듯, 나는 정신의학이 감옥–산업 복합체prison-industrial complex*와 깊이 연루되어 있어서, 항정신성 약물이 감금 통제에 이용되며 정신질환이 점점 더 범죄화되고 있다는 비판에 대해 무지했다. 때로는 화학적 감금의 한 방식으로 투옥 이후에 정신과 진단이 내려지기도 했다. 정신질환을 겪는 사람들을 제대로 치료하는 대신 감금하는 추세는 계속되어, 구금 시설에 간힌 정신질환자 수가 의료 시설 내 환자 수보다 훨씬 더 많아졌다. 이들은 주로 흑인이나 라틴계로, 사회적 질병의 표식을 단 사람들의 몸은 대형 교도소에 집결되었다. 인종 문제는 미국의 도덕 체계에 박힌 말뚝과도 같다. 그것은 미국적 정신에 너무 깊이 박혀버린 나

---

* 수감률을 늘려 감옥산업계의 이윤을 창출하는 동시에 당국과 관련자들의 사회정치적 영향력을 강화하는 처벌의 상업화 구조.

머지 미국을 윤리적 조현병 국가로 만들었다.[1] 2007년에 이르러 로스앤젤레스 카운티 감옥, 시카고 쿡 카운티 감옥, 그리고 뉴욕 시의 라이커스 아일랜드 감옥은 미국의 "제3대 정신과 입원 시설"이 되었다.[2] 이 시설들은 약물 처방이 가장 많이 이뤄지는 새로운 정신병동이 되었다.

조현병에 대한 인종적 이미지는 1960년대 후반에 변화했다. 그 전까지는 중산층 백인 가정주부와 백인 남성 지식인의 질병이라 여겨졌다면, 이 시기에 이르러서는 "백인에 대한 망상적 적대감"에 시달리는 흑인 남성 등 기타 집단의 "저항적 정신병"으로 탈바꿈한다.[3] 할돌은 종종 블랙 파워 운동Black Power Movement*에 연루돼 정신과에 수용된 인사들의 저항 행동을 막기 위한 화학적 억제 수단으로 사용되었다. 할돌의 초기 광고 중 하나엔 주먹을 불끈 쥐고 있는 흑인 남성이 그려져 있었는데, 광고 문구는 이랬다. 공격적이고 호전적입니까? 할돌을 사용하면 더 협력적인 사람이 됩니다.[4]

수십 년이 지나, 당시 할돌을 처방받은 1세대 환자들이 적정 용량의 열 배에 달하는 양을 복용했고, 거의 좀비 같은 상태가 되었다는 연구가 나왔다. 멜라릴 역시 심장마비 및 수명 단축과

---

* 1960~1970년대 흑인 민권운동의 분파로, 인종적 프라이드, 경제적 역량 강화, 정치 및 문화 단체 설립 등을 주장했다.

관련이 있다는 연구 결과가 나와 2005년 시장에서 퇴출되었다.

1994년 마침내 조현병 치료를 받게 된 엄마는 할돌과 멜라릴을 처방받았다. 모든 징후를 보면 엄마의 정신 상태는 점점 더 혼란스러워지고 있었지만, 우리는 약물이 효과를 보일 때까지 계속 기다리라는 말만 들었을 뿐이었다.

그렇게 기다리는 동안, 엄마는 정신적 불편감이 점점 더 악화되어간다고 누누이 얘기했다. 이 약을 먹으면 뭔가 잘못된 것 같은 느낌이 들어.

정신질환자의 목소리는 광산의 카나리아와 같다. 이들의 이야기는 고통에 대한 생물학적 모델에 지나치게 의존하는 정신의학의 관행에 문제가 있다는 점을 우리에게 경고한다.[5]

나는 스물세 번째 생일을 맞아 1994년 1월 7일 프로비던스로 돌아왔고, 당시 관심이 있던 사람이 생일 축하 저녁을 대접하겠다고 했다. 대학을 졸업하고 처음 해보는 정식 데이트였다. 그가 도착하기를 설레는 마음으로 기다리는데 하늘에서 함박눈이 내리기 시작했다. 그가 현관 초인종을 울렸을 때 땅에는 벌써 눈이 3센티미터 가까이 쌓여 있었다.

문을 열어주었고, 그가 계단을 올라와 부엌으로 들어서며 어깨에 쌓인 눈을 털어내며 말했다. "우리 눈 오는데 밖에 나가지 말고 집에서 피자 시켜 먹으면 어떨까?"

피자를 시켜 먹자고? 나는 실망감을 감출 수 없었고, 새해부터 나를 따라다니던 슬픔이 마음속 깊은 곳에서 올라왔다. 그 사람 앞에서 울고 싶지 않았고, 그 순간엔 더더욱 울고 싶지 않았지만 도저히 참을 수가 없었다. 나는 타일이 깔린 식탁에 털썩 엎드려 손에 이마를 묻은 채 흐느끼기 시작했다. 숨을 고르고 나서 말했다. "피자 때문에 그런 게 아니야. 엄마 때문에. 엄마가 이전에 매춘부였다는 걸 알게 됐거든."

그는 잠시 동안 내가 우는 모습을 조용히 지켜보다가, 문 쪽으로 발걸음을 옮겼다.

"가는 거야?"

"미안해." 목소리에 냉기가 감돌았다. "그만큼 안 좋은 내 과거 일이 생각나서 그래."

"그래도 내 생일인데." 그가 계단을 내려가 눈보라 속으로 돌아가는 걸 보며 나지막이 중얼거렸다.

나는 소매로 콧물을 닦아내며, 그의 부츠가 부엌 바닥에 남긴 눈 녹은 얼룩을 보았다. 내가 할 수 있는 일이라곤 이불 속으로 기어들어가 슬픔에 더 깊이 파고드는 것뿐이었다.

2009년 1월 7일 『뉴욕 타임스』는 수십 년간의 침묵을 깨고 미국인을 위한 성매매 업소를 조성하는 데 한국 정부가 한 역할을 밝힌 전직 성매매 여성에 대한 기사를 실었다. 그중 한 명은 "우리 정부는 미군을 위한 포주였다"라고 말했다.[6] 목소리를 내는 여성의 수는 점점 늘었고, 120명의 여성이 한국 정부가 수천 명의 성인 여성과 소녀에 대한 조직적 피해를 조장했다며 국가를 상대로 소송을 제기하게 된다.

8년이라는 시간이 지난 후, 세 명의 판사로 구성된 재판부는 원고 중 57명에게 승소 판결을 내렸다. 엄마가 기지촌에서 일했던 시기인 1960년대와 1970년대에 미군을 상대로 일했던 여성들이었다. 재판부는 국가 기관이 여성들을 창문이 막힌 방에 불법으로 격리 수용하고 성병 치료를 강제한 것은 "결코 일어나서는 안 될 위법행위일 뿐 아니라 다시 되풀이되어서도 안 될 중대한 인권 침해"라고 판결했다.[*][7]

기사에 언급된 원고 중 한 명인 박영자 씨에 따르면 "아파 죽어가도 의사 하나 안 내려다보고 오로지 성병 검진만 했습니다. 성병 검진은 미군을 위해서, 미군의 요청에 의해서 해준 거지 우리를 위해서 해준 거 아니잖아요." 또한 박영자 씨는 기지촌 업소에서 일하는 여성들이 "자발적인" 매춘부라는 대중적 인식에 반론을 제기했다. 직업소개소에 속아서 온 여성들도 있었지만, 어떤 종류의 일을 하게 될지 알고 온 여성들이라도 폭력적인

---

[*] 서울중앙지방법원 2014가합544994. 이 1심 판결 이후 이듬해 항소심, 2022년 9월 대법원 판결에서 재판부는 소를 취하한 피해자를 제외한 원고 95명에 대한 국가 책임을 인정하고 배상을 명령했다.

조건에 동의한 적은 없다는 지적이었다. "10대임에도 불구하고 (…) 하루에 상대하는 미군은 하루도 거르지 않고 다섯 명 이상입니다. 이런 것이 너무 무섭고 싫어서 도망가면 찾아 잡아 오고 때리고, 도와달라고 이야기하면 포주한테 일러서 빚을 올려 다른 곳으로 팔려가게 되었습니다."

『뉴욕 타임스』에 실린 기사를 읽으며 나는 엄마가 외치는 소리를 들었다. 일월칠일일월칠일일월칠일…… 나는 이 날짜가 내 생일과 관련 있다고 생각해왔지만, 어쩌면 엄마는 미래를 엿보고 기지촌 여성 원고들에 연대하는 목소리를 낸 건지도 모르겠다는 생각이 들었다.

2월에 제니가 나를 보러 왔다. 제니는 내 과거에 있어서 반석 같은 존재였고, 성인이 된 후 만나는 친구들 중에 엄마를 아는 유일한 친구였다. 하루는 밤에 우리 집 길 끝에 있는 오래된 창고를 개조한 제너레이션 X라는 게이 클럽에 갔다. 불과 한 블록밖에 안 되는 가까운 거리였지만, 내리막길이라 덩어리진 눈과 얼음 때문에 바닥이 미끄러워서 우린 넘어질까 봐 조심조심했다. 바에 앉아 칵테일로 몸을 녹인 후, 나는 제니에게 엄마에 대해 알게 된 사실을 얘기했다.

제니는 입을 가리고 울기 시작했지만, 내게서 눈을 피하지는 않았다. 그렇게 한참을 흐느껴 울면서, 제니는 컬이 느슨하게 풀린 금발 머리카락 사이로 나를 보았다. 마침내 입을 열 수 있게 되자, 제니는 고개를 저으며 말했다. "너무 불공평하네." 친구들이 보인 반응 중 가장 힘이 되는 말이었다. 아마도 여느 친구들과 다르게, 제니는 우리 엄마를 정신질환 뒤에 숨은 가상의 인물이 아니라, 한때 사랑을 주었던 진짜 인물로 알고 있는 유일한 사람이었기 때문이리라.

몇 년 후 아버지가 돌아가시고, 내가 엄마를 위해 요리하게 되었을 때, 제니는 전화로 이렇게 얘기했다. "오, 그레이시. 모든 게 끝났을 때, 네가 어머님을 위해 최선을 다했다는 걸 알았으면 해."

엄마가 처음 정신건강 관리 체계에 포함되었던 1990년대에는 조현병에 대해 알려지지 않은 사실이 많았다. "제3세계에서 발병 지속 시간이 더 짧다"[8]는 것이나, 비서구 국가 사람들은 "거의 완전한 완화"를 경험할 확률이 열 배 더 높다는 것[9], 또는 "미국 문화에서 조현병 치료 방식은 반복적으로 환자의 사기를 꺾고 절망적인 상태로 만들어 상황을 심각하게 악화시킬 수 있다"[10]는 것도 알지 못했다. 세계 어딘가에서는 조현병에서 회복하는 것이 가능하지만, 미국은 거기에 속하지 않는다는 사실을 알지 못했다.

엄마를 고통스럽게 한 것은 단순히 운이 나빠 생긴 유전자 결함이나 불치병에 걸린 뇌가 아니었다. 엄마의 불운은 미국에서 조현병을 앓았다는 사실이었다. 엄마가 행운을 가져다주리라고 그토록 꿈꾸었던 바로 그곳에서.

그해 겨울 마지막으로 폭설이 내린 것은 3월이었다. 내게 처음으로 의미 있는 장기 연애가 시작된 밤이었다.

나는 대학에서 세사르를 만났는데, 그의 살사 밴드가 캠퍼스 근처에서 연주할 때마다 멀리서 그를 지켜보았다. 세사르는 183센티미터로 큰 키와 늘씬한 체구에, 몇 가닥 흰머리가 섞인 풍성한 검은 곱슬머리가 턱까지 내려왔다.

졸업하고 그해 여름부터 우리는 대학의 한 부서인 ESL〔외국어로서의 영어교육〕및 이중 언어 교육 센터에서 함께 일하기 시작했는데, 이때 세사르는 머리를 짧게 잘랐다. 세사르는 나보다 1년 먼저 브라운대학을 졸업했고 이 부서에서 1년 동안 직장생활을 했는데, 음악 경력을 쌓는 것이 주목표였고 생계를 유지하려고 학교 일을 했다. 우리가 하는 일은 기본적으로 사무 업무였지만, 대학 당국이 고용 다양성을 유지하고 있다고 보고하기 위해 실제보다 더 근사한 직함이 주어졌다. 세사르는 멕시코계 미국인이었고 나는 아시아인이라, 카보베르데 출신 총무와 함께 우리는 로드아일랜드의 여러 인종·언어 소수 집단을 대표했다.

졸업 후에 나는 세사르에 대한 호감을 키워왔는데, 폭설이 몰아치던 날 세사르가 폭스포인트에 있는 친구 집에서 열린 파티에 나를 초대하면서 내 호감은 그 이상으로 발전하기 시작했다.

파티에 가려고 옷을 갈아입는데 돌풍이 몰아쳐 침실 창문이 덜컹거렸다. 이날 내 옷차림은 보라색 청바지, 검은색 상의, 곧 망가질 이탈리아제 가죽 앵클 부츠였다. 내가 조금이라도 생각이 있었다면, 눈이 13센티미터나 쌓인 날씨에 집 앞 진입로에 쌓인 눈을 치우고 차에 올라 시내를 가로질러 운전할 생각은 엄두도 못냈을 것이다.

파티에 도착해서 모여 있는 사람들을 훑어보기 시작하자마자, 세사르가 방 건너편에서 나를 발견하고 짙은 갈색 눈으로 환하게 미소 지었다. "안녕, 그레이스. 잘 도착해서 다행이야." 나는 세사르와 포옹하기 전에, 그가 혼자 왔는지 확인하려고 방 안을 살펴보았다. 우리는 집주인 친구가 쓰레기장에서 주워 온 소파에 앉았고, 세사르는 내게 달콤한 럼펀치 칵테일을 건넸다. 소파 쿠션 중간이 푹 꺼져 있어 몸이 서로에게 기울어 다리가 맞닿았다. 우리 사이에 어떤 기운이 느껴졌지만 혹시 내 착각은 아닌가 싶기도 했다.

럼펀치 몇 잔을 마시고 나서 새벽 4시쯤 세사르가 불쑥 말했다. "너를 사랑하는 거 같아, 그레이스." 그는 이미 취한 게 분명했고 나도 그랬지만, 그 고백에 술이 확 깼다. 나는 집주인이 손님들을 위해 꺼내놓은 매트리스에 세사르를 데려가 그만 자라고 했다. 나는 그 옆에 누워, 그의 밝은 성격이 내 어둠에 빛이 되어

줄 미래를 꿈꿨다.

이튿날 정오쯤, 커피포트 쉭쉭거리는 소리, 파티 손님들의 수다 소리에 잠에서 깼다. 세사르는 아직 잠들어 있었지만, 나는 일어나서 현관 앞 테라스로 걸어 나갔다. 밖에는 여자 둘이 갑자기 찾아온 봄을 만끽하고 있었다. 섭씨 16도 날씨에 햇빛이 눈을 녹여 얕은 개울이 흐르고 있었다.

"영광! 영광!" 한 여자가 머리를 젖히고 팔을 벌리면서 노래를 불렀다.

그해 봄 프로비던스 거리에 늘어선 개나리는 화려하게 샛노란 꽃을 피웠고, 곧 수선화가 만발했다. 세사르와 나는 4월에 첫 키스를 했다. 5월에 세사르는 내가 살던 마차 보관소를 개조한 집으로 이사 왔고, 우리는 함께 살기 시작했다.

거실 선반은 음식 잡지 컬렉션으로 넘쳐났다. 『푸드 앤드 와인*Food & Wine*』『고메*Gourmet*』『본 아페티*Bon Appétit*』『사뵈르*Saveur*』 『쿡스 일러스트레이티드*Cook's Illustrated*』『칠리 페퍼*Chile Pepper*』 같은 잡지였다. 우리는 1940년대식 포슬레인 스토브에서 진한 소스의 프랑스 음식이나 매콤한 아시아, 남미 음식을 비롯한 온갖 근사한 요리를 했다. 요리는 우리의 욕망과 희망의 화신이었고, 마트 장보기도 함께하는 삶을 일구는 로맨스가 되었다.

나는 사랑의 열병에 빠져 엄마를 잊은 채 시간을 보냈다.

6월의 어느 날, 전화를 받으니 올케 목소리가 들렸다. 그레이스, 어머니가……

나는 꿈에서 깨어나고 싶지 않았다. 딱 이번 한 번만, 전화를 음소거해버리고 그 문장의 끝을 안 듣고 싶었다.

아마 밤 11시쯤이었던 것 같다. 그날 밤 주 경찰이 I-95 고속도로에서 나를 세웠다. 나는 무거운 군홧발이 차에 가까이 다가오는 소리를 들으며 운전석 창문을 내렸다.

"얼마나 빨리 운전했는지 알아요?" 그가 물었다.

온몸이 떨리기 시작했고, 핸들을 잡은 손이 떨리는 게 보였다.

"선생님, 거의 145킬로미터로 달리고 있었어요."

"엄마가 병원에 계세요." 나는 눈물을 삼키며 말했다. 경찰의 표정이 누그러졌다.

"어디예요?"

"뉴저지주요." 나는 말했다. 내가 있던 곳은 코네티컷주 모처였다.

"조심해요. 안 그러면 선생님도 병원행이에요."

나는 고개를 끄덕였고, 멀어지는 경찰을 향해 쉰 목소리로 "고마워요"라고 말했다.

할돌·멜라릴을 복용하기 시작한 지 6개월 후, 엄마는 자살을 시도했다. 자살 충동은 항정신성 약물의 흔한 부작용 중 하나였지만, 7월에 엄마가 두 번째로 자살 시도를 하고 나서야 나는 약물 치료 때문은 아닌가 생각해보았다.

엄마가 처음으로 의식을 되찾았을 때 나는 엄마 손을 잡고 죽지 말라고 애원했고 엄마에게 지키기 어려운 약속을 했다. 대학원에 갈 거라고. 어쩌면 하버드대학에. 박사 학위를 받겠다고. 엄마를 행복하게 할 수 있는 거라면 다 하겠다고. 엄마 손을 꼭 잡고, 나는 찾는 게 뭔지도 모르는 채 무언가를 찾는 여정에 나섰다.

10장

크러스트 걸

1994년 뉴저지주 프린스턴

"쓸모없어." 병원에서 엄마가 한 말이었다. 항정신성 약물 네 병을 들이킨 후 화학물질이 아직 남아 있어 정신이 혼미할 때였다.

"대체 왜, 엄마? 왜 그랬어요?"

엄마는 킥킥거리며 베개에서 머리를 좌우로 흔들다가, 내가 마치 이제 어른이 다 되어가는 젊은 여성이 아니라 어린애인 것처럼 손을 내밀어 내 코를 비틀었다. "그레이스는 코가 귀여워. 아버지 코 같은 미국 코가 아니야." 엄마는 영어와 한국어를 섞어가며 횡설수설하다가, 내 질문에 또렷하게 명확한 영어로 답했다. "내가 쓸모없게 느껴져서 그래."

"쓸모없다"라는 말이 내 정신을 파고들었고, 질병처럼 내 안 깊숙이 자리 잡았다. 이후 15년간 나는 엄마의 쓸모없다는 느낌이 어디서 왔는지 알아내는 데 전념했고, 그 장소를 속속들이 알아내 어떻게든 그 질병에서 벗어나보려 했다.

엄마가 돌아가신 후 나는 그 죽음의 원인에 대해 곱씹었고, 그럴 리는 없겠지만 혹시라도 엄마가 스스로 목숨을 끊은 것은 아닐까 고민하며 여러 해 동안 괴로운 시간을 보냈다. 결코 진실을 알아낼 수 없으리라는 사실 역시 고통스러웠다.

마침내 고뇌가 가라앉고 나서 나는 영업용 주방에서 파이를 일주일에 스무 개 서른 개씩 굽기 시작했다. 그때까지 내가 파이들을 직접 반죽해서 만들어본 건 손에 꼽을 정도였다. 처음 파이를 만들어본 건 다섯 살 때로, 엄마는 당신이 만들다 남은 반죽으로 조그만 파이를 구워보라고 마지못해 허락해주었다. 어린 내가 학자가 되는 길에 방해가 되지 말아야 했기에, 엄마가 내게 요리를 허락해준 건 이때가 처음이자 유일했다.

한동안 나는 학자의 길에서 멀어졌다. 박사과정을 수료하고 학위 논문만 남겨둔 시기였다. 많은 대학원생이 길을 잃고 다시는 돌아오지 않는 단계다. 박사 논문 자격시험은 '구술시험'이라고도 불렸는데, 세 종류의 각기 다른 학술 문헌에 대해 두 시간 동안 유창하게 설명해야 했다. 나는 그 세 번 중 두 번째 시험을 치른 후 잠시 휴학을 했다.

나는 여러 사람 앞에서 하는 발표에 취약했고, 그게 가장 두려운 일 중 하나이기도 했다. 시험을 앞두고 전문 학술 용어가 넘쳐나는 글을 읽으며 자기 회의에 파묻힌 채 몇 달을 보냈다. 시험에 합격하자, 나를 늘 응원해주었던 세사르는 광이 나는 빨간 키친에이드 스탠드믹서를 선물했다. 내가 꼭 갖고 싶어서 브루클린대학 시간강사 일을 하며 받던 주급 236달러를 아껴 돈을 모으고 있던 제품이었다. 이 믹서는 내 인생에 혁명을 일으켰다. 더 이상 손반죽을 할 필요도 없었고, 머랭이 제대로 부풀어오르지 않을 일도 없었으며, 캔에 든 생크림을 사야 하던 시절도 갔다. 이제 나는 완벽한 크럼블과 폭신한 아이싱을 갖춘, 이전과는 수준이 다른 케이크를 만들어낼 수 있었다.

믹서는 시작에 불과했다. 석 달 뒤 나는 제과제빵 전문가 프로그램에 등록했다. 엄마에게 이 사실을 알리기 두려웠지만, 그때는 엄마, 세사르와 함께 퀸스 아파트에 살고 있었기 때문에 숨길 수가 없었다. 마침내 용기를 내 얘기를 꺼내자, 엄마는 팔짱을 끼고 내게서 등을 돌렸다. "누군가가 너를 세뇌시키는 것 같아." 엄마가 말했다. 박사 학위는 꼭 마치겠다고 엄마에게 맹세한 터였고, 엄마는 내가 잠시라도 학문의 세계를 저버리고 업소용 주방에서 팔을 걷어붙인 채 밤늦게까지 밀가루를 주무르는 꼴을 못 보았다.

파이를 처음 반죽부터 해서 네 개 더 구웠던 것은 제과 학교에서였다. 어느 하나 완벽하지는 않았지만, 둘씩 짝을 이루어 작업했기 때문에 파이가 잘 구워지느냐 마느냐는 내게만 달린 일이 아니었다. 엄마가 파이를 맛보고 "필링은 나쁘지 않은데 크러스트는 좀더 바삭해야 해. 바삭거리는 게 좀 부족해"라고 했을 때, 그런 사정을 설명하려 했다. 요리학교에서 내 실력은 전반적으로 잘하는 편이었지만, 나는 파이에 딱히 열정도 없었고 특별히 잘 만들지도 못했다. 그래서 학교 수업을 마치고 파이를 구우러 가면 다시 냉동 크러스트를 사용했다. 내가 직접 만든다고 그다지 나으리라는 생각이 들지 않았다. 파이를 구울 때에 대비해 냉동실에 크러스트를 구비해두곤 했다.

한번은 기금 모금 행사에서 세 가지 코스 요리를 해달라는 초청을 받아 냉동실에서 파이 크러스트를 꺼내 프랑지판〔아몬드 필링〕과 신선한 라즈베리로 채웠다. 한 손님이 파이가 맛있다고 칭찬을 하기에 직접 만든 게 아니라는 얘기를 하기가 멋쩍어 그냥 내가 만든 것인 양 넘겨버렸다. 엄마가 거기 있었다면 내가 게으르다고 생각했을 것이다. 어느 날 내 조리기구 옆에 묻은 기름 얼룩을 발견했을 때처럼.

"냄비 설거지 제대로 해야지, 그레이스. 안 그러면 사람들이 너 야심 없다고 생각할 거야."

"아니, 엄마, 그거랑 야심이랑 무슨 상관이 있다고 그래요?" 그때도 이렇게 말했지만, 상상 속에서 돌아가신 엄마가 파이를 직접 반죽해서 만들지 않았다고 나를 또 나무라면 이번에도 이렇게 말할 것이다.

그게 아니라, 나는 케이크파예요.

엄마의 베이킹 레퍼토리에 케이크는 들어 있지 않았다. 어렸을 때 집에서 먹었던 케이크는 세이프웨이 마트에서 사온 것으로, 버터가 들어 있지 않았고 엄청나게 달았다. 고급 케이크의 세계는 미지의 영역이었고, 나는 이것을 꼭 마스터하고 싶었다. 케이크는 기쁨을 주는 특별한 매력이 있었고, 진지한 접근을 요했다. 나는 엄마가 나를 모범생으로 키워준 대로 열심히 케이크를 공부했다. 요리학교가 끝난 다음에도 아이싱과 케이크 데코레이션에 관한 전문 워크숍을 찾아다녔다. 최고로 부드러운 버터크림, 최고로 풍부한 맛을 내는 가나슈, 최고로 섬세한 파이핑*이 나올 때까지 거듭해서 연습했다. 친구와 동료들이 내 케이크를 먹고 지금껏 맛본 케이크 중 최고라는 평가를 할 때까지 케이크를 굽고 또 구웠다. 이거 보세요, 엄마. 나는 야심이 있다고요.

애플파이

엄마는 한 달이면 수십 개, 1년이면 수백 개의 파이를 구웠는

---

* 아이싱을 짤주머니로 짜서 무늬를 만드는 것.

데, 평생 구운 파이를 다 합치면 수천 개는 되었다. 그 수많은 파이의 시작점은 엄마의 한국식 입맛에는 낯설기 짝이 없었을 부드러운 크러스트와 새콤달콤한 필링 사이 어딘가였음이 틀림없다. 아마도 엄마가 파이를 처음 맛본 건 햄버거, 핫도그, 애플파이를 비롯해 온갖 미국 음식이 차려진 미군 기지였을 것이다.

한때 엄마는 다양성이라고는 찾아볼 수 없는 아버지의 고향에 녹아들 수 있을 거라 믿으며, 미국 요리에 숙달됨으로써 스스로 그곳에 동화되려고 노력했다. 어쩌면 엄마는 이웃들이 묻고 또 묻는 질문에 지쳤는지도 모른다. "당신네 나라에도 이런 게 있나요?" "한국 문화에서는 개를 먹는다는데 사실이에요?" 엄마는 아내이자 엄마로서 당신의 역할이 아버지에게 친숙한 음식을 요리하는 것이라든가, 오빠와 내게 외국인 티가 안 날 음식을 먹이는 것이라고 진심으로 믿었을지도 모른다. 이유야 어찌 됐든 간에, 엄마는 미국식 요리를 메시아를 따르기라도 하는 듯한 열성으로 파고들었다. 물론 그렇다고 한국 음식을 저버린 것은 아니었다. 대신 엄마는 한국 음식을 몰래 먹는 법을 익혔다.

"미국 사람들이 우리가 이걸 먹는 걸 보면 겁먹을 거야." 언젠가 마른 오징어를 통으로 구워 먹으면서 촉수가 달린 오징어 다리를 입에 물고 질경거리다 엄마가 말했다. 그때 우리는 웃고 말았지만, 십수 년 후 조교수 시절 한 학생이 내 연구실 문을 두드렸고 나는 말린 오징어 다리를 뜯는 모습을 그녀에게 들켰다. 엄마 말이 기억나자 얼굴이 붉어졌다. 미국 사람들이 우리가 이걸 먹는 걸 보면⋯⋯.

엄마는 사적으로 먹는 음식과 공개적으로 드러내어 요리하고 먹는 모습을 구별하는 법을 익혔다. 겉으로 보면 엄마는 여성 잡지에 나온 새로운 레시피를 시험해보고, 길 건너에 사는 팔순 할머니들에게 요리를 배우는, 살짝 색다른 미국 주부 같았다. 엄마가 미국에 온 건 '미군위문협회 신부 학교USO Bride School' 프로그램이 생겨서, 미군의 한국인 여자친구나 약혼자에게 미국식 요리를 포함해 좋은 아내가 되는 법을 가르치기 이전이었다. 미국 요리를 정식으로 배우지도 못한 엄마였지만, 온통 미국 사람들로만 둘러싸인 작은 동네에서는 조금의 실수도 용납될 여지가 없었다.

하지만 엄마는 실수를 했다. 일례로, 한국에서는 부엌에 오븐을 갖춰놓는 집이 별로 없어서, 오븐이란 건 엄마 세대 사람들에게 완전히 낯선 도구였다. 그래서 처음 베이킹을 시도했을 때 엄마가 만든 초콜릿칩 쿠키는 바닥이 새카맣게 타서 딱딱하게 굳어 있었다.

"너무 딱딱한데." 아버지가 어금니로 쿠키를 갉아먹고는 지적했다.

"뭐가 그렇게 딱딱한데?" 엄마는 쿠키의 식감을 잘 몰라서 되물었다. 아버지의 평가에 엄마는 제대로 된 쿠키를 만들 때까지 끊임없이 노력했다. 쿠키 굽는 법을 익히고 난 다음 엄마는 더 난도 높고, 가장 미국적인 과제로 넘어갔다. 애플파이였다.

엄마에게 베이킹은 미국인이 되는 방법이었다. 그리고 망각의 방법이었다.

블랙베리파이

엄마는 우리 동네 이민자 베티 크로커* 캐릭터로는 잘 어울리지 않았다. 그 가장 큰 이유는 엄마가 가정생활만으론 만족하지 않았기 때문이다. 미치기 전에 엄마는 집 밖에서 일하며 보낸 시간이 집 안에서 보낸 시간보다 더 많았다. 냄비 옆면에 묻은 기름때를 닦아내는 것부터 해서 요리와 청소에 시간을 들이긴 했지만 그조차 당신의 야심 때문이었다. 중졸 이상의 교육을 받지 못한 여자에게 성공이란 전통적인 방식으로 측정될 수 없는 불확실한 것이었다. 그것은 학위나 수입으로써가 아니라, 일을 최고로 해냈다는 평가를 받음으로써만 얻을 수 있었다. 채집인으로 일하던 시절, 엄마가 따고, 팔고, 냉동하고, 잼을 만들고, 베이킹에 썼던 엄청난 양의 자연산 블랙베리는 "최고" "최상"이라는

---

* 베이킹 제품 광고 모델로, 이상적인 미국 가정주부를 상징하는 가상의 인물.

말이 붙은 감탄사를 유발했다. "블랙베리를 한자리에서 이렇게 많이 본 건 처음이에요!" "여기 가격이 최고예요!"

　엄마와 퀸스에서 함께 살게 되면서 엄마 드리려고 유니언스 퀘어 농산물 직판장에서 농장 재배 블랙베리 200밀리리터를 샀다. 그 전까지, 나는 엄마가 블랙베리를 얼마나 헐값에 팔아왔는지 미처 몰랐다. 내가 산 블랙베리는 알이 굵고 실했으며, 200밀리리터도 안 되는 양인데 4달러나 했다. 나는 머리로 엄마가 팔던 자연산 블랙베리와 비교해 그게 얼마나 비싼지 계산하기 시작했다. 200밀리리터짜리 네 개가 거의 1리터, 그걸 다시 네 배를 하면 3.8리터였다. 4달러에 열여섯 배면, 64달러라는 계산이 나왔다. 15년 전에 엄마는 그만큼의 블랙베리를 13달러에 판매했다. 인플레이션 계산법은 몰라도, 자연산 블랙베리를 농장 재배보다 훨씬 값지게 쳐준다는 건 똑똑히 알았다. 맛으로 따지면 비교가 안 될 정도였다. 나는 가장 과즙이 풍부해 보이는 블랙베리 바구니를 집어들고 1달러 지폐 네 장을 건네며, 엄마가 얼마 주었는지 묻지 않기만을 바랐다. 집에 도착해서 엄마에게 작은 플라스틱 통에 담긴 블랙베리를 건네자 엄마는 흘긋 눈길을 주더니 실망할 때 하는 넋두리를 늘어놓았다. "어허. 열매가 너무 커. 이런 블랙베리는 별로야."

　엄마가 돌아가신 직후, 나는 엄마가 "쓸모없다"라는 말을 입에 담기 한참 전 엄마의 호시절 추억 속으로 빠져들었다. 한때 엄마를 알았던 모든 사람에게 엄마를 생각하면 가장 기억에 남는 것이 무엇인지 물었다. 사람들은 만장일치로 블랙베리파이 얘기를 했다.

블랙베리 채집 외에 엄마가 가장 즐기는 취미가 있었다면, 그건 블랙베리파이 굽기였을 듯했다. 어쩌면 취미보다 강박이라는 말이 더 맞을지도 모르겠다. 땀 흘려 노동해 자기 것이라 부를 만한 무언가를 만들어내서, 남들에게 빼앗기지 않고 자기 의지로 나눠주기를 선택할 수 있는 무언가가 엄마에게 필요하지 않았을까. 엄마는 숱한 일요일 오후 소매를 걷어붙이고 밀가루와 쇼트닝이 담긴 커다란 믹싱볼에 손을 담근 채, 손가락으로 버터와 밀가루를 섞어 진주처럼 작고 동그란 생지를 만들었다. 하루가 저물어갈 때면 주방 홈바에는 오븐에서 갓 나온 따끈한 블랙베리파이 열두 개가 식어가며 껍질을 와그작 부숴 먹을 누군가를 기다리고 있었다.

돌이켜보면 블랙베리는 엄마 파이의 진정한 주연이었다. 그냥 블랙베리가 아니라 엄마가 직접 따온 "자그마한 자연산 블랙베리". 엄마의 파이는 항상 크러스트와 블랙베리의 비율이 완벽한 균형을 이루었지만, 내 어린 입맛에 소는 크러스트에 곁들이는 콩디망*에 불과했고 없어도 그만이었다. 나는 엄마에게 가장자리 크러스트만 먹어도 되느냐고 물었고, 그렇게 한번 허락을 받은 뒤로는 바깥쪽 크러스트만 다 골라 먹었다. 어느 날, 블랙베리 과즙이 바삭거리는 갈색 페이스트리와 어우러져 졸아붙는 냄새에 이끌려, 나는 부엌에 가서 홈바에 놓인 갓 구워진 파이 네다섯 개를 크러스트만 뜯어 먹었다. 엄만 낮잠을 자는 중이었던지 아니면 뒷마당에서 장미를 가꾸고 있었던지 잠시 자리를 비운 찰나였다. 나중에 내가 한 일을 알아채고 엄마는 비명을 질렀다. "그레에에이스! 네가 파이 다 망쳐놨잖아! 사람들 주려고 했는데 이렇게 못생기게 만들어놨어! 완전 헛일했잖니!" 처음에 성질을 내던 엄마는 이내 유머감각을 되찾았고, 내게 "크러스트 걸"이라는 별명을 붙여주었다.

가족의 엄청난 비밀을 내게 털어놓았을 때, 올케는 엄마의 과거로 정신질환을 설명할 수 있다고 여겼다. 마치 엄마의 과거가 질문 거리가 아니라 그 자체로 답이 될 수 있다는 듯이.

이해에 일어난 모든 일이 얽히고설켜 결코 돌이킬 수 없는 스위치를 건드렸다. 나는 성노동을 다루는 것이라면 영화나 소설, 학술 서적, 논문을 막론하고 닥치는 대로 찾아봤다. 특히 아시아를 배경으로 하거나, 군대와 관련되어 있거나, 인종 간 로맨스를 다룬 작업은 모조리 찾아보았는데, 거시적인 맥락은 없고 하나

* 요리나 베이킹에 사용되는 갖은 양념.

같이 그저 개인에만 초점을 맞춘 작품이 대부분이라 보기가 역겨웠다. 또 성별을 막론하고 사람들이 '창녀'나 '걸레' 같은 욕을 툭하면 무심코 사용하는 방식을, 그리고 이러한 모욕이 대중문화에 얼마나 만연해 있는지를 예민하게 의식하게 되었다. 거기서 내 의문이 시작되었다. 엄마가 느낀 자기 가치에 대한 감각은 그런 낙인과 얼마만큼 연관되어 있을까? 도를 넘은 수치심이 엄마를 아무것도 아닌 존재로 만들어버린 것은 아닐까?

그때 비로소 나는 왜 내 교육이 엄마에게 그토록 중요했는지를 이해할 수 있었다. 그건 학자가 되고 싶었던 당신의 꿈을 나를 통해 대리 실현하려는 것이었을 뿐 아니라, 당신이 직면해야 했던 것과 다른 선택지를 내가 누릴 수 있게 하려는 것이었다. "몸이 아니라 머리 쓰는 일을 해!" 레스토랑 주방에 처음 취직했을 때도 그렇고, 엄마는 내가 육체노동에 관심을 보일 때마다 이렇게 말하곤 했다. 내가 대학이라는 공간을 좋아한 것은 사실이나, 대학원에서 7년이라는 시간을 보내기로 한 결정은 2초도 안 되는 그 짧은 순간에 이루어졌다. "어머니는 매춘부였어요"라는 말을 들었던 바로 그 순간.

1998년에 나는 뉴욕시립대학 대학원에 등록했고, 쓸모없다고 느낄 정도로 엄마의 정신을 산산조각 낸 것이 도대체 무엇인지 찾아내겠다고 결심했다. 내게 주어진 과제는 다음 두 문장 사이에 어떤 관련이 있는지, 그 모든 가능성을 찾아내는 것이었다. 어머니는 매춘부였어요. 그리고, 쓸모없어.

나는 성의 상품화를 중점적으로 논하는 페미니스트 성 전쟁 feminist sex wars*의 논쟁사를 공부했다. 나는 상품화되지 않은 성에 대해서는 훨씬 더 느슨한 견해를 가지고 있었음에도, 처음에는 성매매와 포르노가 본질적으로 억압적이라고 보는 급진적 페미니스트 입장에 가까웠다. 하지만 성노동자인 학우에게 성노동자 활동가들을 소개받은 후로, 내 관점은 성해방 급진주의 쪽에 가까워지기 시작했다. 이들은 성노동이 선택이고 선택이어야만 한다고 말했다. 성노동은 주체성에 따른 행동이며 역량 강화도 가능하다는 것이다. 이들은 성산업에서 필요한 변화란 노동조건과 성노동자가 존중받지 못하는 현실의 개선이라고 보았다. 나는 이런 관점에 공감했고, 여성이 자신의 섹슈얼리티에서 힘을 얻을 수 있으며, 성을 이용해서 이익을 얻거나 생계를 유지하는 것이 정당하다고 인정되어야 한다는 데 동의했다. 하지만 나는 성노동자가 되기로 한 선택에 대해 목소리를 높이는 주요 인물 다수가 고등교육을 받은 백인이라는 사실을 알아차리기 시작했다. 물론 학력이 따라주면 선택하기가 덜 어려울 것이다. 하지만 그 선택 때문에 침묵을 감수해야 했던 여성들은 어떨까?

* 제2물결 페미니즘에서 성해방과 정체성 정치의 영향으로 페미니스트들 간에 포르노그래피, 성매매, 레즈비언 성행위 등 여성의 섹슈얼리티와 성행위를 두고 오간 다양한 논쟁적 담론.

나는 필리핀 성노동자 활동가인 아둘 드 리언의 말을 되씹고 또 되씹었다. "〔미국 페미니스트들은〕성매매가 자유 선택의 문제가 될 수 있는가를 두고 싸우느라 너무 많은 시간을 허비한다. 우리 제3세계 국가 출신 여성들에게 그들의 싸움은 지루할 대로 지루해졌다. 성매매를 둘러싼 우리 문제는 그들의 것과 다르다."[1] 우리에게는 "매춘부가 되지 않기로 할 권리"를 확보하는 게 더 시급한 문제다.[2]

　　아이러니하게도 첫 책이 출간되고 몇 년이 지난 후, 내가 한국 기지촌 여성들이 자기 '선택'으로 성매매 여성이 되었다고 묘사했다는 비판의 이메일을 받았다. 이들이 '강제로' 그렇게 되었다고 묘사하지 않았다는 게 이유였다. 나는 '선택'이라는 용어를 사용하지 않을 것이라고 반박하는 답장을 보냈다. 내 글에서 논하는 사회적 맥락상 '선택'이란 개념을 사용하기에는 문제가 너무 많기 때문이었다. 국가가 세상에서 가장 강력한 외국군을 접대하기 위해 성노동을 조직할 때, 또한 양국 관계가 심히 불평등할 때, 그 노동 조건은 이미 강압에 뿌리를 두고 있다. 미군을 상대했던 성노동자 대다수가 사기를 당하거나 인신매매를 당한 건 아닐지 몰라도, 이들에게 다른 이렇다 할 선택지가 있었던 것도 아니었다.

　　나는 선택지가 아무리 제한되어 있다 해도 언제나 저항의 가능성은 존재한다고 썼다. 어떤 여성들은 현모양처 등 가부장제에서 기대되는 역할에 "엿을 먹이려고" "나쁜 여자" 역할을 받아들였을지도 모르고, 미국에 가까워질 기회를 잡으려고 그랬을지도 모른다. 1960년대에 젊은 한국 여성이 미국에 가려면 기지촌에서 일하는 것이 가장 유력한 길이었다. 순전히 생존을 위한 성노동이라 해도, 그것은 자신을 죽이는 권력 구조에 저항하는 방법이다. 생존은 저항을 위한 행동일 수 있지만, 제국주의 질서하에 저항 행동을 한다는 것은 "자기 선택으로 성매매 여성이 된다"는 것과는 다른 얘기다. 강제로 아니면 자유롭게, 이는 잘못된 이분법이다.

엄마의 상황을 고심하며 이미 몇 년의 시간을 보낸 터였지만, 대학원 1년 차에 들은 사회학 방법론 수업에서 매주 연구 질문을 써 오라는 과제를 받고 나는 이에 대한 체계적인 분석 작업을 시작했다. 과제에서 엄마를 직접 언급한 적은 없지만, 내가 써 내려간 모든 글의 서브텍스트에는 엄마가 있었다.

어떤 구조와 시스템, 지정학적 사건이 엄마로 하여금 사회적 규범을 깨고 성산업에 진입하게 한 사회적 맥락을 만들었을까? 그 안에서 어떤 작은 행동과 몸짓이 엄마의 자존감을 천천히 잠식해갔을까? 어떤 대규모 거래가 엄마의 정신을 짓밟았던 걸까? 그곳에서 벗어난 후에도 똑같은 일이 시간과 장소만 바꾸어 계속 벌어졌던 걸까?

이 질문들에 대한 답은 전혀 명확하지 않았다.

나중에, 내가 이 질문을 좇아 10년에 가까운 시간을 보낸 후 올케는 다시 그 얘기를 꺼냈다. 내가 "알아야 해서" 말한 것뿐이고, "여자 대 여자로" 한 얘기라고. 올케는 내가 그 말을 듣고 비밀을 가슴에 묻은 채 다시는 입 밖에 내지 않을 거라고 예상했다. 마음속에서 결코 지울 수 없었던 그 말을 분석하는 것을 일생의 과업으로 삼겠다고 결심하고 수백 페이지에 달하는 글을 써낸 후에 올케는 말을 바꿨다. "어머님은 칵테일 웨이트리스였어요. 그게 다예요."

하지만 그건 중요하지 않았다. 엄마가 칵테일 웨이트리스였든 매춘부였든, 아니면 그 중간의 무엇이었든 상관없다. 그 말은 처음 나왔을 때 이미 나를 변화시켰기 때문이다. 어머니는 매춘부였어요. 그 일편의 새로운 정보 하나가 너무 거대해서 옛날의 기억을 지워버린 것이다. 그 말이 나를 크러스트 걸이라고 불렀던, 블랙베리파이로 유명했던 우리 엄마의 모습을, 그 시절을 다 잊게 만들었다.

민스파이

엄마는 처음으로 자살을 시도한 다음 다시 아버지 집에 살게 되었다. 올케 말에 따르면, 오빠와 아버지 뜻이었고, 엄마는 그 말에 따랐다고 한다. 파국에 이를 게 뻔한 계획이었다. 부모님 두 분 다 서로를 돌볼 능력이 없었고, 나는 함께 있을 때 양친 관계가 어떤지 지켜봤기 때문에 그 사실을 알고 있었지만, 아무도 내 의견을 귀담아듣지 않았다. 막내인 데다 딸에, 어머니를 모실 형편도 안 되는 내 얘기를 누가 듣겠는가?

엄마가 아버지에게 돌아가야 했던 이유는 다시 자살을 시도하면 아버지가 이를 막을 수 있기 때문이었지만, 불과 몇 주도 지나지 않아 엄만 다시 자살을 시도했다.

엄마는 아버지에게 와인 한 병을 사다달라고 했다. 술을 마시지 않는 엄마가 그런 부탁을 하는 게 이상하다고 생각하면서도, 아버지는 와인을 사 왔다. 그런 다음 엄마는 위층 다락방으로 올라가 가장 깊은 구석에 숨었다. 천 두루마리, 김치 통, 채집 도구 등 엄마의 이전 삶의 잔재들, 다시는 쓰지 않을 물건들만 모아두던 곳이었다. 아무도 찾지 않을 곳에 숨어서 엄마는 와인 한 잔으로 약을 삼키고 죽기를 기다렸다. (약병 경고 라벨에 술과 같이 먹지 말라고 적혀 있었기 때문에 와인을 마셨다고, 엄마는 나중에 시인했다.) 이튿날 경찰이 엄마의 실종을 조사하러 왔을 때, 다락방을 비롯해 곳곳을 뒤졌지만 엄마의 흔적을 찾지 못했다. 하지만 경찰이 다락방 계단을 막 내려오려던 찰나, 의식을 잃고 반쯤 살아 있던 엄마는 긴 신음 소리를 냈다. 경찰은 발걸음을 돌려 늦지 않게 엄마를 찾아냈다.

두 번째 자살 시도에 실패한 다음, 엄마는 "다시는 그런 일 안해"라고 맹세했다. 그 말을 할 때 엄마 목소리는 역겨움과 확신에 차 있었다. "아니, 다시는 그런 일 안 할 거야."

그건 살아남겠다는 자신과의 약속이라기보다는, 또다시 실패해서 굴욕을 당하지 않겠다는 말 같았다. 어찌 됐든 그 말에 나는 조금이나마 안심이 되었다.

우리 가족이 마지막으로 크리스마스를 함께 보낸 건 1997년이다. 당시에 부모님은 여전히 함께 살고 있긴 했지만 서로 말을 하지 않았다. 우리는 노스캐롤라이나주에 있는 오빠 집에 모였는데, 나는 뉴욕, 부모님은 시애틀에서 비행기를 타고 왔다. 비행기 안에서 여섯 시간 동안 둘은 나란히 앉아 아무 말도 하지 않았다. 다른 승객들은 두 분이 서로 모르는 사이인 줄 알았을지도 모르겠다. 엄마는 목소리를 들을 수 있게끔 다른 배경 소음을 차단해버리기라도 하듯 아버지에게 신경을 꺼버리는 데 인이 박여, 남편이 옆에 앉아 있어도 없는 사람처럼 여길 수 있었다.

오빠 집에 도착해서 아버지는 당신 짐을 챙겨 손님방으로 갔고 엄마는 가방에서 민스파이를 꺼내 오븐에 데웠다. 엄마가 여전히 특별한 날이면 베이킹을 할 수 있다는 사실이 무척 기뻤다. 나는 오빠와 함께 주방 식탁에 앉아 향긋한 냄새가 나는 파이에 포크를 가져갔다. 그런데 한입 맛보자마자 오빠가 흠칫했다.

"여기 고기 넣었어요?" 오빠가 물었다.

"뭐가 문제야?" 엄마는 그 질문에 의아해했다. "맛있는데."

오빠는 민스파이라는 이름을 문자 그대로 받아들이지 않았거나, 과일만 넣는 파이가 흔해지기 전에 파이는 전통적으로 고기와 과일을 섞어서 만들었던 역사를 몰랐던 것 같다. 제일 좋아하는 음식은 아니었지만 나는 그래도 민스파이를 맛있게 먹었다. 엄마가 만든 블랙베리파이에 견줄 순 없었지만, 향신료와 겨울 과일 맛이 어우러져 크리스마스 맛이 났다. 고기 맛이 건포도의 단맛을 중화시켰다. 평소 과일과 고기를 함께 먹는 것을 즐기던 아버지라면 좋아했을 텐데, 아버지는 엄마를 피하느라 식탁에 함께 앉지 않았다.

나는 올케에게 명절에 부모님을 같이 모시는 게 좋은 생각은 아니라고 언질을 주었지만, 올케는 부모님 중 한 분만 초대하는 건 너무 잔인한 일이라고 주장했다. 아버지는 손님방에서, 엄마는 거실에서 잠을 청했고, 두 분 중 누구도 당신들 사이에 가로놓인 얼음 장벽을 녹이려 들지 않았다. 도착 이튿날, 아버지는 변비 때문에 불편함을 호소하기 시작했고, 내게 약국에서 관장제를 사다달라고 했다. "플릿 제품인지 잘 확인해라." 아버지가 말했다. "F-L-E-E-T." 나는 아버지 말을 순순히 따랐고, 사 온 관장제를 건네자 아버지는 바지를 벗고 세 살짜리 조카가 「매들린

Madeline」 만화를 보고 있는 거실 바닥에 엎드렸다.

"아빠? 지금 뭐하세요?" 나는 숨죽여 말했다. "화장실에 가서 하세요."

"화장실에는 누울 데가 없어."

"그래도 화장실까지 제때 못 가면 어떡해요?"

"무슨 헛소리야! 할 수 있어. 백 번도 넘게 해봤다."

나도 모르겠다고 생각하면서 자리를 떴는데, 옆방에 들어가자마자 아버지의 고함 소리가 들렸다. "그레이스! 못 갔다!" 아버지가 화장실로 달려간 동선대로 똥 냄새가 진동했고, 악취가 역해서 나는 밖으로 뛰쳐나가 현관 발코니 난간을 붙들었다. 엄마와 오빠는 밖에서 따뜻한 남부의 겨울 날씨를 즐기고 있었다.

"무슨 일이야?" 엄마와 오빠가 한목소리로 물었다.

"아버지가…… 집 안에 온통…… 똥을……" 나는 헐떡이며 오빠에게 말했다.

엄마는 손을 휘이 휘이 내저었다. "아, 그거. 네 아버지 집에선 맨날 그러고 나더러 치우라고 둔단다."

이 사건은 크리스마스이브 저녁 준비를 망쳐버렸다. 두 조각만 잘라낸 엄마의 민스파이는 그중 한 조각만 먹고 주방 홈바에 그대로 남겨졌다.

그 민스파이가 엄마가 마지막으로 구운 파이였다. 그 후 11년 동안, 엄마는 평생 다시는 오븐에 불을 붙이지 않았다. 그날 크리스마스가 잘못되어서인지, 사람들이 민스파이를 좋아하지 않아서인지, 아니면 아무리 많이 구워도, 아무리 맛있어도, 한때 파이를 구우며 느꼈던 성취감을 다시 느낄 수 없다는 걸 깨달았기 때문인지, 이유는 모르겠다. 베이킹은 쓸모없는 일이 되어버렸다.

이 일로 나는 바스라져가는 엄마의 유산을 구해보려는 듯 본격적으로 베이킹을 시작했다. 여러 해에 걸쳐 나는 무엇이 엄마를 쓸모없다고 느끼게 했는지, 그 원인에 좀더 가까이 다가갈 수 있게 해줄 작은 조각들을 모으고 또 모았다. 사람이 아닌 사물 취급을 받으며, 엄마는 당신 삶이 쓸모없다는 메시지에 둘러싸여 있었음이 틀림없다. 그건 주변 사람들이, 한국 사회가, 심지어 당신의 가족이 보낸 메시지였다. 엄마는 한국을 탈출했지만 미국 사회에서도 당신이 쓸모없는 존재로 여겨진다는 사실을 알게 되었다. 이 회색빛 나라, 이 폭력적인 위탁 가정…… 우리 목을 흙으로 채우고, 우리가 그걸 삼키는 법을 배우면 욕심이 많다고 비난하는 이 땅.[3]

4부

세상은 식탁에서 시작된다. 무슨 일이 있어도, 살려면 먹어야 하니까.
세상이 주는 선물은 이 식탁으로 옮겨져 준비되고 차려진다. 창조 때
부터 그러했고, 앞으로도 그러하리라.

(…)

우리 꿈은 우리 아이들을 감싸안고 우리와 함께 커피를 마신다. 가련
하게 넘어진 우리가 식탁에 앉아 스스로를 추스를 때 우리와 함께 그
넘어짐을 웃어넘긴다.

이 식탁은 빗속의 집이요, 햇볕 아래 파라솔.

이 식탁에서 전쟁이 시작되고 끝났다. 공포의 그늘을 피해 숨어드는
곳. 끔찍한 승리를 축하하는 곳.

우리는 이 식탁에서 아이를 낳았고, 부모를 묻을 준비를 했다.

이 식탁에서 우리는 기쁨으로 노래하고, 슬픔으로 노래한다. 고통과
후회의 기도를 올린다. 감사를 드린다.

어쩌면 세상은 식탁에서 끝나는지도, 우리가 울고 웃으며 마지막 달
콤한 한 조각을 베어 무는 사이에.

　　　　　　　　—조이 하조, 「어쩌면 세상은 여기에서 끝날는지도」

11장

원 타임, 노 러브

1980년 워싱턴주 셔헤일리스

엄마는 지글지글 뜨거운 버섯을 손으로 집어 입에 넣는다. 입이 델 만큼 뜨거워도 맛보는 데는 지장이 없는가 보다. 친할머니가 준 돼지 모양 도자기 소금 통을 지나쳐서, 전자레인지 선반에서 유리로 된 큼지막한 소금 통을 집어든다. 간을 맞추고 버섯을 다시 맛본 다음 프라이팬을 불에서 내리고, 등심 구이를 오븐에서 꺼내고, 흰 쌀밥을 나무 주걱으로 젓는다. 이렇게 또 한 번의 식사가 마치 외과 수술을 방불케 할 정도로 정확하게 시간에 맞춰 요리되고, 상차림 준비는 끝이 난다. 시계가 6시를 가리키면, 엄마 목소리는 우리 단층집에 울려 퍼진다. "저녁 다 됐다!" 엄마는 마치 우리가 바로 옆방이 아니라 어디 멀리 떨어져 있기라도 한 것처럼, 밤중에 황야를 배회하고 돌아오는 고양이를 부르듯 우렁차게 고함을 지른다.

아버지와 오빠, 그리고 나는 서둘러 걸음을 옮겨, 부엌 모퉁이 벽에 붙어 있는 직사각형의 하얀 식탁에 모여 앉는다. 식탁의 두 가장자리가 벽에 붙어 있어 마주 보고 앉을 순 없다. 내 자리는 전자레인지에서 제일 가까운 끝자리다. 아버지 자리는 반대편 벽에 붙어 있는 주방 기기와 색을 맞춘 겨자색 전화 밑이다. 중간에는 엄마가 앉고, 오빠는 남은 좁은 쪽 자리에 앉아, 우리는 다 같이 L자 모양을 만든다.

엄마는 불 앞에 서서 하얀 코렐 접시에 스테이크를 담고, 우리는 땅딸막한 참나무 의자에 앉는다. 엄마는 밥과 버섯을 산더미처럼 스테이크 옆에 쌓으며, "원 타임, 노 러브One Time, No Love"라고 말한다. 한 번 주면 정 없어, 라는 뜻이다. 엄마가 식사할 때마다 주문처럼 되새기는 이 말은, 양이 너무 많다고 항의하는 걸 막기 위한 방법이다. 음식을 싹 먹어치워서 엄마에게 보답하는 게 우리 집의 암묵적인 규칙이다. 나는 접시를 보며 이 많은 양을 어떻게 다 먹지 생각하지만, 먹다 보면 항상 깨끗이 비우곤 한다.

저녁 식탁에서 우리는 처음 몇 분 동안만 대화를 나눈다. 아버지는 나와 오빠가 학교에서 뭘 했는지 묻고, 엄마에게 음식이 맛있다고 한다. 엄마는 고맙다고 하는 대신, "알아"라고 답한다. 남은 저녁 시간에는 먹기 바빠서 거의 말이 없다. 대신 우리는 포크가 나이프에 부딪히는 소리와 식탁 위 천장 형광등이 윙윙거리는 소리를 들으며 먹는다. 식사를 거의 마칠 때쯤, 엄마는 밥과 버섯을 마저 먹이려고 자리에서 일어나며 적막을 깨뜨린다. "남으면 맛이 없으니까 다 먹자." 싫다는 사람이 있으면 엄마는 미소를 지으며 "원 타임, 노 러브"라고 늘 똑같은 말을 한다.

이튿날 저녁에도 비슷한 풍경이 펼쳐지는데, 유일한 차이는 이날 엄마의 요리가 콩나물과 고사리를 넣은 비빔밥이라는 것이다. 그 이튿날 저녁에는 샐러드를 곁들인 스파게티와 미트볼이, 그 이튿날은 로스트 치킨과 뿌리채소 오븐 구이가 차려질 것이다. 아버지가 바다에 나가 자리를 비울 때도 있고, 열한 살 땐 오빠가 대학에 진학해 집을 떠날 것이다. 귀퉁이를 벽에 붙인 하얀 포마이카 식탁에 앉아 둘이서만 저녁을 먹을 때도 엄마와 나는 늘 앉는 자리에 나란히 앉을 것이며, 내가 3미터밖에 떨어져 있지 않아도 엄마는 "저녁 다 됐다!"라고 큰 소리로 외치곤, 더 먹으라고 재촉할 것이다.

엄마가 해준 음식으로 한껏 배를 채우던 어린 시절, 나는 우리의 식사 의식이 무슨 의미인지, 또 온 가족을 위해 요리하는 저녁 식사에 책임감 외에 엄마에게 무슨 다른 뜻이 있을지 한 번도 생각해본 적이 없다. 아마 그 진가를 알아본 사람은 아버지뿐이었던 듯하다. 그것이 엄마가, 아니 엄마와 당신 모두가 얼마나 먼 길을 왔는지 상징하는 일이었음을 아버지는 알고 있었다.

젊은 시절 조리 일도 했지만, 아버지는 과거에 누군가가 당신에게 애정을 담은 음식을 만들어주었던 순간에 대해 얘기한 적이 없었다. 음식에 얽힌 아버지의 어린 시절 기억은 늘 역경에 대한 것이었다. "어떤 음식이든 싫어서 안 먹겠다고 하면 매를 맞았어. 접시에 있는 건 뭐든 먹어야 했지."

어느 날 아버지는 대공황 시절 어느 가난한 가족이 겪은 역경에 대해 이야기한 적이 있다. "너무 절박한 상황이었어⋯⋯." 아버지는 목소리가 갈라지기 시작했지만 가까스로 이야기를 끝마쳤다. "그래서 키우던 강아지를 먹어야 했지." 말을 마치며 아버지는 눈물을 왈칵 쏟았다. 그렇게나 오랜 세월이 지났는데도 아버지는 배곯았던 기억에 고통스러워했고, 나는 그 이야기 속 가족이 당신 가족은 아니었나 하는 생각이 들었다.

배를 타던 아버지는 한국에서 엄마를 만났고, 새 지평이 열렸다. 엄마가 해주는 음식은 아버지가 여행했던 한국과의 연결 고리여서, 집에서 편히 앉아 이국적인 맛을 즐길 수 있게 하고, 이곳과 저곳에 동시에 있을 수 있게 하는 마법의 지팡이였다. 엄마는 아버지가 좋아하는 미국 음식에다, 매콤하고 자극적인 한국 음식을 같이 차려냈다. 인도 고아 여행을 추억하고 싶을 땐 엄마에게 향신료와 요리법을 주기만 하면 되었다. 엄마는 코코넛과 캐슈넛을 넣은 향긋한 치킨 카레를 만들었고, 이렇게 엄마의 요리 레퍼토리는 빠르게 늘어갔다. 엄마는 새로운 요리법을 실험해보며, 주말이면 즐겨 먹는 음식을 요리하고, 휴일에는 호화로운 잔칫상을 차려냈다. 엄마의 냉장고는 항상 가득 차 있었다. 엄마의 요리는 아버지를 부자가 된 것처럼 느끼게 했는지도 모른다.

엄마에게도 그런 상차림은 어떤 일이라도 할 수 있을 것 같다는 가능성의 세계를 상징했다. 다른 사람을 먹이면서 엄마는 당신의 출신에서 벗어날 수 있었다. 그것은 살아남았다는 증거였고, 미래에 대한 희망이기도 했다.

엄마의 음식이 나를 향한 사랑이라는 걸 가장 절절하게 느꼈던 순간은, 집을 떠나 대학에 가고 얼마 안 되어 몇 번 집에 왔을 때다. 엄마는 "미국 대학 사람들"이 나를 제대로 먹이기나 했는지 몇 달 동안이나 애를 태우고 있었다. 그러곤 시애틀 공항에서 나를 기다리다 보자 마자 애정 표현을 쏟아냈다. 인사와 포옹을 하기도, 비행은 괜찮았는지 학교생활은 어땠는지 묻기도 전에, 엄마는 첫인사로 내게 껍질 벗긴 오렌지를 내밀었다. "자, 먹어. 찰떡 만들었어." 다른 한 손으로는 달짝지근한 떡이 든 봉투를 들고 말했다. "차에서 먹어도 돼."

하지만 얼마 지나지 않아, 아마도 세 번째인가 네 번째로 집을 찾은 뒤론 공항에 도착해도 나를 반겨주는 엄마나, 깎은 과일을 찾아볼 수 없었다.

"엄마는 어디 갔어요?" 엄마가 처음으로 나오지 않은 날 아버지에게 물었다.

아버지는 짜증스러운 듯 긴 한숨을 내쉬었다. "내가 아니! 도무지 뭘 하는지 모르겠다."

집에 도착했을 때 앞마당에 있는 나무 그루터기가 보였다. 엄마가 몇 달 전에 베어낸 오래된 참나무 밑동이었다. 아버지가 전화로 불평하던 게 기억났다. 네 엄마가 나무를 다 베버렸어! 대체 무슨 생각을 하는 건지 모르겠다.

집 앞문으로 향하는 보도에는 관목이 제멋대로 자라기 시작했고, 땅에는 잡초가 올라와 있었다. 집 안으로 들어간 나는 부엌을 지나 집 뒤편에 있는 거실에서 베이지색 소파에 앉아 있는 엄마를 보았다. 엄마는 인사는 했지만 자리에서 일어나지 않았고, 나는 앉아 있는 엄마를 안았다.

식료품 저장고에는 먼지 덮인 잼 몇 병만 남아 있었고, 냉장고는 거의 텅 비어 있었다. 집에는 먹을 게 하나도 없었다.

엄마는 밥과 김치에 기껏해야 시금치 굴소스 볶음이나 고추된장 무침 같은 반찬 하나만 곁들여 최소한의 식사만 하고 있었다. "된장은 콩으로 만들었으니까 단백질이야." 영양실조가 걱정된다는 내 말에 엄마가 말했다. 이따금 엄마는 버거킹에서 치즈를 추가한 더블 와퍼 버거를 먹기도 했지만, 아버지를 위해 요리하는 것은 그만두었다. 아버지는 스파게티, 통조림 수프, 채소찜을 먹거나 노인을 위한 음식 배달 서비스에서 운전을 하며 그날그날 마감 후 남은 음식을 집으로 가져와 근근이 연명하고 있었다.

두 분 다 제대로 된 식사를 못 하고 있는 모습에, 나는 세이프웨이 마트에서 장을 봐 그날 저녁 요리할 돼지고기와 감자 오븐 구이에 필요한 재료를 구입했다. 아직 요리는 배우지 못했지만 엄마가 요리하는 모습을 어깨너머로 봤던 터라, 고기를 양념해서 오븐에 넣는 정도는 할 수 있을 것 같았다. 샐러드는 만들기 쉬웠다. 아이스버그 양상추, 토마토, 오이를 잘라서 시판 드레싱을 뿌리는 게 다였다. 부모님과 함께 식탁에 나란히 앉아 내가 요리한 음식을 먹었다.

"맛있네", 아버지는 돼지고기를 맛보며 말했다.

"너무 익혀서 미안해요." 내가 말했다.

저녁을 먹으며 아버지와는 몇 마디 말을 주고받았지만, 엄마는 공허한 눈빛으로 내내 침묵을 지켰다. 엄마 목소리가 듣고 싶었지만, 형광등 윙윙거리는 소리, 그리고 우리 셋이 퍽퍽해진 고기를 씹어 물과 함께 삼키는 소리만 주방을 가득 메웠다. 별다른 말 없이 조용히 식사를 하는 건 어렸을 때도 크게 다르지 않았지만, "원 타임, 노 러브"라는 엄마의 흥겨운 후렴구는 온데간데없었다. 말없는 엄마를 보며 나는 이제껏 엄마가 요리를 통해 의사소통을 해왔다는 걸 알게 되었다. 침묵하는 엄마는 마치 유령처럼 보였다. 엄마의 모습을 보고, 드시는 소리를 듣고, 옷에서 화이트 숄더스 향수의 희미한 라일락 향도 맡을 수 있었지만, 엄마는 내 손이 닿지 않는 다른 세계로 가버린 듯했다. 한때 함께했던 엄마가 이제 없다는 게 뼛속 깊이 실감 났다. 원 타임, 노 러브. 그 말을 하고 싶기도 했지만, 내겐 가족 요리사로서 엄마의 자리를 대신할 자격이 없었고, 그러고 싶지도 않았다. 그건 엄마의, 아니 엄마만의 말이길 바랐고, 내가 그 말을 하지 않으면 엄마가 돌아올지도 몰랐다. 더군다나 요리도 잘 안 돼서, 나는 그냥 상을 치우고 설거지를 해버렸다.

"고마워, 우리 딸." 엄마가 소파 자리로 돌아가 앉자 아버지가 말했다. 부모님을 위해 요리한 건 그날이 처음이었고, 엄마를 위해 만든 수천 번의 식사 중에서도 이것이 처음이었다.

그 후 집에 올 때마다 내가 요리를 도맡았지만, 엄마는 음식에 대해 한마디도 하지 않았다. 엄마의 침묵이 요리에 대한 내 흥미를 떨어뜨리려는 방편이었는지, 아니면 정신이 너무 혼란스러워 음식엔 완전히 무심해져버렸던 건지 나는 확신할 수 없었다. 초창기 엄마를 위해 요리를 해보려던 시도는 엄마의 불행에 대한 쓰라린 기억만 남겼고, 상황이 나아지긴 할지도 여전히 미지수였다.

엄마는 뉴저지주에서 셔헤일리스로 돌아온 다음 시도한 두 번째 자살 기도 이후, I-5 고속도로를 타고 북쪽으로 50킬로 정도 떨어진 올림피아에 있는 심리치료사를 만나기 시작했다. 엄마가 만났던 심리치료사인 전 박사는 한국에서 이민한 여성이자, 엄마가 15년 만에 외가 식구들을 제외하고 처음으로 말을 나눠본 한국인 성인이었다. "이 사람하고는 제대로 얘기할 수 있을 것 같아." 엄마는 희망 어린 목소리로 말했다. "치료사라기보다는 좋은 친구 같거든." 엄마의 말을 듣자 눈물이 쏟아졌고, 몇 년 만에 처음으로 나는 감히 근본적으로 다른 미래를 그려볼 수 있었다.

하지만 엄마가 아버지를 부부 상담에 데려가면서 상황이 달라졌다. 상담실이라는 친밀한 공간 안에서 당신의 목소리를 들어주고 본모습을 봐준다고 느낀 아버지는 치료사의 관심을 쫓기 시작했다. 아버지는 엄마 없이 전 박사를 만나기 시작했고, 어떤 때는 상담실 밖에서 만나기도 했다.

엄마는 무슨 일이 일어나고 있는지 낌새를 채고는 상담 치료를 그만두었던 것 같다. 아버지와 전 박사의 관계가 성적인 관계였는진 확신할 수 없지만, 사적이었던 건 분명하다. 아버지는 전 박사를 정기적으로 만났고, 현금을 용돈으로 줘가며 당신이 끌리고 있음을 숨기려 하지 않았다. 아버지는 뻔뻔하게 전 박사와의 교감을 자랑했고, 한번은 내 첫 출판 논문을 그녀에게 보내보라고 하기까지 했다. 내 글을 읽을 수 있을 만큼 문해력을 갖추지 못한 엄마를 대신하기라도 하듯. 나는 그 제안을 듣고 움찔했다.

"무슨! 그 사람하곤 아무것도 안 할 거예요!"

"어허, 그게 무슨 말이냐? 그 사람 좋은 사람이야." 아버지가 말했다.

"아빠, 지금 나랑 장난해? 그 사람 엄마 치료사잖아요! 도대체 어떻게 이게 괜찮다는 거야? 아빠랑 관계를 맺는 건 완전히 비윤리적인 행동이라고요."

분노나 배신감, 혐오감보다 나는 압도적인 패배감을 느꼈다. 아버지의 불륜에 대해 엄마와 얘기해본 적은 없지만, 이 일로 엄마가 정신건강 전문가에 대해 가졌던 작은 신뢰마저 무너졌으리란 확신이 들었다. 그 모든 시간을 보낸 뒤, 우리는 다시 시작해야 했다. 엄마의 정신건강은 다시 하향세를 타며 날로 악화되어만 갔다.

엄마를 보살피는 데 가장 중요한 역할은 가족 안에서 올케가 계속 도맡았다. 동서부를 가로지르는 이사나, 정신과 진료를 책임졌을 뿐 아니라 정보를 판별하는 역할도 했다. 본인이 자청한 건지, 아니면 오빠가 자기 대신 맡아달란 부탁을 했는지는 알 수 없었다. 어느 쪽이었든 엄마에게 무슨 일이 있을 때마다 그 소식을 내게 알려주는 사람은 거의 항상 올케였다.

1997년 말에 부모님을 방문하러 가려는데, 올케가 엄마의 정신건강이 다시 나빠지고 있다고 경고했다. 이번에는 집 안을 마구 뛰어다니는 쥐가 문제였다. "아버님 말씀으론, 어머님이 쥐를 애완동물로 여긴대요." 그 얘기를 어디까지 믿어야 할지 알 수 없었다. 아버지는 얘기를 과장하거나 헷갈리게 하곤 했고, 올케도 내가 엄마의 행동을 심각하게 여기지 않는다고 생각해 실제보다 더 부풀려 얘기하는 경향이 있었다. 내가 올케의 걱정을 종종 무시했던 것은 사실이다. 나는 조현병을 가진 사람들이 위험하거나 예측 불가능하다는 고정관념을 인정하기가 두려웠고, 내 안에 숨은 공포심 역시 두려웠다.

어느 날 아버지가 소파 뒤쪽을 진공청소기로 청소하려 하는 걸 보기 전까지 나는 쥐 얘기를 잊고 있었다.

"아빠, 뭐 해요?" 아버지가 무리할까 걱정되어 물었다.

"젠장, 네 엄마 봐라! 소파 밑에 쥐를 키우고 있어. 저 밑에 쥐 먹으라고 온갖 쓰레기 던져놓은 것 좀 봐라." 쓰레기라는 단어를 뱉어내며 아버지는 이를 악물었다. 힘겹게 가구를 옮기던 아버지는 끙끙대며 한숨을 내쉬었다. 아버지를 도와 소파를 옮기는데, 바닥에 해바라기씨 껍질, 빵 부스러기, 말린 사과 껍질 쪼가리와 쥐똥이 엉겨붙어 있는 게 보였다. 맙소사, 그 말이 사실이었어, 나는 생각했다. 생쥐에게 먹이를 주는 것은 조현병 진단 기준에 나열되어 있는 증상 중 하나로—'기괴하지 않은 망상'과 달리—현실적 기반이 없는 '기괴한 망상'과 관련 있는 듯했다. 엄마에게 이 쥐는 무슨 의미가 있는 걸까? 자신의 "고양이가 냉장고 뒤로 들어가면 다른 우주로 들어가는 것"이라고 믿었던 남자 같은 걸까?[1]

그날 밤 나는 엄마에게 직접 물었다. "엄마, 쥐를 애완동물로 키운다면서요."

"오 그래?" 엄마는 짜증난 듯했다. "네 아빠가 그 쥐 어디서 왔는지 말하든?"

"어, 아니요."

"고양이더러 가지고 놀라고 네 아빠가 잡아왔어. 도망쳤길래 내가 먹여 살렸다."

"이름도 지었어요?" 나는 엄마가 쥐를 정말 애완동물로 생각하는지 알아보려고 물었다.

"글쎄. 나는 그냥 볼쥐(박쥐의 경상도, 함경도 방언)라고 불러. 무슨 뜻인지 아니? '똑똑한 쥐'라는 뜻이야. 애는 고양이 피해서 달아날 만큼 똑똑하거든…… 어렸을 때 우리 엄마가 나를 볼쥐라고 불렀어. 아이구, 답답으라. 우리 엄마 보고 싶네." 엄마는 옅은 미소를 지으며 시선을 먼 곳으로 돌렸다.

쥐가 엄마의 건강이 악화되는 징조라는 올케의 의견에 처음엔 나도 쉽게 동조했지만, 상황을 유심히 살피자 다른 모습도 보였다. 은둔자 생활을 하던 엄마에겐 반려동물이 필요한 상황이었고, 그래서 쥐가 당신의 소파 밑으로 피신하자, 녀석을 아버지 뜻대로 잔인하게 사지로 내모는 대신 보살펴주기로 한 것이다. 엄마가 그랬듯, 이 연약한 생명은 생존자였다. 돌아가신 할머니가 당신을 '쥐'라는 애칭으로 불렀기에, 할머니를 아직 애도하던 엄마는 그 쥐에게서 자기 모습을 보았다. 그렇게 생각하면 엄마의 행동은 '기괴한 망상'처럼 보이지 않았다. 하지만 사육장이 따로 있었던 것도 아니고 쥐가 집 안을 휘젓고 다니는 건 사실이었기에, 다른 사람들은 엄마 나름의 논리나 연민을 이해하기 어려웠다. 사육장을 마련했더라면 이성과 광기, 유해 동물과 반려동물을 나누는 기준에 따라 다르게 보였을지 모르지만, 이미 몇 년 동안 엄마는 집 밖에 나가서 사육장을 사올 수 없는 상태로 지내고 있었다. 무엇보다 설사 사육장을 구해온다 해도 과연 엄마가 쥐를 가둬놓고 싶어했을까? 갇히지 않고 자유롭게 돌아다니는 녀석을 보며 엄마는 대리만족을 했을지도 모른다. 내겐 이 쥐가 엄마의 정신건강이 개선되는 신호처럼 여겨졌다. 누군가를 먹이려는 욕망이 엄마 안에서 다시 깨어났기 때문이다. 그런 모습이 아직 엄마 안에 있다면, 엄마에겐 투지가 남아 있을지도 몰랐다.

나는 우리 가족의 저녁 식사를 돌이켜 생각해보았다. 양친은 가족이 함께해야 한다고 고집했지만, 누구 한 사람 그 시간을 대화를 나눌 기회로 만들지 못했다. 어색한 자리 배치는 우리가 저녁을 먹으며 드문드문 나누었던 어색한 대화를 되비추는 듯했다. 나는 침묵 아래 흐르던 기류에 주목하기 시작했다. 엄마의 어린 시절로, 엄마가 말하지 않았고 말할 수 없었던 이야기로 그것은 흘러갔다. 그것들을 정연한 내러티브로 조합해내고 싶지만,

엄마가 입 밖에도 내지 못했던 이야기를 내가 어떻게 표현해낼수 있을까? 나는 엄마가 **할 수 있었던** 말에 매달릴 수밖에 없었다. 원 타임, 노 러브. 엄마가 겨자색 전자레인지 앞에 서서 우리 접시에 음식을 푸짐하게 담아주었던 기억이 떠오르며, 더 알아내야겠다는 욕구가 솟구쳤다. 의식 저 깊은 곳에서 이제 막 떠오르기 시작한 엄마 이야기가 부글부글 끓고 있었다. 그건 내가 풀어내야 할 이야기였다. 그때 누가 엄마를 먹여 키웠을까? 지금은 누가 엄마를 먹이고 있지? 음식이 사랑을 의미한다면, 굶주림의 경험은 엄마의 마음과 정신을 얼마나 피폐하게 만들었을까? 엄마의 식품 창고가 텅 비어버린 걸 보면서도, 그땐 이런 질문들을 던질 만큼 아는 게 없었다. 애정에 굶주린다는 게 어떤 느낌인지몰랐다. 엄마가 다른 사람의 손길로 위안을 받은 지는 몇 년이나 되었을까? 1년 중 고작 몇 분, 아니 몇 초에 불과한 나나 오빠와의 포옹이 몸의 온기를 느낀 유일한 시간은 아니었을까? 부친은 안 그랬겠냐고 묻는 사람도 있겠지만, 아버지는 동네 젊은 여자들에게 돈을 치르고 애정 욕구를 해소했으며, 때로는 엄마가 외부 현실을 차단한 채 소파에 앉아 눈을 감고 있는 동안 그 여자들을 집으로 들이기도 했다. 잊으려 했던 과거를 다시 떠올리게 되는 건 엄마에게 어떤 기분이었을까? 아버지가 한국에서 외롭다고 여자의 손길에 기꺼이 돈을 치렀을 때, 두 사람도 이렇게 만나게 되었다는 것을 떠올리는 건?

이례적인 방식으로 외로움을 달래는 건 엄마도 마찬가지였다. 그러나 아버지의 행동은 사회 일반의 기준으로 봤을 때 지탄받을 순 있어도 정신이상으로 여겨지진 않았다. 엄마가 찾은 동반자는 들쥐 한 마리, 그리고 엄마만 들을 수 있는 목소리였다.

1년여 동안 아버지는 돈으로, 어머니는 환각으로 외로움을 달래는 생활이 지속되었다. 그러다 1998년 8월, 아버지는 엄마를 다시 쫓아냈다.

오빠는 엄마를 위해 다시 비행기 표를 사고, 뉴저지주 집 근처에 엄마의 거처를 마련했다. 이제 셔헤일리스에서 엄마가 돌아오기를 바라는 사람은 아무도 없으니, 이번에는 다를 거라 믿으면서.

노동절 주말, 스틸팬* 밴드가 브루클린에서 열린 웨스트 인디언 데이 퍼레이드**로 집에서 내려다보이는 거리에서 연습을 하고 있을 때 아버지에게서 온 전화를 받았다. 수화기를 타고 아버지의 가쁜 숨소리와 걸걸한 목소리가 들렸다. "네 엄마 거기 언제 간다니?" 아버지는 내 대답에 으르렁거렸다. "그 망할 비행기, 확 떨어져버리라지."

---

* 드럼통 바닥을 오목하게 만들어 연주하는 유율 타악기.
** 브루클린 크라운하이츠에서 매년 열리는 서인도계 미국인들의 문화제.

이번에 엄마는 좁은 집 대신 침실이 세 개나 있고 넓은 주방에다 반짝이는 리놀륨 타일 바닥을 새로 깐 집에서 살게 되었다. 넓은 집과 주방은 보기에만 좋았다. 그 주방에서 요리를 한 번이라도 해보게 되는 사람은 나뿐이었다.

12장

오키

1998년 뉴욕시와 뉴저지주

9월 둘째 주에 엄마는 뉴저지주에 무사히 도착해 오빠 집에서 몇 블록 떨어진 새집으로 이사했다. 나도 막 박사과정 첫 학기를 시작한 참이라 변화가 많은 시기였다.

엄마에게 내 학업은 당신의 과거와 현재 사이의 거리를 벌리고 개인사에 진 얼룩을 지워내는 방편이었다. 그런데 공부를 하면 할수록 사회정의에 대한 내 의식은 우리 가족사와 더 밀접하게 얽혀만 갔다.

1995년 하버드대학 1년 과정 교육학 석사 프로그램에 등록했을 때, 나는 하버드 다니는 자식을 둔다는 엄마의 평생 소원을 이루어드린다고 생각했다. 나는 그곳의 분위기가 엘리트주의적이고 특히나 인종 문제에 있어서는 다소 퇴행적이라고 여겼지만, 급진적 교육관을 가진 두 명의 객원교수에게 지도를 받으며 가족사를 공개적으로 탐구할 수 있었던 것만큼은 운이 좋았다. 나는 벨 훅스의 『경계 넘기를 가르치기*Teaching to Transgress*』를 읽은 다음, 졸업 후 훅스 밑에서 공부하려고 지성의 공동체를 찾아 뉴욕으로 이사했다. 뉴욕시립대학에서 비학위 과정 학생으로 2년 동안 대학원 수업을 들은 후에는 미군 성노동자로서 엄마의 과거를 연구하겠다는 확고한 뜻을 가지고 뉴욕시립대학 사회학 박사과정에 등록했다. 입학원서에도 연구 계획을 분명히 밝힌 터였다. 박사과정을 시작하는 동시에 엄마가 뉴저지주로 다시 이사해 내 학문 인생에 혈육의 그림자가 된 것은 묘한 우연의 일치였다.

처음에는 한 달에 한 번 이상 엄마를 방문할 생각이 없었다. 통학에만 세 시간이 넘게 걸렸기에 박사과정 1년 차를 제대로 해내기에도 벅찼다. 그 무렵 나는 브루클린 사이프러스힐스에 있는 커뮤니티 센터에서 헤드 스타트 프로그램 디렉터로 상근을 했다. 세사르는 그해에 오프브로드웨이 쇼와 함께 순회 공연을 하고 있었고 주말에 집에 올 때나 가끔 함께 시간을 보냈다.

브루클린에 있는 우리 아파트에서 프린스턴에 있는 엄마 집까지 가려면 지하철로 40분, 뉴저지 트랜짓 기차로 갈아타고 한 시간 반, 기차역에서 내려 도보로 40분이 걸렸다. 학교 과제로 꽉 찬 책가방을 메고, 식재료로 가득한 장바구니를 양손에 든 채였다. 엄마는 늘 내가 가져온 책이 얼마나 많은지, 얼마나 두껍고 글씨는 또 얼마나 작은지에 감탄하곤 했다. "우와, 읽을 게 이렇게 많네. 나는 평생 읽어도 그렇게 많이는 못 볼 거 같은데."

아버지가 돌아가신 건 내가 새집으로 옮긴 엄마를 처음 방문하고 두 번째 방문을 앞두고 있을 때였다.

1998년 10월 2일 금요일에 출근해 헤드 스타트 프로그램에서 교사를 위한 현장 교육을 막 시작한 참이었다. 그날 아침 일찍 프로그램 참여 교사인 두 자매 선생님으로부터 심장마비로 부친이 돌아가셨다는 전화를 받았다. 나는 다른 교사들에게 말했다. "안타까운 소식이 있어요. 콘스턴스 선생님, 에이드리언 선생님이 부친상을 당했어요. 그래서 오늘 교육에 참석하지 못하세요." 순간 나는 목이 막혔다. 내 머릿속 목소리는 그분들의 부친이 아닌 내 아버지가 돌아가셨다는 소리를 냈기 때문이다. 나는 내 목소리가 동시에 두 가지 말을 하는 것을 들었다. 그분들이 (내가) 부친상을 당했어요.

그 일이 있기 이틀 전 나는 아버지가 병원 침대에 누워 빛나는 꿈을 꾸었다. 하지만 그 몸은 아버지 것이 아니라, 그해 여름 호지킨병으로 세상을 떠난 내 옛 대학 시절 여자친구의 것이었다. 나는 그 옆에서 은색 젤리처럼 보이는 반투명 철제 의자에 앉아 있었다. 방에는 조명이 없었지만, 하얀 침대 시트와 아버지

주위의 아우라가 너무 밝아서 모든 게 훤히 보였기에, 방에는 벽도 바닥도 천장도 없다는 걸 알 수 있었다. 우리 주변 너머로는 온통 칠흑 같은 어둠이 깔려 있었다. 우리는 손을 잡은 채 허공에 떠 있었다. 전 여자친구의 몸에서 나오는 빛은 아버지의 생각을 내게 전송하는 라디오였다. 너한테 무정하게 굴었던 걸 용서하렴. 그 말이 명상의 종소리처럼 들려왔다.

꿈에서 깨고도 그 느낌은 당일과 이튿날까지 계속되었고, "그분들이 (내가) 부친상을 당했어요"라고 말하다 목이 막혔을 때도 여전히 내 마음에 남아 있었다. 워크숍을 시작한 지 두 시간쯤 되었을까, 나를 찾는 급한 전화가 걸려 왔다. 지하에 있는 사무실로 내려가 올케한테서 온 전화를 받았다. "그레이스, 정말 유감이에요. 아버님이 돌아가셨어요. 주무시다 평안하게 가셨어요. 수요일 밤에……" 바로 그때 지하철이 사무실 건물 위 고가 선로를 덜커덩거리며 지나가는 바람에 그다음 말은 잘 들리지 않았다.

"알겠어요. 알려줘서 고마워요"라고 얘기하고 전화를 끊었다. 나는 슬픔은 고사하고 울 수도 없고 아무것도 느끼지 못하는 상태로 그 자리에 서 있었다. 그저 멍한 기분이었다.

나는 교사들이 모인 방으로 돌아가 이야기했다. "남은 워크숍은 취소해야겠어요. 아버지가 돌아가셔서요." 헉하는 소리와 웅성거리는 소리가 방 안에 퍼졌다. 선생님 아버님도요? 아버지가 두 분이나 같은 날 돌아가셨다니 참으로 귀신이 곡할 노릇이었다. 하지만 사실 우리 아버지는 그날 돌아가신 게 아니라, 내가 아버지 꿈을 꾸었던 9월 30일 한밤중에 돌아가셨다.

건물 밖 풀턴가에서는 자동차에서 울리는 메렝게 음악*, 행인들의 스페인어 대화, 고가 선로를 지나가는 열차 소리가 정신없이 뒤섞였는데, 그 모든 소리가 마치 물속에 잠긴 듯 희미하게 들렸다.

이스턴파크웨이에 있는 어둑어둑한 방 두 칸짜리 집으로 돌아온 나는, 소파에 앉아 2층 창밖에서 건물 관리인이 쓰레기통에 쓰레기를 쏟아붓는 모습을 보며 이제 무엇을 해야 할지 고민했다. 내 삶에서 아버지의 부재는 이미 너무 익숙한 것이라, 이 최종적인 부재를 온전히 받아들이는 데는 그 뒤로도 몇 달이 넘는 시간이 걸렸다. 아버지의 죽음은 수십 년 동안 심장병과 끊임없는 입원, 그리고 끊임없이 이어져온 자질구레한 비참함으로 끌고 끌어온 것이었기 때문이다. 수십 년 동안 아버지는 당신의 죽음을 이야기하고 준비해왔다. "이건 나 세상 떠났을 때를 위한 거야"라고 말하곤 하면서. 아버지의 죽음은 평생 동안 내 인생에 그림자를 드리웠다. 나는 그분이 죽어가고 있다는 사실에 둔감해졌다. 그건 아마 여러 해에 걸쳐 지속된 갈등으로 우리 관계가

---

* 도미니카공화국에서 유래된 라틴 음악.

소원해졌기 때문이고, 아버지가 엄마를 홀대했기 때문이며, 내가 사회적 부정의를 더 민감하게 의식하게 됨에 따라 아버지가 엄마가 갖지 못한 힘을 상징하는 존재가 되었기 때문이리라. 이 모든 것을 생각할 때, 내 애도는 어떤 모습이어야 할까?

엄마를 다시 만나러 간 건 그 주 주말이었던 듯싶다. 아버지가 돌아가신 후 처음으로 엄마와 얘기를 나누는 자리였다. 엄마는 내가 몇 년 동안이나 느끼지 못했던 모성애를 모처럼 표현하며, 두 팔을 내밀어 나를 안고 아버지를 잃은 걸 달래주었다. "세상에, 세상에." 세상에 무슨 이런 일이? 엄마의 애정을 받아들일 수 있었다면 좋았을 텐데, 아직 아버지를 애도할 준비가 되어 있지 않았던 나는 엄마의 팔을 밀어냈다.

무려 2년이 지난 후에야 나는 그 찰나의 순간에 얼마나 끔찍한 오해가 생겼는지 알게 되었다. 엄마 안의 목소리가, 내가 엄마를 '더럽다' 생각한다고 말했던 것이다.

나는 그 목소리를 고등학생 때부터 알고 있었지만, 엄마가 그걸 오키Oakie라고 부른다는 사실은 올케에게 처음 들었다. 오키는 우리 셔헤일리스 집에 있던 나무의 정령인데, 그 혈통은 우리 집 앞마당에 있던 담쟁이덩굴로 덮인 참나무에서 시작되었다는 것이다. 엄마가 그 나무를 베버린 게 그런 이유 때문이 아니었을까 하는 생각이 들었다. 그 목소리로부터 스스로 해방되려고 그랬는지, 아니면 그 나무로부터 목소리를 해방시키려고 그랬는지 는 모르겠다. 다만 나무를 잘랐다고 목소리가 사라진 게 아니라 는 건 분명하다. 엄마가 깨어 있기만 하면 그때마다 목소리가 말 을 걸어, 엄마가 내리는 모든 결정을 좌우지한다는 것을 나는 점차 알게 되었다. 어떤 소리는 삑삑거리는 전자음 형태였고, 다 른 소리는 개처럼 짖어대기도 했다. 올케는 그 목소리를 "오키 들"이라고 복수형으로 불렀지만, 엄마는 단수형으로 "오키"라 불 렀고, 인칭대명사로 부를 때는 "they"〔그들〕로 지칭하곤 했다. 오 키는 여러 부분이 전체를 이룬 다중적 존재였고, 고통과 위안의 원천이었다.

뉴저지주에서 엄마와 주말을 함께 보낼 때마다 나는 엄마가 남은 음식으로 식사를 할 수 있을 만큼 저녁을 넉넉히 요리했지 만, 엄마는 불만을 토로하기 시작했다. 요리는 시간 낭비야. 있는 걸로 먹어도 충분해. 하지만 엄마의 식재료란 쌀 한 팩, 라면 두 상자, 견과류 한 캔, 김치 한 통, 얼려둔 농축액으로 만든 사과 주 스 한 병—이 다섯 가지가 고작이었다. 다른 음식도 드시라고 권 하면 권할수록 엄마도 더 고집을 부렸고, 그러다 내가 남겨둔 음 식까지 버릴 때가 있지 않았을까 싶었다.

뉴욕시립대 대학원 1년 차가 끝나갈 무렵 올케가 전화를 걸어 와 엄마가 몇 주 동안 라면만 드시고 계시니, 내가 더 자주 방문하는 게 좋겠다고 이야기하곤 했다. 처음에는 짜증이 났다. 올케는 내가 엄마를 위해 요리하는 게 이미 얼마나 힘든 일인지 이해를 못 하는 걸까? 차도 없이 거기까지 가서 장을 보는 게 어렵다는 걸 모르나? 내가 자주 찾아갔으면 했다면, 왜 엄마를 우리 집에서 이렇게나 먼 곳에 모셨을까? 그럼에도 죄책감 때문에 올케의 요청을 받아들였다. 나는 엄마를 점점 더 자주 방문했고, 커뮤니티 센터 상근직까지 그만두고 주말마다 뉴저지로 향했다.

내가 모르는 사이에 무슨 일이 있었던 게 틀림없다. 어쩌면 오빠가 엄마한테 내가 해주는 음식을 잘 먹으라고 얘기했을지도. 오빠 목소리가 엄마가 듣는 다른 목소리들을 이겼는지도 모르겠다. 아니면 엄마를 설득한 것은 오키였을 수도 있다. 음식을 낭비하면 안 돼.

엄마한테 처음으로 오키에 대해 물은 건 치킨 파프리카시 요리를 했던 밤이다. 나는 『본 아페티』 요리책에 실린 전 세계 요리를 하나씩 시도해보고 있었는데, 엄마에게는 매 끼니가 새로운 경험이었고, 나도 처음 만들어보는 요리가 많았다.

"파-프리-카시. 파-프리-카시. 재밌는 이름이네", 엄마는 음식 맛을 즐기면서 요리 이름에도 흥미를 보였다.

"헝가리 음식이에요." 내가 말했다.

"이게 다 뭐야? 내 이름을 따서 식당이라도 열려고? 군자의 부엌, 어때?" 엄마는 웃음을 보였고, 음식을 몇 입 더 먹는 동안 그 미소를 잃지 않았다. 함께하는 세계 요리 탐험을 엄마가 이렇게 즐기고 있음이, 또 요리는 내가 했지만 엄마가 부엌을 아직도 당신 것으로 여긴다는 사실이 너무 기뻤다.

저녁 식사를 마치고 나는 오조마틀리 밴드의 음악을 틀었다. 세사르와 함께 최근에 발견해서 줄기차게 듣고 있던 로스앤젤레스의 라틴 밴드였다. "우리 춤춰요!" 내가 즉흥적으로 제안했다. "살사댄스 추는 법 가르쳐드릴게!" 손사래를 치리라고 생각했지만, 엄만 자리에서 일어나 내 손을 잡고 내가 가르쳐주는 스텝을 따라 했다. 우리는 리놀륨 바닥에서 몸을 돌리며, 콩가 비트와 브라스 선율에 맞춰 활기차게 몸을 움직였다.

"엄마, 한 번 더 할래요?" 노래가 끝나고 내가 물었다.

"아니야, 안 할래." 갑자기 엄마는 긴장한 듯했고, 나는 엄마가 춤췄던 걸 후회하는 건지, 목소리 듣는 "일"의 리듬을 내가 방해한 건 아닌지 궁금해졌다. 이전에 엄마는 오키가 너무 많이 움직이지 못하게 한다고 말해준 적이 있다. 손가락 하나라도 잘못 놀리면 나쁜 일이 생길 거야, 라면서.

우리는 다시 식탁에 앉아 힙합, 팝, 라틴 포크 음악이 섞인 앨범을 마저 들었다. 마지막 노래가 끝나고 잠시 정적이 흐른 뒤 "오조마틀리가 여기 왔다"라는 아이 목소리가 들렸다. 엄마는 그 소리에 놀라 펄쩍 뛰었다. "어머! 저 목소리 무섭네! 진짜인 줄 알았어." 엄마는 눈에 두려움이 가득했고, 그 느낌을 좀처럼 떨쳐내지 못했다. 나는 음악과 춤이 엄마에게 불러일으킨 동요가 어떤 것일지 두렵기도 했지만, 한편으로는 궁금하기도 했다. 엄마는 레코드의 목소리와 머릿속의 목소리를 분명하게 구별해냈다. 엄마한테 '진짜' 목소리가 들린다는 건 무슨 의미일까? 실체가 있는 사람에게 속하지 않은 목소리도 진짜일 수 있는 걸까? 오키는 진짜일까?

"엄마, 아직도 오키 목소리 들려요?" 나는 일찍이 엄마가 목소리를 듣는다는 사실을 알고 있었지만, 내가 생각할 수 있는 한 가장 덜 위협적인 질문을 골랐다.

"응, 가끔."

"지금도 엄마한테 얘기하고 있어요?"

"어, 사실은 노상 나한테 얘기하고 있어."

"걔들이 딴 데로 가버렸으면 좋겠어요." 그렇게 말하며 내 말이 엄마나 오키를 화나게 할지도 모른다고 생각했다.

"나도 그래. 우리 가족을 그냥 좀 내버려뒀으면 좋겠어!" 엄마는 얼굴이 벌게졌고 눈가에 눈물이 고였다.

나는 엄마 말이 무슨 뜻인지, 다른 가족들이 오키와 무슨 상관이 있는 건지 궁금했지만, 이미 엄마가 격앙되어 있어서 물을 수 없었다. 엄마의 경험을 속속들이 알고 싶었지만 항상 조심스럽게 접근해야만 했다.

박사과정을 이수한 후, 나는 박사 논문 연구의 일환으로 목소리 듣기에 관한 책을 읽기 시작했다. 언어적 환각에 부여되는 문화적 의미에 대한 레우다르와 토머스의 연구에 따르면, 현대 정신의학에서 이러한 목소리는 "지각의 오류"로 간주된다. 특정한 인식 틀에 따르면, 이러한 경험은 실재와 가상을 혼동시켜, 정신 병적 망상을 일으키는 위험한 근원으로 여겨진다.[1] 하지만 실상 목소리를 듣는 사람은 환청을 다른 사람이 말하는 목소리로 착각하지 않는다. 이들은 목소리를 듣지 않는 사람들과 동일한 방식으로 현실 검사법을 사용한다.[2] 보통 사람들의 생각과 달리, 레우다르와 토머스의 연구에서 일반적으로 목소리는 청취자들이 자기 의지에 반하는 일을 하게끔 "만드는" 것이 아니라, "정상적인" 사람들이 통상 마음속에서 대화를 나누는 것과 같은 방식으로 결정에 영향을 미쳤다.

　올케는 내게 일상의 사물에서 나오는 목소리를 듣는 사람이 쓴 회고록을 읽어보라고 권했다. 뉴욕 공립 도서관 앞에 있는 사자상은 그가 지나갈 때마다 욕을 퍼붓고 모욕을 주어, 그를 깊은 트라우마 속으로 끌어내렸다. 책에서 가장 기억에 남았던 건 그가 조현병자가 폭력적이라는 고정관념에 맞부딪치며 살아가는 이야기였다. 사실 조현병자의 절대다수는 폭력적이지 않고, 폭력적인 범죄의 절대다수는 조현병이 없는 사람들이 저지르는데 말이다. 목소리를 듣는 사람들은 폭력을 저지르기보다 폭력의 피해자가 될 확률이 훨씬 더 높다.

목소리를 듣는 사람들이 거기에 담긴 폭력적 이미지로 인해 괴로워하는 것은 흔한 일이기는 해도, 보편적이지는 않다. 조현병에 대한 비교문화적 연구를 살펴보면 미국인들이 듣는 목소리가 폭력적인 경우가 더 많았다. 예컨대 "그들이 나를 전장으로 데려가려고 해"와 같은 전쟁 이야기, 또는 "삶을 끝내는 게 어때?"와 같은 "자살 목소리"처럼 말이다. 하지만 인도 사람들이 듣는 목소리는 그들에게 요리, 청소, 식사, 목욕 같은 평범한 집안일을 하라고 지시했다. "부엌에 가서 음식을 준비해"처럼.[3]

'목소리 듣기 네트워크Hearing Voices Network' 자조모임에서는 목소리와 관계를 맺으면 그것이 더 평화로워질 수 있음을 보여주었다. 이 모임에서는 목소리를 듣는 사람들에게 목소리에 집중해서 그 말을 따라서 해보고, 녹음하고, 기록하는 방식으로 삶에 통합시키는 시도를 해보라고 권유한다. 요컨대 목소리를 부정하기보다 수용함으로써, 목소리를 듣는 경험, 그리고 그것과 관계 맺는 생활 방식을 바꾸는 것이다.[4]

엄마를 위해 요리하면서 나는 두려움을 떨쳐내고 엄마가 듣는 목소리에 대해 물어볼 수 있게 되었다. 식탁에서 오키가 차지하고 있는 자리를 인정하게 되면서 우리 사이에도 변화가 생겼다. 『본 아페티』에 있는 레시피가 거의 끝나갈 무렵, 엄마가 물었다. "다음에는 소고기국 끓여볼래?"

소고기국은 깊은 맛이 나는 맑은 국물에 소고기와 무가 들어간 국인데, 엄마는 1.5미터나 떨어져 소리를 지르며 내게 요리법을 가르쳐주었다. "참기름 더 넣어야지. 그렇게 아껴서 넣을 거없어. 이제 마늘 넣고. 더. 좀더. 됐다!" 소고기국은 엄마가 가르쳐주었던 다른 한국 요리처럼, 단출하면서도 깊은 맛이 나는, 내어린 시절의 맛이었다. 이 국은 내가 자주 만드는 요리 중 하나가 되었고, 이를 시작으로 엄마는 다른 음식도 청하기 시작했다. "매주 콩나물 요리를 하면 어때? 난 꼭 콩나물이 있어야 되는 거알지?"

엄마가 음식을 먹기 시작해서 배고픔이 어느 정도 채워지고향수에 빠져들 때쯤, 나는 가끔 목소리에 대해 물었다.

"엄마, 아직도 오키 소리 들려요?"

"응, 들리긴 하는데 나를 더 이상 괴롭히지는 않아."

그 집에서 엄마는 2년 동안 혼자 살았다. 오빠와 올케가 엄마에게 그 집 살이가 너무 고립되어 있고 자기들도 관리하기 힘들다고 여기게 되기 전까지는. 그래서 오빠네 내외는 엄마가 살던집을 팔고, 뉴욕 맨해튼 트라이베카에 있는 오빠의 원룸 아파트로 엄마를 모셨다. 몇 달 동안 엄마는 그 원룸 소파에서 잠을 잤다. 그곳은 고급 고층 빌딩에 있는 작은 아파트였는데, 오빠가 늦은 야근 때문에 뉴저지주까지 퇴근하기 어려울 때 하룻밤씩 보내곤 했던 곳이다.

이제 엄마를 보러 가는 길이 세 시간이나 걸리지 않았기에, 나는 별다른 계획 없이 주중에 오빠가 있을 때도 생각나면 종종 엄마를 보러 갔다. 수업이 끝나고 34번가에서 지하철을 타면 15분 만에 엄마 집에 도착할 수 있었다. 석 달 동안 엄마는 식사를 잘했다. 주중에는 오빠가 퇴근 후 음식을 포장해왔고, 주말에는 내가 요리를 했다. 엄마가 음식을 거부하던 시기는 끝난 것만 같았다.

엄마는 야구에도 흥미를 보였다. 오빠는 집에 있을 때 보통 스포츠 경기를 틀어놓았고, 뉴욕 메츠와 양키스가 서브웨이 시리즈에서 대결하고 있었다.

"월드 시리즈에서 뉴욕 팀 둘이 대결할 일이 얼마나 있겠어?" 엄마가 말했다. "정말 대단한 일이네." 엄마가 바깥세상에 갑자기 관심을 보이는 게 너무 기뻤고, 언젠가는 다시 밖에 나갈 수도 있겠다는 희망이 생겼다.

그 희망이 거의 이루어질 뻔했던 날이 있었다. 어느 날, 나는 한아름 마트에서 한식 식재료를 잔뜩 사 온 장바구니를 집에 풀어놓고 있었는데, 엄마가 숙주 봉지를 바라보다가 말했다. "그레이스! 나 생각 나는 게 있어. 우리 장 보러 가자!"

"장 보러 가자고? 밖으로 나가자는 말이에요?"

"그래! 여기 한인 마트에 데려다줘."

엄마의 부탁에 나는 충격을 받았고 마냥 신이 났다. 몇 달 만에 처음으로 엄마는 잠옷과 목욕 가운을 갈아입고 화장을 하고 머리를 매만졌다. 그러면서 쉴 새 없이 뭘 사고 싶은지 얘기를 늘어놓았다. "미숫가루. 미숫가루 맛을 본다니 너무 기대된다." 어렸을 때 곡물을 볶아 달착지근하게 물에 타 마시던 음료를 생각하니 엄만 군침이 도는 모양이었다.

방 안 공기는 기대감으로 한껏 달아올랐다. 그런데 현관문을 열고 밖으로 첫걸음을 내딛기 직전, 엄마는 난데없이 마음을 바꿨다.

"아, 신경 쓰지 마. 안 가는 게 좋겠어." 엄마의 눈이 멍해지기 시작했다.

"에이, 같이 가요. 재밌을 거야."

"아니야, 안 갈래."

"엄마, 제발. 내가 엄마 데리고 갈게. 다 괜찮을 거라고 약속해요."

"아니야, 됐어." 엄마는 웃음기가 가신 채로, 늘 앉던 소파 한 귀퉁이에 돌아가 앉았다. 나는 속으로 오키를 욕했다. 실망이 크긴 했지만, 엄마 안에서 무언가가 깨어나고 있다는 걸 알 수 있었다. 한국 음식을 먹고 싶다는 엄마의 열망이 점차 커지고 있었다.

오빠의 트라이베카 아파트에서 소고기국 한 그릇을 앞에 놓고 엄마는 내게 털어놓았다.

나는 국에 밥을 말아 소파 앞 커피 테이블에 상을 차렸다. 엄마는 바닥에 내려와 앉았고, 우리는 마주 보고 앉아 국밥을 떠먹었다. 저녁 식사 후 잠시 이야기를 나누다 오래지 않아 익숙한 침묵이 찾아왔다.

"그레이스?" 엄마는 어렸을 때 이후로는 들어본 적 없는 따뜻하고 가녀린 목소리로, 평소보다 높은 톤으로 나를 불렀다. 예의 나를 다독일 때 내던 그 목소리였다.

"무슨 일이에요?" 엄마가 나쁜 소식을 전할 것 같아 불안했다.

"이제 네가 나를 사랑한다는 거 알아."

"그게 무슨 말이에요? 내가 엄마를 사랑하지 않는다고 생각했어?" 나는 엄마의 말에 감동했지만 상처도 받았다.

"날 미워한다고 생각했지."

"왜 그런 생각을 해?"

"네가 나를 감옥에 보냈잖아."

"엄마", 나는 숨이 턱 막혔다. "그래야지 엄마를 도울 수 있다고 생각해서 그런 거야." 울음이 터져나왔다. 우리 가족 중 누구도 그날 밤 있었던 일에 대해, 또 내가 그렇게 극단적인 조치를 취한 까닭이 무엇인지에 대해 얘기한 적이 없었다. 시간이 지나면서 경찰 신고 사건의 심각성은 사그라들었고, 엄마의 정신질환을 둘러싼 일련의 드라마에 편입되어버렸다.

"그리고 네 아빠 가고 나서 널 안아주려고 했을 때 말이야, 네가 날 밀어냈잖아. 나 더럽다고." 엄마는 마치 썩은 과일 조각을 뱉어내듯 더럽다라는 단어를 입 밖에 내며 얼굴을 찡그렸다.

"뭐? 그런 거 아니야, 난…… 나는…… 오키가 그렇게 말했어? 내가 슬프다는 걸 인정할 수 없어서 그랬던 거라고요."

엄마는 내 손을 잡고 눈을 들여다보았다. "나는 이제 걔들이 틀렸다는 거 알아. 넌 진짜로 날 사랑하니까."

나는 우리 가족 외에 조현병이 있는 가족이나 친척을 둔 사람을 아무도 알지 못했다. 그러나 공개적으로 글을 쓰고 말하기 시작하면서, 수많은 사람이 강연 후에 찾아오거나, 학교 이메일을 통해서 "저도 그랬어요"라고 얘기해왔다. 한편 조현병에 대한 직접적인 경험이 없었음에도, 대학원 친구들은 내게 큰 힘이 되어주었다. 특히 호수가 그랬다. 호수는 엄마를 직접 만난 적은 없지만 전화 통화를 한 번 한 적이 있었다. 뉴저지주 집에서 호수와 전화로 얘기를 하고 있었는데, 호수가 "내가 엄마랑 얘기해볼게"라고 제안한 것이다.

"엄마, 호수가 인사드리고 싶대요." 엄마는 고개를 가로저었지만, 나는 그냥 수화기를 엄마 귀에 가져다 댔다. 호수는 작지만 존재감이 큰 사람이었고, 구형 휴대전화를 통해 방에 그녀의 목소리가 울려 퍼졌다. 호수는 엄마에게 한국어로 존댓말을 쓰면서 말을 걸었다. "어머님, 잘 지내세요?" 엄마는 마치 목소리가 새어나가지 않게 하려는 듯이 손으로 입을 막았다. 오키는 엄마가 전화 통화를 하거나, 우리 가족이 아닌 사람들과 이야기하는 것을 금지했지만, 엄마는 호수가 모국어로 말하는 것을 듣고는 미소를 지으며 고개를 끄덕였다. 호수는 우리 가족과 같은 지방 출신이라 외갓집에서 쓰던 사투리도 구사할 수 있었다. 엄마는 대답하지 않았지만 어색한 침묵은 아니었다. 일방적인 대화가 되리라는 걸 호수도 이미 알고 있었기 때문이다. 그레이스랑 친구가 돼서 참 감사해요. 건강 잘 챙기시고요, 어머님. 거기까지 듣고 엄마는 입에서 손을 떼고 내게 전화를 다시 가져가라고 손짓했다.

호수와는 낙인에 대한 어떤 걱정도 할 필요 없이 우리 가족 얘기를 할 수 있었다. 호수는 자녀를 해외로 입양 보낸 한국 생모에 대한 연구를 했는데, 미군 기지촌 성노동에 관한 내 연구와 겹치는 부분이 많아서, 엄마의 삶을 둘러싼 사회적 영향력을 깊이 이해하고 있었다. 내가 오키에 대해 얘기했을 때, 호수는 "그거 참 흥미롭네"라고 말했다. "옥희처럼 들리는데? 우리 부모님 세대에 인기 많았던 여자 이름 말이야."

나는 오키가 이중적 의미를 담은 말이 아닌가 하는 생각이 들었다. 엄마가 사랑했지만 입 밖으로 내어 말할 수 없었던 잃어버린 자매나 딸은 아니었을까. 나는 마을 우물에 몸을 던져 죽은 맥신 홍 킹스턴의 고모 생각이 자꾸만 났다.* 남은 가족들은 절대로 그 수치스러운 죽음을 다신 입에 올리지 않겠다고 맹세했더랬다.

엄마에게 오키가 무슨 존재인지는 결코 확신할 수 없었지만, 나에게 오키/옥희는 우리 가족의 과거에서 온 유령이었다. 엄마가 우리 집에서 같이 살게 되면서 나는 곧 일상에서 그들의 존재를 느끼기 시작했다.

* 맥신 홍 킹스턴, 『여전사』, 서숙 옮김, 황금가지, 1998.

13장

퀸스

2001년 뉴욕시 잭슨하이츠

세사르가 순회공연 투어를 시작한 것은, 엄마가 뉴저지주로 이사 오고, 아버지가 돌아가시고, 내가 박사과정을 시작하던 무렵이었다. 인생에서 가장 큰 변환점이었던 이 시기에 나는 세사르가 함께 있어주기를 바랐지만, 그는 자신의 부재가 우리 둘 모두를 위한 것이라고 말하곤 했다. "그레이스, 우리 목표에만 집중하자. 내가 돌아오면 우리 집을 살 수 있을 거야."

세사르는 투어 중에 우리 가족들까지 감탄했을 만큼 검소한 생활을 했다. 그는 점심 식사로 30센티미터짜리 서브웨이 샌드위치를 사서 절반만 먹고, 나머지로 저녁 식사를 하곤 했다. 이런 식으로 따로 나오는 생활비의 대부분을 아껴서 정규 급여와 함께 우리 보금자리를 위해 저축했다. 투어를 함께한 다른 공연자들은 호텔 바에서 번 돈을 다 써버리곤 했지만, 세사르는 떠나 있는 3년 동안 우리 월세 700달러의 절반을 계속 분담하고도, 4만 달러를 모아서 돌아왔다.

내 서른 살 생일이 지나고 몇 주 후인 2001년 1월에, 우리는 작고 초라했던 브루클린 월셋집에 작별을 고하고, 퀸스 지역에 방 세 개, 욕실 두 개에 발코니까지 딸린 널찍한 아파트를 장만했다. 이렇게 넉넉한 공간을 소유하는 호사를 누리게 되면서 새롭게 할 수 있는 것이 많아졌다. 이제 파티를 열고 많은 손님을 초대해서 저녁 식사를 대접할 수도, 타지에서 놀러 온 손님들을 우리 집에서 재워줄 수도 있었다. 그리고 엄마도 모실 수 있었다.

우리 집에 처음 머물게 된 손님은 시애틀에서 임신 6개월 차에 임신 축하 여행을 온 친구 제니네 부부였다. 어느 날 엄마를 방문하러 트라이베카에 갈 때 제니를 데리고 갔다. 엄마는 우리가 함께 들이닥치는 바람에 낮잠에서 깨어 놀란 눈치였지만, 이내 흐트러진 머리를 손으로 가다듬고 오랫동안 알고 지낸 제니를 살갑게 대했다.

"오, 제니, 임신했네. 어디 보자." 엄마가 졸린 목소리로 말했다. 제니가 소파에 다가가자 엄마는 배에 손을 얹었다. "아들이네."

"그런 거 같으세요?" 제니가 말했다.

"그럼, 모양을 보면 알지."

엄마는 임신과 곧 태어날 아이에 대해 제니와 몇 분간 이야기를 나누다, 문득 내 아파트에 대해 물었다. "그레이스네 집 괜찮니?"

"네, 정말 좋아요! 지난번 집보다 훨씬 더 큰걸요."

뉴욕 기준으로 봤을 때 무척 큰 집이라고 내가 벌써 엄마한테 얘기했지만, 엄마는 제니의 말을 듣고야 마음을 놓는 듯했다.

"엄마, 직접 와서 봐요." 내가 말했다. "한동안 나랑 같이 지내도 좋고."

그리고 한 달 후, 그럴 일이 생겼다. 오빠가 내게 전화해서 재정 형편이 어려워져 트라이베카 아파트를 정리해야 한다는 얘기를 전해 왔고, 나는 엄마가 나와 함께 살게 되리라는 기대로 한껏 들떴다.

"좋지. 좋아!" 나는 말했다.

"엄마 새집 보수 공사가 끝날 때까지 몇 주 동안만이야." 오빠는 자기네 집 차고 위 공간을 엄마가 머물 집으로 개조하는 공사를 할 거라고 했다.

"그럼, 전혀 문제 없어. 너무 좋아. 엄마가 나랑 있으면 오히려 내가 더 편하지."

서른 살이 되고, 내 집을 마련하면서, 나는 엄마를 전적으로 돌보는 일을 맡을 만큼 어른이 되었다는 기분이 들었다. 보수 공사가 계속 지연되어 6주가 아니라 일곱 달이 걸리고, 우리 집에 온 지 몇 주 만에 엄마가 다시 음식을 거부하게 되리라는 것을 그땐 미처 알지 못했다.

엄마가 오기 전날, 세사르와 나는 엄마 방을 마련하기 위해 아파트 공간 배치를 다시 했다. 세사르는 엄마가 우리 집에서 지내는 것이나 자기 음악 스튜디오가 없어진다는 것에 대해 전혀 걱정하거나 섭섭해하지 않았다.

"방 안에만 계속 계실 것 같으니까 필요한 게 있으면 지금 다 꺼내와야 돼." 나는 세사르에게 엄마가 낯선 사람과 상대하는 걸 무척 어려워한다는 사실을 다시 상기시켰다.

"괜찮아, 그레이시." 그는 미소 지으며 콩가 악기 세트를 우리 침실로 옮겼다. 나는 안도의 한숨을 내쉬었다. 남부 캘리포니아 출신 특유의 여유 있는 모습을 보여주는 그에게 고마운 마음을 느끼며, 나는 오래된 순면 요를 회색 카펫이 깔린 바닥에 펼치기 시작했다. 세사르와 나는 몇 년을 함께 산 사이였지만, 함께 엄마를 만난 건 1999년에 딱 한 번뿐이었고, 그나마도 그가 엄마를 소개시켜달라고 나를 은근히 재촉해서 이뤄진 만남이었다.

"언제쯤이면 어머님을 만나 뵐 수 있을까?" 그는 투어를 마치고 돌아와 잠시 쉬던 참에 물었다. "우리 사귄 지 이제 5년이나 됐어." 시간이 벌써 그렇게나 지났다니 애틋한 마음이 들었다. 엄마는 우리가 함께한 5년 중 2년을 뉴저지에 살았는데, 나는 엄마를 방문할 때 세사르를 데려간 적이 없었다. 무슨 말을 해야 할까 머뭇거리노라니, 평소 같으면 내 침묵을 참을성 있게 기다려주는 세사르가 이번엔 한마디 덧붙였다. "아버님 돌아가시기 전에 만나뵐 수 있었으면 좋았을 텐데."

"정말?" 왜 그가 우리 가족을 만나고 싶다는 얘기를 이때 처음 했는지 궁금해하며 되물었다. 내가 부모님 문제를 숨기고 싶어하고, 아버지와의 갈등으로부터 그를 보호하고, 낯선 사람을 만나는 데 공포증이 있는 엄마를 보호하려 한다는 걸 이해한다고 생각했는데. 하지만 부탁도 받았겠다, 나는 엄마한테 이제 세사르를 만날 때가 되었다며 고집을 부렸다. 엄마는 잠깐의 언쟁 끝에 결국 내 말을 받아들였고, 나는 엄마가 받을 스트레스를 생각하며 죄책감을 느꼈다.

두 사람이 처음 만나기 몇 주 전, 나는 배관 수리를 맡길 일이 있어서 뉴저지주 엄마 집에 갔다. 현관 초인종이 울리자마자 엄마는 "어쩌, 이걸 어쩌지"라고 되뇌며, 정신없이 숨을 곳을 찾았다. 배관공이 들어오자, 엄마는 한 손으론 흰색 소파 커버를 움켜쥐고 다른 한 손으로는 머리를 가린 채 소파 뒤에 웅크리고 있었다. 숨바꼭질을 하는 어린아이처럼, 엄마는 당신이 그를 볼 수 없으면 그도 당신을 못 볼 거라고 생각하는 듯했다. 하지만 그가 바로 옆에 서 있다는 걸 알아차리고는, "오! 안녕하세요!"라고 인사를 했다. 그래도 움직이거나 그를 올려다보지는 않았다.

세사르를 만나는 순간이 오자, 엄마는 평소처럼 공포증에서 나오는 행동을 전혀 보이지 않고, 악수까지 청하며 "반가워요" 하고 인사했다. 세사르는 엄마보다 키가 25센티미터나 더 컸지만, 엄마는 그를 올려다보지 않았다. 눈을 마주치진 않았어도 엄마는 세사르 쪽을 여러 번 쳐다봤고, 사선으로 옆얼굴을 훑어보며 그의 갈색 피부와 짧게 깎은 검은 머리, 염소 수염을 뜯어보는 듯했다. 사진첩을 꺼내 오래된 가족 사진을 보여주면서 엄마는 눈맞춤 없이도 30분이나 그와 대화를 이어갔다. 세사르와 세 시간이나 걸려 엄마를 방문한 것이었지만, 더 오래 머물면 엄마한테 무리가 될 수 있다는 걸 알았고, 그렇게 해서 엄마가 들인 노력이 실패로 끝나게 만들고 싶지 않았다. 이제 그만 체면을 지켜드리고 떠날 시간이었다. 작별의 포옹을 하며 엄마 귓가에 속삭였다. "오늘 너무 잘했어요. 너무 잘했어."

세사르와 엄마를 위해 준비한 방을 둘러보며, 나는 엄마 취향에 맞는 게 하나도 없다는 걸 알게 되었다. 그래도 엄마가 혼자서 쓸 수 있는 방과 별도의 화장실이 있었다. 아파트 뒤쪽을 다른 공간으로부터 분리하는 문도 있어서, 엄마는 누구도 마주칠 걱정 없이 침실과 화장실을 자유롭게 오갈 수 있었다.

이튿날 아침, 나는 세사르의 차를 빌려 오빠 집으로 엄마를 데리러 갔다. 곰팡이 냄새가 나고, 옅은 파란색 외장은 벗겨지기 시작한 20년 된 셰보레 사이테이션 2 모델이었다.

엄마는 6월 말의 따스한 바람이 부는 공기 속으로 걸어 나왔다. 정말 모처럼 쐬는 햇볕이었지만, 피부에 닿는 따스함을 느끼려고 부러 멈춰선 건 아니었다. 엄마 눈은 형형하게 빛났고 내겐 그게 저항자의 눈빛처럼 보였다. 나는 이 짧은 자유의 순간에 엄마가 오키와 어떤 대화를 나누고 있을지 상상해보았다. 바깥으로 내딛는 발걸음을 응원했을지, 규칙을 어겨서 다른 사람들을 심각한 위험에 빠뜨리고 있다고 경고했을지. 하나의 잘못된 행동이라도 연쇄 반응을 일으켜 치명적인 사건으로 이어질 수 있으므로, 엄마는 극도로 조심해야 했다. 엄마가 조수석에 올랐고, 나는 창문을 내린 채 퀸스를 향해 운전했다. 엄마가 갑자기 뒤를 돌아보는 바람에 뭔가에 겁을 먹진 않았나 걱정했지만, 이내 엄마는 미소를 지었고 다시 눈을 반짝이기 시작했다.

"와, 이 차 괜찮네." 엄마가 말했다.

"진짜?" 엄마가 평소 유머 감각이 있었으면 농담이라고 생각했겠지만, 그런 게 아니라서 나는 어리둥절했다. "그렇게 생각한다니 놀라운데."

"어, 뭐. 좋은 차라는 건 아닌데. 생각보다 괜찮아. 오래된 차치고 나쁘지 않아." 엄마는 자동차 시트의 비닐 덮개를 손으로 쓸며 말했다.

우리는 고속도로를 벗어나, 24시간 여는 온갖 아시아, 남미 음식 가게가 즐비한 잭슨하이츠의 번화가로 들어섰다. 나는 주로 먹는 식료품 몇 가지를 쟁여놓으려고 대형 한인 마트 주차장으로 들어섰다.

"같이 들어갈래요?" 시동을 끄면서 물었다.

"아냐, 여기서 기다릴래."

질문에 답하기까지 엄마는 아주 잠시 머뭇거렸고, 그 찰나의 침묵에서 나는 엄마를 설득할 기회를 엿보았다. 우리가 거의 외출할 수 있을 뻔했던 게 불과 몇 달 전이었고, 나는 엄마 마음 한구석에 한국 장을 보고 싶은 열망이 있다고 확신했다.

"같이 가요. 엄마 좋아할 거야."

"아니야, 그냥 여기 있을래."

"차 안에 있으나 가게 안에 있으나 무슨 차이가 있어? 어차피 밖에 있는 거잖아요."

"아니야. 됐어."

"어차피 사람들한테는 다 보이는데." 잠깐 동안 품었던 낙관이 깨진 틈으로 왈칵 속상한 마음이 솟구치는 걸 느끼며 더 매달렸다.

"나 여기 있을래." 엄마는 파란 인조가죽 시트에 뿌리를 내리려는 듯, 주먹을 쥐고 시트 쿠션을 지그시 눌렀다.

"그래, 알았어." 나는 한숨을 쉬었다. "쌀이랑 김치 말고 또 뭐 사요?"

"콩이랑 파, 고춧가루. 대두랑 미숫가루…… 고등어도 사든지…… 아니다. 부엌에 냄새 나."

"괜찮아, 엄마. 신경 쓸 거 없어."

"아니야. 그건 안 사도 돼." 엄마는 고집했다.

차가운 공기가 가게 안에 골고루 끼쳤고 건고추와 마늘 냄새가 강렬하게 풍겼다. 교외에 있는 슈퍼마켓이 보통 그렇듯, 이 마트는 맨해튼 도심에 있는 같은 체인점보다 최소한 세 배는 더 컸고, 코너마다 통로가 인도만큼 넓었다. 나는 고춧가루와 미숫가루를 바구니에 담고, 파와 숙주를 찾으러 신선 채소 코너가 있는 가게 뒤쪽으로 향했다. 그런데 가는 길에 내 눈을 사로잡는 것이 있었다. 한국어로 '쑥'이라고 쓰인 팻말이었다.

그 녹색 채소를 보니 뉴저지 동북선 기차에서 엄마가 들에서 자라는 쑥을 보며 침을 삼키던 게 기억났다. 이게 엄마의 폐쇄된 삶에서 비롯된 정신적 고통을 덜어주고, 다시금 야생의 맛을 느끼고 싶다는 욕구를 조금이나마 채워줄 수 있지 않을까? 그걸 몇 단 집어들어 바구니에 담았지만, 과연 엄마가 꿈꾸던 것인지 확신할 수 없었다. 엄마가 얘기했던 것과 약간 달라 보였지만, 아니라도 큰 상관은 없다고 생각했다.

다음으로 나는 엄마가 사지 말라고 했던 고등어를 사서 엄마를 놀래주려고 즐거운 마음으로 생선 코너로 향했다. 그리고 용기를 내서 가장 자신 있는 목소리로 한국말을 했다. "고등어 세 개 주세요."

생선 코너에서 일하던 중년 남자는 헛웃음을 흘렸다. "세 개?" 그는 노기를 띠곤 고개를 절레절레 흔들면서 생선을 집어들었다. 나는 물건을 세는 단위를 잘못 사용했다. '개'는 일반적인 물건을 세는 단위명사이지만, 동물을 셀 때는 '마리'라는 단어를 썼어야 했다.

"세 마리." 그는 외국어를 모국어로 할 줄 아는 사람이 그러듯 크게 천천히 말했다.

"미안합니다. 한국말 잘 못해요. 고등어 세 마리 주세요." 나는 그에게 한국말로 사과했다.

"세 개", 그는 숨을 내쉬며 이 말을 되풀이하곤 생선을 토막 내면서 넌더리가 난다는 듯 굴었다.

나는 그가 머리를 잘라내기 전에 끼어들어 말했다. "머리도 주세요."

그는 고개를 들어 내 얼굴을 살폈다. 생선 머리도 먹을 줄 아는 한국계 미국인이 그렇게 한국어가 형편없다는 데 당황한 건지, 아니면 주근깨 있는 내 피부와 백인 같은 생김새를 보고 "양공주 자식"임을 알아차렸던 것인지는 알 수 없었다. 우리 엄마 세대인 그 중년 남자 연배의 한국인들은 한국 여자와 미국 남자 사이에 태어난 이중 인종 아이들을 그렇게 부르곤 했다. 우리에겐 법적으로 보나, 대중 여론으로나 우리 자신을 한국인이라고 부를 만한 정당성이 없었다. 그런데도 도대체 왜 이 한국 남성이 내 한국어가 완벽하기를 기대했는지 알 수 없었다. 어쩌면 내가 "순혈 한국인"이 아니라는 사실을 깨닫고 내 한국어가 그 정도면 괜찮다고 생각했을지도 모른다. 한국인이 아닌 사람치고는 나쁘지 않다고 생각했을까? 한국인들이 우리 같은 혼혈인을 어떻게 대하는지, 연구를 하며 읽게 된 혼혈 아동 및 이들의 모친에 대한 총체적인 사회적 배제의 현실과 내가 한국에서 겪은 유년기 일들에 대한 기억이 머릿속에서 소용돌이쳤다.

장면이 하나 떠올랐다. 부산에서 어린이집에 같이 다니던 어린 여자애가 내 얼굴과 내가 신고 있던 노란색 메리 제인 스타일 에나멜 가죽 구두를 번갈아가며 빤히 쳐다보다가, 거기 달린 나비 리본을 붙잡고 뜯어내려고 했다. 나는 불현듯 그 아이가 왜 그랬는지 깨달았다. 나 혼자만 튀는 신발을 신고 있었던 것이다. 나는 우리 엄마처럼 뻔뻔스럽게 서구적이었고, 네 살짜리 아이까지도 자기한테 나라는 존재가 표상하는 이국성을 제압하고 나를 고분고분하게 만들 권한이 있음을 알았던 것이다. 정신을 차리고 생선 코너로 다시 주의를 돌렸을 때, 나는 생선 장수의 얼굴에서 그 어린 소녀의 혐오 섞인 눈초리를 보았다. 나는 생선 봉투를 집어들고 서둘러 계산대로 발걸음을 옮겼다.

차에 타면서 나는 생선 장수가 내게 안긴 수치심을 떨쳐버리려고 애썼다. 엄마는 친숙한 먹거리들이 담긴 종이 봉투를 보고 좌석에 편안하게 몸을 기댔다. 나는 애써 미소를 지으며 말했다. "오늘 저녁은 고등어예요!"

아파트에 도착하자 세사르가 정문에서 우리를 맞이했다. 엄마는 거의 알아보지 못할 정도로 고개를 살짝 까딱하며 인사했고,

눈 마주치는 것은 피했다. 세사르는 엄마가 당신만의 공간을 필요로 한다는 걸 잘 알고 있었기에, 엄마에게 새집을 구경시켜주는 동안 자리를 피해주었다. 거실은 긴 직사각형 모양으로, 한쪽 벽에는 큼지막한 남보라색 소파가 들어갈 만큼 넓은 공간이 있었고, 다른 쪽 벽에는 트윈 사이즈 소파 매트리스가 얹혀 있는 L자 모양의 수납 벤치가 내장되어 있었다. 거실은 주방과 연결되어 있었고, 주방엔 9개월 전 오빠가 엄마 집을 팔면서 치워두어야 했던 6인용 식탁이 자리 잡고 있었다. 엄마는 식탁과 내가 어렸을 때 치던 피아노를 여유 공간이 생길 때까지 창고에 보관하고 있었는데, 드디어 퀸스에 있는 우리 코압co-op 아파트*의 탁 트인 넓은 공간에 가져다놓을 수 있게 되었다.

"엄마, 위쪽 한번 보세요." 주방 천장에 그려진 구름을 가리키며 말했다. "전 집주인이 인테리어 디자이너였대요." 나는 엄마를 주방으로 안내하면서 장을 봐 온 먹거리를 내려놓았다. "주방은 좀 오래된 것 같아요. 수리를 좀 할지도 몰라." 내가 말했다.

"오래됐다니, 어디가?" 엄마는 진심으로 황당하다는 듯 물었다. "문제가 있다는 건 아니고요." 엄마는 부엌에 돈을 쓰고 싶다는 내 소망이 탐탁지 않은 듯싶었만, 엄마 눈에 부엌이 그만큼

---

* 부동산 자체를 매수해 소유권을 갖는 게 아니라 건물주에게 조합 지분을 사서 거주권을 취득하는 아파트.

괜찮아 보인다는 사실에 나는 안도감을 느꼈다. 그럴 법도 했다. 1980년대식 부엌이 엄마 취향에 딱 맞았던 까닭은 그때 엄마의 시간이 멈췄기 때문이다. 엄마가 부엌에서 상당한 시간을 보낸 건 1980년대가 마지막이었다.

"그렇게 현대적인 건 아니지만, 엄마 말이 맞아. 하자는 전혀 없어요." 나는 식료품을 장바구니에서 꺼내며 말했다. 거기서 녹색 채소를 꺼냈다. "봐봐, 엄마, 이거 쑥이죠?"

엄마는 고개를 저었다. "쑥갓. 쑥갓이야. 쑥이 아니라."

나는 풀이 죽었다. 내 한국어 실력은 쑥과 쑥갓을 구분할 정도로 출중하지 못했다. 언어 실력 때문에 또다시 부끄러워졌다. 딱 한 번 장 본 걸로 두 번이나.

"쑥갓도 좋아." 엄마가 밝은 목소리로 말했다. "저녁으로 쑥갓 무쳐 먹으면 되겠네." 엄마는 실망했는지 몰라도 금방 회복하는 듯했다. 쑥갓도 엄마가 수십 년 동안 맛보지 못했던 음식이었는지 모른다. 나는 생선과 채소를 냉장고에 넣었다. "부엌에 있는 거 마음대로 드세요. 내가 아침이랑 저녁 준비할 때는 집에 있을 텐데, 점심에 외출하면 혼자 점심 만들어 드셔야 해요. 어려워하지 말고, 알겠죠?" 엄마는 고개를 끄덕이고 나를 따라 아파트 뒤쪽으로 향했다. 세사르는 우리 침실에 있다가 엄마와 내가 지나갈 때 고개를 내밀었는데, 엄마는 순간 세사르를 똑바로 쳐다보면서 "여기서 지내게 해줘서 고마워요"라고 말했다. 나중에 나는 이 순간을 돌이켜보며 엄마가 내가 아닌 그에게 감사를 표했다는 사실을 곱씹어보았다. 세사르는 생판 모르는 남이지만, 나는 딸로서 도리를 다하는 것뿐이라 따로 고맙다는 인사를 할 필요가 없었던 걸까?

우리는 내 서재를 지나 간소한 가구가 비치된 아파트 안쪽 엄마 침실로 향했다. 바닥에 깔린 순면 요를 보자, 한국에 갔을 때 할머니 댁에서 얇은 이불을 깔고 잤던 기억이 났다. "더 필요한 거 있으면 뭐든지 이야기하고요." 엄마가 소파에 앉는 것을 보며 말했다. 엄마는 아무 말도 하지 않고 그만 나가보라는 손짓을 했다.

그날 밤, 나는 엄마가 가르쳐주는 대로 고등어를 찬물에 헹구고, 간장, 다시, 마늘, 물을 조금 넣어 졸이고, 식초와 참기름, 고춧가루, 소금을 넣어 쑥갓을 무쳤다. 파를 듬뿍 넣고 콩나물 무침도 반찬으로 만들어서, 김치와 함께 쑥갓 나물에 곁들였다. 한식 밥상치고는 소박한 반찬이었지만, 엄마가 평소에 먹는 것에 비하면 잘 차린 잔칫상이나 다름없었다. 나는 엄마 접시에 김이 모락모락 나는 흰밥을 푸고, 그 옆에 고등어 조림을 떠놓고, 엄마 취향에 맞게 밥 위에 매콤한 조림 간장 국물을 끼얹었다.

"우와, 너무 많아!" 앞에 접시를 놓아주자 엄마는 항의하는 시늉을 했지만, 미소를 지으며 생선을 한 숟갈 떠서 입에 넣고는 맛있다며 고개를 끄덕였다.

세사르도 우리와 함께 저녁 식사를 했다. 이날을 포함해 엄마가 방에서 나와 우리와 식탁에서 저녁을 함께 먹은 것은 겨우 두 번뿐이었다. 두 번째는 엄마의 환갑 생일날이었다. 함께 살았던 7개월 동안 엄마가 세사르와 대면한 것은 단 세 번뿐이었다.

엄마가 방에서 나오지 않으리라는 사실을 깨닫는 데는 이틀밖에 걸리지 않았다. 하지만 엄마가 여전히 먹는 것에 상당한 관심을 보여서 나는 신이 났다. 전날 먹었던 고등어 조림이 오래전 즐겨 먹던 음식을 다시 먹고 싶다는 욕구를 불러일으킨 듯했다. 엄마가 난 한 번도 맛보거나 만들어본 적 없는 요리를 내게 해달라고 한 것이다.

"그레에에이스!" 엄마가 방 안에서 나를 불렀다. "우리 콩국수 만들어보자." 국수를 콩국물에 만 요리였다. 방에 들어서니 엄마가 한껏 들떠 있는 게 느껴졌다.

"그래요." 내가 대답했다. "어떻게 만들어요?"

"먼저 콩국물을 만들어야 해. 콩을 냄비에 넣고 몇 분만 끓여. 그다음에 믹서에 넣고 갈아서 체에 거르는 거야. 소금도 넣고. 소금 팍팍 쳐야 돼. 너 어떤 때 소금 넉넉히 안 넣더라."

"알았어요."

"소금 꼭 넣어. 안 그러면 맛이 없어."

"알았어. 소금 충분히 넣을게. 그다음은?"

"이제 콩국을 그릇에 담고 면 삶은 거 넣고 오이 썰어서 올리고 참깨 뿌리면 돼. 아주 쉬워. 참, 얼음도 좀 넣고. 보다시피 여름에 먹는 음식이야."

"엄마가 부엌에 와서 어떻게 만드는지 직접 보여주면 안 돼?"

"만들기 너무 쉬운걸. 너도 할 수 있어. 난 여기 있을게."

나는 부엌으로 가서 콩을 삶을 냄비와 믹서기를 꺼내고 물을 끓였다. 끓는 물에 콩을 넣고 나서 몇 분이 지나자 엄마가 방에서 소리쳤다. "콩 너무 오래 삶으면 안 돼. 딱 몇 분만!" 엄마는 멀리서 나한테 가르쳐줄 요량으로 부엌에서 내가 뭘 하는지 일일이 상상하며 시간을 재고 있었는지도 모른다.

"알았어요!" 나는 불을 끄며 큰 소리로 대답했다. 삶은 콩과 국물을 믹서기에 붓고 한참을 갈았다. 내용물을 걸러낸 후 소금을 치면서 조금씩 맛을 봤다. 콩국물의 풍부하고 깊은 맛이 놀라웠다. 나는 시리얼을 먹거나 스무디를 만들 때 두유를 쓰곤 했다. 집에서 직접 만들어 먹는 게 이렇게 쉽고 훨씬 더 맛있다는 걸 왜 여태 몰랐을까?

나는 콩국수를 널찍한 파스타 접시 두 개에 나누어 담고 숟가락, 포크와 함께 큰 쟁반에 올렸다. 한식 상차림은 숟가락과 젓가락을 사용하지만, 미국 생활에 익숙해지면서 우리 가족은 국수를 먹을 때 숟가락과 포크를 사용하곤 했다. 나는 엄마 방에 쟁반을 들고 가서 소파 옆 바닥에 내려놓았다. 엄마는 몸을 기울여 그릇에서 나는 고소한 견과류 냄새를 맡은 다음, 숟가락을 들고 반짝이는 얼음 하나를 그릇에서 휘휘 저은 뒤 콩국물을 한 숟가락 떠서 맛보았다. 우리는 그릇에 반쯤 녹은 얼음과 바닥에 들러붙은 참깨 몇 알 외에 아무것도 남지 않을 때까지, 시원한 국물을 정신없이 후루룩 들이켰다.

"와, 맛있다." 들어가는 재료도 적고, 소금과 참깨로만 간을 했는데도 이렇게 맛있다니 놀라웠다. 엄마가 가르쳐준 한국 음식에 항상 넉넉히 들어가던 마늘이나 파를 넣지 않았는데도. 콩의 맛은 참으로 대단했다. "나 어릴 때는 왜 한 번도 안 만들어줬어요?" 나는 물었다.

"응? 글쎄, 잘 모르겠네. 이제까지 한 번도 먹고 싶은 적이 없었나 봐."

나는 콩국을 또 만들어서, 이번에는 평일 아침 바쁠 때 아침 식사 대용으로 먹으려고 설탕과 바닐라 향을 첨가했다. 진한 두유에 시리얼을 타서 먹으니 할머니가 콘플레이크를 하프앤드하프 크림에 타서 드시던 생각이 났다. 할머니 연세의 한국인들에게 유제품은 사치스럽고도 진기한 것이었다.

며칠 후 나는 뉴욕시립대 대학원으로 출근할 준비를 하면서, 달콤하게 만든 두유와 시리얼을 엄마에게 서둘러 차려드렸다. 나는 감옥에서 막 출소한 여성들을 대상으로 사회 이론과 감금에 관한 세미나를 진행했는데, 그날이 첫 강의였다. 나는 강의 계획서와 첫 수업 교재인 미셸 푸코의 『감시와 처벌*Surveiller et punir*』 발췌본 복사물을 비롯해 필요한 걸 다 챙겼는지 확인하느라 정신이 없었다.

대학 강의를 하는 것은 처음이 아니었지만 이론 수업은 처음이라, 내가 가르칠 만큼 잘 알고 있는지, 또 인생의 절반 가까이를 비폭력 범죄로 수감되어 보낸 여성들이 의미 있다고 느끼도록 잘 가르칠 수 있을지 걱정이 되었다. 내가 이 학생들에게 가르칠 만한 게 있을까? 세상의 자유를 맘껏 누린 내가 감금이라는 주제에 관심을 가지는 배경은, 상황이 조금만 달랐더라면 '교화 시설'에 수용될 수도 있었던 엄마를 돌보는 경험에서 나왔다는 사실을 다시금 상기해보았다.

엄마에겐 먹거리와 살 집을 기꺼이 내주는 아들딸이 있고, 감옥 창살 안에서 살 일은 절대 없을 테지만, 물리적인 창살만 창살인 게 아니었다. 우리 집에 왔을 때, 엄마는 심리적 감옥형으로 벌써 8년째 수감생활을 하던 중이었다. 감옥 벽과 교도관은 보이지 않았지만 지켜야 할 규칙은 실재했다. 오키는 엄마가 갈 수 있는 곳, 할 수 있는 일, 얘기를 나눌 수 있는 사람, 먹을 수 있는 것에 대해 분명한 선을 그어놓았다. 어쩌다 제대로 된 음식을 먹어도 된다는 허락을 받지 못하면, 엄마는 "역겨운 명령"[1]에 따라 형편없는 음식만 먹어야 했다. 내 첫 세미나가 있던 날 아침에도 그런 일이 일어났던 것 같다.

가방을 다 챙겨서 준비를 끝내놓고, 나는 망고 맛 시리얼을 담은 그릇에 두유를 부었다. 한입 떠먹자마자 나는 역한 맛에 먹은 것을 뱉어냈다. 두유는 상해서 거품이 올라와 있었다. 나는 싱크대에 그릇을 내려놓고 시리얼을 뱉어내고 엄마 방으로 뛰어갔다. 텔레비전이 켜져 있어 뉴욕 지역 채널에서 오늘의 뉴스가 끝나고 일기예보가 시작되고 있었다. 엄마는 텔레비전을 보지 않고 방 한가운데 소파에서 무릎을 구부린 채 머리를 푹 숙이고 앉아 있었다.

"엄마, 두유가 상했던데!" 쟁반을 내려다보고 문 옆에 놓인 빈 그릇을 보자 가슴이 벌렁거렸다. "제발, 이거 먹었다고 하지 마."

엄마는 대답은 않고 바닥만 빤히 쳐다보았다.

"어쩌자고 그걸 먹었어?" 나는 소리를 지르기 시작했다. "상했다고 왜 얘기 안 했어? 아프면 어떡하려고!"

엄마는 날 본 척도 하지 않았다. 공포가 엄습해 오는 바람에 울음이 터지기 직전이었다. 나는 엄마한테 상한 음식을 대접했고, 엄마는 그걸 다 먹었다. 내가 콩국 보관을 잘못해서 그랬는지도 모른다. 어쩌면 며칠을 두고 먹는 게 아니라 바로 먹어야 하는 음식이었는지도. 두유를 직접 만들어보는 게 처음이었던 나는 그게 이렇게 빨리 상할 줄 몰랐다. 엄마는 고개를 들지도 입을 열지도 않은 채 내게 나가라고 손짓했다. 나는 엄마 그릇을 부엌으로 가지고 나와 엉망진창이 된 싱크대를 청소하기 시작했다. 눅눅해진 시리얼로 가득 찬 거름망을 들어올리자, 배수관에서 올라오는 생선 썩는 냄새가 얼굴을 정통으로 때려 구역질이 났다. 며칠 전 고등어를 구운 뒤로 생선 기름이 배수관에 껴서 계속 그 냄새가 진동했다. 고등어 때문에 부엌에 냄새가 날 거라는 엄마의 말뜻을 그제야 깨달았다. 엄마한테 상한 음식을 먹였다는 괴로움 때문에 감각이 유독 예민해져서인지, 아니면 환각이 생겼는지 모르겠지만, 생선 비린내가 너무나 지독했다. 스펀지에 세정제를 묻혀 냄새가 사라질 때까지 벅벅 문질렀는데도 비린내는 완전히 가시지 않았다.

그날 밤 나는 고등어 꿈을 꾸었다. 은청색 생선 더미가 싱크대에 쌓여 있고, 달빛에 반짝이는 죽은 생선의 눈빛이 식당 창을 통해 부엌으로 비친다. 생선 장수가 내게 몇 마리나 준 걸까? 스무 마리? 서른 마리? 최소한 스물에서 서른 마리는 되는 것 같다. 세 마리만 달라고 했는데. 내가 "셋"이라고 할 걸 "서른"이라고 잘못 말했나? 한국어가 형편없어서 사려던 것보다 열 배나 많은 생선을 사게 된 걸까? 생선 장수가 왜 이번에는 내 한국어를 고치려 들지 않았을까? 꿈속에서 이 상황에 대처할 방법은 단 하나뿐이었다. 나는 가진 냄비와 프라이팬을 죄다 꺼내 요리를 하고, 아는 사람을 모두 불러 우리 집에 와서 고등어를 먹어달라고 간청한다. 우리 집은 곧 생선과 사람들로 넘쳐난다. 싱크대 안 고등어는 내가 그걸 요리해서 대접하는 속도보다 더 빠르게 늘어나고, 이제 초대할 사람도 남아 있지 않은 난 손님들한테 제발 너 먹어달라고 빈다. 나는 접시를 채우고 또 채운다. 어서 먹어야지. 아니면 버려야 해. 고등어는 몸에 좋아. 제발, 생선을 버리면 안 돼.

이후 며칠간 썩은 생선 냄새와 상한 두유 맛은 내가 가는 곳마다 따라다니며 먹는 것마다 맛을 망쳐놓았다. 시리얼 사건 후로 엄마는 몸이 아픈 것 같진 않았지만 상태가 나빠지고 있었고, 나는 다시 엄마를 정상 궤도로 돌려놓지 못할까 봐 두려웠다. 어쩌면 오키가 엄마한테 시리얼 한 그릇을 다 먹으라고 했는지도 모른다. 아니면 굶주림이 병에 걸릴 수 있는 위험을 압도했던 한국전쟁 시절의 유산일지도. 나는 엄마가 용기에 담아 냉장고에 넣어둔 기름이 굳어 있는 남은 고등어를 데우지도 않고 그냥 먹는다는 것도 알게 되었다. 생각만 해도 속이 울렁거렸다.

엄마가 전쟁에서 살아남으려고 쓰레기 더미를 뒤지던 시절의 마음 상태로 퇴행했다는 징후는 또 있었다. 어느 날 학교에서 돌아왔는데, 부엌에서 급히 내려오는 엄마 발소리가 들렸다.

"엄마, 나예요!" 나는 외쳤다.

어두운 부엌으로 걸어 들어가자, 조리대 위에는 시럽 한 병이 놓여 있었고, 쓰레기통은 평소 놓여 있던 싱크대 밑이 아니라 밖에 나와 있었다. "이게 다 뭐야?" 내가 물었다.

엄마는 부엌으로 천천히 살금살금 돌아오다가 입구에서 멈췄다. "빵 한 조각 먹고 있었어. *끄트머리*에 시럽 좀 뿌려서. 거기도 먹어도 돼. 버릴 필요 없어."

"내가 버린 거야? 쓰레기통에서 꺼낸 건 아니지?"

"아니야, 부스러기 떨어질까 봐 쓰레기통 위에서 먹은 거야."

"엄마, 접시 쓰면 되잖아. 그리고 빵에 발라 먹을 다른 것도 많은데. 시럽은 별로예요."

"괜찮아. 난 좋더라."

엄마와 언쟁하고 싶지 않아 더 이상 걸고 넘어지진 않았지만, 나는 엄마가 쓰레기통에서 빵을 꺼내 먹고는 거짓말하는 것인지, 아니면 내가 버릴까 봐 *끄트머리*를 먹고 있었던 건지 알 수 없었다. 어쨌든 그건 이미 말라비틀어진 빵 조각이었고, 엄마는 마치 굶주린 사람처럼 음식을 먹었다. 나는 음식이 조금이라도 상할세라 철저하게 챙겼고, 쓰레기통에 찌꺼기 하나라도 버리게 되면 즉시 통을 비웠다. 이런 노력 덕택에 엄마는 오래되었거나 상한 음식을 먹지는 않았지만, 남은 음식은 지방이 응고되어 있든 어떻든 차가운 상태 그대로 먹었다.

9·11 테러 이후 엄마는 새로운 단식 투쟁을 시작했다. 하루는 밤에 엄마가 음식을 거부하는 것을 참다 못해 화가 치밀어 소리를 지르기도 했다. 엄마가 몇 입이라도 먹을 때까지 바닥에 쓰러

져 울며 애원하는 날도 있었다.

세사르는 이 모든 것을 멀리서 지켜보았다. 소리치고 화를 내던 어느 날, 나는 세사르에게 사과했다. "미안해. 너무 힘들지."

"네가 힘들지." 그가 말했다. "어머님을 보는 건 너뿐이니까."

14장

유령 숫자 세기

2002년 뉴저지주 프린스턴

내 퀸스 아파트에서 오빠네 차고 위 원룸으로 이사한 지 두 달 만에, 엄마는 음식을 거부해서 고급 사립 정신과 치료 시설에 입원했다. 엄마가 치료를 받게 되리라는 사실에 감사했지만, 그럴 수 있게 손을 쓴 사람이 내가 아니라는 사실에 일말의 시샘이 일었다.

구급차가 도착했을 때 우리는 엄마와 함께였다. 추운 2월의 밤이었는데, 엄마는 슬리퍼를 신고 옷 위에 얇은 외투를 걸친 채, 고개를 숙이고 땅만 보며 밖으로 터덜터덜 걸음을 옮겼다. 그리고 낮은 목소리로 뭐라고 말을 했다.

"뭐라고요?" 구급대원이 물었다.

"애들이랑 같이 가고 싶어요." 엄마가 거듭 말했다. 이번에는 들리긴 했지만, 마치 울지 않으려고 안간 힘을 쓰는 어린아이 목소리처럼 기어들어갔다. 엄마가 이렇게 누군가 필요하다고 표현하는 일은 잘 없었다.

"죄송합니다. 같이 갈 순 없어요." 구급대원이 말했다.

오빠와 내가 안심시키려고 해보았지만 엄마는 겁에 질린 표정으로 굳어진 채 서 있다가 구급차 뒤에 올라탔다. 엄마가 낯선 사람들에게 둘러싸여 겁 먹은 채 나약한 모습을 보이니 마음이 아팠다.

엄마가 입원해 있던 일주일 동안 나는 매일 밤, 아니면 하루 걸러 한 번 병문안을 가기 위해 세사르의 차를 빌렸다. 그리고 불과 이틀 만에 엄마의 기분과 태도가 확연히 달라졌음을 알 수 있었다.

안내 데스크에 다다르자 접수원이 나를 환한 미소로 맞이했다. "군자 씨 따님이시죠?" 그가 물었다. "어머님이 늘 따님 얘기를 하세요."

"정말이요?"

"그럼요. 어머님이 얼마나 자랑스러워하시는데요."

정말? 서른한 해 동안 나는 엄마가 직접적으로 그런 말을 하는 걸 들어본 적이 없었다.

그를 따라 레크리에이션 방에 들어서니, 엄마는 다른 입원 환자들과 함께 탁자에 앉아서 신나게 비즈 목걸이를 만들고 있었다. 다른 사람들은 엄마 말에 귀를 기울이는 듯했다.

"엄마?" 수십 년 만에 보는 엄마의 의기양양한 모습을 깨트리지 않으려 조심스럽게 엄마에게 다가갔다.

"군자 씨 딸이군요!" 한 환자가 소리쳤다. "오, 우린 어머님이 **너무 좋아요.**"

엄마 얼굴에는 장난스런 웃음기가 가득했다. 오랫동안 사람을 두려워하던 엄마가 갑자기 사교계 여왕이라도 되었다는 말인가? 엄마한테 새 약이라도 준 걸까? 지난번에 간호사가 언급했던 처방은 기껏해야 완화제뿐이었다. 이유야 어찌 됐든 나는 어린 시절의 카리스마 넘치는 엄마가 돌아와서 뛸 듯이 기뻤다.

엄마는 사적인 얘기를 나누려고 나를 당신 방으로 데려갔고, 우리는 포일로 덮인 플라스틱 컵에 담긴 사과 주스를 마셨다. 어떻게 지내고 있느냐고 묻자 엄마는 바로 입원실을 함께 쓰는 환자 얘기를 꺼냈다. 아들과 남편을 교통사고로 잃은 60대 여성이었다. "너무 슬퍼서 여기 있는 거야." 엄마는 연민이 담긴 목소리로 부드럽게 말했다. 나는 엄마가 이렇게 공감할 수 있다는 게 감동스러웠고, 엄마가 다른 사람들의 상실과 역경에 대한 이야기를 들을 기회를 갖게 된 데 감사했다.

의사가 엄마를 위해 새로운 약물 요법을 시작한 것은 사실이었다. 이번에 엄마는 항우울제와 함께 부작용이 적은 '신세대' 항정신성 약물을 복용하기 시작했지만, 나는 엄마의 변화가 단지 약물 때문은 아니라는 걸 알았다. 약물 효과가 나타나기에는 너무 이른 시점이었다. 엄마는 다른 사람들과 함께 지내며 당신이 사랑받을 자격이 있다는 걸 다시 확인하는 데서 긍정적인 영향을 받고 있는 듯했다. 이렇게 좋은 시설에서 이루어지는 집단 치료가 엄마의 경험에 전과는 다른 타당성을 부여했음이 틀림없었다. 나는 엄마가 당신에 대해, 또 왜 그곳에 오게 되었는지에 대해 다른 사람들에게 어떻게 얘기했을지 상상해보았다. 오키가 이래라저래라 하는 통에 너무 지쳤어요. 나는 실수를 저질렀고 사람들이 죽었죠. 엄마가 무슨 말을 했든, 사람들은 엄마 말을 정신병적 헛소리로 치부하지 않고 존중해주었을 게 그려졌다.

자판기에서 사 온 참치 샌드위치를 먹으며 한동안 이야기를 나누다가, 나는 엄마에게 미안하지만 이제 뉴욕으로 돌아가야 한다고 말했다. "내일 박사 논문 연구 계획서 심사가 있어요." 내 논문 주제에 대해 묻지 않을까 싶었지만, 엄마는 별말이 없었다. 여느 때처럼 엄마는 내가 박사가 될 거라는 사실만으로 족했지, 박사 논문 내용에 대해 자세히 알고 싶어하지는 않았다.

"모레 다시 올게요."

"어, 내 걱정은 할 거 없어."

"아니야, 엄마. 다시 올게요."

"아니야, 괜찮아."

"엄마……"

"그래, 알았어."

박사 논문 계획서 심사는 오전 10시로 잡혀 있었고, 나는 제시간에 도착하긴 했지만 전날 밤늦게 집에 돌아온 터라 정신이 없고 혼란스러웠다. 사회학 교수들 앞에서 내 논문 프로젝트를 변호하기 위해 뉴욕시립대 대학원 센터의 창문 없는 좁은 세미나실로 걸어 들어갔다. 지도교수 퍼트리샤 선생님이 벌써 와 계셨고 나는 그 옆자리에 앉았다.

"안녕. 잘 지냈어?" 퍼트리샤 선생님 특유의 차분하고 허스키한 목소리였다.

"실은 일주일 내내 정신병원에 가 있었어요." 상황이 심각하지 않은 듯 얘기하려 했지만, 그간 연구계획서에 집중하지 못해서 마음이 편치 않았다. 나는 손바닥에 나는 땀을 책상 밑에서 바지에 계속 닦아냈다. 이 사회학과에 다니기는 쉽지 않았다. 내 관심사는 문화 연구에 더 가까웠는데, 학과에는 사회학적 경험주의라는 주류적 접근에 얽매인 교수가 다수였다. 하지만 퍼트리샤 선생님은 창의적인 사회학을 추구하며, 겉보기에는 답이 나오지 않을 듯한 물음을 좇아 비전통적인 연구 방법을 활용해보려는 학생들의 편을 들어주는 교수였다. 그래서 이날의 논문 심사는 내 연구계획서도 계획서이지만, 퍼트리샤 선생님을 평가하는 자리이기도 했다.

"본 논문은 흔히 'Yankee whore〔양갈보〕'라고 번역되는 '양공주'라는 표상을 한인 디아스포라에 출몰하는 유령으로 분석하고

자 한다"는 게 내 계획서의 첫 문장이었다. 발화될 수 없는 트라우마를 들리게 하고 유령의 현현을 가시화하기 위한 방법으로 나는 꿈 작업, 실험적 글쓰기, 공연과 같은 무의식적 방법론을 활용하겠다는 안을 냈다.

교수들이 논문 계획서를 검토하는 동안 팽팽한 침묵이 흘렀다. 양적 연구 방법만을 고수하는 중년 백인 남성 학과장이 처음 입을 열었다. "어쩐지 당신은 이 '유령'이라는 단어를 그저 재미로 쓰는 것 같지 않네요. 정말 귀신 얘기를 하는 것 같은데요."

또 다른 백인 교수가 소리쳤다. "인터뷰를 안 하네요! 연구 대상자 인터뷰는 연구자로서 기본적인 책임 아닌가요!" 그 교수는 퍼트리샤 선생님을 향해 목소리를 높였다. "지도 학생이 이러도록 어떻게 내버려둘 수 있죠?"

"저기, 잠깐만요." 세 번째 교수가 끼어들었다. 유일한 흑인 교수이자 성노동 문헌에 대한 내 논문 제출 자격 구술시험을 지도했던 교수였다. 그는 방금 발언한 교수를 향해 말했다. "거기에 대해선 내가 설명할게요. 내가 제미마 아주머니*라는 문화적 표상에 대해 글을 쓴다고 해서, 제미마 아주머니를 찾아가 인터뷰를 한다는 건 말이 안 되죠."

---

* 팬케이크 믹스로 유명한 식품 브랜드로 흑인 여성에 대한 인종적 고정관념을 재생산하는 이미지로 2020년 판매가 중단되었다.

내가 연구하려는 바를 이해한 사람이 적어도 한 명은 있다는 사실에 안도의 한숨이 나왔지만, 그 말도 논의 분위기를 바꾸는 덴 아무런 영향을 미치지 못했다. 교수들은 내 연구계획서에 대해 얘기하며 계속 서로에게 언성을 높였고, 마치 내가 거기 없다는 듯이 나를 삼인칭으로 지칭하며 말을 이어갔다. 교수들이 내 논문 계획서를 공격하고, 대학원생한테 "커리어 자살 행위"를 시키고 있다고 퍼트리샤 선생님한테 경고할 때마다, 나는 앉은 자리에서 몸이 움츠러들었고 목소리가 희미해졌다. 마치 나 자신이 완전히 사라져버린 것처럼.

나중에 나는 그 공격의 상당 부분이 어디까지 사회학으로 인정될 수 있는지를 실험해볼 수 있게 나를 격려해준 퍼트리샤 선생님을 향한 것이었음을 알게 되었다. 한 교수는 접시를 손에 들고 그 가장자리에 연필을 균형 맞춰 세우면서 내게 학과 내 정치에 대해 설명해주었다. "접시가 사회학계라면 퍼트리샤 선생은 이 연필이에요. 교수들은 선생의 학생들이 더 이상 분과 학문의 경계를 넓히는 걸 원치 않는단 말입니다."

심사가 끝난 후 학과장은 퍼트리샤 선생님한테 이메일을 보냈다. "내 생각엔 학생이 박사 학위를 받을 수 있을 만큼 정신적으로 안정되어 있는 것 같지 않군요." 퍼트리샤 선생님과 나는—아시아계 미국인 연구에서 흔히 쓰이고 당연시되는—'유령ghost'이라는 단어가 구식 사회학자들한테 그렇게나 충격적이라는 사실이 어이없어 웃어버리고 말았다. 그럼에도 이 일은 내게 수치심을 안기고 상처를 주었다. 광기에 대한 오해와 여성에게 강요되는 침묵에 대해 이렇게나 오랫동안 고민해온 나에게, 이 백인 남교수는 학계에 있을 게 아니라 우리 엄마처럼 정신병원에 가야 한다고 말하고 있었다.

연구실에서 연구계획서 심사 중 벌어진 일에 대해 얘기를 나누며, 퍼트리샤 선생님은 다른 사회학자들이 어처구니없다면서 실소했다. "그 사람들은 네가 유령 수를 세어야 한다고 생각해." 세대를 넘어 현현하는 유령을 양적 접근으로 정량화할 수 있기라도 한 것처럼. 선생님은 후회도 내비쳤다. "내가 너를 이러게끔 부추긴 건 맞지만, 그러면서도 네가 내 말을 들을 줄은 몰랐어." 선생님이 뻣뻣한 검은 머리를 두 손으로 헝클어트리며 말했다.

"선생님 말대로 해서 전 좋은걸요!" 주변부를 가장 살 만한 곳으로 만들어준 분이 선생님이라는 걸 상기시키며, 나는 패기 있게 말했다. "저는 꽉 막힌 사회학자가 되고 싶지 않아요. 학계에 남고 싶지도 않고요."

내가 오랫동안 페이스트리 셰프로의 커리어를 꿈꾸었기에, 퍼트리샤 선생님은 걱정을 하곤 했다. "그레이스, 우리 이러다 케이크한테 너 빼앗기는 거 아냐?" 선생님은 내가 대학원에 온 게 사회학을 사랑해서가 아니라, 끝을 모를 만큼 깊은 트라우마의 유산 때문임을 알고 있었다. 선생님은 엄마에게 음식을 먹이려고,

또 과거를 직면하려고 고군분투하는 내내 나의 지도교수였고, 이 모든 것이 내 박사 논문과 연결되어 있음을 누구보다 더 잘 알았다.

나는 선생님한테 어머니의 광장공포증에 대해 한탄을 늘어놓았다. 엄마가 우리 집에서 지내는 동안, 소파에서 공처럼 웅크린 몸을 이리저리 흔들면서 종일 시간을 보냈던 일에 대해서. 엄마는 여러 해 동안 그 비슷한 행동을 해왔지만, 그렇게 아픈 모습을 매일같이 보자니 나는 일상생활이 어려울 정도로 무너져 내렸다. 학교에 있을 땐 거의 신경쇠약에 걸릴 지경으로 그 작은 방에 갇힌 엄마 생각 말고는 다른 생각을 전혀 못 할 때도 있었다. 그러던 어느 날 선생님은 받아들이기 어려운 정신분석적 통찰을 애정을 담아 내게 건넸다.

"그레이스, 그분을 방에 가두고 있는 건 어쩌면 너인지도 몰라."

"뭐라고요?" 나는 선생님이 바깥에 나가지 못하는 엄마의 상태를 지나치게 과장한다는 뜻에서 나를 나무란다고 생각했다. 아니면 더 나쁜 말일 수도 있었다.

"엄마를 방에 가둔 건 너야."

그 말은 선생님의 목소리가 아니라 스스로를 의심하고 비판하는 날카로운 내 목소리로 들려왔다. 엄마가 도움을 받을 수 있게 하려다 무참하게 실패했던 열다섯 살의 기억을 여러 해 동안 복기해온 내 안의 목소리였다.

그리고 지금, 엄마는 내 실패로 인해 방에 갇혔다.

연구계획서 심사 이튿날, 나는 셰보레 차에 시동을 걸고 엄마의 퇴원 수속을 밟기 위해 정신병원으로 차를 몰았다. 많은 사람이 작별 인사를 하려고 엄마 주위에 모여 있었다. 한 남자가 포옹을 하려고 손을 내밀었고 엄마는 뒷걸음질 쳤다. "아니, 안 돼, 안 돼." 뒤로 물러나면서 거절했지만, 한 걸음 물러설 때마다 그도 그만큼 다가서며 거의 엄마 어깨에 손을 얹을 뻔했다. 둘은 이렇게 춤추듯이 방을 가로질렀고, 엄마는 그의 손이 닿지 않게 피하면서 수속 데스크까지 왔다. 그런 다음 엄마는 접수원의 귀에 뭐라고 속삭였고, 그는 얼굴을 살짝 붉히더니 문을 나서는 우리를 향해 말했다. "보고 싶을 거예요, 군자 씨."

집으로 돌아온 엄마는 크림색 소파에 앉아 허공을 응시했다. 불과 몇 분 전만 해도 프린스턴 하우스에서 사람들과 잘 어울리던 엄마가 아무것도 하지 않는 외로운 나날로 그렇게 돌아간 모습을 보니 당혹스러웠다.

"엄마, 사람들하고 어울리는 게 엄마한테 참 좋았나 봐. 통원 프로그램을 찾아보면 어떨까요?"

"하! 아니야." 엄마는 콧방귀를 뀌며 손을 내저었다.

"그러면 목걸이 계속 만들 수 있게 비즈 재료 사다드릴까요?"

"아니, 아니, 괜찮아."

내가 방금 목격한 긍정적 변화가 실제가 아니었던 것처럼, 소파에 앉아 모든 것을 완강하게 거부하기만 하는 엄마의 모습이 좌절스러웠다. 내가 품었던 기대는 또 물거품으로 돌아가는 듯했다. 물론 달라진 점도 있었다. 엄마는 전에 비에 기분이 좋아 보였고 말도 더 많이 했다. 새 약물 때문이거나, 혹은 사회적 접촉에서 오는 긍정적인 영향 덕택인지도 몰랐다. 어쩌면 변한 건 나인지도 모른다. 드디어 내가 엄마를 방에서 내보낼 수 있게 된 건지도.

"엄마한테 정신질환이 있는 거 알아요? 조현병 있는 거?"

"응. 그렇지만", 엄마는 집게손가락을 까딱거리며 당당하게 말했다. "나는 **평범한** 정신질환자가 아니야."

정신과 의사는 엄마의 선언을 망상적 사고의 또 다른 증거라 여겼을지 모르지만, 나는 엄마가 자존감을 회복하고 있는 신호라고 믿기로 했다. 프린스턴 하우스 사람들은 다들 내가 어렸을 때 보았던 모습을 볼 수 있었다. 엄마가 얼마나 매력적이고 카리스마 넘치며, 특별했는지를.

사회학과 교수 몇 명은 정신과 의사가 환각을 바라보듯, 여전히 내 연구를 두고 "현실에 기반한 경험적 근거가 전무하다"고 여겼지만, 어쨌든 나는 2003년에 박사 논문을 쓰기 시작했다. 그때까지 엄마는 내게 한국 음식 요리법을 열다섯 가지 정도 가르처주었다. 엄마를 방문할 때마다, 마늘과 발효 식품의 시큼한 냄새가 방에 진동했다. 한국의 냄새였다. 음식을 맛보고 냄새 맡으며, 때때로 엄마는 전에 들어보지 못한 젊은 시절 이야기를 들려주었다. "있잖아, 우리 아버지는 누구보다 불고기를 잘 만드셨어." 엄마가 어느 날 이야기했다. "고기를 숯불에서 젓가락으로 집어 먹여주곤 했지. 내가 막내라고 제일 예뻐하셨거든."

엄마와 음식을 나누어 먹고 과거에 대한 소소한 이야기를 들으며 내 연구와 글쓰기는 잠시 중단됐지만, 살면서 그 둘 사이의 경계는 종종 흐려지곤 했다.

네 살인가 다섯 살 때, 어린아이의 유령이 가끔 나를 찾아 셔헤일리스에 왔다. 달 밝은 밤이면 아이는 뒤뜰 동백나무 옆에 나타나 침실 창밖으로 떠올라 나오도록 내 몸을 불러냈다. 그 아이가 나를 해치지 않으리란 건 알았지만, 생김새 때문에 무서웠다. 솜털 같은 하얀 털이 피부를 덮고 있었고 이마 한가운데엔 작은 구멍이 나 있었다. 나이가 들면서 나는 그 아이 영가가 산 사람의 모습을 한 영인지, 아니면 내 마음속에서 헛것이 생겨난 건지 궁금해졌다. 그리고 시간이 지나면서 이 기억은 내 무의식 속 깊은 곳에 가라앉아 있다가, 한국전쟁 당시 민간인 경험을 연구하면서 다시 수면 위로 떠올랐다. 사랑하는 사람들이 살해당하는 것을 목격하고 그들의 썩은 유해를 수습해 묻어주어야 했던 학살 생존자들의 비통한 사연을, "길을 내기 유용한 방법"으로 "민간인 피란민을 대상 삼은 총기 난사 정책"[1] 같은 미 군사 문건 속 냉혹한 합리성의 언어와 대조해 읽으며, 그 어린 영가의 모습이 강렬하게 되살아났다. 아이는 어쩌면 엄마의 친척으로 우리를 따라 태평양을 건너온 영혼이거나, 아니면 엄마가 길가에서 본 죽은 사람 혹은 죽어가던 사람이 아니었을까. 그러자 그 특이한 외모는 더 이상 수수께끼가 아니었다. 문득 나는 그 영가를 머리엔 총상을 입고 썩어가는 살갗엔 곰팡이가 슬기 시작한 어린아이로 보게 됐다. 연구 자료에서 쉽게 볼 수 있는 이미지였다.

어린 영가를 다시 마음속에 그려보며, 나는 대중문화에서 다른 사람이 지각할 수 없는 것을 보고 들을 수 있는 아이가 육감이라는 특별한 능력을 지닌 것처럼 묘사되는 반면, 어른들이 이런 경험을 하면 미쳤다고 여겨지는 상황에 대해 생각해보았다.

어느 날 저녁을 먹으면서 엄마에게 전쟁 하면 뭐가 기억나냐고 직접적으로 물었다. 엄마는 텅 빈 눈빛으로 대답했다. "산속에서 북한군을 봤던 기억이 나. 여자아이들. 군인 여자아이. 무서웠어. 여자가 총을 든다는 건 생각도 못 해봤거든." 엄마는 그 기억에 무척 힘들어하는 듯했지만, 그게 당신이 목격한 것 중 가장 끔찍한 일은 아니었으리라. 아마 다른 일들은 극심한 트라우마로 기억에서 지워져버렸기 때문에, 그 기억이 엄마 마음속에 남아 있었던 게 아닐까.

박사 논문의 한 장으로 나는 기지촌 성노동자라는 존재가 디아스포라 한인 문화예술에 유령처럼 출몰하는 방식에 대해 쓰면서, 노라 옥자 켈러의 소설 『여우소녀』를 읽었다. 1960년대 한국을 배경으로 미국 제국주의 전쟁의 결과를 짊어지고 살아가는 두 10대 소녀 현진과 숙희의 이야기다. 숙희는 현진보다 나이가 더 많은데, 미군을 상대하는 성매매로 현진을 이끌고 가 거기서 자기를 분리시키는 법을 가르친다. 해야 되는 거면 뭐든지 할 수 있어…… 쉬워. 하면 할수록 그게 너 자신이 아니라는 걸 알게 되니까. 진짜 너는 날아가버리는 거야.[2] 숙희는 현진의 꿈속에 출몰하는 유령이자, 머릿속에서 들리는 목소리이며, 트라우마의 흔적이다. 우리 엄마에게도 숙희가 있었을까? 그 이름은 옥희인 걸까?

『여우소녀』에서 잊지 못할 장면이 하나 있는데, 세 명의 혼혈 아이가 미군에게 들은 노래를 부르는 장면이다. 아이들이 이해하는 몇 안 되는 영어 단어 중 하나는 "whore〔갈보〕"다. 그건 자기 엄마가 누구인지 알고 있었기 때문이었다.[3]

길가에서 갈보를 보았네.
두꺼비처럼 죽어 있다는 걸 바로 알았지.
배에서 머리까지 피부가 다 없어졌어.
그래도 그 여자한테 섭했어, 죽어 있는데도 섭했어.[4]

켈러의 책은 허구적 소설이지만, 내가 학술 연구에서 발견한 내용과 다르지 않아 이 노래가 더 끔찍했다. 아무리 애를 써도 자기 엄마일 수도 있는 여성이 살해당하고 강간당한 걸 신나게 노래하는 이 아이들의 목소리를 머릿속에서 멈추게 할 수 없었다.

또한 나는 일본군에 징집된 '위안부'의 비슷한 증언을 읽고, 미군과 일본군의 군사화된 성노동 체계의 연속성을 볼 수 있었다. 한 증언에서 옥분이라는 이름의 여성은 열두 살 나이에 납치되어 타이완의 '위안소'에 보내졌다고 했다.

평일 저녁에는 우리한테 노래하고 춤추고 바이올린을 켜라고 했어…… 연주를 잘 못하면 매를 맞았어…… 위안소에서의 삶을 노래한 군가가 있었는데 "한여름에 버려져 썩어가는 호박 같은 내 몸" 그런 노래였지.[5]

제국의 군대에 유흥을 제공하려고 데려간 여성의 썩어가는 시체가 군가에서 반복되는 주제라는 데 나는 충격을 받았다.

어느 날 밤, 기지촌 폭력에 대해 논문을 쓰다가 엄마 소파에 누워 잠을 청했는데, 연구에서 본 참혹한 이미지 때문에 잠을 이룰 수 없었다. 고객에게 살해되고 시신까지 훼손되어 허름한 집 방바닥에 놓여 있던 윤금이의 시신. 기지촌 노동자 한 명은 미군 병사가 여성의 시신을 쓰레기통에 던지고 불을 붙인 것을 목격했다고 말하기도 했다. 그슬린 머리카락과 타는 살 냄새.

엄마 방은 천장에 있는 화재경보기의 작은 빨간 불빛을 제외하고는 칠흑같이 어두웠다. 그 빛은 점점 더 밝아지는 듯했고, 내 눈을 붉게 불태웠다.

마침내 잠이 들었고, 나는 어두운 방에 갇혀 나갈 문을 찾는 꿈을 꾸었다. 괴로움에 울먹이며 소리치는 내 얼굴이 보였다. "제발! 누가 날 좀 여기서 꺼내줘요!" 그곳이 어디인지 처음엔 몰랐지만, 곧 사창가 업소라는 걸 깨달았고, 정신이 달아난 지 한참이 지난 뒤에도, 밖에 있는 누구도 나를 기억하지 못할 때까지, 몸은 그렇게 그곳에 남겨져 있으리라는 걸 알 수 있었다.

피부가 다 없어졌어……

목소리는 내 머릿속까지 침범했다.

해야 되는 거면 뭐든지 할 수 있어……

그들은 나에게 지시를 내렸다. 몸에 다시 살을 붙여라.

알아볼 수 없을 정도로 부패한 그 몸에.

15장

치즈버거 시즌

2002~2008년 뉴저지주 프린스턴

제재가 풀렸는지 엄마의 입맛은 온전히 돌아왔다. 뼈만 앙상하던 모습은 사라지고, 엄마는 다시 건강해 보였고 눈빛도 되살아났다.

프린스턴 하우스 퇴원은 엄마 인생 만년에 가장 좋은 시기가 시작되었음을 알리는 신호였다. 내가 박사 논문을 쓰던 그 무렵, 엄마의 모습은 코에 땀방울이 맺힐 정도로 열중해서 음식을 먹던 나 어릴 적 엄마를 닮아 있었다.

이전에도 첫 번째 엄마의 모습을 언뜻 본 적이 있었다. 그 엄마가 아직 건재하며 제대로 된 식사를 통해 되살아나기를 기다리고 있다는 걸 내가 분명히 깨달았던 때는 우리가 퀸스에서 함께 살며 맞이한 엄마의 예순 살 생일이었다.

이사한 지 일주일 정도밖에 안 됐지만 엄마는 작은 공처럼 몸을 웅크리고 방 안에 틀어박혀 지내는 패턴에 이미 익숙해져 있었다. 생일 전날 나는 몸을 흔들고 있는 엄마에게 다가갔다.

"엄마?"

"응?" 엄마가 나를 올려다보지도 않고 답했다.

"엄마 생신에 갈비 요리 할 거예요." 내가 말했다.

엄마는 고개를 들고, 작은 공처럼 움츠렸던 몸을 폈다. "마늘 꼭 넉넉히 넣어."

"바비큐 치킨도 좀 하려고요."

"그거 먹은 지 정말 오래됐네…… 뭣하러 그렇게 고생해? 그렇게 많이 할 거 없다."

"엄마 생신이잖아요."

"뭐 별거라고."

"엄마 예순 살 생신인걸." 60년마다 음력 간지가 다시 제자리로 돌아오는 것을 기념해 한국인들은 환갑을 특별히 축하한다. "치즈버거도 만들 거예요."

엄마는 두어 해 전 앞니가 빠진 다음부터 웃는 것을 꺼렸지만, 이번만큼은 어쩔 수 없었다. 엄마는 허리를 펴고 똑바로 앉더니, 빠진 이를 감추려고 손으로 입을 가렸다. "치즈버거라고? 그거 좋네!"

때가 되자 나는 우리 셋을 위해 널따란 식탁에 갈비, 바비큐 치킨, 감자 샐러드, 김치, 콩나물 무침, 시금치 무침, 치즈버거, 얇

게 썬 토마토와 양파, 상추, 껍질째 구운 옥수수, 씨 없는 수박, 4단짜리 레몬 케이크로 상을 차렸다.

"엄마 환갑 잔치 시간이에요!" 나는 엄마 방문 앞에서 말했다.

"나 그냥 여기서 먹을게."

"안 돼요. 벌써 상 다 차렸어. 나오세요."

더 고집을 피우리라 예상했건만 엄마는 자리에서 일어나 주방을 향해 복도로 발걸음을 옮겼다. 세사르와 마주치자 엄마가 멈춰 서서 말했다. "어쨌든, 오늘은 내 생일이니까." 그런 다음 엄마는 식탁 가까이로 다가가 환갑상을 찬찬히 둘러보곤, 손뼉을 치며 외쳤다. "많다! 맛있는 음식이 너무 많아!" 우리 셋은 함께 맘껏 먹었고, 엄마는 모든 요리를 기꺼이 즐겼다.

식사가 끝나갈 즈음, 엄마가 이로 옥수수를 끝까지 갉아 먹고 갈비뼈에 붙어 있는 고기를 남김없이 빨아 먹는 모습을 보니 마음이 놓였다.

"엄마 음식 맛있었어요?" 내가 물었다.

"응. 올해 과연 환갑을 지내려나 생각했는데." 엄마가 크게 웃으며 말했다. "야, 그것참! 치즈버거 맛있네!"

나를 키워준 엄마는 아직 살아 있었다.

내가 엄마의 욕구에 귀 기울이는 법을 익혔을 때쯤, 엄마는 더이상 당신이 원하는 것을 내게 맞히게끔 하지 않았다. 대신, 때가 되면 오랫동안 먹어본 적 없는 한국 음식을 만들어달라고 했다. 소고기와 매콤한 고추를 간장에 졸인 장조림이나 달콤한 팥앙금이 든 찹쌀떡도 그중 하나였다. 그 맛은 나를 어린 시절로, 첫 번째 엄마의 품으로 돌려보냈다.

함께 나누었던 식사가 무슨 의미였는지 온전히 깨닫는 데는 오랜 시간이 걸렸지만, 엄마에게 대접하는 음식이 과거를 보드랍게 놓아주는 효과가 있음을 이해하게 된 건 생태찌개를 요리하면서부터다.

나는 이 음식을 한 번도 맛보거나 들어보지 못했지만, 엄마가 시키는 대로 요리했다. 무를 참기름에 부드러워질 때까지 볶는다. 참기름 아끼지 말고. 이제 마늘 넣고. 넉넉히. 그것도 아끼지 말고. 엄마의 요리법은 열등하다고 여겨졌던 과거사를 거스르는 주문인 듯싶었다. 생선, 다시물, 파, 국간장, 고춧가루를 넣고 약한 불로 끓인다. 그리고 밥이랑 같이 상에 낸다.

우리는 유리 상판이 놓인 커피 테이블 바닥에 앉아 시원한 생선찌개를 먹었고, 나는 칼칼한 맛, 불 맛, 알싸한 맛과 단맛의 조화에 감탄했다.

"40년 만에 먹어보네." 엄마가 말했다. 꿈을 꾸는 듯 부드러운 목소리였다.

"와! 너무 맛있어! 나 어렸을 때는 왜 이 요리 안 했어요?"

"전에는 먹고 싶단 생각이 안 들었나 봐." 지금 먹는 음식을 왜 전에는 먹지 않았는지 물으면 엄마는 항상 그렇게 대답했다. 지금 엄마의 갈망을 부추긴 건 무엇이었을까?

"엄마가 요리할 때랑 똑같은 맛이야?"

"난 이거 만들어본 적 없어." 엄마는 마늘 맛이 진한 국물을 들이키며 말했다.

"정말? 그럼 만드는 법은 어떻게 알았어요?"

"엄마가 그렇게 만들었던 기억이 나네."

엄마가 40년 전에 다른 사람이 요리하는 것을 본 기억으로 내게 이렇게 맛있는 음식을 만드는 법을 가르쳐주었다는 게 믿기지 않았다. 평생 동안 엄마에게 생태찌개는 당신을 위해 다른 사람들이 만들어준 음식이었고, 그렇기에 가장 위로가 되는 음식이었다. 그 요리법은 외할머니의 손맛에 대한 기억과 함께 혀 끝에 수십 년간 잠들어 있었다. 엄마는 음식을 맛보며 마치 고향 집에 돌아가는 것 같았으리라.

엄마의 기억을 되살린 경험이 참으로 감격스러워 생태찌개는 우리 가족의 보물이 되었다. 나는 그 소중함을 지키려고 너무 자주 요리하지 않고, 엄마가 특별히 부탁할 때만 만들었다. 어느 날 엄마가 생태찌개를 끓여달라고 한 뒤로, 나는 올케한테서 엄마가 일주일 내내 그 생각만 하고 있다는 소식을 들었다. "어머님 그 생선찌개 해드릴 거예요?" 올케가 말했다. "어머님이 그 얘기만 하세요. 한껏 기대하고 계신걸요."

우리가 나누었던 한식 만찬은 엄마의 단조로운 삶을 조직하는 봉홧불이 되었다. 내가 문을 나서는 순간부터 다음 식사를 위한 카운트다운이 시작되었다.

월요일에 뉴욕시립대 대학원으로 돌아오자, 호수와 그녀의 여자친구가 주말에 무슨 요리를 해드렸느냐고 물었다. 둘은 항상 우리 모녀의 저녁 식사 얘기를 즐겨 들었는데, 이번엔 생태찌개였다고 답하자마자, 소리를 지르며 굴러 넘어질 정도로 정신없이 웃었다.

"뭐가 그렇게 웃겨?" 내가 물었다.

"우리 또래에 그런 요리 하는 사람이 어딨어!" 호수는 숨 넘어갈 듯 웃으며 말했다.

엄마를 방문하는 일은 마치 1950, 1960년대 한국과 조우하는 요리 역사 수업 같았다. 엄마 인생 막바지에 우리가 함께 먹었던 음식은 분명 하나같이 당신의 젊은 시절을 떠올리게 하는 것들이었으리라. 그 대부분은 옛날식 한국 음식이었고, 유일한 미국 음식으론 치즈버거가 있었다.

나 어렸을 때, 엄마는 온갖 종류의 음식을 접해봤을 텐데도, 가장 좋아하는 음식으로 늘 치즈버거를 꼽았다. 토마토와 체다 치즈를 곁들여 미디엄 레어로 구운 패티와 먹는 걸 엄만 가장 즐겼다. 해마다 워싱턴주에서 비가 잦아들고 건기가 시작될 무렵이면, 엄마는 숯불 바비큐 그릴에 불을 붙이고 고기 패티를 올리며 '치즈버거 시즌'의 시작을 알렸다.

동북부에 살게 되면서는 치즈버거 시즌이 바뀌었다. 겨우내 발코니에 보관해두었던 36센티미터 웨버 숯불 바비큐 그릴을 꺼내서 요리할 수 있을 만큼 날씨가 따스해지는 4월경이 그 시작이었다. 엄마를 밖으로 나오게 할 순 없었지만, 소파에 앉아 나하는 걸 보시라고 커튼을 젖혀놓을 수는 있었다. 가끔 엄마는 봄이 오기를 기다리다 인내심이 바닥나면, 치즈버거 시즌을 빨리 시작하자고 보채곤 했다. "프라이팬에 구워도 되잖아? 바비큐보다는 못하지만 그래도 맛있어."

처음엔 치즈버거가 내 어린 시절로 거슬러 올라가는 엄마의 미국 생활에 대해 아직 당신한테 남아 있는 애정을 보여주는 음식이라 여겼지만, 곰곰이 생각해보니 이것도 엄마가 한국에서 처음 먹어본 요리였다.

치즈버거에 대한 엄마의 사랑은 미군 점령하의 한국에서부터 시작됐다. 미 해군 기지촌 클럽 여성으로 엄마는 보통 한국인들은 꿈에서나 볼 법한 호화로운 미국 음식을 접할 수 있었다. 미군을 상대하는 데 따르는 일종의 보너스였다.

아버지는 어떻게 엄마와 사랑에 빠지게 되었는지 이야기하곤 했는데, 당신 말로는 엄마가 치즈버거를 아주 열정적으로 좋아해서 그렇게 되었다고 한다. 아버지는 엄마와 데이트를 하려고

기지 안에 있는 미국 레스토랑으로 엄마를 데려갔다(아버지가 엄마와의 데이트에 대해 말해준 건 이날의 얘기가 유일했다).

엄마는 학교를 그만둔 지 오래였고 영어를 정식으로 배운 적도 없었지만, 배우고자 하는 의지는 누구보다 더 강했다. 다른 한국인들의 영어와 비교했을 때 당신에게는 억양이 없다고 자신했다. 실제로 엄마의 영어 발음은 꽤나 정확했다. 한국인들은 보통 Z를 J처럼 발음하곤 했지만, 엄마는 둘을 정확히 구분했다. 단어 끝에 R과 L이 겹쳐 있으면—특히 거기에 또 다른 자음이 이어지면—다소 어려워하긴 했지만, 장모음 A나 자음으로 끝나는 단어를 발음하는 데도 문제가 없었다. 스스로 억양 없는 영어를 구사한다고 믿었기 때문에, 엄마의 목소리는 확고한 자신감에 차 있었다.

아버지는 테이블 맞은편에 앉아 있던 그 젊은 미인을 바라보며, 그녀가 과연 당신처럼 나이 든 남자를 사랑할 수 있을까 생각했다고 했다. "메뉴에 있는 거 아무거나 다 시켜도 돼요." 아버지가 말했다. "아무거나 다요." 아버지는 평소에는 검소했지만, 가치 있는 데는 돈을 쓸 만큼 써야 한다고 믿었다. 엄마가 이전에 가본 곳들보다 훨씬 더 근사한 레스토랑이었다. 어쩌지 못하고 새어 나오는 환한 미소와 함께 엄마의 커다란 보조개가 드러났다. 엄마는 황홀한 기분이었다. 웨이터가 주문을 받으러 왔다. 엄마는 발을 앞뒤로 흔들며 자리에서 몸을 꼼지락거렸다. "I'll have a cheeseburg, please〔치즈버그 주세요〕." 단어 하나하나를 또박또박 발음하면서 엄마는 더 환하게 웃었다. 엄마는 두 손을 맞잡고 아버지에게 말했다. "Oh boy! Cheeseburg is my favorite food in the whole worl〔오, 이런! 치즈버그 내가 세상서 제일 좋아하는 음식이에요〕!"

이 대목에서 아버지는 눈물이 그렁그렁해서 이야기를 끝맺곤 했다. 벅차오르는 감정을 조절할 수 있을 때면, 여기에 한 문장을 덧붙여 결론을 냈다. "너희 엄마는 내가 그때까지 본 그 어떤 것보다 더 사랑스러웠어."

그 전까지 엄마가 처음 맛본 미국 음식은 대부분의 한국인이 그랬듯 미군 식당 밖 쓰레기통에서 골라낸 것이었으리라. 전쟁 직후 배고픔에 시달리던 한국인들은 못 먹는 쓰레기가 더러 섞여 있었음에도, 음식 쓰레기를 구하러 미군 기지로 걸음했다. 나는 미군 쓰레기통을 뒤져 음식을 찾는 게 얼마나 흔한 일이었는 지를 한국전쟁 생존자들을 대상으로 한 구술사 프로젝트인 '어제 안에 오늘Still Present Past'을 진행하면서 배웠다. 이 집단적 기억에 비춰 보면, 치즈버거에 대한 엄마의 열망이 어두운 면을 드러낸다. 나는 엄마가 구겨진 냅킨과 담배꽁초에 깔려 있던 반쯤 먹다 남은 치즈버거를 처음 발견하고, 영양실조 상태에서 그것이 이제껏 당신이 맛본 것 중 가장 천상의 맛에 가깝다고 생각했을 순간을 상상해보았다.

치즈버거는 생존과 종속의 복합적 상징물이었고, 한국인들이 굶주리는 와중에 미국인들은 남겨서 버릴 수도 있는 사치품이었다. 엄마에게 치즈버거는 미국이 줄 수 있는 모든 희망과 가능성을 상징하기도 했다. 미국의 제국주의는 엄마의 무의식에 선명한 자국을 남겼고, 음식에 대한 갈망으로 그 모습을 드러냈다. 하지만 동시에, 엄마는 음식을 즐기면서 군사화된 정신세계에서 오는 스트레스를 조금이나마 덜어낼 수 있었다. 치즈버거는 병증인 동시에 치료법이었다.

나는 엄마를 위해 요리하는 여러 해 동안 나 자신의 정신적 탈식민화 과정을 거쳤다. 우리가 함께 나누었던 식사는 감정적으로 힘에 부쳤던 대학원 일을 버텨낼 수 있게 나를 보살펴주었다. 엄마가 나를 보살폈던 것이다. 저녁을 먹고, 내가 소파에 몸을 쭉 펴고 있으면, 엄만 내 발과 종아리를 주물러주곤 했다. 기차역에서부터 먼 거리를 걸어왔다고, "다리 아프겠다"고 말하며. 이튿날 내가 돌아가기 전이면, 엄마는 항상 내게 10분만 눈 좀 붙이고 가라고 권했다. "괜찮아. 푹 자. 내가 시간 보고 있을게."

박사 논문 심사를 마치고 책으로 출간하려고 논문을 개고할 때가 되어서야 나는 엄마와 내 연구에 대한 이야기를 나눌 수 있었다. 내가 의도한 방식은 아니었다. 올케가 엄마에게 얘기해서 그렇게 됐고, 전적으로 고마운 일이었다. 내 입으로는 도무지 말을 꺼낼 수 없었으니까.

위층으로 올라가 평소처럼 소파에 앉아 있는 엄마를 봤는데, 긴장한 듯 보였다.

"엄마 괜찮은 거야?" 내가 물었다.

"너 책 쓰고 있니?" 이왕에 알게 됐으니, 엄마가 감당할 수 있을 만큼 최대한 자세히 얘기하는 것 말고는 다른 길이 없었다.

"네…… 엄마한테 오랫동안 얘기하고 싶었어요……. 엄마한테서, 엄마 인생에서 영감을 얻은 거예요." 나는 논문에 대해 최대한 간결하게 설명하려고 노력했지만, '양공주'라는 단어에 이르자 엄마가 끼어들었다.

"오, 그건 나쁜 말이야." 엄마가 눈을 피하며 말했다.

"그런 식으로 쓰여온 건 알지만, 내가 글쓰기를 통해 그 의미를 바꾸려고 해요. 그 단어가 더 이상 수치스러운 말이 아니었으면 해요. 그 여자, 나한테는 영웅이니까." 내 목소리가 떨리기 시작했다. "엄마…… 엄마가 이제까지 했던 어떤 일에 대해서도 부끄럽게 생각하지 말았으면 해요. 나는 엄마가 조금도 부끄럽지 않아요."

엄마는 나를 보지 않았지만, 나는 엄마 입가에 희미한 미소가 떠오르는 걸 본 것 같았다.

"엄마가 싫다고 하면 책 안 낼게요." 내가 덧붙였다. 엄마는 몇 초 동안 아무 말이 없었고, 그 침묵 속에서 나는 내 글이 세상의

빛을 보지 못할 수도 있다는 사실을 받아들였다.

"썼으면 좋겠어." 엄마가 말했다.

그 후로 엄마는 나만 보면 책이 어떻게 되어가는지 물었고, 가끔은 책이 나왔으면 좋겠다는 바람을 말하고 또 말하곤 했다.

그해 크리스마스에 엄마는 내게 깜짝 선물을 주었다. 세상에 문을 닫고 생활했던 14년 동안 현금 이외에 엄마가 내게 선물을 준 건 그때가 처음이자 마지막이었다. 나는 엄마 선물로 엄마가 원했던 칼갈이와 집게, 로션을 준비했는데, 엄마는 선물을 풀어본 후 환한 얼굴로 말했다. "나도 선물 준비했어!"

"뭐라고요? 어떻게?"

엄마는 벽장으로 재빨리 발걸음을 옮겨 빨간 양철로 된 선물 상자를 꺼내 함박 미소를 지으며 건넸다. 안에는 1리터들이 올리브유, 온갖 사탕과 쿠키, 그리고 색색의 털양말 두 켤레가 들어 있었다. 누구에게 받아도 감사할 일이었지만, 엄마에게 이런 선물을 받다니 황홀할 지경이었다.

"세상에! 이 많은 걸 다 어디서 구했어요?"

"너 주려고 모았지!"

엄마는 내게 돈 대신 정성 어린 선물을 주려고 오빠와 올케가 엄마한테 가져다주는 물건을 몇 달 동안이나 모았다. 늘 천부적으로 생활력이 강한 엄마였다.

엄마는 새로운 모습으로 변모했다. 다시금 현재에 충실하면서, 과거에 대해서도 열려 있어 처음으로 내게 한국 이야기를 들려주기도 했다.

6년에 걸친 이 좋은 시절에 엄마는 내게 요리하는 법을 가르쳐주었고, 우리가 함께 나눈 음식을 즐겼다. 그렇게 조금씩, 한 끼 한 끼, 엄마는 당신의 유산을 추적해갔다. 내겐 그것이 가장 웅장한 선물이었다.

엄마가 돌아가신 후, 나는 우리가 함께 나누었던 마지막 순간을 머릿속으로 반복해서 재생했다. 무슨 일이 어떤 순서로 일어났고, 구체적으로 날씨가 어땠으며, 엄마 목소리는 어떻게 들렸는지, 사소한 것에까지 집착하면서.

"깜짝 놀라게 해줘", 그날 밤 메뉴를 계획할 때, 엄마는 긴장감이 있으면 한 주를 좀더 신나게 보낼 수 있을 것처럼 이야기했다. 엄마를 신나게 해줄 만한 게 뭐가 있을까 하다, 나는 기운 날 음식을 해야겠다고 생각했던 것 같다.

바깥 공기는 아직 차가웠지만 막 피어나는 꽃향기가 났다. 곧 계절이 바뀔 테니, 오늘 생태찌개를 먹으면 앞으로 몇 달은 먹을 일이 없지 않을까 하는 생각이 들었다.

1층 문으로 들어서자마자 언제나처럼 엄마가 계단 위에서 부르는 소리가 들렸다. "우리 교수님 왔어?"

"안녕하세요, 우리 교수 어머님!" 나는 엄마 말을 받았다.

"우리 오늘 저녁에 뭐 먹는 거야?" 방으로 들어가는 계단을 오르며 엄마가 물었다.

"생태찌개요."

"좋지."

저녁 식사를 하면서 엄마는 고개를 끄덕이며 찌개가 맛있다고 했지만, 어딘가 좀 이상해 보였다. 짧은 머리는 며칠 동안이나 침대에서 일어나지 않은 것처럼 한쪽이 납작해져 떡이 돼 있었고, 기력도 떨어져 보였다.

"엄마 어디 아파요?" 나는 물었다.

"며칠 전에 설사를 좀 했어. 배가 좀 불편하긴 한데. 별거 아니야." 엄마한테는 위장 문제가 종종 있었고, 생명을 위협할 정도로 심각해 보이지 않아서 나는 크게 걱정하지 않았다. 더구나 엄마는 별다르게 불편한 기색 없이 매운 찌개도 잘 먹고 있었다.

저녁 식사 후 나는 엄마한테 조교수 생활이 너무 바빠서 짬을 내기가 어렵다고 얘기했다. "엄마, 나 다음 주말이랑 그다음 주말에도 일해야 해요. 너무 미안해. 3월 22일에나 다시 올 수 있을 거 같은데. 그때까지 엄마 괜찮겠어?"

엄마는 입술을 삐죽거리며 고개를 끄덕였다. "괜찮아. 너 할 일 해야지."

우리는 평소에 그래온 대로 내가 가르치는 수업은 어떤지, 다시 혼자가 된 이후로 데이트는 어떻게 하는지, 엄마가 오빠나 오빠네 식구들과 어떤 시간을 보내는지, 다음번엔 뭘 함께 먹을 지에 관해 대화를 나누었다. 그러다 엄마는 서머타임에 대해 물었다.

"올해는 시간이 언제 바뀌지?"

"다음 주에요."

"오! 그렇게나 빨리?" 엄마는 불안한 듯 이마를 찡그렸다.

"이제 3월에 바뀌던데, 왜 그런지는 기억이 안 나네요."

"왜 그렇게나 빨리 하지? 왜 그렇게 일찍 하는 거야?" 엄마가 숨죽여 말하는 모습을 보고 오키와 얘기하고 있다고 생각했지만, 큰 걱정은 하지 않았다. 조현병을 앓는 동안 엄마는 끊임없이 시간에 집착했기 때문이다.

이날은 자고 간 게 아니라서 엄마 집에 평소보다 짧게 머물렀고, 함께 보낸 몇 시간은 순식간에 지나갔다. 스태튼아일랜드에 있는 대학까지 출퇴근하려면 뉴저지주 엄마 집에 올 때처럼 두 시간 40분 정도가 걸려서, 일요일에는 쉬면서 수업 준비를 해야 했다.

뉴욕으로 돌아가려고 짐을 챙기기 시작하는데 엄마가 나를 붙들었다. "지금 바로 떠나야 되는 건 아니지?" 엄마가 내게 매달리는 모습은 생전 본 적이 없었기에, 좀더 있다 가라는 부탁에 흔쾌히 따랐다.

"다음 기차 타도 돼요." 나는 가방에서 기차 시간표를 꺼내 살펴보았다. "7시 54분 기차 탈게요."

그날 밤 기차역으로 걸어가면서, 나는 가장 친한 친구에게 전화를 걸어 마음속 불길한 예감을 털어놓았다.

"왠지 엄마가 곁에 계실 시간이 얼마 남지 않은 것 같단 느낌이 들어. 같이 더 많은 시간을 보내고 싶은데." 나는 떨리는 목소리로 말했다.

"너 많이 바쁜 건 알지만, 이번 학기 끝나면 어머님 더 자주 보러 갈 수 있을 거야."

"그래…… 맞아, 하지만 지금 엄마랑 더 많은 시간을 보내고 싶은걸."

우리가 진정 기댈 수 있는 순간은 오직 지금뿐이었는데, 그걸 알면서도 왜 발걸음을 돌려 하룻밤 더 자고 가지 않았을까? 그날 이후 몇 주 동안 이 질문으로 스스로를 괴롭히다, 어차피 큰 차이가 없었을 거라고 되뇌며 마음을 다잡기도 했다. 영원이라는 시간에 대면 하룻밤이 무슨 의미이겠는가?

그날, 우리에겐 67분의 시간이 더 주어졌다.

"편히 앉아. 다리 쭉 펴고." 내가 다시 자리에 앉자 엄마가 말했다.

우리는 소파 양 끝에 앉아 다리를 펴고 서로를 마주 보았다. 엄마는 1970년대에 한국에서 가져온 주황색 꽃무늬 담요로 우리 발을 덮었다. 담요 밑으로 엄마는 내 오른발을 잡아 엄지손가락으로 부드럽게 문질러주었다. 담요의 따스함과 엄마의 손길에 아기였을 때 엄마 등에 업혀 어깨 사이에 뺨을 기대던 때가 생각났다. 오리건에 계신 외할머니와 진호네를 방문했을 때 전기장판에서 엄마랑 같이 누워 자던 그 모든 기억도. 엄마 옆에 다시 눕고 싶다는 참을 수 없이 강렬한 갈망이 나를 덮쳤고, 이내 내가 바랐던 바로 그 일이 이미 일어나고 있음을 깨달았다.

한두 마디 대화를 나눈 걸 제외하고, 우리는 67분이라는 시간을 거의 소파에 누워서 조용히 흘려보냈다. 폭신한 한국 이불 밑에 들어가 서로의 몸에서 전해지는 온기를 느끼자 긴장이 녹아내렸다. 괘종시계가 똑딱거리는 소리를 따라 우리 숨결도 오르내렸다. 지금 이 순간을 함께하면서. 시계가 7시를 가리키며 시간이 다 되었음을 알릴 때까지 우리는 계속 그렇게 있었다.

"이제 가야 할 것 같아요." 나는 몸을 숙여 엄마를 감싸안으며 말했다. "3주 안에 다시 올게요." 엄마는 고개를 끄덕이며 가도 좋다는 손짓을 했다.

떠나려는데, 회한이 찌르는 듯이 가슴에 사무쳤다. 이미 작별 인사를 하고 계단을 두 칸 내려왔지만, 어쩐지 뒤를 돌아보게 됐다.

"엄마, 이것만 생각해요. 우리 다음에 만날 땐 봄이 와 있을 거야." 나는 말했다. "그러면 치즈버거 시즌이죠."

프롤로그

1. 이 책에서 나는 목소리를 듣는 것이 언제나 '질병' '장애' 내지 '기능장애'일
   뿐이라는 정신의학적 도그마에 도전한 사람들의 작업을 지칭함에 있어 '미
   치다mad'와 '광기madness'라는 용어를 사용하면서, '조현병調絃病,
   schizophrenia'이라는 용어도 함께 사용했다.
2. Esme Weijun Wang, *The Collected Schizophrenias* (Minneapolis, MN:
   Graywolf Press, 2019), 50.
3. Maggie Nelson, *The Argonauts* (Minneapolis, MN: Graywolf Press,
   2015), 114.

1장 전쟁 같은 맛

1. Charles J. Hanley, Choe Sang-Hun, and Martha Mendoza, *The Bridge
   at No Gun Ri: A Hidden Nightmare from the Korean War* (New York:

Henry Holt and Company, 2001), 127.

2. Chong Suk Dickman, "Thank You," in *I Remember Korea: Veterans Tell Their Stories of the Korean War, 1950–53*, ed. Linda Granfield (New York: Clarion Books, 2003), 75–76.

3. Kyla Wazana Tompkins, *Racial Indigestion: Eating Bodies in the 19th Century* (New York: NYU Press, 2012), 4.

2장 아메리칸드림

1. BBC News, "Korea Reunion: Mother and Son Reunite after 67 Years" (영상 기사), 2018년 8월 20일, https://www.bbc.com/news/av/world-asia-45249821/korea-reunion-mother-and-son-reunite-after-67-years.

2. Arissa H. Oh, *To Save the Children of Korea: The Cold War Origins of International Adoption* (Stanford, CA: University of Stanford Press, 2015) [아리사 H. 오, 『왜 그 아이들은 한국을 떠나지 않을 수 없었나: 해외 입양의 숨겨진 역사』, 이은진 옮김, 뿌리의집, 2019], 27.

3. 위의 책, 121.

4. 1960년대 기지촌 업소에서 일하다 아이를 입양 보낸 여성의 구술사 프로젝트(2008년 경기도 여성발전 기금 프로젝트) 자료집인 홍주연·남궁희수·서옥자, 「기지촌 여성 노인들의 기억으로 말하기」, 사단법인 햇살사회복지회, 2008, 58에서 인용.

3장 친절한 도시

1. 내가 청소년기를 보낸 1980년대에 가장 기억에 남은 두 문구다.

2. Sarah Kershaw, "Highway's Message Board Now without a

Messenger," *New York Times*, 2004년 11월 28일, http://www.nytimes.com/2004/11/28/us/highways-message-board-now-without-a-messenger.html?_r=0.

3. 2018년 9월 27일 브렛 M. 캐버노 미 연방대법관 후보자 상원 법사위 인사 청문회 제5일 차, 성폭력 혐의 고발 관련 질의(크리스틴 블레이시 포드의 증언).

4. T. M. Luhrmann and Jocelyn Morrow, eds., *Our Most Troubling Madness: Case Studies in Schizophrenia across Cultures* (Oakland: University of California Press, 2016), 21.

5. Adam Pearson, "Forget Friendly—Chehalis Happy Being the Rose City," *Daily Chronicle*, 2010년 5월 11일, http://www.chronline.com/news/forget-friendly-chehalis-happy-being-the-rose-city/article_9874fcc4-5d20-11df-a354-001cc4c03286.html.

6. "The Ku Klux Klan Was Strong in Lewis County," *Daily Chronicle*, 2008년 8월 13일, http://www.chronline.com/editorial/the-ku-klux-klan-was-strong-in-lewis-county/article_9a3f2a84-a35a-557e-b23f-6e3641e2e722.html; Brittany Voie, "Voice of Voie: Lewis County No Stranger to Far Right, Supremacist Groups," *Daily Chronicle*, 2017년 8월 18일, https://www.chronline.com/opinion/voice-of-voie-lewis-county-no-stranger-to-extreme-right/article_5bda9aa4-8490-11e7-81da-97c03aeb6b52.html.

4장 엄마

1. Choe Sang-Hun, "Ex-Prostitutes Say South Korea and U.S. Enabled Sex Trade Near Bases," *New York Times*, 2009년 1월 7일, https://www.nytimes.com/2009/01/08/world/asia/08korea.html에서 전 기지촌 여성의 발언, "내 인생에 대해 생각하면 할수록, 나 같은 여성들이 한미 동맹을 위

해 가장 큰 희생을 치렀다는 생각이 든다".

2. James L. Watson and Melissa L. Caldwell, eds., *The Cultural Politics of Food and Eating: A Reader* (Malden, MA: Blackwell Publishing, 2005), 1.

3. Anne Allison, *Permitted and Prohibited Desires: Mothers, Comics, and Censorship in Japan* (Boulder, CO: Westview Press, 1996).

5장 김치 블루스

1. Ji-Yeon Yuh, *Beyond the Shadow of Camptown: Korean Military Brides in America* (New York: NYU Press, 2004) [여지연, 『기지촌의 그늘을 넘어: 미국으로 건너간 한국인 군인아내들 이야기』, 임옥희 옮김, 삼인, 2007], 127.

2. 위의 책, 128.

3. 위의 책, 130.

4. 위의 책, 127.

5. 위의 책, 128-129.

6. 위의 책, 129.

7. 이 구절은 초콜릿이나 껌 같은 미국 간식을 받아먹는 한국전쟁 고아들의 아카이브 필름 영상에서 인용했다. 영상에 삽입된 메시지는 1960년대 국제사회사업사International Social Services에서 미국 양부모들에게 보낸 팸플릿 내용이다. Deann Borshay Liem, "Practical Hints about Your Foreign Child"(동영상), 2005, http://www.stillpresentpasts.org/practical-hints-about-your-foreign-child.html.

7장 조현병 발생

1. Luhrmann and Morrow, 앞의 책, 197.

2. Bob Dylan, "Talkin' John Birch Paranoid Blues," 1963년 10월 26일 녹음.

3. 위의 곡.

4. Lisa Miller, "Listening to Estrogen," *The Cut*, 2018년 12월 21일, https://www.thecut.com/2018/12/is-estrogen-the-key-to-understanding-womens-mental-health.html.

5. 가나에서 이뤄진 한 연구에 따르면, 결혼생활로 인한 스트레스가 병의 촉발 원인이었던 다른 여성들과 달리 조현병이 있는 여성 중 3분의 1에 해당되는 여성은 완경 후 처음 발병한 것으로 나타났다. Luhrmann and Morrow, 앞의 책, 8.

6. Ann Olson, *Illuminating Schizophrenia: Insights into the Uncommon Mind* (Newark, NJ: Newark Educational & Psychological Publications, 2013), 15.

7. *Diagnostic and Statistical Manual of Mental Disorder: DSM-III* (Washington, DC: American Psychiatric Association, 1980), 188–189.

8. Luhrmann and Morrow, 앞의 책, 2.

9. 위의 책, 3.

10. Olson, 앞의 책, 20.

11. Miller, "Listening to Estrogen."

12. 위의 글.

13. "Schizopherenia Onset: When Do Symptoms Usually Start?[조현병 발병: 증상은 일반적으로 언제 시작되나?]," WebMD, https://www.webmd.com/schizophrenia/schizophrenia-onset-symptoms#1, 2020년 1월 22일 접속. 전미정신질환협회National Alliance on Mental Illness는 웹사이트에서 "40세를 넘겨 조현병 진단을 받는 일은 드물다"고 적고 있다. 하지만 데이터에 따르면 최초 진단의 20퍼센트 가까이가 40세 이상인 것으로 나타

났다. "Schizophrenia," National Alliance on Mental Illness, https://www.nami.org/learn-more/mental-health-conditions/schizophrenia, 2019년 8월 31일 접속.

14. John M. Glionna, "A Complex Feeling Tugs at Koreans," *Los Angeles Times*, 2011년 1월 5일, http://articles.latimes.com/2011/jan/05/world/la-fg-south-korea-han-20110105.

15. Sandra So Hee Chi Kim, "Korean Han and the Postcolonial Afterlives of 'The Beauty of Sorrow,'" *Korean Studies*, 41 (2017): 256.

16. Deanna Pan, "Timeline: Deinstitutionalization and Its Consequences," *Mother Jones*, 2013년 4월 29일, https://www.motherjones.com/politics/2013/04/timeline-mental-health-america/.

17. Allen Frances, "World's Best—and Worst—Places to Be Mentally Ill," *Psychiatric Times*, 2015년 12월 29일, https://www.psychiatrictimes.com/worlds-best-and-worst-places-be-mentally-ill.

18. Benjamin Weiser, "A 'Bright Light,' Dimmed in the Shadow of Homelessness," *New York Times*, 2018년 3월 3일, https://www.nytimes.com/2018/03/03/nyregion/nyc-homeless-nakesha-mental-illness.html.

19. "Rampant Sexual Abuse at the Green Hill School in Chehalis," Pfau Cochran Vertetis Amala Attorneys at Law(웹사이트), https://pcva.law/case_investigation/rampant-sexual-abuse-at-the-green-hill-school-in-chehalis/, 2018년 9월 6일 접속.

20. Natalie Johnson, "Lawsuit Alleges 'Culture' of Sexual Abuse by Female Staff at Green Hill School," *Daily Chronicle*, 2018년 3월 8일, http://www.chronline.com/crime/lawsuit-alleges-culture-of-sexual-abuse-by-female-staff-at/article_f56fe2d4-226d-11e8-9157-3f71631484e5.html.

21. Olivia Messer, "Staffers Raped Teen Boys at Juvenile Detention Center, Lawsuit Claims," *Daily Beast*, 2018년 3월 8일, https://www.thedailybeast.com/staffers-raped-teens-at-juvenile-detention-center-

lawsuit-claims.

22. Pfau Cochran Vertetis Amala Attorneys at Law, 앞의 글.

23. Johnson, 앞의 글.

24. Rebecca Pilar Buckwalter-Poza, "Teen Who Says He Was Raped by Juvenile Detention Center Staff Fights Back through the Civil System," *Daily Kos*, 2018년 3월 12일, https://www.dailykos.com/stories/2018/3/12/1748449/-Teen-who-says-he-was-raped-by-juvenile-detention-center-staff-fights-back-through-the-civil-system.

25. Andy Campbell, "Culture of Sexual Misconduct Alleged at Green Hill School," *Daily Chronicle*, 2009년 7월 16일, http://www.chronline.com/news/culture-of-sexual-misconduct-alleged-at-green-hill-school/article_42b8b61d-1acc-5e6d-b369-c15a7f40a03c.html.

26. Campbell, 위의 글.

8장 브라운

1. Peter Applebome, "Duke's Followers Lean to Buchanan," *New York Times*, 1992년 3월 8일, https://www.nytimes.com/1992/03/08/us/the-1992-campaign-far-right-duke-s-followers-lean-to-buchanan.html.

2. Michael Ross, "Duke Ends Presidential Bid, Blames Hostile GOP, " *Los Angeles Times*, 1992년 4월 23일, http://articles.latimes.com/1992-04-23/news/mn-1312_1_duke-s-campaign.

3. Trevor Griffey, "KKK Super Rallies in Washington State: 1923-24," Seattle Civil Rights & Labor History Project(웹사이트), http://depts.washington.edu/civilr/kkk_rallies.htm.

9장 1월 7일

1. Ralph Ellison, *The Collected Essays of Ralph Ellison*, ed. John F. Callahan (New York: Modern Library, 2003), 148.

2. Michael Rembis, "The New Asylums: Madness and Mass Incarceration in the Neoliberal Era," *Disability Incarcerated: Imprisonment and Disability in the United States and Canada*, eds. Liat Ben-Moshe, Chris Chapman, and Allison C. Carey (New York: Palgrave-Macmillan, 2014), 139.

3. Jonathan M. Metzl, *The Protest Psychosis: How Schizophrenia Became a Black Disease* (Boston: Beacon Press, 2010), xiv.

4. 위의 책, xiv.

5. David A. Karp and Lara B. Birk, "Listening to Voices: Patient Experience and the Meanings of Mental Illness," *Handbook of the Sociology of Mental Health*, eds. Carol Aneshensel and Jo Phelan (New York: Springer), 28.

6. Choe Sang-Hun, "Ex-Prostitutes Say South Korea and U.S. Enabled Sex Trade Near Bases," *New York Times*, 2009년 1월 7일, https://www.nytimes.com/2009/01/08/world/asia/08korea.html.

7. Choe Sang-Hun, "South Korea Illegally Held Prostitutes Who Catered to GIs, Court Says," *New York Times*, 2017년 1월 20일, https://www.nytimes.com/2017/01/20/world/asia/south-korea-court-comfort-women.html.

8. Richard Warner, *Recovery from Schizophrenia: Psychiatry and Political Economy, third edition* (New York: Brunner-Routledge, 1997), 148.

9. 위의 책, 169.

10. Luhrmann and Morrow, 앞의 책, 25.

10장 크러스트 걸

1. Saundra Pollock Sturdevant and Brenda Stoltzfus, *Let the Good Times Roll: Prostitution and the U.S. Military in Asia* (New York: The New Press, 1992) 〔손드라 폴록 스터드반트·브렌다 스톨츠퍼스 엮음, 『그들만의 세상: 아시아의 미군과 매매춘』, 김윤아 옮김, 잉걸, 2003〕, 300.
2. 위의 책, 302.
3. Franny Choi, "Choi Jeong Min", Poetry Foundation(웹사이트), https://www.poetryfoundation.org/poetry magazine/poems/58784/choi-jeong-min, 2018년 12월 17일 접속.

11장 원 타임, 노 러브

1. Olson, 앞의 책, 27.

12장 오키

1. Ivan Leudar and Philip Thomas, *Voices of Reason, Voices of Insanity: Studies of Verbal Hallucations* (London: Routledge, 2000), 3.
2. 위의 책, 3.
3. T. M. Luhrmann, "The Violence in Our Heads", *New York Times*, 2013년 9월 19일, https://www.nytimes.com/2013/09/20/opinion/luhrmann-the-violence-in-our-heads.html.
4. Lisa Blackman, *Hearing Voices: Embodiment and Experience* (London: Free Association Books 2001), 189.

13장 퀸즈

1. Luhrmann, 앞의 글.

14장 유령 숫자 세기

1. Colonel Turner C. Rogers, "Memo: Policy on Strafing Civilian Refugees," 1950년 7월 25일 작성, 2000년 6월 6일 기밀 해제, US National Archives, College Park, MD.
2. Nora Okja Keller, *Fox Girl* (New York: Penguin, 2002)〔노라 옥자 켈러, 『여우소녀』, 이선주 옮김, 솔출판사, 2008〕, 131.
3. 위의 책, 81.
4. 위의 책, 81.
5. Yi Okpun, "Taken at Twelve," *True Stories of the Korean Comfort Women*, ed. Keith Howard (London: Cassell, 1996), 100-101.

본문 재수록 출처

2장 「아메리칸 드림」과 3장 「친절한 도시」의 원고 일부는 앞서 "Disappearing Acts: An Immigrant History"라는 논문으로 *Cultural Studies Critical Methodologies* 18, no. 5 (2018): 307-313에 실린 바 있다.

5장 「김치 블루스」의 이전 판본은 *Gastronomica: The Journal of Food and Culture* 12, no. 2 (2012): 53-58에 실렸다.

6장 「버섯 여사」의 이전 판본은 *Gastronomica: The Journal of Critical Food Studies* 15, no. 1 (2015): 77-84에 실렸다.

10장 「크러스트 걸」의 이전 판본은 *PMS poem-memoirstory*, no. 15 (2016): 87-96에 실렸다.

12장 「오키」의 원고 일부는 앞서 "American Movies"라는 제목으로 *WSQ* 47, nos. 1-2 (2019): 83-88에 실린 바 있다.

15장 「치즈버거 시즌」의 일부는 앞서 *East Asian Mothering: Politics and Practices*, eds. Patti Duncan and Gina Wong (Bradford, Ontario: Demeter Press, 2014), 53-58에 실린 바 있다.

감사의 말

갑작스럽고 때 이른 엄마의 죽음을 애도하며 2008년부터 이 책을 조금씩 쓰기 시작했다. 심리치료이기도, 추도사를 쓰는 것이기도 했던 글쓰기는 어느 순간부터 책의 형태를 갖추기 시작했다. 무의식 속에서 슬픔에 휩싸여 있던 생각이 회고록으로 탈바꿈하게 된 것은 많은 분과 여러 기관의 지원 덕분이었다.

고담 작가 워크숍Gotham Writers' Workshop, 새킷가 작가 워크숍 Sackett Street Writers' Workshop, 아시아계 미국인 작가 워크숍Asian American Writers' Workshop의 선생님들, 작가분들께 감사를 표하며, 특별히 마리 카터, 스타리나 카차투리언, 빌 청, 코트니 메이스, 루크 멀론, 부슈러 리먼, 컬런 토머스, 마이클 터렐, 앨리슨 우드에게 고마움을 전하고 싶다. 친구이자 동료인 진 핼리, 로즈 킴, 제시 킨디그, 크리스틴 레이그는 초고의 몇몇 장을 읽고 정성 어린 조언을 해주었다. 내가 한 말을 읽어주고 더 큰 이야기로 만들어낼 수 있게 도움을 준 모든 분께 사의를 표한다.

이 책의 각 페이지에 기록된 여정을 지나오는 동안 내 곁을 지켜준 샌드라 밥티스타, 에이프릴 번스, 자케타 버스천, 퍼트리샤 클러프, 라파엘 드 라 데헤사, 제니 해머, 김호수에게, 가족이 되어주어 고맙다고 말하고 싶다. 이 책을 쓰는 12년간의 여정에 함께하며 곁에서 내가 쓴 글을 빠짐없이 읽어주고 나를 믿어준 파트너 패트릭 바워에게 감사를 표한다. 덕분에 내가 더 나은 작가, 더 강인한 사람이 될 수 있었다. 사랑과 인내를 보여준 우리 아이들 필릭스와 이저벨라에게도 고마움을 전한다.

소외된 목소리를 위한 공간을 만들어내고, 페미니즘이란 주제를 다양한 관점으로 출판하는 페미니스트 프레스에 감사드린다. 이렇게나 훌륭한 출판사에서 책을 펴낼 수 있게 되어 영광일 따름이다. 사려 깊은 작업으로 내 원고에 에너지를 불어넣어주고 명료함을 더해주고, 인정을 베풀어준 편집자 로런 로즈메리 훅에겐 특별한 감사를 전하고 싶다. 지수 킴, 닉 휘트니를 비롯한 출판사 분들은 내 작업에 끝없는 열정을 보여주었고, 내가 이 이야기를 꺼내놓으며 품었던 모든 회의를 떨쳐버릴 수 있게 해주었다.

시간이라는 가장 귀중한 자원을 누릴 수 있게 해준 뉴욕 시립 스태튼아일랜드대학과 뉴욕시립대학 교직원 노조에도 사의를 표한다.

이 책이 한국 독자들을 만날 수 있게 해준 박은아 편집자와 글항아리 출판사, 한국어판을 사려 깊고 섬세하게 번역해준 주해연 선생께 감사를 전한다.

그리고 그 누구보다도, 인습에 얽매이지 않는 정신의 가치를 알려주신 어머니께 감사드리고 싶다.

"이 책을 쓰고 나서 많은 분께 '이런 글을 쓰다니 무척 용기 있다'는 말을 들었습니다. 하지만 저는 이 작업이 용기에서 나온 것이라 생각하지 않습니다. 그보다는 충동compulsion이라는 말이 더 적절하지 않을까 싶네요."

그레이스 M. 조가 토론토대학 한국학 센터에서 주최한 저자 강연회에서 전한 말이다. 어떤 행동을 용기 있는 행동이라고 할 때, 이는 그 행동이 의식적 선택이었으며 따라서 그것을 하지 않을 여지도 있었다는 뜻이 된다. 하지만 저자에게 이 회고록은 그러한 의식적 선택의 문제가 아니라, 쓰지 않고는 버틸 수 없었던 이야기였다. 어머니를 잃은 상실감으로, 그분의 삶과 죽음을 기억하며 한때 생명력 넘치던 생전의 모습을 활자로 되살려내려 했던 노력의 결과물인 것이다. "글쓰기로 엄마의 존재를 되살려,

페이지 위에서 엄마의 유산을 살아 숨 쉬게 하고, 그 자취를 따라 내 유산을 찾고 싶다"(26)고, 저자는 이야기한다.

한국전쟁 당시 아버지와 오빠를 잃고, 부산 기지촌에서 일하다 상선 선원인 백인 남성과 결혼해 이민자를 낯설어하고 노골적인 인종주의도 감추지 않는 미국 서부의 작은 동네에서 삶을 꾸린 '군자'. 저자의 모친인 그분은 누구보다 활력과 매력이 넘치는 모습으로 광야를 누비며 버섯과 블랙베리를 채집하고 파이를 구워 팔던 야심가였다. 그런 분이 어쩌다 조현병 발병 후 '목소리'가 시키는 대로 음식을 거부하고 은둔생활을 하게 되었고, 당신을 '쓸모없다worthless' 여기며 자살 기도까지 하게 되었을까? 또 어째서 한국에서의 과거에 대해서는 그토록 침묵했을까? 저자는 모친과의 사별 후 이 질문을 가슴에 품고 "충동"에 이끌려, 어쩌면 강박적으로 그 답을 찾아 글을 써 내려가기 시작한다.

여성의 글쓰기와 말하기는 항상 이와 같은 방식으로 이뤄지지 않았을까. 오드리 로드가 「침묵을 언어와 행동으로 바꾼다는 것」이라는 글에서 적었듯, 여성에게 침묵과 낙인을 깨는 말하기란 언제나 두려움이 따르더라도 결국엔 선택하지 않을 수 없는 실천이었다. "나의 침묵은 나를 보호해준 적이 없습니다. 당신의 침묵도 당신을 보호해주지 못할 것입니다."*

2022년 여름 『전쟁 같은 맛』을 처음 읽고 번역을 결심하기까지는 한 달이 채 걸리지 않았다. 내밀하고 개인적인 가족사 안에 식민 지배, 한국전쟁, 인종주의, 젠더화된 노동과 폭력, 정신건강 불평등 등에 얽힌 여러 문제가 치열히 녹아들어 있는 이 책이 처음부터 끝까지 견지하는 '사회학적 상상력'이, 사회학자인 내게 인상적으로 다가왔다. 또한 독자인 나는 각 장을 넘기며 저자가 어려서부터 성장하는 모습, 모친과 한국 음식을 함께 만들고 나누어 먹으며 관계를 회복해가는 모습을 지켜보며 나도 모르게 그 이야기에 흠뻑 빠져들었다. 역자로서는 한인 디아스포라의 관점에서 이민 1세대 어머니와 그다음 세대 딸의 영문으로 쓰인 이 이야기가 '한국문학'으로 독자에게 다가갔으면 하는 바람도 품게 되었다.

모친은 요리사가 되고 싶다는 저자의 어릴 적 꿈에 반대하며, 대신 학자가 되기를 간절히 바랐다. 그분의 생각엔 요리와 글쓰기가 그리 대단치 않은 육체노동과 명예로운 정신노동으로 상호 대척점에 놓여 있었지만, 정성을 다해 결과물을 만들어내고 그것을 다른 사람들과 나누며 서로를 보살핀다는 점에서 둘은 닮

* 오드리 로드, 『시스터 아웃사이더』, 주해연·박미선 옮김, 후마니타스, 2018, 47-48.

아 있다. "이 기억의 전면에는 항상 음식이 있었다. 즐거움의 원천으로, 수입의 원천으로, 아니면 좀더 근본적인 생존의 방식으로. 음식을 먹는 장면으로 돌아가서 나는 발견했다. 엄마를 망가뜨린 것뿐만 아니라 엄마를 살아 있게 했던 것을."(25-26)

음식을, 그리고 이야기를 나누지 않으면 우리는 살아남을 수 없기에, 음식이 있는 곳, 또 이야기가 있는 곳에는 이를 둘러싼 공동체가 생겨난다. 번역은 혼자 하는 일이지만, 그 과정에서 새롭게 만난 사람들 덕분에 작업을 마무리할 힘을 얻었다. 동료 사회학자로 서사의 힘을 보여준 저자 그레이스 M. 조, 여성의 글쓰기에 천착하며 『전쟁 같은 맛』을 연구*한 장영은 문학평론가, 한인 디아스포라 관점에서 자전적 다큐멘터리 작업을 하는 이민숙 감독, 그리고 이 책을 누구보다 아끼고 모든 과정에서 든든한 힘이 되어준 박은아 편집자에게 감사의 마음을 전한다.

"여성들이 내 말 좀 들어달라고 울부짖는 곳에서, (…) 이들의 언어를 적극적으로 찾아내 함께 읽고 서로 나누며, 그 말이 우리 삶과 어떤 관련이 있는지 살펴야 할 책임이 있습니다."**
오드리 로드의 말처럼, 『전쟁 같은 맛』의 번역이 페미니스트 사회학자로서 내게 주어진 작은 책임이 되기를 바라며, 이 책을

---

* 장영은, 「트라우마와 공부: 그레이스 조의 자기서사와 모녀서사」, 『여성문학연구』 제57호, 한국여성문학학회, 2022, 126-151.
** 오드리 로드, 앞의 책, 52.

한국 독자들과 나누고 싶다.

전쟁 같은 맛

1판 1쇄 2023년 6월 13일
1판 4쇄 2023년 9월 4일

지은이 그레이스 M. 조
옮긴이 주해연
펴낸이 강성민
편집장 이은혜
책임편집 박은아 | 편집보조 김유나
마케팅 정민호 박치우 한민아 이민경 박진희 정경주 정유선 김수인
브랜딩 함유지 함근아 박민재 김희숙 고보미 정승민
제작 강신은 김동욱 이순호

펴낸곳 (주)글항아리 | 출판등록 2009년 1월 19일 제406-2009-000002호

주소 10881 경기도 파주시 심학산로 10 3층
전자우편 bookpot@hanmail.net
전화번호 031-955-8869(마케팅) 031-941-5161(편집부)
팩스 031-941-5163

ISBN 979-11-6909-118-3 03840

www.geulhangari.com